DAN BROWN, współczesny pisarz amerykański z dorobkiem czterech powieści, ma niekwestionowaną pozycję autora # 1 w gatunku thrillera. Erudycja Umberta Eco, umiejętność łączenia teorii spiskowych w stylu Roberta Ludluma z talentem Harlana Cobena do konstruowania skomplikowanych zagadek i intryg, zjednują mu rzesze nowych czytelników na skalę nieznaną dotąd we współczesnej literaturze. Jego nasłynniejsze powieści, **Anioły i demony** (2000) i **Kod Leonarda da Vinci** (2003; okrzyknięty „thrillerem wszechczasów"; łączna sprzedaż prawie 40 mln egz.), od dwóch lat okupują czołowe pozycje na listach bestsellerów całego świata. Absolwent Amhorst College i Phillips Exeter Academy, przez kilka lat wykładał literaturę angielską i scenopisarstwo. Zainteresowanie dziedziną łamania kodów zainspirowało go do napisania thrillera **Cyfrowa Twierdza** (1998). W 2001 opublikował **Zwodniczy punkt**. Następna powieść **Kod Leonarda da Vinci** pobiła wszelkie rekordy wydawnicze; podobną popularność osiągnie zapewne przygotowywana przez Browna kontynuacja – *The Solomon Key* (**Klucz Salomona**). W 2006 na ekrany kin wejdzie adaptacja filmowa **Kodu** w reżyserii Rona Howarda, z Tomem Hanksem, Jeanem Reno i Audrey Tautou w rolach głównych.

Dan
BROWN
Cyfrowa Twierdza

Z angielskiego przełożył
PIOTR AMSTERDAMSKI

Wydawnictwo
A. Kuryłowicz

WYDAWNICTWO
SONIA DRAGA

WARSZAWA 2006

Tytuł oryginału:
DIGITAL FORTRESS

Redakcja: Barbara Nowak

Ilustracja na okładce: Jacek Kopalski

Projekt graficzny okładki: Andrzej Kuryłowicz

ISBN 83-89779-01-3
(Sonia Draga)
ISBN 83-7359-172-9
(Albatros)

Dystrybucja
Firma Księgarska Jacek Olesiejuk
Kolejowa 15/17, 01-217 Warszawa
tel./fax (22)-631-4832, (22)-632-9155, (22)-535-0557
www.olesiejuk.pl/www.oramus.pl

Wydawnictwo L & L/Dział Handlowy
Kościuszki 38/3, 80-445 Gdańsk
tel. (58)-520-3557, fax (58)-344-1338

Sprzedaż wysyłkowa
Internetowe księgarnie wysyłkowe:
www.merlin.pl
www.ksiazki.wp.pl

WYDAWNICTWO SONIA DRAGA
Pl. Grunwaldzki 8-10, 40-950 Katowice
www.soniadraga.pl
WYDAWNICTWO ALBATROS
ANDRZEJ KURYŁOWICZ
Wiktorii Wiedeńskiej 7/24, 02-954 Warszawa

Wydanie XII
Skład: Laguna
Druk: B.M. Abedik S.A., Poznań

Moim rodzicom...
moim mentorom i bohaterom

Jestem wdzięczny moim redaktorom z St. Martin's Press — Thomasowi Dunne'owi i wyjątkowo utalentowanej Melissie Jacobs, a także moim nowojorskim agentom: George'owi Wieserowi, Oldze Wieser i Jake'owi Elwellowi. Jestem wdzięczny wszystkim, którzy przeczytali rękopis i przyczynili się do jego udoskonalenia. Szczególnie serdecznie dziękuję mojej żonie Blythe za jej entuzjazm i cierpliwość.

A również... dyskretnie dziękuję dwóm nieznanym byłym kryptografom z NSA, którzy służyli mi bezcennymi radami za pośrednictwem anonimowego adresu elektronicznego. Bez ich pomocy nie mógłbym napisać tej książki.

Prolog

Plaza de España
Sewilla, Hiszpania
11.00 przed południem

Często powiada się, że w chwili śmierci wszystko staje się jasne. Ensei Tankado wiedział już, że to prawda. Poczuł silny ból, przycisnął rękę do piersi i upadł. W tym momencie zrozumiał, jaki koszmarny popełnił błąd.

W jego polu widzenia pojawili się jacyś ludzie. Pochylili się nad nim i chcieli pomóc. Tankado nie pragnął żadnej pomocy — było już za późno.

Drżąc z wysiłku, uniósł lewą rękę i wyprostował palce. *Spójrzcie na moją dłoń!* Ludzie wbili wzrok w jego rękę, ale Tankado wiedział, że nic nie rozumieli.

Na palcu Ensei lśnił złoty pierścionek. Ostre promienie andaluzyjskiego słońca odbiły się od wygrawerowanych znaków. Ensei Tankado miał świadomość, że to ostatnie światło, jakie kiedykolwiek zobaczy.

Rozdział 1

Byli w Smoky Mountains w ich ulubionym pensjonacie. David uśmiechał się do niej. „Co powiesz, skarbie? Wyjdziesz za mnie?".

Spojrzała na niego. Leżała na łóżku z baldachimem, on patrzył na nią z góry. Wiedziała, że to jej wybraniec. Na zawsze. Gdy wpatrywała się w jego ciemnozielone oczy, gdzieś daleko głośno zadzwonił telefon. David odsunął się. Wyciągnęła ręce, żeby go zatrzymać, ale tylko machnęła ramionami w powietrzu.

Dzwonek telefonu przebudził wreszcie Susan Fletcher ze snu. Usiadła na łóżku i półprzytomna wymacała słuchawkę.

— Halo?

— Susan, tu David. Czy cię obudziłem?

— Właśnie śniłam o tobie. — Uśmiechnęła się i opadła na łóżko. — Przyjedź, musimy się zabawić.

— Jeszcze ciemno — zaśmiał się David.

— Mhm — jęknęła zmysłowo. — Zatem koniecznie przyjedź. Prześpimy się, nim ruszymy na północ.

— Właśnie dlatego dzwonię — odrzekł i ciężko westchnął. — Chodzi o nasz wyjazd. Muszę go przełożyć.

— Co takiego?! — Susan nagle oprzytomniała.

— Bardzo przepraszam. Muszę wyjechać. Jutro wrócę. Możemy udać się tam z samego rana. Będziemy mieli jeszcze dwa dni.

— Przecież zarezerwowałam pokój — odrzekła Susan. Była urażona. — Zarezerwowałam nasz stary pokój w Stone Manor.

— Wiem, ale...
— To miał być specjalny wieczór. Minęło sześć miesięcy. Pamiętasz chyba, że jesteśmy zaręczeni, prawda?
— Susan... — westchnął David. — Naprawdę nie mogę teraz zaczynać dyskusji. Na dole czeka na mnie samochód. Zadzwonię z samolotu i wszystko wyjaśnię.
— Z samolotu? — powtórzyła Susan. — Co jest grane? Dlaczego uniwersytet...
— To nie jest uniwersytecka sprawa. Zatelefonuję później i ci wyjaśnię. Naprawdę muszę iść. Dzwonią po mnie. Będziemy w kontakcie. Obiecuję.
— David! — krzyknęła. — Co się...
Za późno. David odłożył słuchawkę.
Susan Fletcher przez kilka godzin leżała i czekała na telefon. Na próżno.

Tego samego dnia po południu poszła się wykąpać. W ponurym nastroju siedziała w wannie, otoczona pianą, i starała się nie myśleć o Stone Manor i Smoky Mountains. Gdzie on może być? — zastanawiała się. Dlaczego nie zatelefonował?
Woda stopniowo zmieniła się z gorącej w letnią, a później zimną. Susan już miała wyjść z wanny, gdy nagle zadzwonił bezprzewodowy telefon. Gwałtownie wstała, wychlustując wodę na podłogę. Chwyciła leżący na umywalce aparat.
— David?
— Tu Strathmore — usłyszała głos w słuchawce.
— Och... — Nie zdołała ukryć rozczarowania. Usiadła na brzegu wanny. — Dobry wieczór, komandorze.
— Miałaś nadzieję, że to ktoś młodszy? — zachichotał szef.
— Nie, proszę pana — odrzekła zakłopotana Susan. — To wcale nie...
— Oczywiście, że tak — zaśmiał się Strathmore. — David Becker to świetny facet. Postaraj się go nie stracić.
— Dziękuję panu.
— Susan, dzwonię do ciebie, ponieważ jesteś mi potrzebna — głos szefa nagle zabrzmiał ostro i poważnie. — I to szybko.

— Przecież jest sobota — odpowiedziała, starając się skupić myśli. — Zwykle nie pracujemy w weekendy.

— Wiem — odrzekł spokojnie. — To sytuacja alarmowa.

Susan wstała. *Sytuacja alarmowa?* Nigdy nie słyszała, by komandor Strathmore wymówił takie słowa. *Sytuacja alarmowa? W Krypto?* Nie mogła sobie tego wyobrazić.

— D... dobrze, proszę pana — powiedziała i urwała na chwilę. — Będę tak szybko, jak tylko mi się uda.

— Postaraj się być szybciej.

Strathmore odwiesił słuchawkę.

Susan stała w łazience owinięta ręcznikiem. Krople wody spadały na starannie ułożone rzeczy, które poprzedniego wieczoru przygotowała na wyjazd — szorty, sweter na zimne górskie wieczory, nową bieliznę na noc. Z kwaśną miną podeszła do szafy po czystą bluzkę i spódnicę. *Sytuacja alarmowa? W Krypto?*

Schodząc na dół, zastanawiała się, jakim cudem ten dzień mógłby być jeszcze gorszy.

Wkrótce miała się dowiedzieć.

Rozdział 2

Lecieli na wysokości dziesięciu tysięcy metrów nad oceanem. David Becker tępo gapił się w niewielkie owalne okno learjeta 60. Pilot powiedział mu, że telefon pokładowy jest zepsuty i nie będzie mógł zadzwonić do Susan.

— Co ja tu robię? — mruknął do siebie.

Odpowiedź była łatwa: po prostu pewnym ludziom się nie odmawia.

— Panie Becker — zatrzeszczał głośnik. — Będziemy na miejscu za pół godziny.

Becker ponuro kiwnął głową w odpowiedzi. *Wspaniale*. Zaciągnął zasłonę i spróbował się zdrzemnąć, ale cały czas myślał o Susan.

Rozdział 3

Susan nacisnęła na hamulec. Jej volvo sedan zatrzymało się przed bramą w ponadtrzymetrowym ogrodzeniu z drutu kolczastego. Młody wartownik położył dłoń na dachu samochodu.

— Poproszę o identyfikator.

Podała mu dokument. Jak zwykle, musiała poczekać pół minuty. Wartownik przesunął identyfikator przez skaner komputera.

— Dziękuję, pani Fletcher — powiedział wreszcie, unosząc głowę. Niemal niezauważalnym ruchem dał znak i brama się rozsunęła.

Niecały kilometr dalej Susan znów się zatrzymała przed równie imponującym ogrodzeniem, utrzymywanym pod wysokim napięciem, i ponownie zaliczyła tę samą procedurę. *Dajcie spokój, chłopcy... Przejeżdżałam tędy już chyba milion razy.*

Gdy zbliżała się do ostatniego punktu kontrolnego, mocno zbudowany wartownik, z dwoma owczarkami alzackimi i automatem, tylko spojrzał na tablicę rejestracyjną samochodu i machnął ręką, by przejechała. Ruszyła Drogą Psów, pokonując jeszcze dwieście pięćdziesiąt metrów, i skręciła na parking „C" dla pracowników. Niewiarygodne, pomyślała. Dwadzieścia sześć tysięcy pracowników, budżet w wysokości dwunastu miliardów dolarów rocznie, mogliby chyba jakoś przetrwać weekend bez mojej pomocy. Wjechała na swoje zarezerwowane miejsce parkingowe i zgasiła silnik.

Przecięła ozdobiony zielenią taras, weszła do głównego

budynku i sforsowała jeszcze dwa wewnętrzne punkty kontrolne. Wreszcie dotarła do pozbawionego okien tunelu, który prowadził do nowego skrzydła. Zatrzymała się przed zablokowanymi drzwiami sterowanymi głosem.

NATIONAL SECURITY AGENCY (NSA)
ODDZIAŁ KRYPTO
OSOBOM NIEUPOWAŻNIONYM WSTĘP WZBRONIONY

— Dobry wieczór, pani Fletcher — powitał ją uzbrojony wartownik.
— Cześć, John. — Susan uśmiechnęła się ze znużeniem.
— Nie spodziewałem się pani tutaj.
— Też tego nie planowałam.
Susan pochyliła się nad parabolicznym mikrofonem. „Susan Fletcher", powiedziała wyraźnie. Komputer błyskawicznie zanalizował widmo częstotliwościowe jej głosu i drzwi się otworzyły. Weszła do tunelu.

Wartownik odprowadził ją wzrokiem. Wcześniej zauważył, że jej orzechowe oczy wydają się jakieś puste, ale miała lekko zarumienione policzki, a brązowe włosy sięgające ramion wyglądały tak, jakby je przed chwilą umyła. Pachniała talkiem Johnson's Baby. Wartownik nie odrywał od niej spojrzenia. Szczupły tułów, biała bluzka i niemal niewidoczny zarys stanika, spódnica khaki do kolan, wreszcie nogi... Nogi Susan Fletcher.
— Trudno uwierzyć, że dźwigają umysł o ilorazie inteligencji wynoszącym sto siedemdziesiąt — mruknął do siebie.
Przez dłuższą chwilę gapił się za nią. Wreszcie potrząsnął głową. Susan zniknęła w głębi korytarza.

Dotarła do końca tunelu i zatrzymała się przed okrągłymi drzwiami, przypominającymi wejście do skarbca, z napisem sporządzonym ogromnymi literami: KRYPTO.
Westchnęła, wsunęła dłoń do umieszczonego w zagłębieniu pudełka z przyciskami i wystukała pięciocyfrowy PIN. Po kilku sekundach dwunastotonowy blok stali zaczął się obracać. Susan starała się skupić, ale wciąż wracała myślami do Davida.

David Becker. Jedyny mężczyzna, którego kochała. Najmłodszy profesor zwyczajny Georgetown University i błyskotliwy lingwista; w środowisku uniwersyteckim uznany za znakomitość. Obdarzony ejdetyczną pamięcią i upodobaniem do języków obcych opanował sześć dialektów azjatyckich oraz hiszpański, francuski i włoski. Podczas jego wykładów z etymologii i lingwistyki sala była wypełniona do ostatniego miejsca, a studenci stali pod ścianami. Po każdym wykładzie musiał jeszcze odpowiadać na lawinę pytań. Mówił autorytatywnie i z entuzjazmem, pozornie nie zwracając uwagi na pełne uwielbienia spojrzenia zadurzonych studentek.

Becker był mężczyzną o śniadej cerze, zielonych oczach, mocno umięśnionym i bardzo dowcipnym. Miał trzydzieści pięć lat, ale wydawał się młodszy. Jego mocna szczęka i ostre rysy przypominały Susan rzeźbę w marmurze. Miał ponad metr osiemdziesiąt wzrostu i poruszał się po korcie do squasha szybciej niż jego kolegom wydawało się to możliwe. Po pokonaniu przeciwnika często wsadzał głowę pod fontannę z wodą do picia i moczył swoją gęstą, czarną grzywę. Później, gdy woda ściekała mu na koszulę, częstował partnera owocowym koktajlem i bajglami.

Jak wszyscy młodzi profesorowie David dostawał skromną pensję. Od czasu do czasu, gdy potrzebował pieniędzy na karnet na korty lub nowy naciąg do swojej starej rakiety Dunlop, dorabiał, tłumacząc różne teksty na zlecenie rozmaitych agencji rządowych z Waszyngtonu i okolic. Właśnie przy takiej okazji poznał Susan.

To był ładny, rześki poranek podczas jesiennej przerwy w zajęciach. Gdy Becker wrócił do swego trzypokojowego mieszkania po porannym biegu, automatyczna sekretarka wydobywała z siebie regularne piski. Nalał sobie pół litra soku pomarańczowego i nacisnął guzik, by odsłuchać wiadomość. Nie była to żadna sensacja — jakaś agencja rządowa chciała, by tego dnia przed południem wykonał dla niej pewną pracę. Dziwne było tylko to, że Becker nigdy przedtem nie słyszał o tej instytucji.

— Jakaś Narodowa Agencja Bezpieczeństwa. National Security Agency — mówił, gdy dzwonił do kolegów, usiłując się czegoś dowiedzieć.

— Chyba Rada Bezpieczeństwa Narodowego? — wszyscy odpowiadali.

— Nie. Wyraźnie powiedzieli Agencja. NSA.

— Nigdy o niej nie słyszałem.

Becker zajrzał do książki telefonicznej z numerami wszystkich instytucji rządowych, ale i tam nie znalazł NSA. Zaintrygowany zatelefonował do starego kumpla z klubu squasha, byłego politycznego analityka, który zatrudnił się w oddziale poszukiwań Biblioteki Kongresu. Przeżył szok. Jak się okazało NSA nie tylko istnieje, ale jest uważana za jedną z najpotężniejszych organizacji rządowych świata. Już od ponad pół wieku zbiera dane wywiadowcze metodami elektronicznymi i zajmuje się ochroną tajemnic Stanów Zjednoczonych. Tylko trzy procent Amerykanów zdaje sobie sprawę z jej istnienia.

— NSA — zażartował kolega Davida — oznacza *No Such Agency*, czyli „nie ma takiej agencji".

Becker przyjął ofertę tajemniczej firmy z mieszanymi uczuciami niechęci i zaciekawienia. Przejechał sześćdziesiąt kilometrów, by dotrzeć do jej głównej kwatery, położonej na terenie o powierzchni osiemdziesięciu sześciu akrów, dyskretnie ukrytej wśród zalesionych wzgórz Fort Meade w stanie Maryland. Po przejściu przez kilka punktów kontroli otrzymał wreszcie przepustkę ważną na sześć godzin i zabezpieczoną hologramem. Wartownik zaprowadził go do luksusowo wyposażonego ośrodka badawczego, gdzie — jak mu powiedziano — miał przez całe popołudnie zapewniać „ślepe wsparcie" pracownikom wydziału kryptoanalizy — elitarnej grupie matematycznych mózgowców zajmujących się łamaniem szyfrów.

Przez pierwszą godzinę Becker miał wrażenie, że kryptoanalitycy nawet nie wiedzą o jego obecności. Wszyscy kręcili się wokół długiego stołu i mówili językiem, którego nigdy nie słyszał. Dochodziły do niego takie słowa, jak szyfr strumieniowy, protokoły z wiedzą zerową, warianty plecakowe i klucze bieżące. Obserwował, co się dzieje, ale niewiele z tego rozumiał. Analitycy wypisywali jakieś symbole, wpatrywali się w komputerowe wydruki i stale odwoływali do tekstu na ekranie rzutnika.

```
JHDJA3JKHDHMADO/ERTWTJLW+JGJ328
5JHALSFNHKHHHFAF0HHDFGAF/FJ37WE
OHI93450S9DJFD2H/HHRTYFHLF89303
95JSPJF2J08901HJ98YHFI080EWRT03
JOJR845HORoQ+JT0EU4TQEFQE//OUJW
08UY0IHO934JTPWFIAJER09QU4JR9GU
IVJP$DUW4H95PE8RTUGVJW3P4E/IKKC
MFFUERHFGV0Q3941KJRMG+UNHVS90ER
IRK/0956Y7U0POIKI0JP9F8760QWERQI
```

W końcu ktoś mu wyjaśnił to, co sam już zdołał odgadnąć. Niezrozumiały tekst na ekranie to „tekst zaszyfrowany", czyli ciąg liter i cyfr reprezentujących zaszyfrowane słowa. Zadaniem kryptoanalityków było złamanie szyfru i odczytanie oryginalnej wiadomości, czyli „tekstu jawnego". NSA wezwała go, ponieważ kryptoanalitycy podejrzewali, że wiadomość została napisana po chińsku; miał tłumaczyć odczytane symbole.

Przez dwie godziny Becker pracował nad niekończącym się strumieniem mandaryńskich znaków. Za każdym razem, gdy oddawał kolejny przekład, kryptoanalitycy kręcili głowami w rozpaczy. Najwyraźniej nie mogli złamać szyfru. W końcu Becker, który chciał pomóc, zwrócił im uwagę, że wszystkie przetłumaczone ideogramy mają jedną wspólną cechę — są znakami *kanji*. W pokoju nagle zapadła cisza.

— Chce pan powiedzieć, że te symbole mają wiele znaczeń? — spytał z niedowierzaniem szef grupy, szczupły mężczyzna, który palił jednego papierosa za drugim. Przedstawił się jako Morante.

Becker pokiwał głową. Wyjaśnił, że *kanji* to pismo japońskie, wykorzystujące zmodyfikowane znaki chińskie. Tłumaczył tekst tak, jakby był napisany po chińsku, ponieważ tego od niego zażądano.

— Jezu Chryste — westchnął Morante. — Spróbujmy *kanji*.

Niczym za dotknięciem czarodziejskiej różdżki, wszystko zaczęło pasować.

Becker zrobił na kryptoanalitykach odpowiednie wrażenie, ale mimo to nie przekazywali mu ideogramów w normalnej kolejności.

— To dla pańskiego bezpieczeństwa — wyjaśnił Morante. — Dzięki temu nie wie pan, co pan przetłumaczył.

Becker się zaśmiał, ale zauważył, że poza nim uwaga szefa nikogo nie rozśmieszyła.

Gdy wreszcie skończyli łamać szyfr, nie miał pojęcia, jaką straszną tajemnicę pomógł ujawnić, ale jedno było pewne — NSA uważała łamanie szyfrów za poważne zajęcie: Becker miał w kieszeni czek na sumę wyższą od jego miesięcznej pensji.

Kiedy przechodził przez kolejny punkt kontroli w głównym korytarzu, zatrzymał go wartownik, który właśnie odkładał słuchawkę telefonu.

— Panie Becker, zechce pan tu chwilkę poczekać.

— O co chodzi?

Becker nie przypuszczał, że będzie w NSA tak długo, i śpieszył się na popołudniową partię squasha.

— Szefowa Krypto chce z panem porozmawiać — wyjaśnił wartownik i wzruszył ramionami. — Zaraz tu będzie.

— Szefowa? — zaśmiał się Becker. Dotychczas w budynku NSA jeszcze nie zauważył żadnej kobiety.

— Czy to stanowi dla pana jakiś problem? — usłyszał za plecami kobiecy głos.

Becker odwrócił się i poczuł, że się rumieni. Zerknął na identyfikator przyczepiony do bluzki kobiety. Szefowa wydziału kryptoanalizy nie tylko była kobietą, ale na dokładkę bardzo ładną kobietą.

— Nie — zaczął się nieporadnie tłumaczyć. — Po prostu...

— Nazywam się Susan Fletcher — przerwała mu z uśmiechem, podając rękę na powitanie.

— David Becker — przedstawił się i uścisnął jej dłoń.

— Gratuluję, panie Becker. Słyszałam, że świetnie pan sobie dziś poradził. Czy mogłabym z panem o tym chwilę porozmawiać?

— Przepraszam, ale trochę się śpieszę — odpowiedział z wahaniem. Miał nadzieję, że zbagatelizowanie najpotężniejszej agencji wywiadowczej świata nie okaże się głupotą. Za czterdzieści pięć minut powinien pojawić się na korcie, a przecież musiał dbać o reputację: David Becker nigdy nie spóźnia się na squasha... na wykład, tak, to może się zdarzyć, lecz na squasha? Nigdy.

— Nie zajmę panu dużo czasu — uśmiechnęła się Susan Fletcher. — Tędy, proszę.

Dziesięć minut później Becker siedział w stołówce NSA, jadł herbatniki, popijał sok żurawinowy w towarzystwie pięknej szefowej wydziału kryptoanalizy. David szybko doszedł do wniosku, że Susan Fletcher nie objęła tego stanowiska przypadkiem — niewątpliwie była jedną z najinteligentniejszych kobiet, które poznał w swoim życiu. Gdy rozmawiali o szyfrach i ich łamaniu, Becker z trudem za nią nadążał — to było dla niego nowe i fascynujące doświadczenie.

Godzinę później, kiedy najwyraźniej zrezygnował już z partii squasha, a Susan zignorowała trzy dzwonki pagera, oboje zaczęli się śmiać. Oto siedzieli razem, dwie osoby obdarzone ścisłymi, analitycznymi umysłami, rozmawiali o morfologii lingwistycznej i generatorach liczb pseudolosowych, ale czuli się jak para nastolatków — to był prawdziwy fajerwerk.

Susan nigdy nie zdobyła się na to, by wyjaśnić, dlaczego chciała z nim porozmawiać. W rzeczywistości miała zamiar zaproponować mu pracę w wydziale azjatyckim, lecz Becker mówił o wykładach uniwersyteckich z takim zaangażowaniem, że nie miała wątpliwości, iż ten młody profesor nie zdecyduje się na porzucenie uczelni. Postanowiła zatem nie psuć nastroju rozmową o interesach. Znów czuła się tak, jakby była studentką. Nie chciała, żeby coś się popsuło. I nic im nie przeszkodziło.

Ich znajomość rozwijała się powoli i w romantycznym stylu — szybkie spotkania w wolnych chwilach, długie spacery po kampusie Georgetown, cappuccino u Merluttiego późnym wieczorem, czasami jakieś wykłady i koncerty. Susan przekonała się, że w jego towarzystwie śmieje się częściej niż kiedykolwiek wcześniej. Wydawało się, że David potrafi żartować ze wszystkiego. Była to dla niej świetna okazja, żeby zapomnieć o stałym napięciu w NSA.

Pewnego jesiennego dnia siedzieli na trybunie stadionu i przyglądali się, jak drużyna piłki nożnej z Georgetown dostaje baty od Rutgersów.

— Mówiłeś, że też uprawiasz jakiś sport — zażartowała Susan. — Co to takiego? Dynia?

— Nie, to squash * — jęknął David. Susan popatrzyła na niego tak, jakby nic nie rozumiała. — Podobny do dyni — dodał. — Ale gra się na mniejszym korcie.

Dała mu kuksańca.

Lewoskrzydłowy Georgetown wybił piłkę z rogu na aut. Na trybunach rozległy się gwizdy. Obrońcy szybko cofnęli się pod swoją bramkę.

— A ty? — spytał Becker. — Uprawiasz jakiś sport?

— Mam czarny pas w ćwiczeniach na siłowni.

— Wolę sporty, w których można wygrać — skrzywił się David.

— Ambicjoner, prawda? — uśmiechnęła się Susan.

Najlepszy obrońca Georgetown przejął podanie. Tłum zaczął krzyczeć. Susan pochyliła się ku niemu i szepnęła mu prosto do ucha: „Doktor".

David spojrzał na nią ze zdziwieniem. Najwyraźniej nie wiedział, o co chodzi.

— Doktor — powtórzyła. — Powiedz pierwsze słowo, jakie przychodzi ci do głowy.

— Gra w słowne skojarzenia? — David skrzywił się sceptycznie.

— Standardowa procedura NSA. Muszę wiedzieć, z kim mam do czynienia. — Susan spojrzała na niego surowo. — Doktor.

— Seuss. — David wzruszył ramionami.

— Okej... — zmarszczyła brwi. — Spróbujmy teraz... „kuchnia".

— Sypialnia — odrzekł bez chwili wahania.

— Okej... teraz „baran".

— Jelita — rzucił Becker.

— Jelita?

---

* Nieprzetłumaczalna gra słów: squash (ang.) to gra lub kabaczek.

— Tak. Jelita baranie. Z nich robi się najlepszy naciąg do rakiet.

— Jak miło — jęknęła Susan.

— I jak brzmi twoja diagnoza? — spytał Becker.

Susan przez chwilę zastanawiała się nad odpowiedzią.

— Jesteś dziecinnym, seksualnie sfrustrowanym maniakiem squasha.

— Z grubsza się zgadza — uśmiechnął się David, wzruszając ramionami.

Tak było przez wiele tygodni. Podczas kolacji w restauracjach czynnych całą noc Becker zadawał jej niezliczone pytania. Gdzie się uczyła matematyki? Jak trafiła do NSA? Jak stała się tak urocza? Susan zarumieniła się i przyznała, że późno rozkwitła. Jako nastolatka długo była chuda jak patyk i niezgrabna, a na dokładkę nosiła aparat ortodontyczny. Opowiedziała mu, jak ciotka Clara zauważyła kiedyś, że brak urody Bóg wynagrodził jej rozumem. Przedwczesna rekompensata, pomyślał Becker.

Susan zainteresowała się kryptologią w gimnazjum. Prezes szkolnego klubu komputerowego, dominujący ósmoklasista Frank Gutmann, napisał dla niej wiersz miłosny i zaszyfrował go, nadając mu postać ciągu cyfr. Susan błagała, by zdradził tajemnicę, ale Frank kokieteryjnie odmówił. Zabrała list do domu i przez całą noc, pod kołdrą, przy świetle latarki, ślęczała nad szyfrem, aż wreszcie go złamała. Uważnie odszyfrowała cały tekst i patrzyła z zachwytem, jak pozornie przypadkowa sekwencja cyfr zmienia się w piękny wiersz. W tej samej chwili poczuła, że się zakochała — wiedziała już, że szyfry i kryptologia staną się jej życiem.

Zaczęła studia matematyczne na Johns Hopkins University, a później otrzymała pełne stypendium w MIT i zajęła się teorią liczb. Niemal dwadzieścia lat po pierwszym kontakcie z szyframi przedstawiła swoją rozprawę doktorską zatytułowaną *Metody kryptografii, protokoły i algorytmy do ręcznego stosowania*. Najwyraźniej promotor nie był jedynym czytelnikiem

23

rozprawy, bo niedługo potem Susan otrzymała zaproszenie i bilet lotniczy z NSA.

Każdy, kto miał coś wspólnego z kryptologią, wiedział, co to jest NSA: miejsce, gdzie pracują najlepsi kryptolodzy świata. Każdego roku wiosną, gdy na wydziałach matematyki pojawiali się przedstawiciele prywatnych firm, by skusić najlepszych absolwentów wprost nieprzyzwoitymi pensjami i pakietami akcji, NSA uważnie wybierała swoich kandydatów, po czym proponowała dwa razy większe wynagrodzenie niż wszyscy konkurenci. Gdy NSA czegoś chciała, po prostu to kupowała. Z trudem opanowując podniecenie, Susan poleciała do Waszyngtonu. Na Dulles International Airport czekał na nią szofer z agencji, który zawiózł ją do Fort Meade.

Tego roku podobne zaproszenia otrzymało jeszcze czterdzieści jeden osób. Susan miała dwadzieścia osiem lat i była najmłodsza. Była również jedyną kobietą w tym gronie. Ta wizyta miała charakter reklamowy; zostali także poddani licznym testom na inteligencję, ale sami niewiele się dowiedzieli. Tydzień później Susan i sześciu innych otrzymali kolejne zaproszenie. Mimo pewnych wątpliwości Susan zdecydowała się pojechać. Wszyscy kandydaci zostali natychmiast rozdzieleni i poddani indywidualnym testom za pomocą poligrafu. Grafolodzy badali ich pismo. W trakcie wielogodzinnego, nagrywanego na taśmę wywiadu pracownik NSA pytał ją również o skłonności i praktyki seksualne. Gdy chciał się dowiedzieć, czy uprawiała kiedykolwiek seks ze zwierzętami, Susan miała ochotę wyjść, ale ciekawość zwyciężyła. Kusiła ją tajemnica i perspektywa pracy w centrum kryptologii, wstąpienia do najbardziej tajemniczego klubu świata — Narodowej Agencji Bezpieczeństwa.

Becker był zafascynowany jej opowieścią.

— Naprawdę spytali cię, czy uprawiałaś seks ze zwierzętami?

— To element rutynowego kwestionariusza — wzruszyła ramionami Susan.

— Hmm. — Becker powstrzymał się od uśmiechu. — I co odpowiedziałaś?

Kopnęła go pod stołem.

— Powiedziałam, że nie! Do wczorajszej nocy to była prawda.

Zdaniem Susan David był bliski ideału. Miał tylko jedną fatalną cechę: za każdym razem gdy wychodzili gdzieś wspólnie, upierał się, że to on zapłaci rachunek. Susan z przykrością patrzyła, jak David wydaje całodzienne zarobki na kolację dla nich obojga, ale on był niewzruszony. Przestała protestować, lecz nie czuła się z tym dobrze. Zarabiam więcej pieniędzy, niż jestem w stanie wydać, myślała. To ja powinnam płacić. Jeśli jednak pominąć jego staroświeckie poczucie rycerskości, David był ideałem. Wrażliwy, inteligentny, zabawny, a co najważniejsze, naprawdę interesował się jej pracą. Podczas wycieczek do Smithsonian, przejażdżek rowerowych lub spaghetti w kuchni Susan, David stale zadawał jej pytania. Odpowiadała na tyle, na ile mogła — musiała się ograniczyć do ogólnego opisu Narodowej Agencji Bezpieczeństwa. David i tak był zafascynowany.

Prezydent Truman podpisał dyrektywę o stworzeniu NSA 4 listopada 1952 roku o 12.01. Przez niemal pięćdziesiąt lat NSA była najbardziej tajemniczą agencją wywiadowczą świata. Siedmiostronicowy statut zawierał bardzo zwięzłe określenie jej zadania: miała chronić bezpieczeństwo łączności rządu Stanów Zjednoczonych i przechwytywać wiadomości wymieniane przez inne państwa.

Na dachu głównego budynku NSA jest ponad pięćset anten, w tym również dwie duże kopuły radiolokatorów, przypominające gigantyczne piłki do golfa. Sam budynek jest olbrzymi — ma ponad dwieście tysięcy metrów kwadratowych, dwa razy więcej niż kwatera CIA. Na stałe zamknięte okna mają powierzchnię ośmiu tysięcy metrów kwadratowych, a wewnątrz budynku kryją się trzy miliony metrów kabli telefonicznych.

Susan opowiedziała Davidowi o COMINT, czyli wydziale przechwytywania wiadomości — oszałamiającej kolekcji stanowisk nasłuchu, satelitów, szpiegów i urządzeń podsłuchowych, rozmieszczonych na całym świecie. Każdego dnia COMINT

25

przechwytuje tysiące listów i rozmów, które następnie trafiają do analityków NSA w celu rozszyfrowania. Gdy FBI, CIA i Departament Stanu podejmują decyzje, zawsze opierają się na informacjach przekazanych przez NSA. Becker słuchał jak zaczarowany.

— A łamanie szyfrów? Jaka jest twoja rola?

Susan wyjaśniła, że przechwycone wiadomości pochodzą często od wrogich rządów, nieprzyjaznych organizacji i terrorystycznych grup, działających niejednokrotnie w granicach Stanów Zjednoczonych. Tacy nadawcy zwykle szyfrują wiadomości, na wypadek gdyby dostały się w niepowołane ręce — a dzięki COMINT tak się dzieje niemal zawsze. Jego zadanie polegało na zbadaniu szyfru, ręcznym złamaniu go i przekazaniu odszyfrowanej wiadomości. W rzeczywistości było nieco inaczej.

Susan czuła się winna, że musi okłamywać swego nowego kochanka, lecz nie miała wyboru. Kilka lat temu ten opis byłby prawdziwy, ale w NSA nastąpiła poważna zmiana. Doszło do rewolucji w kryptologii. Susan zajmowała się teraz sprawami, które były tajemnicą nawet dla wielu ludzi z najwyższych kręgów władzy.

— Szyfry... — mruknął David z wyraźną fascynacją. — Skąd wiesz, jak zacząć? To znaczy... jak je łamiesz?

— Ze wszystkich ludzi ty powinieneś to wiedzieć najlepiej — uśmiechnęła się Susan. — To tak jak nauka języka obcego. Początkowo tekst wygląda jak przypadkowy bełkot, ale gdy poznasz reguły określające jego strukturę, możesz odczytać znaczenie.

Becker pokiwał głową. Był pod wrażeniem i chciał dowiedzieć się czegoś więcej.

Korzystając z serwetek i programów koncertowych, Susan udzieliła swemu nowemu, czarującemu uczniowi krótkiego kursu kryptoanalizy. Rozpoczęła od używanego przez Juliusza Cezara szyfru „idealny kwadrat".

Juliusz Cezar był pierwszym kryptografem w historii świata. Gdy zdarzyło się kilka razy, że jego kurierzy wpadli w zasadzkę i nieprzyjaciel przechwycił wiadomość, Cezar opracował prosty sposób kodowania rozkazów. Zaszyfrowana wiadomość wyglądała na bezsensowny ciąg liter. Oczywiście jej sens był ukryty. Liczba liter w każdej wiadomości była zawsze kwadratem pewnej liczby — szesnaście, dwadzieścia pięć, trzydzieści sześć, sto — wybór zależał od długości tekstu. Oficerowie Cezara wiedzieli, że muszą wpisać wiadomość w kwadratową siatkę odpowiedniej wielkości, a następnie odczytać kolejne kolumny, od góry do dołu. Jak za dotknięciem różdżki ukazywała się wówczas utajniona wiadomość.

Z biegiem czasu inni podchwycili pomysł Cezara i zmodyfikowali w taki sposób, by utrudnić złamanie szyfru. Sztuka szyfrowania bez pomocy komputerów osiągnęła apogeum w czasie drugiej wojny światowej. Jeszcze przed jej wybuchem Niemcy skonstruowali maszynę do szyfrowania nazwaną Enigmą, wyglądem przypominającą maszynę do pisania. Wymyślny układ trzech sprzężonych bębenków, których położenie zmieniało się po każdym uderzeniu w klawisz, powodował przekształcenie tekstu jawnego w pozornie bezsensowny ciąg liter. Adresat mógł odczytać wiadomość tylko wtedy, gdy miał maszynę i znał początkowe położenie bębenków podczas szyfrowania — czyli klucz do szyfru.

Becker słuchał jak zaczarowany. Profesor zmienił się w studenta.

Pewnego dnia, podczas przedstawienia *Dziadka do orzechów*, wystawionego przez zespół uniwersytecki, Susan dała Davidowi pierwszy prosty szyfr do złamania. Podczas antraktu siedział z piórem w dłoni, usiłując odczytać dwudziestopięcioliterową wiadomość:

BHDRYD RHD YD RHD RONSJZKHRLX

Wreszcie, gdy na widowni już gasły światła, David znalazł rozwiązanie. Susan po prostu zastąpiła każdą literę tekstu jawnego poprzedzającą literą alfabetu, nie zwracając uwagi na litery akcentowane. Aby odczytać list, należało zastąpić każdą literę tekstu zaszyfrowanego następną literą alfabetu: A przechodzi w B, B w C i tak dalej. Szybko podstawił odpowiednie litery. Nigdy nie wyobrażał sobie, że pięć słów może mu sprawić taką radość:

CIESZE SIE ZE SIE SPOTKALISMY

Szybko napisał odpowiedź i podał kartkę Susan.

Uśmiechnęła się do niego.

Becker sam śmiał się z tego, co się z nim działo. Miał trzydzieści pięć lat, a na myśl o Susan natychmiast czuł przyśpieszone bicie serca, jakby był zakochanym nastolatkiem. Żadna inna kobieta nigdy nie pociągała go tak mocno jak ona. Jej delikatne, europejskie rysy twarzy i brązowe oczy przypominały reklamę kosmetyków Estée Lauder. Jeśli w młodości Susan była chuda i niezgrabna, to z pewnością bardzo się zmieniła. Teraz była zgrabna jak topola — smukła i wysoka, z pełnymi, jędrnymi piersiami i idealnie płaskim brzuchem. David często żartował, że nigdy przedtem nie słyszał o modelce mającej doktorat z matematyki stosowanej i teorii liczb. W miarę jak mijały kolejne miesiące, oboje zaczęli podejrzewać, że znaleźli coś, co może trwać przez całe życie.

Po dwóch latach od pierwszego spotkania David nieoczekiwanie oświadczył się jej. Pojechali na weekend w Smoky Mountains. Gdy leżeli na łóżku z baldachimem w Stone Manor, David poprosił ją o rękę. Nie miał pierścionka zaręczynowego — po prostu nagle przyszło mu to do głowy. To właśnie jej się w nim podobało — był taki spontaniczny. Pocałowała go długo i mocno. David wziął Susan w ramiona i zsunął z niej nocną koszulę.

— Uznaję, że to oznacza tak — powiedział. Przez całą noc kochali się przed kominkiem.

Od tego magicznego wieczoru minęło sześć miesięcy. Niedługo potem David niespodziewanie awansował na dziekana wydziału języków współczesnych. Od tej pory w ich związku coś zaczęło się psuć.

Rozdział 4

Drzwi Krypto otworzyły się na pełną szerokość. Pisk dzwonka przcrwał Susan ponure rozmyślania. Miała pięć sekund na przejście, po czym drzwi znów się zamkną, wykonując pełny obrót. Zebrała myśli i przekroczyła próg. Komputer odnotował jej wejście.

Choć praktycznie niemalże mieszkała w Krypto od zakończenia budowy nowego oddziału trzy lata temu, gdy wchodziła do środka, wciąż rozglądała się ze zdumieniem. Główne pomieszczenie miało postać ogromnej okrągłej sali o wysokości pięciu pięter. Przezroczysta kopuła wznosiła się na wysokość czterdziestu metrów i była wzmocniona siecią z włókna węglowego, dzięki czemu mogła wytrzymać falę uderzeniową, wywołaną wybuchem bomby o mocy dwóch megaton. Promienie słońca, które przedostały się przez nią, tworzyły na ścianach delikatną siateczkę świetlnych plam. Widać było wirujące spiralnie drobne pyłki kurzu, uwięzione przez system dejonizacyjny.

Ściany sali, w górnej części mocno pochylone, na poziomie oczu były już niemal pionowe. Stopniowo stawały się coraz mniej przezroczyste, a przy połączeniu z podłogą były już zupełnie czarne. Błyszczący czarny pas lśnił dziwnym blaskiem, wywołując niepokojące wrażenie, że podłoga jest przezroczysta. Czarny lód.

W samym środku z posadzki wystawało coś, co wyglądało jak czubek gigantycznej torpedy. To była właśnie maszyna, dla której powstała kopuła. Smukły czarny korpus sięgał na wysokość ośmiu metrów. Obła i gładka maszyna wyglądała jak orka, która zamarzła nad pokrytym lodem morzem. To właśnie był TRANSLATOR, najdroższy komputer świata. NSA uroczyście przysięgała, że żadna taka maszyna nie istnieje. Podobnie jak w wypadku góry lodowej, dziewięćdziesiąt procent urządzenia ukryte było pod powierzchnią. Supertajny komputer był zamknięty w ceramicznym silosie, schodzącym w dół na głębokość ośmiu pięter. Wokół podobnego do rakiety korpusu wisiały liczne pomosty dla obsługi, ciągnęły się kable i słychać było świst gazu we freonowym układzie chłodzącym. Na samym dole znajdowały się generatory, których szum docierał do każdego zakątka Krypto.

TRANSLATOR, jak wszystkie wielkie osiągnięcia techniki, był dzieckiem konieczności. W latach osiemdziesiątych nastąpiła rewolucja w dziedzinie telekomunikacji, która całkowicie zmieniła świat wywiadu elektronicznego. Było nią oczywiście upowszechnienie dostępu do Internetu, a zwłaszcza poczty elektronicznej.

Przestępcy, terroryści i szpiedzy mieli już całkowicie dość telefonicznych podsłuchów, dlatego natychmiast zaczęli korzystać z nowego środka łączności. Wydawało się, że poczta elektroniczna jest równie bezpieczna jak konwencjonalna i równie szybka jak telefon. Wiadomości są przekazywane przez podziemne światłowody i nie rozchodzą się w postaci fal radiowych, które każdy może przechwycić. Początkowo wszyscy sądzili, że poczta elektroniczna gwarantuje bezpieczeństwo łączności.

W rzeczywistości eksperci techniczni z NSA nie mieli żadnych problemów z przechwytywaniem wiadomości rozchodzących się przez sieć Internetu. To była dla nich dziecinna igraszka. Wbrew przekonaniu wielu użytkowników Internet wcale nie powstał wraz z rozpowszechnieniem się komputerów osobistych. Już trzydzieści lat wcześniej Departament Obrony stworzył ogromną sieć komputerową, która miała zapewnić łączność w trakcie wojny atomowej. Ludzie z COMINT byli ekspertami od Internetu. Osoby prowadzące nielegalne interesy za pośrednictwem poczty elektronicznej szybko się przekonały, że ich tajemnice nie są zbyt dobrze strzeżone. FBI, DEA, IRS i inne agencje amerykańskie zajmujące się walką z przestępczością — korzystając z pomocy przebiegłych hakerów z NSA — odnotowały wyraźny wzrost liczby aresztowanych i skazanych przestępców.

Oczywiście, gdy użytkownicy komputerów z całego świata dowiedzieli się, że rząd amerykański przechwytuje listy elektroniczne, zaczęli głośno protestować. Nawet zwyczajni koledzy, korzystający z poczty elektronicznej wyłącznie do celów rekreacyjnych, byli zirytowani brakiem prywatności. Przedsiębiorczy programiści z całego świata zaczęli szukać możliwości zabezpieczenia poczty elektronicznej. W ten sposób doszło do wynalezienia systemu szyfrowania z kluczem publicznym.

Każdy użytkownik systemu ma dwa klucze, publiczny i prywatny. Pierwszy jest wszystkim znany, drugi stanowi jego tajemnicę. Gdy ktoś chce wysłać zaszyfrowany list do danej osoby, musi znaleźć jej klucz publiczny i za pomocą łatwego w użyciu programu komputerowego zaszyfrować wiadomość tak, żeby wyglądała jak bezładny ciąg znaków. Każdy, kto przechwyci taką wiadomość, zobaczy na ekranie nieczytelne śmieci.

Do odczytania zaszyfrowanej wiadomości nie wystarcza znajomość klucza publicznego — potrzebny jest klucz prywatny, zwany także kluczem deszyfrującym, znany tylko adresatowi. Klucze prywatne działają podobnie jak PIN-y w bankomatach, ale na ogół są długie i skomplikowane. W kluczu prywatnym zawarte są informacje potrzebne komputerowi do wykonania matematycznych operacji prowadzących do odczytania wiadomości.

Od tej pory użytkownicy poczty elektronicznej mogli czuć się bezpieczni. Nawet gdyby ktoś przechwycił zaszyfrowany list, bez klucza prywatnego nie mógłby go odczytać.

NSA natychmiast odczuła zmianę sytuacji. Teraz agencja nie miała już do czynienia z prostymi szyframi podstawieniowymi, które można złamać za pomocą ołówka i kartki. Nowe komputerowe funkcje mieszające lub haszujące, jak mówią specjaliści, wykorzystywały osiągnięcia teorii chaosu i dużą liczbę symbolicznych alfabetów, i w ten sposób przekształcały tekst jawny w pozornie zupełnie beznadziejną, losową sekwencję znaków.

Początkowo do szyfrowania listów elektronicznych używano stosunkowo krótkich kluczy, dzięki czemu komputery NSA mogły sobie z nimi poradzić. Jeśli klucz deszyfrujący składa się z dziesięciu cyfr, to wystarczy zaprogramować komputer tak, żeby sprawdził wszystkie możliwości od 0000000000 do 9999999999. Wcześniej lub później komputer musi znaleźć właściwy klucz. Taką metodę prób i błędów określa się jako „brutalny atak". Brutalny atak wymaga czasu, ale daje gwarancję znalezienia klucza.

Gdy ludzie dowiedzieli się o skuteczności metody brutalnego ataku, zaczęli stosować coraz dłuższe klucze. Czas obliczeń, konieczny do „odgadnięcia" właściwego klucza, stale się wydłużał. Zamiast tygodnia pracy udany atak wymagał miesięcy, a później nawet lat.

W latach dziewięćdziesiątych używano już kluczy złożonych z ponad pięćdziesięciu znaków, wybieranych spośród dwustu pięćdziesięciu sześciu symboli ASCII, obejmujących litery, cyfry i inne znaki. Liczba możliwych kluczy wzrosła do mniej więcej 10^{120} — jeden i sto dwadzieścia zer. Odgadnięcie klucza w pierwszej próbie stało się równie prawdopodobne jak znalezienie jednego szczególnego ziarnka piasku na plaży o długości pięciu kilometrów. Z oszacowań wynikało, że w wypadku klucza mającego sześćdziesiąt cztery bity udany brutalny atak, z użyciem najszybszego komputera NSA — supertajnego Cray/Josephson II — trwałby jakieś dziewiętnaście lat. Nim komputer znalazłby klucz i odczytał wiadomość, z pewnością jej treść nie miałaby już żadnego znaczenia.

Wobec perspektywy rychłej utraty możliwości prowadzenia wywiadu elektronicznego NSA przygotowała ściśle tajną dyrektywę, którą zaakceptował prezydent. Agencja otrzymała niezbędne środki finansowe z budżetu federalnego i *carte blanche* — miała zrobić to, co konieczne, by rozwiązać problem. NSA postanowiła wówczas stworzyć coś, co wydawało się niemożliwe: zbudować pierwszy uniwersalny komputer do łamania szyfrów.

Mimo zastrzeżeń wielu inżynierów, którzy twierdzili, że skonstruowanie nowego komputera do kryptoanalizy jest niemożliwe, agencja postanowiła być wierna swej dewizie: Wszystko jest możliwe. Niemożliwe po prostu wymaga więcej czasu. Pięć lat później, kosztem pół miliona godzin pracy i miliarda dziewięciuset milionów dolarów, NSA postawiła na swoim. Ostatni z trzech milionów procesorów wielkości znaczka pocztowego został przylutowany, zakończono programowanie i zamknięto ceramiczną osłonę. Narodził się TRANSLATOR.

Tajny schemat wewnętrzny TRANSLATORA był dziełem wielu umysłów i nikt w pełni nie rozumiał całego układu, ale podstawowa zasada jego działania była prosta: gdy wielu pracuje razem, każde zadanie staje się łatwe.

TRANSLATOR został wyposażony w trzy miliony procesorów działających równolegle — błyskawicznie wykonujących obliczenia i sprawdzających kolejno wszystkie możliwości. Konstruktorzy mieli nadzieję, że nawet szyfry wykorzystujące klucze o niewyobrażalnej długości nie sprostają brutalnej sile i wytrwałości TRANSLATORA. Arcydzieło techniki, zbudowane kosztem dwóch miliardów dolarów, miało wykorzystywać nie tylko metodę przetwarzania równoległego, ale również nowe, tajne metody oceny tekstu jawnego i najnowsze osiągnięcia w badaniach nad komputerami kwantowymi — maszynami, w których informacja jest przechowywana nie w postaci binarnej, lecz w formie stanów kwantowych.

Chwila prawdy nadeszła w czwartek rano w październiku. Pierwszy realistyczny test. Mimo różnych zastrzeżeń inżynierowie nie mieli wątpliwości co do jednego: jeśli wszystkie procesory będą działać równolegle, to TRANSLATOR osiągnie wielką moc obliczeniową. Trudniej było przewidzieć, jak wielką.

Odpowiedź otrzymano po dwunastu minutach. Nieliczni świadkowie stojący w sali głównej patrzyli, jak drukarka wypisuje tekst jawny. TRANSLATOR potrzebował zaledwie dziesięciu minut i paru sekund, by znaleźć klucz złożony z sześćdziesięciu czterech znaków. To niemal milion razy szybciej niż dwadzieścia lat, a tyle pracowałby nad tym zagadnieniem drugi pod względem prędkości komputer NSA.

To był triumf wydziału produkcji NSA, którym kierował zastępca dyrektora do spraw operacyjnych komandor Trevor J. Strathmore. TRANSLATOR spełnił oczekiwania. W celu utrzymania sukcesu w tajemnicy komandor Strathmore natychmiast zaaranżował przeciek, jakoby projekt zakończył się kompletną klapą. Wszystko, co od tej pory robili pracownicy Krypto, uchodziło za próby uratowania czegoś, na co wydano dwa miliardy dolarów, przed kompletnym fiaskiem. Tylko ścisła elita NSA znała prawdę: TRANSLATOR łamał setki szyfrów każdego dnia.

Gdy rozeszła się plotka, że nawet potężna NSA nie jest w stanie złamać szyfrów komputerowych, agencja poznawała różne sekrety metodą taśmową. Baronowie narkotykowi, terroryści, defraudanci — którzy mieli już dość wpadek z powodu przechwyconych rozmów przez telefon komórkowy — szybko przerzucili się na nowy środek globalnej łączności: szyfrowaną pocztę elektroniczną. Teraz już nie musieli się obawiać, że staną przed wielką ławą przysięgłych i wraz z sędziami będą słuchać dawno zapomnianej rozmowy telefonicznej, którą zarejestrował satelita NSA.

Wywiad elektroniczny nigdy nie był łatwiejszy. Wiadomości przechwycone przez COMINT w postaci całkowicie niezrozumiałych szyfrów były wczytywane do TRANSLATORA i po kilku minutach komputer wypluwał odczytany tekst jawny. Koniec z sekretami.

NSA nie zaniedbywała starań o to, by wykazać się niekompetencją. W tym celu zaciekle domagała się ustawowego zakazu produkcji i sprzedaży programów do szyfrowania. Przedstawiciele NSA twierdzili, że takie programy uniemożliwiają im wykonanie statutowych zadań, a tym samym utrudniają policji walkę z przestępcami. Obrońcy praw obywatelskich tylko się uradowali, ponieważ ich zdaniem NSA w ogóle nie powinna czytać poczty elektronicznej. Firmy komputerowe dalej sprzedawały programy szyfrujące. NSA przegrała bitwę, dokładnie tak jak planowała. Cały świat komputerowy i elektroniczny został oszukany... tak się przynajmniej wydawało.

Rozdział 5

— Gdzie się wszyscy podziali? — zastanawiała się Susan, przechodząc przez pustą salę Krypto. *Też mi sytuacja alarmowa.* Większość wydziałów NSA pracuje przez siedem dni w tygodniu, natomiast w Krypto w soboty na ogół panował spokój. Matematycy zajmujący się kryptologią i tak byli z natury spiętymi wewnętrznie pracoholikami, dlatego zgodnie z niepisaną regułą soboty były wolne, z wyjątkiem nagłych sytuacji. Kryptoanalitycy byli tak cennym towarem, że NSA nie chciała ryzykować strat wskutek ich przepracowania się i wypalenia.

Susan przeszła z lewej strony TRANSLATORA. Szum generatorów osiem pięter niżej dziś wydał jej się dziwnie złowieszczy. Nigdy nie lubiła być sama w Krypto. Czuła się tak, jakby znalazła się w klatce z jakąś wielką futurystyczną bestią. Szybkim krokiem skierowała się do biura komandora.

Gabinet Strathmore'a, ze ścianami ze szkła, nazywany „akwarium" z uwagi na wygląd po odsunięciu zasłon, znajdował się wysoko na tylnej ścianie Krypto. Susan wspinała się po metalowych pomostach, jednocześnie wpatrując się w grube dębowe drzwi biura, ozdobione godłem NSA: amerykańskim orłem ze staroświeckim kluczem w szponach. Za tymi drzwiami siedział jeden z najpotężniejszych ludzi, jakich kiedykolwiek spotkała.

Komandor Strathmore miał pięćdziesiąt sześć lat, był zastępcą dyrektora do spraw operacyjnych. Susan traktował niemal jak córkę. To on ją zatrudnił i postarał się, by w NSA czuła się jak w domu. Kiedy dziesięć lat wcześniej Susan zaczęła pracować w agencji, Strathmore był szefem działu rozwoju, zajmującego się szkoleniem nowych kryptologów — dotychczas zawsze byli to mężczyźni. Strathmore nigdy nie tolerował fali, ale szczególnie bacznie opiekował się swoją jedyną pracownicą. Gdy ktoś zarzucił mu, że ją faworyzuje, Strathmore miał prostą i oczywistą odpowiedź: Susan Fletcher była jednym z najbardziej obiecujących nowych pracowników i należało dopilnować, by nie zrezygnowała z pracy z powodu molestowania seksualnego. Mimo to pewien starszy kryptolog postanowił przetestować jego zdecydowanie.

Któregoś ranka podczas pierwszego roku w NSA Susan weszła do pokoju nowych kryptologów, by odwalić jakąś papierkową robotę. Gdy wychodziła, zauważyła swoje zdjęcie na tablicy ogłoszeń. Niemal zemdlała z zakłopotania. Na zdjęciu leżała na łóżku w samych majtkach.

Jak się okazało, jeden z kryptologów zeskanował zdjęcie z pisma pornograficznego i dołączył głowę Susan. Fotomontaż był całkiem przekonujący.

Na nieszczęście dla autora fotomontażu komandor Strathmore nie był tym rozbawiony w najmniejszym stopniu. Dwie godziny później ukazał się pamiętny komunikat:

STARSZY KRYPTOLOG CARL AUSTIN ZOSTAŁ
ZWOLNIONY Z POWODU NIEWŁAŚCIWEGO ZACHOWANIA

Od tej pory nikt już jej nie dokuczał. Susan Fletcher została pupilką komandora.

Strathmore cieszył się wielkim szacunkiem nie tylko wśród młodych kryptologów. Już w pierwszych latach swej kariery zdobył uznanie przełożonych, przeprowadzając szereg nieortodoksyjnych i bardzo udanych operacji wywiadowczych. Szybko awansował i był znany ze zdolności do zimnej i precyzyjnej analizy skomplikowanych sytuacji. Trevor Strathmore potrafił chłodno ocenić wszystkie moralne aspekty trudnych decyzji, jakie często należało podejmować w NSA, a następnie bez skrupułów działał w imię interesu narodowego.

Nikt nie miał wątpliwości, że Strathmore jest gorącym patriotą. Był znany również jako wizjoner... oraz przyzwoity człowiek w świecie kłamstw.

Strathmore błyskawicznie awansował z szefa działu rozwoju na zastępcę dyrektora agencji. Teraz tylko jeden człowiek w NSA stał wyżej od niego — dyrektor Leland Fontaine, mityczny władca Pałacu Zagadek, nigdy niewidziany, niekiedy słyszany, zawsze wzbudzający lęk. Fontaine i Strathmore rzadko się widywali, a ich spotkania przypominały starcia tytanów. Fontaine był olbrzymem wśród olbrzymów, ale Strathmore'a niewiele to obchodziło. W rozmowach z dyrektorem bronił swoich poglądów z rezerwą rozwścieczonego boksera. Nawet prezydent nie ośmielał się atakować Fontaine'a w taki sposób jak on. To wymagało albo politycznego immunitetu, albo — jak w wypadku Strathmore'a — całkowitej obojętności na względy polityczne.

Susan dotarła na górny podest schodów, ale nim zdążyła zapukać, rozległ się szmer elektronicznego zamka. Drzwi same się otworzyły i komandor zaprosił ją gestem do środka.

— Dzięki za przyjście, Susan. Jestem ci bardzo wdzięczny.

— Nic takiego, proszę pana — uśmiechnęła się i usiadła naprzeciw jego biurka.

Strathmore był kościstym, mocno zbudowanym mężczyzną. Miał łagodne rysy twarzy, skrywające twardość i perfekcjonizm. Z szarych oczu zwykle promieniowała pewność siebie, oparta na doświadczeniu, ale tego dnia wydawał się zdenerwowany i wytrącony z równowagi.

— Kiepsko pan wygląda — zauważyła Susan.

— Bywałem w lepszej formie — westchnął Strathmore.

Też tak sądzę, pomyślała.

Susan jeszcze nigdy nie widziała komandora w tak złym stanie. Jego rzedniejące szare włosy były potargane, a mimo klimatyzacji z czoła spływały krople potu. Wyglądał tak, jakby spał w ubraniu. Siedział przy nowoczesnym biurku ze schowaną klawiaturą komputera i umieszczoną w zagłębieniu konsolą. Z boku stał monitor, a blat był zasypany komputerowymi wydrukami. Biurko wyglądało jak kokpit ze statku kosmitów, przeniesiony do jego gabinetu.

— Ciężki tydzień? — zapytała.

— Jak zwykle — wzruszył ramionami Strathmore. — EFF znowu się mnie czepia z powodu prawa do prywatności.

Susan zachichotała. EFF, czyli Electronic Frontier Foundation, była światową koalicją użytkowników komputerów, zajmującą się ochroną praw obywatelskich, obroną wolności słowa w sieci komputerowej oraz uświadamianiem innym niebezpieczeństw związanych z życiem w elektronicznym świecie. EFF prowadziła stałą kampanię przeciw, jak twierdziła, „orwellowskim możliwościom podsłuchiwania obywateli przez agencje rządowe", a zwłaszcza przez NSA. EFF była dla Strathmore'a permanentnym źródłem kłopotów.

— To chyba nie jest żadna rewelacja — odpowiedziała Susan. — Co się takiego stało, że wyciągnął mnie pan z wanny?

Strathmore przez chwilę milczał, z roztargnieniem bawiąc się kulką do manipulowania kursorem, wmontowaną w blat biurka. Wreszcie spojrzał Susan prosto w oczy.

— Jaki był maksymalny czas... potrzebny TRANSLATOROWI na złamanie szyfru?

To pytanie zaskoczyło Susan. Wydawało się zupełnie nieistotne. *Czy wzywał mnie po to, by się tego dowiedzieć?*

— Hmm... — zawahała się. — Kilka miesięcy temu mieliśmy wiadomość przechwyconą przez COMINT. Jej odczytanie zajęło godzinę, ale miała absurdalnie długi klucz, jakieś dziesięć tysięcy znaków.

— Godzinę, tak? — mruknął Strathmore. — A jak było w wypadku testów?

— Cóż, jeśli bierze pan pod uwagę diagnostykę, to oczywiście czas jest dłuższy — wzruszyła ramionami.

— O ile dłuższy?

Nie domyśliła się, o co mu chodzi.

— W marcu wypróbowałam algorytm z kluczem liczącym milion bitów. Zakazane pętle, automaty komórkowe, wszystko. TRANSLATOR poradził sobie z tym problemem.

— Ile czasu pracował?

— Trzy godziny.

— Trzy godziny?! Tak długo? — Strathmore uniósł brwi.

Susan poczuła się nieco urażona. Od trzech lat jej praca

polegała na ulepszaniu programu najbardziej tajnego komputera świata. To ona była autorką większości programów wykorzystywanych przez TRANSLATOR. Trudno sobie wyobrazić, by w realistycznej sytuacji ktoś posłużył się kluczem o długości miliona bitów.

— No dobra — powiedział Strathmore. — Czyli nawet w ekstremalnej sytuacji złamanie każdego kodu nie wymagało więcej niż trzy godziny obliczeń?

— Tak. Mniej więcej.

Strathmore przez chwilę milczał, jakby obawiał się, że powie za wiele i będzie żałował. Wreszcie uniósł głowę.

— TRANSLATOR trafił na coś... — urwał.

— Pracuje nad czymś dłużej niż trzy godziny? — spytała Susan.

Strathmore pokiwał głową.

— Jakiś nowy test diagnostyczny? — Susan nie wydawała się przejęta. — Coś z Działu Bezpieczeństwa Systemu?

— Nie, to plik zewnętrzny — odrzekł Strathmore, kręcąc głową.

Susan nadaremnie czekała na puentę.

— Przechwycony plik? Pan chyba żartuje?

— Chciałbym, żeby tak było. Wczytałem plik wczoraj wieczorem, o jedenastej trzydzieści. TRANSLATOR do tej pory nie złamał szyfru.

Susan opadła szczęka. Spojrzała na zegarek, a potem na komandora.

— Jeszcze nie skończył? Po piętnastu godzinach?!

Strathmore pochylił się do przodu i odwrócił monitor w stronę Susan. Na czarnym ekranie widać było tylko niewielkie żółte okienko:

CZAS PRACY: 15.09.33

OCZEKIWANY KLUCZ:

Susan wpatrywała się w ekran. Była zdumiona. Rzeczywiście wyglądało na to, że TRANSLATOR pracował nad złamaniem szyfru już ponad piętnaście godzin. Wiedziała, że dzięki równoległemu działaniu procesorów komputer sprawdza trzydzieści milionów kluczy na sekundę, czyli sto miliardów na godzinę. Skoro jeszcze nie skończył, to klucz musiał być ogromny — ponad dziesięć miliardów bitów. To było całkowite szaleństwo.

— To niemożliwe! — oświadczyła stanowczo. — Czy sprawdził pan flagi błędów? Może TRANSLATOR się zawiesił...

— Komputer pracuje normalnie.

— Wobec tego klucz musi być ogromny!

— To standardowy, komercjalny algorytm — pokręcił głową Strathmore. — Przypuszczam, że klucz liczy sześćdziesiąt cztery bity.

Susan nie mogła tego zrozumieć. Spojrzała przez szybę na komputer. Wiedziała z doświadczenia, że TRANSLATOR potrzebuje do odgadnięcia klucza o długości sześćdziesięciu czterech bitów mniej niż dziesięć minut.

— Musi być jakieś wyjaśnienie.

— Na pewno — pokiwał głową komandor. — Nie przypadnie ci do gustu.

— Czy TRANSLATOR ma awarię? — Susan wydawała się zakłopotana.

— TRANSLATOR jest w porządku.

— Złapaliśmy wirusa?

— To nie jest żaden wirus — zaprzeczył Strathmore. — Posłuchaj, zaraz ci wyjaśnię.

Susan była oszołomiona i wzburzona. TRANSLATOR nigdy jeszcze nie spotkał się szyfrem, którego nie potrafiłby złamać w ciągu godziny. Zazwyczaj już po kilku minutach drukarka w gabinecie Strathmore'a wyrzucała tekst jawny. Spojrzała na drukarkę. Taca była pusta.

— Susan — powiedział spokojnie Strathmore. — Początkowo trudno ci będzie przyjąć to do wiadomości, ale posłuchaj. — Przerwał i przygryzł dolną wargę. — Szyfr, nad którym pracuje teraz TRANSLATOR, jest wyjątkowy. Nigdy nie mieliśmy z czymś takim do czynienia. — Znowu przerwał, tak jakby nie mógł się zdobyć na wymówienie tych słów. — Tego szyfru nie można złamać.

Niewiele brakowało, a Susan parsknęłaby śmiechem. *Szyfr, którego nie można złamać? A co TO ma znaczyć?* Nie ma czegoś takiego jak szyfr, którego nie da się złamać. Złamanie niektórych szyfrów wymaga więcej czasu niż złamanie innych, ale zawsze jest to możliwe. Matematyka gwarantuje, że wcześniej lub później TRANSLATOR znajdzie klucz.

— Przepraszam, co pan powiedział?

— Tego szyfru nie można złamać — powtórzył Strathmore.

Nie można złamać? Susan nie mogła uwierzyć, że słowa te wyszły z ust człowieka, który od dwudziestu siedmiu lat zajmował się łamaniem szyfrów.

— Nie można złamać, proszę pana? — wykrztusiła. — A co z zasadą Bergofsky'ego?

Susan poznała zasadę Bergofsky'ego już w początkowym okresie swej kryptologicznej kariery. Zasada ta była kamieniem węgielnym metody brutalnego ataku. Właśnie z powodu tej zasady Strathmore postanowił zbudować TRANSLATOR. Głosi ona, że jeśli komputer sprawdzi dostateczną liczbę kluczy, to z całą pewnością znajdzie właściwy. System łączności jest bezpieczny nie dlatego, że znalezienie klucza deszyfrującego jest niemożliwe, a po prostu dlatego, że większość ludzi nie ma czasu i sprzętu potrzebnego do tego celu.

— Ten szyfr jest inny — potrząsnął głową Strathmore.

— Inny? — Susan spojrzała na niego z ukosa. *Z matematyki wynika, że nie istnieje szyfr gwarantujący stuprocentowe bezpieczeństwo. Przecież on to wie!*

Strathmore przeciągnął dłonią po spoconej łysinie.

— Ten szyfr wykorzystuje zupełnie nowy algorytm, z którym jeszcze nigdy się nie spotkaliśmy.

To tylko wzmogło sceptycyzm Susan. Algorytmy szyfrujące to po prostu matematyczne wzory, które służą do przekształcenia tekstu jawnego w tekst zaszyfrowany. Matematycy i programiści nieustannie tworzą nowe algorytmy szyfrujące. Na rynku było ich mnóstwo — PGP, Diffie-Hellman, ZIP, IDEA, El Gamal. Dotychczas TRANSLATOR bez najmniejszego kłopotu łamał setki takich szyfrów dziennie. Z punktu widzenia TRANSLATORA wszystkie algorytmy szyfrujące były równoważne.

— Nie rozumiem — odrzekła. — Nie mówimy tu o zrekonstruowaniu jakiejś złożonej funkcji, lecz brutalnym ataku. PGP, Lucifer, DES... to nie ma znaczenia. Algorytm wymaga bezpiecznego klucza. TRANSLATOR zgaduje tak długo, aż wreszcie znajdzie klucz.

— Tak, Susan — odpowiedział Strathmore z cierpliwością dobrego nauczyciela. — Tak, TRANSLATOR zawsze znajdzie klucz, jeśli nawet jest bardzo długi. — Komandor na chwilę przerwał. — Chyba że...

Susan chciała coś wtrącić, ale się powstrzymała. Najwyraźniej Strathmore miał w końcu ujawnić swoją bombę. *Chyba że co?*

— Chyba że komputer nie rozpozna, iż złamał szyfr.

— Co takiego?! — niewiele brakowało, a Susan spadłaby z krzesła.

— Chyba że komputer znajdzie właściwy klucz, ale będzie zgadywał dalej, bo nie zorientuje się, że klucz jest poprawny. — Strathmore wyglądał bardzo ponuro. — Moim zdaniem to algorytm ze zmiennym tekstem jawnym.

Susan gapiła się na niego bez słowa.

Koncepcję zmiennego tekstu jawnego opisał w 1987 roku węgierski matematyk Josef Harne w mało znanym piśmie komputerowym. Podczas brutalnego ataku komputer analizuje uzyskany tekst jawny i szuka pewnych regularnych układów słów. Harne zaproponował, by stworzyć algorytm szyfrujący, który powodowałby, że odczytany tekst jawny zmieniałby się w czasie. Teoretycznie stałe mutacje tekstu uniemożliwiłyby komputerowi zidentyfikowanie regularnych układów słów, a zatem komputer nie potrafiłby rozpoznać, że odgadł właściwy klucz. Ta idea przypominała trochę pomysł podboju Marsa — łatwo pojąć, o co chodzi, ale realizacja wykracza poza obecne możliwości techniczne ludzkości.

— Skąd pochodzi ten plik? — spytała.

— Napisał go programista z domeny publicznej — odpowiedział komandor.

— Co takiego? — Susan opadła na krzesło. — Mamy tu najlepszych programistów świata! Nikomu z nas nie udało się jeszcze napisać programu, który choćby w przybliżeniu można było uznać za algorytm ze zmiennym tekstem jawnym. Chce mi pan powiedzieć, że jakiś punk z pecetem wymyślił, jak to zrobić?

— Nie nazwałbym go punkiem.

Strathmore ściszył głos. Najwyraźniej chciał ją uspokoić, ale Susan nie słuchała. Była przekonana, że musi być jakieś inne wyjaśnienie. Awaria. Wirus. Wszystko było bardziej prawdopodobne niż szyfr, którego nie można złamać.

— Ten algorytm napisał jeden z najlepszych kryptografów w całej historii — powiedział Strathmore i zmierzył ją surowym spojrzeniem.

To jeszcze bardziej wzmogło jej krytyczne nastawienie. Najlepsi kryptografowie pracowali w jej wydziale i z pewnością wiedziałaby, gdyby któryś wymyślił taki algorytm.

— Kto? — spytała.

— Jestem pewny, że sama zgadniesz — odrzekł Strathmore. — On niezbyt lubi NSA.

— No, to rzeczywiście bardzo ogranicza zbiór kandydatów! — sarkastycznie prychnęła Susan.

— Brał udział w projektowaniu TRANSLATORA. Złamał reguły. Niewiele brakowało, a spowodowałby kryzys. Kazałem go deportować.

Susan patrzyła na niego przez chwilę, po czym wyraźnie zbladła.

— Och Boże...

— Już od roku przechwalał się, że pracuje nad algorytmem odpornym na brutalny atak — dodał Strathmore.

— Ależ... — wyjąkała Susan. — Sądziłam, że blefuje. Naprawdę to zrobił?

— Tak. Wymyślił algorytm szyfrujący, którego nie można złamać.

Susan milczała dłuższą chwilę.

— To oznacza...

— Tak. — Strathmore spojrzał jej prosto w oczy. — Tak. Ensei Tankado właśnie odesłał TRANSLATOR do muzeum.

Rozdział 6

Wprawdzie w czasie drugiej wojny światowej Ensei Tankado nie było jeszcze na świecie, ale dokładnie przestudiował jej historię, a zwłaszcza kulminacyjne zdarzenie: wybuch bomby atomowej, który zabił sto tysięcy jego rodaków. Hirosima, 8.15 rano, 6 sierpnia 1945 roku — podły akt zniszczenia. Bezsensowna demonstracja potęgi, przeprowadzona przez państwo, które i tak wygrało już wojnę. Tankado pogodził się z tym wszystkim, ale nie mógł zaakceptować faktu, że z powodu bomby nigdy nie poznał swojej matki. Matka zmarła w czasie porodu wskutek komplikacji wywołanych napromieniowaniem wiele lat wcześniej.

W 1945 roku, na długo nim urodził się Ensei, jego matka, podobnie jak wiele jej przyjaciółek, pojechała do Hirosimy, by pracować jako ochotniczka w szpitalu dla poparzonych. To właśnie tam stała się jedną z *hibakusha* — ludzi napromieniowanych. Dziewiętnaście lat później, gdy leżała w sali porodowej, wiedziała, że umrze na skutek wewnętrznego krwotoku. Nie zdawała sobie natomiast sprawy, że śmierć oszczędzi jej jeszcze jednego horroru — urodziła dziecko niepełnosprawne.

Ojciec Ensei nigdy nawet nie zobaczył swojego syna. Rozstrojony śmiercią żony i zawstydzony pojawieniem się niepełnosprawnego dziecka, które — jak powiedziały mu pielęgniarki — zapewne nie doczeka rana, znikł ze szpitala i nigdy nie wrócił. Ensei Tankado trafił do rodziny zastępczej.

Co noc chłopiec przyglądał się swoim wykręconym palcom

zaciśniętym na lalce *daruma* i przysięgał, że się zemści — zemści się na kraju, który odebrał mu matkę i spowodował, że ojciec się go wstydził. Ensei nie wiedział, że już wkrótce o jego życiu zdecyduje przeznaczenie.

Gdy miał dwanaście lat, do przybranych rodziców zadzwonił przedstawiciel firmy komputerowej z Tokio, by zapytać, czy ich kalekie dziecko może wziąć udział w teście nowej klawiatury przeznaczonej dla dzieci upośledzonych. Rodzice się zgodzili.

Ensei Tankado nigdy wcześniej nie widział komputera, ale wydawało się, że instynktownie wie, jak się nim posługiwać. Komputer otworzył przed nim nowe światy, których wcześniej nawet sobie nie wyobrażał. Wkrótce żył tylko komputerami. Parę lat później prowadził już kursy komputerowe, zarabiał, aż wreszcie zdobył stypendium na Uniwersytecie Doshisha. Szybko stał się znany w Tokio jako *fugusha kisai* — kaleki geniusz.

Tankado w końcu przeczytał o Pearl Harbor i japońskich zbrodniach wojennych. Stopniowo przestał nienawidzić Ameryki. Stał się pobożnym buddystą i zapomniał o dziecinnych przysięgach zemsty; uznał, że wybaczenie jest jedyną drogą do wewnętrznej wolności.

Gdy Ensei Tankado miał dwadzieścia lat, był już w środowisku programistów postacią kultową. IBM zaproponował mu posadę w Teksasie. Skorzystał z okazji. Trzy lata później zerwał z IBM, przeprowadził się do Nowego Jorku i żył z pisania programów. Wykorzystał falę zainteresowania szyfrowaniem z kluczem publicznym. Tworzył algorytmy, pisał programy i świetnie zarabiał.

Jak wielu najlepszych autorów algorytmów szyfrujących, Tankado otrzymał zaproszenie do NSA. Oczywiście dostrzegł ironię losu — miał teraz okazję pracować w najtajniejszej agencji rządowej kraju, którego kiedyś tak nienawidził. Zgodził się pojechać na rozmowę. Jeśli miał jakieś wątpliwości, zapomniał o nich po dyskusji z komandorem Strathmore'em. Rozmawiali szczerze o przeszłości Tankada, jego potencjalnie wrogich uczuciach do Stanów Zjednoczonych, planach na przyszłość. Tankado musiał się poddać testowi poligraficznemu i zaliczył trwające pięć tygodni badania psychologiczne. Wiara w Buddę sprawiła, że naprawdę wyzbył się nienawiści. Cztery miesiące później Ensei Tankado został pracownikiem działu kryptografii Narodowej Agencji Bezpieczeństwa.

Tankado pobierał wysoką pensję, ale mimo to jeździł do pracy starym motorowerem i na lunch jadał przyniesione z domu kanapki, zamiast chodzić z kolegami do stołówki, gdzie można było zjeść coś naprawdę dobrego. Wolał siedzieć samotnie przy swoim biurku. Kryptografowie go podziwiali. Był bardziej błyskotliwy i twórczy niż wszyscy, z którymi zetknęli się do tej pory. Poza tym był uprzejmy, spokojny i kryształowo uczciwy. Zasady etyczne miały dla niego podstawowe znaczenie. Właśnie dlatego zwolnienie go z pracy w NSA i deportacja były dla wszystkich tak wielkim szokiem.

Tankado, podobnie jak inni pracownicy Krypto, którzy brali udział w projektowaniu TRANSLATORA, został poinformowany, że jeśli projekt zakończy się sukcesem, to komputer będzie używany do deszyfrowania poczty elektronicznej tylko wtedy, gdy zaaprobuje to Departament Sprawiedliwości. Wykorzystywanie TRANSLATORA przez NSA miało być kontrolowane tak jak działalność FBI: agenci nie mogą zakładać podsłuchu bez zgody sędziego federalnego. Zgodnie z założeniami TRANSLATOR miał być wyposażony w program uniemożliwiający deszyfrowanie bez podania hasła przechowywanego w Departamencie Sprawiedliwości i Rezerwie Federalnej. To miało zapobiec swobodnemu przeglądaniu poczty praworządnych obywateli z całego świata.

Gdy jednak przyszła pora na zainstalowanie tego programu, pracowników Krypto poinformowano o zmianie planów. Działania antyterrorystyczne NSA często wymagały pośpiechu, dlatego o wykorzystaniu TRANSLATORA do deszyfrowania listów miało decydować wyłącznie kierownictwo agencji.

Ensei Tankado był oburzony. NSA będzie mogła czytać pocztę dowolnej osoby, i to w taki sposób, że ani nadawca, ani adresat nie będą w stanie się zorientować. To tak, jakby wszystkie telefony na świecie były na podsłuchu. Strathmore próbował go przekonać, że TRANSLATOR będzie służył do walki z przestępcami, ale Tankado uparcie twierdził, że taki tryb pracy oznacza poważne pogwałcenie praw obywatelskich. Złożył rezygnację z zajmowanego stanowiska i już kilka godzin później złamał reguły tajności NSA, usiłując nawiązać kontakt z Electronic Frontier Foundation. Tankado mógł spowodować światowy kryzys, ujawniając, że zdradziecki rząd Stanów Zjednoczonych może przechwytywać tajemnice wszystkich użytkowników komputerów z całego świata. NSA nie miała wyboru, musiała go powstrzymać.

Wiadomość o aresztowaniu i deportowaniu Ensei Tankada rozeszła się przez Internet, czemu towarzyszyła kampania oszczerstw. Wbrew woli Strathmore'a specjaliści ochrony z NSA, którzy lękali się, że Tankado ujawni tajemnicę istnienia TRANSLATORA, postanowili go zawczasu zdyskredytować. Odpowiednio puszczone plotki sprawiły, że Tankado znalazł się w izolacji — unikali go wszyscy koledzy. Nikt nie chciał wierzyć kalece oskarżonemu o szpiegostwo, zwłaszcza gdy rozpowszechniał absurdalne twierdzenia, jakoby Stany Zjednoczone zbudowały komputer zdolny do złamania dowolnego szyfru.

Najdziwniejsze było to, że Tankado zachował całkowity spokój, tak jakby doskonale rozumiał, że to tylko część gry wywiadów. Nie zdradzał gniewu, lecz zdecydowanie. Gdy agenci ochrony wyprowadzali go z NSA, Tankado po raz ostatni rozmawiał ze Strathmore'em.

— Wszyscy mamy prawo do swoich sekretów — powiedział z mrożącym krew w żyłach spokojem. — Postaram się, żeby każdy mógł skorzystać z tego prawa.

Rozdział 7

Ensei Tankado stworzył szyfr, którego nie można złamać! — myślała w kółko Susan. Ta wiadomość z trudem docierała do jej świadomości.

— Cyfrowa Twierdza — powiedział Strathmore. — Tak nazwał swój program. To doskonała broń w walce z wywiadem. Jeśli ten program trafi na rynek, każdy uczeń dysponujący modemem będzie mógł wysyłać zaszyfrowane wiadomości, których nie będziemy w stanie odczytać. To będzie koniec elektronicznego wywiadu.

Susan nie myślała jeszcze o politycznych konsekwencjach powstania Cyfrowej Twierdzy. Wciąż usiłowała zrozumieć, jak to możliwe, że Tankado stworzył taki program. Przez całe dotychczasowe dorosłe życie łamała szyfry i zdecydowanie odrzucała możliwość skonstruowania szyfru niedającego się złamać. *Każdy szyfr można złamać — to wynika z zasady Bergofsky'ego*. Czuła się jak ateista, któremu objawił się Bóg.

— Jeśli ten kod zostanie rozpowszechniony — szepnęła — będzie to koniec kryptoanalizy.

— To najmniejszy z naszych problemów — odrzekł Strathmore.

— Czy nie możemy mu zapłacić, żeby siedział cicho? Wiem, że nas nienawidzi, ale czy nie możemy mu zaproponować kilku milionów dolarów? Przekonać go do nierozpowszechniania tego programu?

— Kilka milionów dolarów? — zaśmiał się Strathmore. —

Czy ty nie rozumiesz, ile jest wart taki program? Każdy rząd zapłaci mu tyle, ile tylko zechce. A może mamy powiedzieć prezydentowi, że potrafimy przechwycić dowolną wiadomość, ale nie jesteśmy w stanie jej odczytać? Tu nie chodzi tylko o NSA, lecz o wszystkie agencje wywiadu. NSA wspiera działalność wszystkich... FBI, CIA, DEA. Teraz będą działać na oślep. Kartele narkotykowe będą spokojnie przemycały narkotyki, międzynarodowe korporacje będą robiły transfery pieniędzy, nie zostawiając żadnych papierowych śladów, gwiżdżąc sobie na urząd podatkowy, a terroryści będą spiskować w całkowitej tajemnicy. Powstanie jeden wielki chaos.

— EFF się ucieszy — powiedziała Susan. Była blada.

— EFF nie ma pojęcia, co tutaj naprawdę robimy — prychnął z obrzydzeniem Strathmore. — Gdyby ci ludzie wiedzieli, ile ataków terrorystycznych udało się powstrzymać wyłącznie dzięki temu, że potrafimy łamać szyfry, to zaśpiewaliby inaczej.

Susan myślała podobnie, ale również zdawała sobie sprawę, jak wygląda rzeczywistość. EFF nie mogła się dowiedzieć, jak ważny jest TRANSLATOR. Superkomputer NSA pozwolił zapobiec kilkunastu atakom terrorystycznym, lecz jego istnienie stanowiło ścisłą tajemnicę, której nie można było zdradzić z bardzo prostego powodu: rząd nie mógł ryzykować masowej histerii, spowodowanej ujawnieniem prawdy. Nikt nie był w stanie przewidzieć reakcji społeczeństwa na wiadomość, że w ciągu ostatniego roku dwóm grupom fundamentalistów niemal udało się przeprowadzić zamachy atomowe na terenie Stanów Zjednoczonych.

Bomby atomowe nie były wcale jedynym zagrożeniem. Zaledwie miesiąc wcześniej TRANSLATOR udaremnił jeden z najbardziej pomysłowych ataków terrorystycznych, jakie kiedykolwiek wykryła NSA. Pewna antyrządowa organizacja wymyśliła plan operacji, którą określała kryptonimem „Las Sherwood". Celem ataku była nowojorska giełda, chodziło zaś o „redystrybucję bogactw". W ciągu sześciu dni członkom grupy udało się rozmieścić w budynkach wokół giełdy dwadzieścia siedem wybuchowych generatorów pola magnetycznego. Takie generatory wytwarzają potężny impuls. Jednoczesna detonacja wszystkich starannie rozmieszczonych generatorów spowodowałaby powstanie tak silnego pola magnetycznego, że zostałyby zatarte wszystkie informacje na nośnikach magnetycznych w budynku giełdy — na twardych dyskach, w pamięci ROM, na taśmach, nawet na dyskietkach. Wszelkie zapisy, co do kogo należy, zostałyby nieodwracalnie zniszczone.

Jednoczesna detonacja wszystkich generatorów wymagała dokładnej synchronizacji, dlatego terroryści połączyli je za pośrednictwem Internetu. W ciągu trwającego dwa dni odliczania wewnętrzne zegary generatorów wymieniały zaszyfrowane dane dotyczące synchronizacji. NSA przechwyciła pakiety z danymi, ale początkowo analitycy uznali, że to jakieś śmieci. Dopiero gdy TRANSLATOR złamał szyfr, specjaliści zorientowali się, z czym mają do czynienia. Generatory udało się odnaleźć i usunąć na trzy godziny przed zaplanowanym wybuchem.

Susan dobrze wiedziała, że bez TRANSLATORA agencja byłaby bezradna w walce z wyrafinowanym terroryzmem elektronicznym. Spojrzała na monitor. Wciąż wskazywał tylko czas pracy. Ponad piętnaście godzin. Gdyby nawet w tym momencie komputer złamał szyfr Ensei Tankada, NSA byłaby skończona. Krypto byłoby w stanie łamać mniej niż dwa szyfry dziennie. A przecież przy obecnym tempie stu pięćdziesięciu szyfrów na dobę wydział nie nadążał z pracą i coraz więcej plików czekało na odczytanie.

— Tankado zadzwonił do mnie miesiąc temu — odezwał się Strathmore, przerywając jej rozmyślania.

— Tankado zadzwonił do pana? — zdziwiła się Susan.

Pokiwał głową.

— Chciał mnie ostrzec.

— Ostrzec pana? Przecież on pana nienawidzi.

— Chciał mi powiedzieć, że kończy pracę nad algorytmem, który generuje całkowicie bezpieczny szyfr. Nie uwierzyłem mu.

— Ale dlaczego panu o tym powiedział? — spytała Susan. — Czy chciał, żeby pan kupił algorytm?

— Nie. To był szantaż.

— Oczywiście. — Susan zaczęła wszystko rozumieć. — Chciał, by pan oczyścił jego imię.

— Nie — zmarszczył brwi Strathmore. — Tankado chciał TRANSLATOR.

— TRANSLATOR?

— Tak. Zażądał, bym ujawnił całemu światu, że mamy taki komputer. Powiedział, że jeśli oświadczymy publicznie, iż jesteśmy w stanie odczytywać pocztę elektroniczną, to on zniszczy Cyfrową Twierdzę. — Susan nie wydała się przekonana. — Wszystko jedno, teraz jest już za późno — wzruszył ramionami Strathmore. — Tankado umieścił darmową kopię Cyfrowej Twierdzy na swojej stronie internetowej. Każdy, kto tylko zechce, będzie ją mógł mieć w swoim komputerze.

— Co takiego?! — Susan znowu przybladła.

— To tylko chwyt reklamowy. Nie ma się czym martwić. Kopia programu jest zaszyfrowana. Każdy może ją wprowadzić, ale nikt nie zdoła jej otworzyć. To naprawdę pomysłowa sztuczka. Kod źródłowy Cyfrowej Twierdzy został zaszyfrowany.

— Jasne! — Susan była zdumiona. — Każdy może mieć swoją kopię, ale nikt nie jest w stanie jej otworzyć.

— Właśnie. Tankado macha ludziom przed nosem marchewką.

— Czy zbadał pan algorytm?

— Nie. — Komandor był zdziwiony jej pytaniem. — Przecież powiedziałem ci, że jest zaszyfrowany.

Susan była równie zdziwiona jak jej szef.

— Przecież mamy TRANSLATOR. Czemu nie mielibyśmy odszyfrować kodu źródłowego? — Spojrzała na Strathmore'a i uprzytomniła sobie, że reguły gry uległy nagłej zmianie. — Boże! Cyfrowa Twierdza jest zaszyfrowana za pomocą Cyfrowej Twierdzy?

— Bingo — pokiwał głową komandor.

Była zszokowana. Tankado użył Cyfrowej Twierdzy, żeby zaszyfrować Cyfrową Twierdzę. Umieścił na swojej stronie bezcenny matematyczny algorytm, ale zaszyfrował jego opis, przy czym do zaszyfrowania użył właśnie tego algorytmu.

— To sejf Bigglemana — mruknęła z podziwem.

Strathmore kiwnął głową. Sejf Bigglemana to opisywana w literaturze hipotetyczna sytuacja: konstruktor sejfów opracował plany sejfu, do którego nikt nie może się włamać. Chce zabezpieczyć te plany, wobec tego buduje sejf zgodnie z tym planem i umieszcza w nim plan. Tankado zrobił dokładnie to samo z Cyfrową Twierdzą. Zabezpieczył opis algorytmu, szyfrując go za pomocą opisanego algorytmu.

— I to właśnie ten plik jest teraz w TRANSLATORZE? — spytała Susan.

— Jak wszyscy, ściągnąłem go ze strony Tankada. NSA jest teraz dumnym posiadaczem algorytmu Cyfrowej Twierdzy. Pozostaje tylko jeden drobiazg... nie możemy go otworzyć.

Susan z podziwem myślała o pomysłowości Ensei Tankada. Nie ujawnił swego algorytmu, a jednak udowodnił NSA, że jego szyfr jest całkowicie bezpieczny.

Strathmore podał jej wycinek z gazety. Był to przekład krótkiej notatki z „Nikkei Shimbun", japońskiego odpowiednika „Wall Street Journal". Dziennik donosił, że japoński programista Ensei Tankado opracował program, który według niego generuje szyfr zapewniający stuprocentowe bezpieczeństwo. Program o nazwie Cyfrowa Twierdza jest dostępny na stronie internetowej autora. Programista zamierza sprzedać go na aukcji. Według dziennikarza komunikat Tankada wywołał wielkie poruszenie w Japonii, natomiast amerykańskie firmy software'owe, które słyszały o Cyfrowej Twierdzy, uznały twierdzenia Tankada za absurdalne, podobne do doniesień o przemianie ołowiu w złoto. Ich zdaniem ta historia to oszustwo, którego nie należy poważnie traktować.

— Aukcja? — Susan spojrzała na komandora. Strathmore pokiwał głową.

— Wszystkie japońskie firmy produkujące oprogramowania już wprowadziły zaszyfrowaną kopię Cyfrowej Twierdzy do swoich komputerów i usiłują ją otworzyć. Im dłużej próbują, tym wyższa cena na licytacji.

— Przecież to absurd — odrzekła Susan. — Oni nie potrafią otworzyć żadnego pliku zaszyfrowanego z użyciem dostatecznie długiego klucza deszyfrującego. Do tego potrzebny jest TRANSLATOR. Nawet gdyby Cyfrowa Twierdza była zwykłym, dostępnym publicznie algorytmem, żadna z tych firm nie zdołałaby złamać szyfru.

— Ale to świetna strategia marketingowa — powiedział Strathmore. — Pomyśl tylko. Wszystkie szyby pancerne zatrzymują pociski, lecz jeśli jakaś firma zdecyduje się pokazać publicznie, jak ich szyba zatrzymuje pocisk, to nagle wszystkie inne firmy również muszą spróbować zrobić to samo.

— Czy Japończycy rzeczywiście wierzą, że Cyfrowa Twierdza to coś nowego? Coś lepszego od wszystkich programów szyfrujących na rynku?

— Tankado był wprawdzie izolowany, ale nie jest tajemnicą, że to geniusz. Wśród hakerów to postać kultowa. Jeśli Tankado powiedział, że algorytmu nie da się złamać, to z pewnością tak jest naprawdę.

— Lecz z powszechnego punktu widzenia wszystkie używane algorytmy dają pełne bezpieczeństwo!

— Tak... — mruknął Strathmore. — Jak na razie.

— Co chce pan przez to powiedzieć?

— Dwadzieścia lat temu nikt nie potrafił sobie wyobrazić, że będziemy w stanie łamać dwunastobitowe szyfry strumieniowe — odrzekł z westchnieniem komandor. — Technika się rozwija. To nieuchronne. Producenci programów szyfrujących w pewnym momencie będą musieli przyjąć, że istnieje taki komputer jak TRANSLATOR. Technika rozwija się w tempie wykładniczym i w końcu wszystkie algorytmy z kluczem publicznym przestaną gwarantować bezpieczeństwo. Żeby zabezpieczyć się przed komputerami, które zostaną skonstruowane, potrzebne będą lepsze algorytmy.

— I takim właśnie algorytmem jest Cyfrowa Twierdza?

— Właśnie. Algorytm, który jest odporny na brutalny atak, nigdy nie będzie przestarzały, niezależnie od tego jak bardzo wzrośnie moc komputerów. Z dnia na dzień stanie się światowym standardem.

— Boże ratuj! — szepnęła Susan i wzięła głęboki oddech. — Czy nie możemy włączyć się do licytacji?

— Mieliśmy szansę — pokręcił głową Strathmore. — Tankado jasno powiedział, czego chce. Teraz to zbyt ryzykowne. Gdyby się wydało, oznaczałoby to, że jego algorytm jest dla nas groźny. Jednocześnie zdradzilibyśmy istnienie TRANSLATORA i przyznalibyśmy, że nie potrafimy złamać Cyfrowej Twierdzy.

— Ile mamy czasu?

— Tankado zamierzał ogłosić wynik aukcji jutro w południe — odpowiedział Strathmore, marszcząc brwi.

— A co dalej? — Susan poczuła skurcz w żołądku.

— Zwycięzca licytacji miał dostać klucz deszyfrujący.

— Klucz?

— To część planu. Wszyscy już mają algorytm, wobec tego Tankado sprzedaje klucz, bez którego nie można otworzyć pliku.

— Oczywiście.

Susan pomyślała, że Tankado opracował doskonały plan. Jasny i prosty. Zaszyfrował Cyfrową Twierdzę i tylko on znał klucz potrzebny do odczytania pliku. Trudno było jej przyjąć do wiadomości, że gdzieś tam — prawdopodobnie naskrobany na kawałku papieru w kieszeni Tankada — jest sześćdziesięcioczteroznakowy klucz, który może na zawsze zakończyć działanie amerykańskiego wywiadu elektronicznego.

Susan wyobraziła sobie możliwy scenariusz zdarzeń i poczuła mdłości. Tankado sprzeda klucz zwycięzcy licytacji i firma, która go nabędzie, otworzy plik z Cyfrową Twierdzą, a następnie skonstruuje zabezpieczoną kość komputerową; za pięć lat wszystkie komputery na świecie będą standardowo wyposażane w kość z Cyfrową Twierdzą. Dotychczas żaden producent obwodów scalonych nie zdecydował się na wytwarzanie specjalnej kości do szyfrowania, ponieważ normalne algorytmy szyfrujące w końcu stają się przestarzałe. Cyfrowa Twierdza nigdy nie będzie przestarzała, bo dzięki zmiennemu tekstowi jawnemu jest odporna na brutalny atak. To nowy standard szyfrowania. Już na zawsze. Nie będzie można odczytać żadnej zaszyfrowanej wiadomości. Wszyscy będą używać nowego algorytmu — bankierzy, maklerzy, terroryści, szpiedzy. Jeden świat — jeden algorytm.

Anarchia.

— Jakie mamy opcje? — spytała. Susan doskonale zdawała sobie sprawę, że rozpaczliwe sytuacje wymagają desperackich środków, również w NSA.

— Nie możemy go wyeliminować, jeśli o to pytasz.

Rzeczywiście, Susan właśnie o tym myślała. Pracowała w NSA już tak długo, że dotarły do niej plotki o luźnych związkach agencji z najgroźniejszymi mordercami — najemnikami zatrudnianymi do wykonania brudnej roboty.

— Tankado jest zbyt inteligentny, by zostawić nam taką możliwość — potrząsnął głową Strathmore.

— Ma ochronę? — spytała Susan. Poczuła dziwną ulgę.

— Nie całkiem.

— Ukrywa się?

— Tankado wyjechał z Japonii — wzruszył ramionami Strathmore. — Zamierzał śledzić licytację przez telefon. Wiemy jednak, gdzie jest.

— Ale nie planuje pan żadnego posunięcia?

— Nie. Tankado się zabezpieczył. Dał kopię klucza anonimowej trzeciej osobie... na wypadek gdyby coś mu się stało.

Oczywiście, pomyślała Susan. Anioł stróż.

— Przypuszczam, że jeśli coś mu się stanie, ten tajemniczy człowiek sprzeda klucz?

— Gorzej. Jeśli ktoś zaatakuje Ensei Tankada, jego partner opublikuje klucz.

— Jego partner opublikuje klucz? — Susan powtórzyła z niedowierzaniem. Wydawało się, że nie zrozumiała słów szefa.

— Tak — potwierdził Strathmore. — Umieści w sieci, ogłosi w gazetach, na plakatach. Inaczej mówiąc, rozda wszystkim.

— Cyfrową Twierdzę będzie można ściągnąć za darmo? — Susan spojrzała na niego szeroko otwartymi oczami.

— Właśnie. Tankado uznał, że skoro po śmierci nie będzie już potrzebował pieniędzy, to może sprawić światu pożegnalny prezent.

Zapadła cisza. Susan oddychała głęboko, tak jakby chciała lepiej uświadomić sobie przerażającą prawdę. *Ensei Tankado stworzył szyfr, którego nie można złamać. Jesteśmy jego zakładnikami.*

Nagle zerwała się z krzesła.

— Musimy skontaktować się z Ensei! — powiedziała z determinacją w głosie. — Musi być jakiś sposób, aby odwieść go od opublikowania programu! Możemy zaproponować mu trzy razy więcej niż najwyższa oferta podczas licytacji! Możemy oczyścić go z zarzutów. Musimy zgodzić się na wszystko!

— Już za późno — odrzekł Strathmore. Wziął głęboki oddech. — Dziś rano w Sewilli w Hiszpanii znaleziono zwłoki Ensei Tankada.

Rozdział 8

Dwusilnikowy learjet 60 wylądował na rozpalonej płycie lotniska. Przez okno widać było rozmazany pejzaż hiszpański. Gdy samolot zwolnił, widok stał się wyraźny.

— Panie Becker? — zaskrzypiał głośnik. — Jesteśmy na miejscu.

Becker wstał z fotela i się przeciągnął. Otworzył schowek nad głową, ale przypomniał sobie, że nie ma bagażu. Nie miał czasu się spakować. To było bez znaczenia — zgodnie z zapowiedzią podróż miała trwać krótko, tam i z powrotem.

Silniki przycichły. Samolot zjechał z nasłonecznionego pasa do opuszczonego hangaru naprzeciwko głównego terminalu. Sekundę później pojawił się pilot i otworzył drzwi. Becker wypił ostatni łyk soku żurawinowego, odstawił szklankę na ladę baru i chwycił marynarkę.

Gdy znaleźli się na zewnątrz, pilot wyciągnął z kieszeni kombinezonu grubą kopertę.

— Polecono mi przekazać to panu — powiedział. Podał kopertę Beckerowi. Ktoś napisał na niej niebieskim flamastrem:

PROSZĘ ZATRZYMAĆ RESZTĘ.

Becker pomacał gruby plik czerwonawych banknotów.

— Co to...?

— Lokalna waluta — wyjaśnił krótko pilot.

— Wiem, co to jest — wyjąkał Becker. — Ale... to za dużo.

Potrzebuję tylko pieniędzy na taksówkę. Przecież to tysiące dolarów! — Becker szybko policzył w pamięci.

— Mam swoje rozkazy, proszę pana.

Pilot odwrócił się, zniknął w samolocie i zamknął za sobą drzwi.

Becker na zmianę spoglądał to na samolot, to na gruby plik banknotów. W końcu schował kopertę do kieszeni, narzucił marynarkę na ramiona i ruszył do wyjścia. To był dziwny początek. Becker zmusił się, by o tym nie myśleć. Jeśli wszystko dobrze się ułoży, jeszcze uda mu się uratować przynajmniej część umówionego wyjazdu do Stone Manor z Susan.

Tam i z powrotem, powtórzył w myślach. Tam i z powrotem. Nie mógł w żaden sposób przewidzieć, jak będzie naprawdę.

Rozdział 9

Phil Chartrukian, technik z działu bezpieczeństwa systemów, wszedł do Krypto tylko na chwilę — chciał zabrać jakieś papiery, które zostawił tam poprzedniego dnia. Stało się jednak inaczej.

Gdy przeciął główną salę i wszedł do laboratorium Sys-Sec, od razu się zorientował, że coś jest nie w porządku. Przy terminalu służącym do stałego monitorowania działania TRANSLATORA nie było nikogo, a monitor został wyłączony.

— Jest tu kto?! — krzyknął Chartrukian.

Nikt nie odpowiedział. W laboratorium panował idealny porządek, tak jakby od wielu godzin nikt tu nie pracował.

Chartrukian miał dopiero dwadzieścia trzy lata i zaczął pracować w zespole bezpieczeństwa systemów stosunkowo niedawno, ale został dobrze wyszkolony i znał żelazną regułę: w Krypto zawsze dyżuruje pracownik Sys-Sec... a zwłaszcza w soboty, gdy nie kręcą się tu kryptolodzy.

Natychmiast włączył monitor, po czym spojrzał na wiszącą na ścianie tablicę z rozkładem dyżurów. „Kto dziś ma dyżur?" — mruknął do siebie, przeglądając listę nazwisk. Zgodnie z rozkładem, poprzedniej nocy miał rozpocząć dyżur młody Seidenberg i pozostać w laboratorium przez dwie zmiany. Chartrukian rozejrzał się ponownie po pustym pomieszczeniu i zmarszczył brwi. „Do diabła, gdzie on się podziewa?".

Czekając, aż monitor się rozgrzeje, Chartrukian zastanawiał się, czy Strathmore zauważył, że w laboratorium Sys-Sec nie ma nikogo. Zasłony w jego gabinecie były zaciągnięte, a to oznaczało, że szef jest u siebie — co nie było niczym dziwnym. Strathmore wymagał wprawdzie, by kryptolodzy korzystali z wolnych sobót, ale sam pracował chyba trzysta sześćdziesiąt pięć dni w roku.

Co do jednego Chartrukian mógł mieć pewność — jeśli Strathmore zauważył, że w laboratorium Sys-Sec nie ma dyżurnego, to Seidenberg może już pożegnać się z pracą. Spojrzał na telefon. Zastanawiał się, czy powinien zadzwonić do technika. Pracownicy Sys-Sec z reguły pomagali sobie wzajemnie i starali się chronić jeden drugiego. W Krypto byli obywatelami drugiej kategorii i nieustannie toczyli boje z wielkimi panami kryptologami. Nikt nie robił tajemnicy z tego, że tym wielomiliardowym przedsięwzięciem rządzą kryptolodzy, a technicy z Sys-Sec byli tolerowani tylko dlatego, że ktoś musiał dbać o stan techniczny ich zabawek.

Chartrukian podjął decyzję. Chwycił słuchawkę, ale nim przyłożył ją do ucha, nagle zamarł. Jego oczy znieruchomiały. Jak zaczarowany, wpatrywał się w jeden punkt na ekranie monitora, na którym ukazał się ostry obraz. Niczym na filmie puszczonym w zwolnionym tempie odłożył telefon i dalej wpatrywał się w ekran z otwartymi ustami.

W ciągu ośmiu miesięcy pracy w Sys-Sec Phil Chartrukian nigdy nie widział, by na monitorze do kontrolowania pracy TRANSLATORA w okienku „godziny" pojawiło się cokolwiek innego niż dwa zera. Dziś zdarzyło się to po raz pierwszy.

CZAS PRACY: 15.17.21

— Piętnaście godzin siedemnaście minut? — wykrztusił. — To niemożliwe!

Wyłączył i ponownie włączył monitor, modląc się, by się okazało, że to tylko monitor źle działa. Niestety, na ekranie pojawiło się dokładnie takie samo okienko jak poprzednio.

Poczuł dreszcze. Głównym zadaniem laboratorium bezpieczeństwa systemów w Krypto była ochrona TRANSLATORA przed wirusami.

Chartrukian wiedział, że jeśli TRANSLATOR pracuje nad

59

jednym zadaniem już ponad piętnaście godzin, może to znaczyć tylko jedno — doszło do infekcji. Zawirusowany plik dostał się do komputera i teraz zakłóca wykonanie programu. Staranny trening nie poszedł na marne: Chartrukian natychmiast przestał myśleć o nieobecności dyżurnego i wyłączonym monitorze. Teraz liczyło się tylko jedno — TRANSLATOR. Otworzył listę wszystkich plików, które zostały wczytane do komputera w ciągu ostatnich czterdziestu ośmiu godzin, i zaczął ją przeglądać. Czy zawirusowany plik przedostał się do komputera?, myślał. Czy filtry zabezpieczające przepuściły jakiegoś wirusa?

Każdy plik wczytywany do TRANSLATORA musiał przejść przez system Gauntlet, czyli „ścieżkę zdrowia" — serię wyrafinowanych filtrów, bramek i programów antywirusowych, które miały wyłapywać i eliminować wszystkie wirusy i potencjalnie groźne podprogramy. Pliki zawierające programy, których Gauntlet nie potrafił rozpoznać, były odrzucane i technicy musieli je badać ręcznie. Zdarzało się niekiedy, że Gauntlet blokował całkowicie nieszkodliwe pliki tylko dlatego, że filtry nie rozpoznały jakiegoś elementu programu. W takim wypadku, po dokładnym zbadaniu pliku przez pracowników Sys-Sec i stwierdzeniu, że nie jest groźny, wczytywano go z pominięciem Gauntleta.

Wirusów komputerowych jest równie dużo jak prawdziwych. Podobnie jak ich biologiczne odpowiedniki mają one tylko jeden cel: pasożytują na systemie komputera-gospodarza i rozmnażają się. Tym razem gospodarzem był TRANSLATOR.

Chartrukian często się dziwił, że NSA nie miała wcześniej poważniejszych problemów z wirusami. Gauntlet był wprawdzie bardzo skutecznym instrumentem zabezpieczającym, ale komputery agencji przetwarzały niezliczone pliki z najrozmaitszych systemów z całego świata. Masowe przechwytywanie danych cyfrowych przypomina uprawianie seksu z przypadkowymi osobami — niezależnie od stosowanych środków ochronnych wcześniej lub później dochodzi do infekcji.

Chartrukian skończył przeglądać listę wczytanych plików. Wszystkie zostały sprawdzone. Gauntlet nie wykrył niczego nadzwyczajnego, a zatem pliki powinny być czyste.

— Cholera, dlaczego zatem to tak długo trwa? — powiedział

głośno, choć był sam w pokoju. Czuł, że się poci. Przez moment zastanawiał się, czy powinien poinformować o tym Strathmore'a. — Test antywirusowy — dodał po chwili. Starał się opanować. — Muszę uruchomić test antywirusowy.

Wiedział, że Strathmore natychmiast polci zrobić ten test. Spoglądając na pustą salę Krypto, Chartrukian podjął decyzję. Kilkoma szybkimi kliknięciami uruchomił program sprawdzający, czy komputer został zainfekowany. Wykonanie testu miało potrwać jakiś kwadrans.

— Proszę, tylko żadnych infekcji — szepnął. — Ma być czysto. Nie chcę słyszeć o wirusach. Nic się nie stało.

Instynkt podpowiadał mu jednak, że to nie jest żadne „nic". W ogromnej bestii łamiącej szyfry działo się coś niezwykłego.

Rozdział 10

— Ensei Tankado nie żyje? — Susan dostała mdłości. — Zabiliście go? Przecież pan powiedział, że...

— Nie dotknęliśmy go nawet palcem — zapewnił ją Strathmore. — Miał atak serca. COMINT poinformował nas dziś rano. Ich komputer, korzystając z pośrednictwa Interpolu, wyłowił nazwisko Tankada w dzienniku zdarzeń policji w Sewilli.

— Atak serca? — skrzywiła się sceptycznie Susan. — Miał przecież dopiero trzydzieści lat.

— Trzydzieści dwa — poprawił ją Strathmore. — Miał wrodzoną wadę serca.

— Nigdy o tym nie słyszałam.

— Została wykryta podczas badań lekarskich u nas. Tankado się tym nie chwalił.

— I tak po prostu zmarł z powodu wady serca? — Susan miała kłopoty z zaakceptowaniem takiego zbiegu okoliczności. To zrządzenie losu wydawało jej się zbyt wygodne.

— Słabe serce... — wzruszył ramionami Strathmore. — Dodaj do tego hiszpański upał i napięcie związane z szantażowaniem NSA...

Susan przez chwilę milczała. Nawet biorąc pod uwagę wszystkie wydarzenia, czuła żal, że odszedł tak wspaniały kryptolog.

Strathmore przerwał jej zadumę.

— W tym całym fiasku jest tylko jeden pocieszający element — powiedział. — Tankado podróżował samotnie. Najprawdopodobniej człowiek, z którym współpracuje, jeszcze nie wie o jego śmierci. Władze hiszpańskie obiecały, że postarają się nie ujawnić sprawy tak długo, jak tylko będzie to możliwe. Nas poinformował COMINT. Musimy zidentyfikować tego człowieka, nim dowie się o śmierci Tankada. Właśnie dlatego cię wezwałem. Potrzebuję twojej pomocy.

Susan spojrzała na niego ze zdziwieniem. Wydawało jej się, że śmierć Tankada w tak wygodnym dla nich momencie rozwiązała cały problem.

— Komandorze — zaczęła go przekonywać — jeśli hiszpańskie władze stwierdzą, że zmarł na atak serca, to będziemy mieli problem z głowy. Jego partner będzie wiedział, że to nie nasza sprawka.

— Nie nasza sprawka? — Strathmore popatrzył na nią z niedowierzaniem. — Ktoś szantażuje NSA i kilka dni później już nie żyje, i to nie jest nasza sprawka? Mogę się założyć, i to o bardzo dużą stawkę, że partner Tankada będzie innego zdania. Niezależnie od tego jak było naprawdę, wszyscy będą nas podejrzewać. Mogliśmy go otruć, sfałszować wyniki sekcji, Bóg wie, co jeszcze. — Przerwał na chwilę. — A ty co pomyślałaś, gdy ci powiedziałem, że Tankado nie żyje?

— Że zabili go ludzie z NSA — przyznała, marszcząc brwi.

— No właśnie. Jeśli NSA może umieścić pięć satelitów Rhyolite na orbicie geosynchronicznej nad Bliskim Wschodem, to wolno chyba założyć, że mamy dostateczne środki, by przekupić kilku policjantów hiszpańskich.

Susan wypuściła powietrze z płuc. *Ensei Tankado nie żyje. Odpowiedzialność spadnie na NSA.*

— Czy mamy szansę na odszukanie jego partnera w porę?

— Myślę, że tak. Ze względu na dobrą wskazówkę. Tankado ujawnił, że ma partnera. Miał chyba nadzieję, że to zniechęci firmy komputerowe, które mogłyby spróbować się go pozbyć lub ukraść klucz. Groził, że jeśli ktoś się zdecyduje na jakąś brudną sztuczkę, jego partner opublikuje klucz i wszystkie firmy będą konkurowały z darmowym programem szyfrującym.

— Bardzo sprytnie — pokiwała głową Susan.

— Tankado kilka razy wspomniał publicznie o swoim partnerze — ciągnął Strathmore. — Nazywał go North Dakota.

— North Dakota? To oczywiście tylko pseudonim.

— Tak, ale na wszelki wypadek przeszukałem Internet. Nie przypuszczałem, że znajdę coś interesującego, lecz trafiłem na adres elektroniczny. — Po chwili dodał: — Oczywiście zakładałem, że naprawdę nie szukamy North Dakoty, ale sprawdziłem ten adres. Możesz sobie wyobrazić moje zaskoczenie, gdy się okazało, że w skrzynce pocztowej jest pełno listów od Ensei Tankada, i to na temat Cyfrowej Twierdzy oraz planów szantażowania NSA.

Susan obrzuciła szefa sceptycznym spojrzeniem. Była zdumiona, że Strathmore daje się tak łatwo nabierać.

— Komandorze — zaczęła — Tankado doskonale wiedział, że NSA może czytać pocztę elektroniczną. Z pewnością nigdy nie użyłby Internetu do przesyłania tajnych wiadomości. To pułapka. Tankado podrzucił panu North Dakotę. Był pewny, że pan przeszuka sieć. Niezależnie od tego, jakie przesyłał wiadomości, niewątpliwie chciał, by pan je przechwycił. To fałszywy trop.

— Masz dobry instynkt — odrzekł Strathmore. — Są jednak pewne dodatkowe szczegóły. Nie znalazłem niczego pod „North Dakota", musiałem trochę zmienić łańcuch. Nazwa użytkownika to NDAKOTA.

— Sprawdzanie permutacji to standardowa procedura — pokręciła głową Susan. — Tankado wiedział, że będzie pan próbował wprowadzić różne zmiany. NDAKOTA to raczej oczywista zmiana.

— Być może — powiedział Strathmore, skrobiąc coś na kawałku papieru. Podał go Susan. — Spójrz na to.

Susan zerknęła na kartkę i od razu zrozumiała, o co mu chodzi. Na kartce był adres elektroniczny:

NDAKOTA@ARA.ANON.ORG

Zwróciła uwagę na litery „ara" w adresie. To skrót od American Remailers Anonymous, znanego anonimowego serwera.

Anonimowe serwery cieszą się popularnością wśród użytkowników Internetu, którzy nie chcą zdradzić swojej tożsamości. Za odpowiednią opłatą dostawca usług internetowych pełni funkcję pośrednika przy wymianie listów elektronicznych.

Anonimowy adres przypomina skrytkę pocztową — użytkownik może wysyłać i odbierać listy, nie zdradzając prawdziwego adresu i nazwiska. Dostawca odbiera listy, a następnie odsyła je na prawdziwy adres klienta. Zgodnie z umową dostawcy nie wolno nikomu ujawnić tożsamości i adresu użytkownika.

— To jeszcze niczego nie dowodzi — powiedział Strathmore — ale wydaje się dość podejrzane.

— Uważa pan, że Tankado nie przejmował się tym, czy ktokolwiek będzie szukał North Dakoty, bo jego adres jest chroniony przez ARA. — Susan nagle nabrała większego przekonania do tej idei.

— Właśnie.

Przez chwilę analizowała sytuację.

— ARA obsługuje głównie adresy w Stanach. Sądzi pan, że North Dakota jest gdzieś tutaj?

— Być może — wzruszył ramionami Strathmore. — Gdyby Tankado miał partnera w Ameryce, dwie kopie klucza byłyby rozdzielone geograficznie. Niewykluczone, że to mogłoby się okazać zręcznym posunięciem.

Susan miała wątpliwości. Tankado zapewne przekazał klucz komuś, z kim był bardzo blisko zaprzyjaźniony, a jak pamiętała, w Stanach nie miał zbyt wielu przyjaciół.

— North Dakota — powtórzyła, zgodnie z nawykami kryptologa zastanawiając się nad możliwym znaczeniem tej nazwy. — A o czym on pisał do Tankada?

— Nie mamy pojęcia — odrzekł Strathmore. — COMINT przechwycił tylko listy Tankada. Znamy jedynie ten anonimowy adres.

— A może to wszystko lipa? — powiedziała po chwili Susan.

— Co masz na myśli? — Strathmore uniósł brwi.

— Tankado mógł wysyłać lipne listy na martwy adres, w nadziei, że je przechwycimy. My myślimy, że on jest chroniony, a on nie musi nikomu przekazywać klucza, co zawsze jest ryzykowne. Mógłby wtedy działać samotnie.

— Sprytny pomysł — zachichotał Strathmore. Susan mu zaimponowała. — Jest jednak pewien problem. Tankado nie używał ani swojego domowego, ani firmowego adresu. Chodził na Uniwersytet Doshisha i korzystał z ich głównego komputera.

Najwyraźniej miał tam konto, które udało mu się utrzymać w tajemnicy. Jest bardzo dobrze ukryte, znalazłem je tylko przypadkiem... — Strathmore urwał. — Gdyby Tankado chciał, żebyśmy czytali jego pocztę, dlaczego posługiwałby się tajnym kontem?

— Może po to, byśmy niczego nie podejrzewali — odpowiedziała Susan. — Być może Tankado ukrył konto właśnie po to, byśmy sądzili, że znaleźliśmy je przypadkiem. To zwiększyłoby wiarygodność jego wiadomości.

— Byłabyś świetnym agentem operacyjnym — zaśmiał się Strathmore. — To dobry pomysł, ale on dostawał odpowiedź na każdy wysłany list. Tankado pisze, partner odpowiada.

— Dobra — skrzywiła się Susan. — Twierdzi pan zatem, że North Dakota istnieje naprawdę.

— Obawiam się, że tak. I musimy go znaleźć. Zachowując dyskrecję. Jeśli zorientuje się, że go szukamy, to koniec.

Susan wiedziała już, dlaczego Strathmore ją wezwał.

— Pozwoli pan, że zgadnę — powiedziała. — Chce pan, żebym włamała się do bazy danych ARA i zidentyfikowała North Dakotę?

— Pani Fletcher, czyta pani w moich myślach — uśmiechnął się Strathmore.

Gdy chodziło o prowadzenie dyskretnych poszukiwań w sieci, Susan Fletcher była właściwym człowiekiem na właściwym miejscu. Rok wcześniej pewien wysoki urzędnik Białego Domu otrzymywał listy elektroniczne z pogróżkami od nadawcy z anonimowym adresem. NSA miała go odszukać. Agencja mogła po prostu zażądać od dostawcy usług internetowych ujawnienia jego danych, ale wolała zastosować subtelniejsze metody.

Susan napisała program TRACER, mający postać zwykłego listu elektronicznego. Wysłała go na anonimowy adres, a zgodnie z umową firma pośrednicząca przesłała list na rzeczywisty adres nadawcy. Po dotarciu na miejsce program odczytał adres internetowy komputera i przesłał wiadomość do NSA, po czym uległ autodestrukcji i nie pozostały po nim żadne ślady. Od tej pory z punktu widzenia NSA anonimowe adresy elektroniczne stanowiły tylko drobne utrudnienie życia.

— Czy możesz go znaleźć? — spytał Strathmore.

— Oczywiście. Dlaczego tak długo pan zwlekał z wezwaniem mnie?

— Tak naprawdę, w ogóle nie zamierzałem cię wzywać — skrzywił się Strathmore. — Nie chciałem wtajemniczać w to kolejnych osób. Postanowiłem sam wysłać kopię twojego TRACERA, ale napisałaś to cholerstwo w jednym z tych nowych, hybrydowych języków i nie udało mi się go uruchomić. Wciąż dostawałem jakieś bzdury. W końcu musiałem się poddać i zadzwonić po ciebie.

Susan zachichotała. Strathmore był znakomitym kryptologiem, ale jego repertuar ograniczał się głównie do algorytmów. Nie zajmował się szczegółami programowania. Ponadto Susan napisała program TRACER w nowym języku LIMBO i nic dziwnego, że Strathmore miał kłopoty.

— Zabiorę się do tego — uśmiechnęła się i wstała. — Będę przy moim terminalu.

— Ile ci to zajmie?

— Hm... to zależy — zawahała się. — Nie wiadomo, jak często ARA przekazuje dalej pocztę. Jeśli North Dakota jest w Stanach i używa czegoś w rodzaju AOL lub Compuserve, to w ciągu godziny sprawdzę jego kartę kredytową i znajdę adres, na który wysyłają rachunki. Jeśli ma konto na jakimś uniwersytecie lub w korporacji, może to potrwać trochę dłużej. Reszta należy do pana — ponownie się uśmiechnęła, tym razem z pewnym przymusem.

Susan wiedziała, że „reszta" to w tym wypadku zespół uderzeniowy NSA, który przetnie dopływ prądu do domu North Dakoty i włamie się do środka z automatami i paralizatorami elektrycznymi. Komandosi będą zapewne sądzić, że chodzi o narkotyki. Strathmore niewątpliwie pojawi się osobiście na pobojowisku, by znaleźć klucz deszyfrujący, który następnie zniszczy. Cyfrowa Twierdza będzie bezczynnie krążyć w sieci i nikt nie zdoła jej otworzyć.

— Tylko zachowaj ostrożność — powiedział z naciskiem Strathmore. — Jeśli North Dakota zauważy, że go zidentyfikowaliśmy, wpadnie w panikę i ulotni się wraz z kluczem, nim dotrą tam nasi ludzie.

— To będzie błyskawiczna akcja — zapewniła go. — Gdy

tylko TRACER znajdzie jego adres, natychmiast zniknie. On nawet nie zauważy, że odwiedziliśmy jego komputer.

— Dziękuję — komandor skinął ze znużeniem głową.

Susan uśmiechnęła się do szefa. Zawsze zdumiewało ją, że nawet w obliczu poważnego kryzysu Strathmore zachowuje całkowity spokój. To zapewne dzięki temu zrobił karierę i objął stanowisko w kręgach władzy.

Idąc do drzwi, Susan spojrzała na TRANSLATOR. Wciąż jeszcze nie pogodziła się z myślą, że istnieje szyfr, którego nie można złamać. W duszy modliła się, by w porę znaleźli North Dakotę.

— Pośpiesz się! — krzyknął za nią Strathmore. — Może jeszcze wieczorem będziesz w górach.

Zatrzymała się jak wryta. Była pewna, że nic mu nie wspominała o planowanym wyjeździe. Odwróciła się w stronę szefa. *Czy NSA miała na podsłuchu jej telefon?*

— David napomknął mi rano o waszym wyjeździe — wyjaśnił Strathmore, nie czekając na pytanie. — Powiedział, że nie będziesz zadowolona z przełożenia wyjazdu.

Susan nic z tego nie rozumiała.

— Rozmawiał pan z Davidem dziś rano?

— Oczywiście. — Teraz Strathmore był zdziwiony jej reakcją. — Musiałem go przecież poinstruować.

— Poinstruować? O czym?

— O jego zadaniu. Wysłałem Davida do Hiszpanii.

Rozdział 11

Hiszpania. *Wysłałem Davida do Hiszpanii.* Te słowa zapiekły ją do żywego.

— David jest w Hiszpanii? — Susan nie mogła w to uwierzyć. — Wysłał go pan do Hiszpanii? Po co? — dodała z wyraźnym gniewem.

Strathmore był zaskoczony. Nie przywykł, by ktoś na niego krzyczał, nawet główny kryptolog. Spojrzał na Susan. Była spięta jak tygrysica broniąca swoje małe.

— Susan — powiedział — przecież rozmawiałaś z nim, prawda? Chyba David ci wszystko wyjaśnił?

Była zbyt zszokowana, by coś odpowiedzieć. *Hiszpania? A więc to z tego powodu David przełożył wyjazd do Stone Manor?*

— Dziś rano posłałem po niego samochód. Mówił, że przed wyjściem zadzwoni do ciebie. Bardzo przepraszam. Myślałem, że...

— Ale dlaczego posłał go pan do Hiszpanii?

Strathmore spojrzał na nią tak, jakby to było oczywiste.

— Po drugi klucz.

— Jaki drugi klucz?

— Po kopię, którą miał Tankado.

— O czym pan mówi? — Susan nic z tego nie rozumiała.

— Tankado z pewnością miał przy sobie kopię klucza. — Strathmore westchnął ze znużeniem, wyraźnie zdziwiony, że musi to wyjaśnić. — Do diabła, nie mogłem przecież pozwolić, by ten klucz poniewierał się gdzieś w kostnicy.

— I dlatego posłał pan Davida Beckera? — Susan prawie oniemiała. To był jakiś absurd. — Przecież David nie jest nawet pana pracownikiem!

Strathmore się zirytował. Nikt jeszcze nie odzywał się w ten sposób do zastępcy dyrektora NSA.

— Susan — odrzekł, starając się trzymać nerwy na wodzy. — Przecież właśnie o to chodzi. Potrzebowałem...

— Ma pan do dyspozycji dwadzieścia tysięcy ludzi! — zaatakowała tygrysica. — Kto panu dał prawo wysyłać tam mojego narzeczonego?

— Potrzebowałem cywilnego kuriera, kogoś zupełnie niezwiązanego z agencją. Gdybym skorzystał z normalnych kanałów i ktoś by się dowiedział...

— A David Becker jest jedynym cywilem, którego pan zna?

— Nie! David Becker nie jest jedynym cywilem, którego znam! Ale dziś o szóstej rano musiałem się szybko zdecydować. David zna hiszpański, jest bystry, mam do niego zaufanie i uważałem, że wyrządzam mu przysługę!

— Przysługę? — prychnęła Susan. — Wysłanie go do Hiszpanii to przysługa?!

— Tak! Płacę mu dziesięć tysięcy dolarów za jeden dzień pracy. Zabierze rzeczy Tankada i wróci do domu. To jest przysługa!

Susan zamilkła. Zrozumiała, że znowu chodziło o pieniądze.

Przypomniała sobie, jak pięć miesięcy wcześniej, wieczorem, w domu Davida rozmawiali o propozycji rektora Georgetown University, który zaoferował Davidowi awans na stanowisko dziekana wydziału. Rektor ostrzegł go, że będzie mniej wykładał i będzie musiał zajmować się sprawami administracyjnymi, ale awans oznaczał również znaczną podwyżkę. Susan miała wówczas ochotę krzyczeć: David, nie rób tego! Będziesz nieszczęśliwy. Mamy dość pieniędzy — co za różnica, kto je zarabia? Nie była jednak u siebie. W końcu zgodziła się z jego decyzją o przyjęciu propozycji. Gdy tamtej nocy zasypiali, Susan starała się cieszyć z jego awansu, ale wewnętrzny głos podpowiadał jej, że to się skończy katastrofą. Miała rację... i wcale nie była z tego zadowolona.

— Zapłacił mu pan dziesięć tysięcy dolarów?! — krzyknęła. — To brudny trik!

— Trik? — zezłościł się Strathmore. — To nie był żaden cholerny trik. Nawet mu nie powiedziałem o pieniądzach. Poprosiłem go o osobistą przysługę. Zgodził się polecieć.

— Oczywiście, że się zgodził! Jest pan moim szefem. Jest pan zastępcą dyrektora NSA! Nie mógł odmówić!

— Masz rację — prychnął Strathmore. — Właśnie dlatego do niego zadzwoniłem. Nie miałem tego luksusu, by móc...

— Czy dyrektor wie, że posłał pan cywila?

— Susan — odrzekł Strathmore, który najwyraźniej tracił już cierpliwość. — Dyrektor nic jeszcze nie wie.

Susan patrzyła na niego z niedowierzaniem. Miała wrażenie, że rozmawia z kimś obcym. Strathmore wysłał jej narzeczonego — profesora — powierzając mu zadanie wywiadowcze, i nie zawiadomił dyrektora o największym kryzysie w historii agencji.

— Leland Fontaine nie został powiadomiony?

— Susan, teraz ty posłuchaj! — wybuchnął Strathmore. Miał już tego dość. — Wezwałem cię, bo potrzebowałem kogoś do pomocy, a nie inspektora nadzoru. Wczoraj wieczorem wczytałem plik Tankada i siedziałem tu przez całą noc przy drukarce, modląc się, by TRANSLATOR go rozszyfrował. O świcie zrezygnowałem z dumy i zadzwoniłem do dyrektora. Mogę ci powiedzieć, że o niczym tak nie marzyłem, jak o takiej rozmowie. Dzień dobry, panie dyrektorze. Przykro mi, że pana obudziłem. Dlaczego dzwonię? Właśnie się przekonałem, że TRANSLATOR nadaje się do muzeum, i to z powodu jednego algorytmu, którego nie potrafili napisać wszyscy moi najlepsi kryptolodzy, choć im płacimy niebotyczne pensje! — Strathmore walnął pięścią w blat biurka.

Susan skamieniała. W ciągu dziesięciu lat pracy widziała tylko parę razy, jak komandor przestał nad sobą panować, i nigdy nie stało się to z jej powodu.

Przez dziesięć sekund oboje milczeli. Wreszcie Strathmore znów usiadł na fotelu. Susan słyszała, że szef stopniowo odzyskuje normalny oddech. Gdy się wreszcie odezwał, mówił niezwykle spokojnie.

— Niestety, ta rozmowa się nie odbyła, ponieważ dyrektor jest w Kolumbii, gdzie ma spotkanie z prezydentem. Dopóki

Fontaine jest w Ameryce Południowej, nie może zrobić absolutnie nic, miałem zatem do wyboru dwie możliwości. Albo zażądać, by odwołał spotkanie i natychmiast wrócił, albo zająć się tą sprawą sam. — Znów przez dłuższą chwilę w pokoju panowała cisza. W końcu Strathmore uniósł głowę. Gdy popatrzył Susan w oczy, jego spojrzenie natychmiast złagodniało. — Susan, bardzo przepraszam. Jestem zmęczony. To prawdziwy koszmar. Wiem, że denerwujesz się z powodu Davida. Nie chciałem, żebyś dowiedziała się w ten sposób. Myślałem, że wiesz.

— Ja również zareagowałam zbyt nerwowo. Przepraszam. — Susan poczuła się winna. — To był dobry wybór.

— Wróci dziś wieczorem — zapewnił ją Strathmore.

Susan pomyślała o wszystkim, co ma na głowie komandor — nadzór nad TRANSLATOREM, niezliczone spotkania, niekończące się godziny pracy. W Krypto krążyły plotki, że po trzydziestu latach małżeństwa żona Strathmore'a postanowiła go rzucić. Teraz do tego wszystkiego doszła jeszcze Cyfrowa Twierdza — najpoważniejszy kryzys w historii NSA — a Strathmore musiał radzić sobie w pojedynkę. Nic dziwnego, że wyglądał, jakby miał już dość.

— Biorąc pod uwagę wszelkie okoliczności — powiedziała wreszcie — sądzę, że powinien pan zawiadomić dyrektora.

Strathmore pokręcił głową. Kropla potu skapnęła na biurko.

— Nie zamierzam narażać bezpieczeństwa dyrektora i ryzykować, że nastąpi przeciek, nawiązując z nim kontakt w sprawie kryzysu, gdy on nie może nic zrobić.

Susan wiedziała, że komandor ma rację. Nawet w takich chwilach Strathmore potrafił jasno myśleć.

— Czy zastanawiał się pan nad powiadomieniem prezydenta?

— Owszem — przytaknął Strathmore. — Postanowiłem tego nie robić.

Susan sama się tego domyśliła. Kierownictwo NSA ma prawo podejmować decyzje w nagłych sytuacjach dotyczących wywiadu bez porozumienia z władzami wykonawczymi. NSA jest jedyną amerykańską agencją wywiadowczą, która nie musi się tłumaczyć z podjętych działań. Strathmore często korzystał z tego prawa; wolał czynić cuda, nie informując o tym innych.

72

— Komandorze — powiedziała — to zbyt poważna sprawa, by brał ją pan na siebie. Musi pan zawiadomić prezydenta.

— Susan, istnienie Cyfrowej Twierdzy ma zasadnicze znaczenie dla przyszłości tej agencji. Nie zamierzam informować o niczym prezydenta za plecami dyrektora. Mamy kryzys i ja się nim zajmuję. — Strathmore przyjrzał jej się uważnie i uśmiechnął ze znużeniem. — W końcu to ja jestem zastępcą dyrektora do spraw operacyjnych. Poza tym nie jestem sam. Mam w drużynie Susan Fletcher.

Pomyślała, że właśnie dlatego tak go szanuje. Przez dziesięć lat, w różnych trudnych sytuacjach, Trevor Strathmore wskazywał jej właściwą drogę. Jasno i bez wahań. Zawsze zdumiewało ją jego zaangażowanie — niezachwiana wiara w słuszność zasad, przywiązanie do kraju i ideałów. Niezależnie od tego, co się działo, komandor Trevor Strathmore był dla niej latarnią wskazującą drogę.

— Grasz w mojej drużynie, prawda? — spytał.

— Tak, proszę pana — uśmiechnęła się. — Na sto procent.

— Dobra. Czy teraz możemy wrócić do pracy?

Rozdział 12

David Becker bywał już na pogrzebach i widywał martwych ludzi, ale to było coś innego. Nie miał przed sobą idealnie przystrojonych zwłok w wyłożonej jedwabiem trumnie. Na aluminiowym stole w kostnicy leżało nagie ciało mężczyzny. Jego oczy nie nabrały jeszcze pustego wyrazu, przeciwnie, wydawało się, że patrzy w sufit z przerażeniem i żalem.

— *¿Dónde están sus efectos?* — spytał Becker. Mówił płynnie po hiszpańsku z kastylijskim akcentem. — Gdzie są jego rzeczy?

— *Allí* — odpowiedział młody porucznik o żółtych zębach. Wskazał na leżące na ladzie ubranie i inne rzeczy osobiste.

— *¿Es todo?* Czy to wszystko?

— *Sí.*

Becker poprosił o pudło z kartonu. Porucznik poszedł poszukać.

W sobotni wieczór kostnica w Sewilli była zamknięta. Porucznik wprowadził Beckera na bezpośredni rozkaz naczelnika sewilskiej Guardii — najwyraźniej ten Amerykanin miał wpływowych znajomych.

Becker rzucił okiem na stertę rzeczy. W jednym bucie tkwił paszport, portfel i okulary. Obok leżała niewielka torba, którą gwardziści przynieśli z hotelu, gdzie zatrzymał się mężczyzna. Becker otrzymał jasne instrukcje. Niczego nie dotykaj. Niczego nie czytaj. Po prostu przywieź wszystkie jego rzeczy. Wszystko. Nie przegap niczego.

Jeszcze raz przyjrzał się rzeczom zmarłego. Po co NSA te śmieci?

Porucznik wrócił z niewielkim pudłem i Becker zaczął pakować ubrania.

— *¿Quién es?* Kto to? — spytał porucznik, dotykając nogi nieboszczyka.

— Nie wiem.

— Wygląda na Chińczyka.

To Japończyk, pomyślał Becker.

— Biedak. Atak serca, prawda?

— Tak mi powiedziano. — Becker pokiwał z roztargnieniem głową.

Porucznik westchnął współczująco.

— Słońce w Sewilli bywa okrutne. Lepiej niech pan jutro uważa.

— Dziękuję — odrzekł Becker. — Wracam do domu.

— Przecież dopiero pan przyleciał! — porucznik był zszokowany.

— Wiem, ale człowiek, który zapłacił za bilet, czeka na te rzeczy.

— Chce pan powiedzieć, że nie zamierza pan przeżyć doświadczenia, jakim jest pobyt w Sewilli? — porucznik wydawał się obrażony.

— Byłem już tutaj parę lat temu. Piękne miasto. Bardzo chciałbym zostać.

— Widział pan zatem La Giralda?

Becker pokiwał głową. Nigdy nie wszedł na starą wieżę Maurów, ale rzeczywiście ją widział.

— *¿A Alcázar?*

Znów kiwnął głową. Przypomniał sobie noc, gdy słuchał, jak Paco de Lucia gra na gitarze na dziedzińcu. Flamenco pod gwiazdami w piętnastowiecznej fortecy. Żałował, że wtedy nie znał jeszcze Susan.

— I oczywiście Krzysztof Kolumb — rozpromienił się porucznik. — Jest pochowany w naszej katedrze.

— Naprawdę? — Becker uniósł głowę. — Myślałem, że Kolumb został pochowany na Dominikanie.

— Wcale nie! Kto rozpuszcza takie plotki? Ciało Kolumba jest tutaj, w Hiszpanii! Wydawało mi się, że pan skończył studia.

75

— Widocznie tego dnia byłem chory — odrzekł Becker, wzruszając ramionami.

— Hiszpański Kościół jest bardzo dumny z jego relikwii.

Hiszpański Kościół. Becker wiedział, że w Hiszpanii jest tylko jeden Kościół — rzymskokatolicki. Katolicyzm jest w Hiszpanii ważniejszy niż w Watykanie.

— Oczywiście, nie mamy całego ciała Kolumba — dodał porucznik. — *Solo el escroto.*

Becker przerwał pakowanie i spojrzał na porucznika. *¿Solo el escroto?* Z trudem powstrzymał uśmiech.

— Tylko mosznę?

— Tak — potwierdził z dumą porucznik. — Gdy Kościół dostaje ciało wielkiego człowieka, kanonizuje go, a następnie rozsyła szczątki do wielu katedr, żeby splendor spłynął na wszystkich.

— A wy dostaliście... — Becker przygryzł wargi.

— Tak! To bardzo ważna część ciała! — zapewnił go z przekonaniem porucznik. — To nie byle żebro lub kciuk, jak w tych kościołach w Galicji! Naprawdę powinien pan zostać i zobaczyć.

— Może wstąpię po drodze na lotnisko — Becker uprzejmie kiwnął głową.

— *Mala suerte* — westchnął porucznik. — Ma pan pecha. Katedra jest zamknięta do porannej mszy.

— Zatem innym razem — uśmiechnął się Becker i podniósł pudło. — Muszę już iść. Samolot czeka — dodał i raz jeszcze rozejrzał się dookoła.

— Podwieźć pana na lotnisko? Mam motocykl — zaproponował porucznik.

— Nie, dziękuję, pojadę taksówką. — Becker raz w życiu jechał motocyklem i niewiele brakowało, a zakończyłoby się to tragicznie. Nie miał ochoty próbować ponownie, niezależnie od tego, kto będzie prowadził.

— Jak pan woli — odrzekł porucznik i skierował się do drzwi. — Zgaszę światło.

Becker trzymał pudło pod pachą. *Czy wszystko zabrałem?* Raz jeszcze spojrzał na leżące na stole zwłoki. Ciało mężczyzny było zupełnie nagie. W świetle jarzeniówki widać było doskonale, że nic nie zostało. Przyjrzał się zdeformowanym dłoniom. Coś zwróciło jego uwagę.

Porucznik zgasił światło, w kostnicy zapadły ciemności.

— Chwileczkę — zaprotestował Becker. — Może pan zapalić światło?

Gwardzista przekręcił kontakt.

Becker postawił pudło na podłodze i podszedł do stołu. Pochylił się nad lewą ręką zmarłego.

— Dość okropne, nie? — powiedział porucznik, śledząc jego spojrzenie.

Beckerowi nie chodziło jednak o fizyczną deformację. Dostrzegł coś innego.

— Czy jest pan pewny, że wszystkie jego rzeczy są w pudle?

— Tak. Na pewno — kiwnął głową gwardzista.

Becker stał przez chwilę z rękami na biodrach, a potem podniósł pudło, podszedł do lady i wyrzucił zawartość na blat. Uważnie sprawdził wszystkie części garderoby, opróżnił buty i puknął w podeszwy, tak jakby chciał wytrząsnąć kamień. Powtórzył całą procedurę, po czym wrzucił rzeczy do pudła. Stał nieruchomo ze zmarszczonymi brwiami.

— Jakiś problem? — spytał porucznik.

— Tak — odrzekł Becker. — Czegoś brakuje.

Rozdział 13

Tokugen Numataka stał w swoim luksusowym biurze na dachu wieżowca i przyglądał się pejzażowi Tokio. Jego pracownicy i konkurenci znali go jako *akuta same* — rekin ludojad. Przez trzydzieści lat Numataka systematycznie przechytrzał i ogrywał swych japońskich rywali. Teraz przyszła pora ekspansji na rynek światowy.

Numataka zamierzał właśnie ubić najważniejszą transakcję swojego życia, wskutek której Numatech Corp. miała w przyszłości wyprzeć Microsoft. Czuł przypływ adrenaliny. Interesy to wojna, a wojna jest podniecająca.

Gdy trzy dni wcześniej ten człowiek zadzwonił po raz pierwszy, Tokugen Numataka potraktował go podejrzliwie. Teraz wiedział, że tamten mówił prawdę. Dopisywało mu *myori* — szczęście. Bogowie go wybrali.

— Mam kopię klucza do Cyfrowej Twierdzy — powiedział mężczyzna z amerykańskim akcentem. — Czy chce pan go kupić?

Niewiele brakowało, a Numataka wybuchnąłby śmiechem. Nie miał wątpliwości, że to podstęp. Numatech Corp. złożyła ofertę zakupu nowego algorytmu Ensei Tankada, a teraz któryś z konkurentów chciał się dowiedzieć, ile zaproponowali.

— Ma pan klucz? — udał zainteresowanie.

— Tak. Nazywam się North Dakota.

Numataka powstrzymał się od śmiechu. Wszyscy wiedzieli o North Dakocie. Tankado powiedział dziennikarzom o swoim partnerze. To było sprytne posunięcie z jego strony. Nawet w Japonii zaczęto stosować w interesach haniebne metody. Ensei Tankado miał prawo czuć się zagrożony. Gdyby jednak ktoś zdecydował się na zbyt gwałtowne posunięcie, partner Tankada opublikowałby klucz i wszystkie firmy komputerowe poniosłyby straty.

Numataka zaciągnął się cygarem Umami. Nie przerwał tego śmiesznego przedstawienia.

— Zatem chce pan sprzedać swój klucz? Interesujące. A co o tym myśli Ensei Tankado?

— Nie mam w stosunku do niego żadnych zobowiązań. Pan Tankado był na tyle głupi, że mi zaufał. Klucz jest wart kilkaset razy więcej, niż on mi zapłacił za załatwienie tej sprawy.

— Bardzo mi przykro — odrzekł Numataka — ale pana klucz nie ma dla mnie żadnej wartości. Gdy Tankado się dowie, co pan zrobił, po prostu opublikuje swoją kopię i rynek zostanie zalany.

— Dostanie pan obie kopie — odrzekł nieznajomy. — Moją i pana Tankada.

Numataka zakrył dłonią mikrofon i głośno się roześmiał. Nie mógł się powstrzymać od podstawowego pytania.

— A ile pan chce za oba klucze?

— Dwadzieścia milionów amerykańskich dolarów.

Niemal dokładnie tyle wynosiła oferta Numatech Corp.

— Dwadzieścia milionów dolarów? — Numataka udał, że jest zszokowany. — To przekracza wszelkie granice!

— Widziałem algorytm. Zapewniam pana, że jest tyle wart.

Gówno prawda, pomyślał Numataka. Jest wart dziesięć razy więcej.

— Niestety — odrzekł. Miał już dość tej zabawy. — Obaj wiemy, że pan Tankado nigdy się na to nie zgodzi. Proszę pomyśleć o prawnych konsekwencjach.

Nieznajomy przez chwilę milczał.

— A jeśli pan Tankado wypadnie z gry? — spytał.

To zabrzmiało groźnie.

Numataka chciał się zaśmiać, ale w głosie mężczyzny dosłyszał dziwną determinację.

— Jeśli Tankado wypadnie z gry? — Numataka przerwał, jakby się zastanawiał. — Wtedy dobijemy targu.

— Skontaktuję się z panem — powiedział tamten i odłożył słuchawkę.

Rozdział 14

Becker uważnie przyjrzał się zwłokom mężczyzny. Choć od śmierci minęło wiele godzin, jego twarz była zaróżowiona od nadmiernej opalenizny. Reszta ciała przybrała bladożółtą barwę, tylko w okolicy serca widać było fioletowe sińce. Pewnie po masażu serca, pomyślał Becker. Szkoda, że nie pomógł.

Znów przyjrzał się dłoniom zmarłego. Nigdy przedtem nie widział czegoś takiego. U obu rąk mężczyzna miał tylko po trzy palce, wykręcone i niekształtne. Nie to jednak wzbudziło zainteresowanie Beckera.

— No, niech mnie — mruknął porucznik z drugiego końca pokoju. — To Japończyk, a nie Chińczyk.

Becker spojrzał na niego. Porucznik przeglądał paszport zmarłego.

— Wolałbym, by pan odłożył paszport — powiedział. *Niczego nie dotykaj. Niczego nie czytaj.*

— Ensei Tankado... urodzony w styczniu...

— Proszę — powtórzył uprzejmie Becker. — Niech pan to odłoży.

Gwardzista jeszcze przez chwilę gapił się na paszport, po czym rzucił go na stertę rzeczy Tankada.

— Ten facet miał wizę trzeciej klasy. Mógł tu przebywać wiele lat.

— Może tu mieszkał — powiedział Becker, dotykając piórem ręki nieboszczyka.

— Nie. Wjechał tydzień temu. Jest stempel w paszporcie.

— Może zatem zamierzał się tu przeprowadzić — zasugerował krótko Becker.

— Możliwe. Kiepski pierwszy tydzień. Udar słoneczny i atak serca. Biedak.

Becker przerwał rozmowę i jeszcze raz przyjrzał się palcom Tankada.

— Jest pan pewny, że w chwili śmierci nie miał na sobie żadnej biżuterii?

— Biżuterii? — zdziwił się porucznik.

— Tak. Niech pan tu spojrzy.

Porucznik podszedł do stołu.

Na skórze lewej ręki Tankada widać było ślady oparzenia promieniowaniem słonecznym, z wyjątkiem wąskiego paska na małym palcu.

— Widzi pan, że tu nie ma opalenizny? — powiedział Becker, wskazując na blady ślad na palcu. — Wygląda na to, że nosił pierścionek.

— Pierścionek? — porucznik był wyraźnie zdziwiony i zaskoczony. Przyjrzał się uważnie lewej dłoni zmarłego. — Boże, zatem to była prawda? — dodał zmieszany.

— Słucham? — zapytał Becker. Nagle poczuł, że stało się coś złego.

— Wspomniałbym o tym wcześniej... — powiedział gwardzista, potrząsając głową — ale ten człowiek był wariatem.

— Jaki człowiek? — Becker nawet się nie uśmiechnął.

— Ten facet, który wezwał pogotowie. Kanadyjski turysta. Wciąż mówił o jakimś pierścieniu. Nigdy jeszcze nie słyszałem, by ktoś tak źle mówił po hiszpańsku.

— Powiedział, że Tankado miał pierścionek?

Porucznik kiwnął głową. Wyjął papierosa Ducado, zerknął na napis „Palenie wzbronione" i zapalił mimo to.

— Pewnie powinienem był o tym wspomnieć, ale facet zachowywał się, jakby był kompletnym szaleńcem.

Becker zmarszczył brwi. Przypomniały mu się słowa Strathmore'a. *Chcę mieć wszystko, co Tankado miał przy sobie. Wszystko. Nie pomiń niczego, nawet najdrobniejszego skrawka papieru.*

— Gdzie jest teraz ten pierścionek? — spytał.

— To długa historia — odrzekł porucznik, zaciągając się dymem.

— Mimo to proszę ją opowiedzieć. — Coś mu mówiło, że to nie będzie dobra wiadomość.

Rozdział 15

Susan Fletcher siedziała przy swoim terminalu w Węźle nr 3. Był to akustycznie odizolowany pokój kryptografów tuż obok głównej hali Krypto. Zakrzywiona ściana z grubego szkła, przepuszczająca światło tylko w jedną stronę, dawała panoramiczny widok na halę, natomiast z zewnątrz nikt nie mógł zobaczyć, co się dzieje w Węźle.

W tylnej części pomieszczenia znajdowało się dwanaście terminali ustawionych w koło. To miało sprzyjać intelektualnej wymianie myśli między kryptografami i przypominać im, że tworzą zespół — są kimś w rodzaju rycerzy okrągłego stołu. Jak na ironię, wewnątrz Węzła sekrety były źle widziane.

Na Węzeł nr 3 mówiono często Kojec, ponieważ jego wystrój niczym nie przypominał ascetycznej prostoty całego oddziału Krypto. Kojec zaprojektowano tak, by pracownicy czuli się w nim jak w domu: gruba wykładzina na podłodze, najwyższej klasy zestaw muzyczny, dobrze zaopatrzona lodówka, mała kuchenka. To było odbiciem filozofii NSA w stosunku do Krypto: jeśli wydaliśmy kilka miliardów dolarów na komputer deszyfrujący, to musimy przyciągnąć najlepszych specjalistów, którzy będą w stanie go należycie wykorzystać.

Susan zrzuciła pantofelki od Salvatore Ferragamo i z przyjemnością zanurzyła palce stóp w grubej wykładzinie. Dobrze opłacanych pracowników państwowych nakłaniano, by zrezygnowali z ostentacyjnego demonstrowania swego bogactwa. Zazwyczaj Susan nie miała z tym żadnych problemów — była zadowolona ze swego bliźniaka, volvo i konserwatywnej garderoby. Wyjątkiem było obuwie. Już w czasie studiów oszczędzała na najlepsze buty.

„Nie skoczysz do gwiazd, gdy bolą cię stopy — powiedziała jej kiedyś ciotka. — A gdy dotrzesz na miejsce, postaraj się dobrze wyglądać!".

Susan przeciągnęła się jak kotka i wzięła się do roboty. Otworzyła program TRACER i zaczęła go konfigurować. Spojrzała na adres, który dał jej Strathmore:

NDAKOTA@ARA.ANON.ORG

Człowiek, który używał nazwiska North Dakota, miał anonimowe konto, ale Susan wiedziała, że już wkrótce pozna jego prawdziwy adres. TRACER trafi na serwer ARA, zostanie przesłany dalej do North Dakoty, po czym odeśle wiadomość z jego adresem.

Jeśli wszystko pójdzie dobrze, TRACER szybko zidentyfikuje North Dakotę i Strathmore skonfiskuje jego klucz. Zostanie jeszcze David. Gdy znajdzie kopię klucza Tankada, oba zostaną zniszczone. Bomba zegarowa Ensei Tankada przestanie być groźna, tak jakby ktoś usunął zapalnik.

Susan dwukrotnie sprawdziła, czy poprawnie wpisała adres internetowy. Zaśmiała się na myśl, że Strathmore nie potrafił sam poradzić sobie z TRACEREM. Najwyraźniej próbował dwukrotnie, ale za każdym razem dostawał adres Tankada, a nie North Dakoty. To prosty błąd, pomyślała. Pewnie pomylił pola danych i TRACER szukał złego konta.

Skończyła konfigurować program i umieściła go w kolejce do wysłania. Nacisnęła ENTER. Rozległ się jeden pisk i na ekranie pojawił się napis:

TRACER WYSŁANY

Teraz musiała czekać.

Wypuściła powietrze z płuc. Miała wyrzuty sumienia z powodu starcia z komandorem. Jeśli ktokolwiek mógł sobie samodzielnie poradzić z tym nagłym kryzysem, to tylko Trevor Strathmore. Szef wykazywał niezwykłą umiejętność radzenia sobie ze wszystkimi wyzwaniami.

Sześć miesięcy wcześniej, gdy EFF ujawniła, że łódź podwodna NSA przechwytuje wiadomości przesyłane przez kabel ułożony na dnie, Strathmore z zimną krwią zaaranżował przeciek, jakoby łódź podwodna w rzeczywistości służyła do pozbywania się toksycznych odpadów. EFF i ekolodzy tracili czas i energię na dyskusję o tym, która wersja jest prawdziwa, aż wreszcie media miały tego dość i zajęły się nowymi tematami. Strathmore metodycznie planował każde swoje posunięcie. Przygotowując plany, często korzystał z komputera. Podobnie jak wielu pracowników NSA Strathmore używał do tego opracowanego przez agencję programu BrainStorm (Burza Mózgu). W ten sposób niczego nie ryzykując, mógł sprawdzić wszystkie warianty „a co się stanie, jeśli...".

BrainStorm był programem typu „sztuczna inteligencja" — jego twórcy opisali go jako Symulator Przyczyn i Skutków. Początkowo miał służyć do pozorowania przebiegu kampanii politycznych — chodziło o stworzenie realistycznego modelu „politycznego środowiska". Na podstawie ogromnego zbioru danych komputer tworzył sieć relacji, stanowiącą model oddziaływań między zmiennymi politycznymi, takimi jak ważni politycy, ich personel, związki osobiste pomiędzy nimi, gorące problemy, motywy działania, a także czynnikami dodatkowymi, na przykład seks, narodowość, pieniądze. Użytkownik programu mógł opisać dowolne zdarzenie, a BrianStorm analizował, jaki będzie miało wpływ na „środowisko".

Komandor Strathmore korzystał z programu BrainStorm z niemal religijnym zaangażowaniem. Dla niego nie był instrumentem politycznym, lecz narzędziem do analizy złożonych strategii, wykrywania słabych punktów, tworzenia harmonogramów działań i schematu przepływu ludzi i środków. Susan podejrzewała, że w komputerze Strathmore'a są ukryte plany działania, które pewnego dnia zmienią historię świata.

Tak, pomyślała jeszcze raz, byłam zbyt ostra.

Jej myśli przerwał szelest szybko otwieranych drzwi do Kojca.

Do pokoju wpadł Strathmore.

— Susan — powiedział — przed chwilą dzwonił David. Ma problemy.

Rozdział 16

— Pierścień? — Susan nie wydawała się poruszona. — Zginął pierścionek Ensei Tankada?

— Tak. Mamy szczęście, że David to zauważył. To był przypadek.

— Przecież szukamy klucza, a nie biżuterii.

— Wiem — odrzekł Strathmore. — Moim zdaniem to jedno i to samo.

Susan najwyraźniej nie rozumiała, o co mu chodzi.

— To długa historia — dodał.

— Nigdzie się nie wybieram — odpowiedziała, wskazując ręką na ekran monitora.

Strathmore ciężko westchnął i zaczął przechadzać się po pokoju.

— Okazuje się, że są świadkowie śmierci Tankada. Według policjanta z kostnicy pewien kanadyjski turysta zadzwonił rano na posterunek. Powiedział, że jakiś Japończyk w parku ma atak serca. Gdy policja przybyła na miejsce, Tankado już nie żył, a ten Kanadyjczyk był przy nim. Wezwali pogotowie ratunkowe. Kiedy zabierali ciało do kostnicy, policjant spróbował dowiedzieć się od Kanadyjczyka, co się stało. Ten stary tylko coś bełkotał o pierścieniu, który Tankado dał mu przed śmiercią.

— Tankado dał mu pierścień? — sceptycznie spytała Susan.

— Tak. Najwyraźniej wcisnął mu pierścionek do ręki. Tak jakby błagał, żeby go wziął. Wygląda na to, że później stary dobrze mu się przyjrzał. — Strathmore na chwilę przystanął. —

Powiedział, że na pierścieniu były wygrawerowane jakieś znaki, jakby przypominające litery.

— Litery?

— Tak. Według niego to nie była angielska inskrypcja. — Strathmore spojrzał na nią wyczekująco.

— Japońska?

— W pierwszej chwili też tak pomyślałem — potrząsnął głową Strathmore. — Zastanów się jednak. Kanadyjczyk twierdził, że litery nie tworzyły żadnego napisu. Nikt nie pomyliłby japońskich ideogramów z łacińskim alfabetem. On powiedział, że wygrawerowany napis wyglądał tak, jakby to kot biegał po klawiaturze.

— Komandorze, chyba nie myśli pan poważnie... — zaśmiała się Susan.

— Susan, to krystalicznie jasne — przerwał jej Strathmore. — Tankado wygrawerował na pierścionku klucz do Cyfrowej Twierdzy. Złoto jest bardzo trwałe. W ten sposób mógł mieć klucz przy sobie przez cały czas... gdy jadł, spał, brał prysznic. W każdej chwili mógł też ujawnić klucz.

— I nosił go na palcu? Tak otwarcie? — wątpiła Susan.

— Czemu nie? Hiszpania nie jest światową stolicą kryptologii. Nikt tam nie zgadłby, co oznaczają te litery. Poza tym jeśli klucz ma sześćdziesiąt cztery bity, to nawet w pełnym świetle nikt nie zdołałby przeczytać i zapamiętać wszystkich znaków.

— I w chwili śmierci Tankado dał ten pierścień zupełnie nieznanej osobie? — Susan nie mogła tego pojąć. — Dlaczego?

— Pomyśl. Jak sądzisz dlaczego?

Susan potrzebowała tylko paru sekund, żeby zrozumieć. Otworzyła szeroko oczy. Strathmore pokiwał głową.

— Tankado starał się pozbyć pierścienia. Uważał, że to my go zabiliśmy. Poczuł, że umiera, i logicznie przyjął, że to nasza sprawka. Zbieżność w czasie była bardzo podejrzana. Doszedł do wniosku, że otruliśmy go czy coś takiego, może spowodowaliśmy powolne zatrzymanie pracy serca. Wiedział też, że nie ważylibyśmy się na to, gdybyśmy nie znaleźli wcześniej North Dakoty.

— Oczywiście — szepnęła Susan. Poczuła na plecach falę

chłodu. — Tankado uznał, że zneutralizowaliśmy jego polisę ubezpieczeniową, a zatem możemy go wyeliminować.

Wszystko stopniowo stawało się jasne. Atak serca nastąpił w tak wygodnym dla NSA momencie, że Tankado uznał, iż to agencja ponosi odpowiedzialność. W ostatniej chwili chciał się zemścić. Ensei oddał pierścień turyście, aby mimo wszystko opublikować klucz. Choć trudno w to uwierzyć, w tej chwili jakiś niepodejrzewający niczego kanadyjski turysta miał w ręku klucz do najpotężniejszego algorytmu szyfrującego.

Susan wzięła głęboki oddech i zadała oczywiste pytanie:

— Gdzie zatem jest teraz ten Kanadyjczyk?

— Na tym polega problem — zmarszczył brwi Strathmore.

— Hiszpańska policja nie wie, co się z nim stało?

— Nie. Opowieść tego Kanadyjczyka była tak absurdalna, że policjant przyjął, iż doznał szoku lub cierpi na otępienie starcze. Wziął go na motocykl i chciał odwieźć do hotelu. Kanadyjczyk nie wiedział jednak, że powinien się mocno trzymać; jak tylko ruszyli, spadł z siodełka, rozbił sobie głowę i złamał nadgarstek.

— Co takiego?! — krzyknęła Susan.

— Policjant chciał zawieźć go do szpitala, ale Kanadyjczyk się wściekł... powiedział, że raczej wróci do Kanady piechotą, niż ponownie wsiądzie na motocykl. W tej sytuacji policjant mógł tylko odprowadzić go do niewielkiej kliniki publicznej w pobliżu parku. Zostawił go tam.

— Przypuszczam, że nie muszę nawet pytać, co teraz robi David — powiedziała Susan.

Rozdział 17

David Becker stanął na rozpalonym, wyłożonym białymi i niebieskimi płytkami Plaza de España. Przed sobą miał wyrastający z placu El Ayuntamiento stary ratusz. Arabskie wieże i ozdobna fasada upodobniały go raczej do pałacu, a nie do budynku publicznego. Ratusz był świadkiem wielu historycznych zdarzeń — zamachów wojskowych, pożarów, publicznego wieszania, ale większość turystów przychodziła tutaj, ponieważ biuro turystyczne reklamowało ratusz jako angielską naczelną kwaterę wojskową z filmu *Lawrence z Arabii*. Kręcenie filmu w Hiszpanii było dla Columbii Pictures znacznie tańsze niż w Egipcie, a wpływ sztuki arabskiej na architekturę Sewilli był na tyle wyraźny, iż większość widzów uznała, że rzeczywiście widzą Kair.

Becker przestawił swoje seiko na czas lokalny — była 21.10. Jak na tutejsze standardy to jeszcze popołudnie. Prawdziwy Hiszpan nigdy nie je kolacji przed zachodem słońca, a leniwe andaluzyjskie słońce rzadko opuszcza niebo przed dziesiątą.

Choć zbliżała się noc, było gorąco. Mimo to Becker szedł bardzo szybko. Tym razem ton głosu Strathmore'a znacznie bardziej naglił niż rano. Nowe polecenie okazało się całkowicie jednoznaczne: odszukaj Kanadyjczyka, odzyskaj pierścień. Zrób wszystko, co konieczne, byle tylko odzyskać pierścień.

Zastanawiał się, dlaczego pierścień z jakimiś znakami jest

taki ważny. Strathmore mu tego nie wyjaśnił, a Becker nie spytał. NSA, pomyślał. *Never Say Anything* *.

Po drugiej stronie Avenida Isabela Católica widać było klinikę — Becker łatwo ją rozpoznał po znaku czerwonego krzyża na białym tle. Porucznik gwardii zostawił tu kanadyjskiego turystę wiele godzin temu. Złamany nadgarstek, uraz głowy — z pewnością pacjent został opatrzony i już dawno odesłany do domu. Becker miał nadzieję, że klinika zapisała adres hotelu lub telefon, gdzie można go znaleźć. Gdyby Beckerowi dopisało szczęście, mógłby szybko odszukać Kanadyjczyka, odzyskać pierścień i wrócić do domu bez dalszych komplikacji.

— Jeśli zajdzie taka potrzeba, niech pan skorzysta z tych dziesięciu tysięcy w gotówce i odkupi pierścień — powiedział Strathmore. — Oddam panu na miejscu.

— Nie musi pan oddawać — odrzekł Becker. I tak zamierzał zwrócić pieniądze. Nie pojechał do Hiszpanii dla pieniędzy, lecz ze względu na Susan. Komandor Trevor Strathmore był jej mentorem i opiekunem. Susan wiele mu zawdzięczała; Becker uznał, że załatwienie jednej sprawy dla Strathmore'a to minimum tego, co powinien zrobić.

Niestety wydarzenia nie potoczyły się zgodnie z jego planem. Miał nadzieję, że zadzwoni do Susan z samolotu i wszystko wyjaśni. Zastanawiał się, czy nie poprosić pilota o kontakt radiowy ze Strathmore'em, by w ten sposób przekazać wiadomość, ale nie miał ochoty wciągać zastępcy dyrektora NSA w swoje uczuciowe sprawy.

Sam trzy razy próbował do niej zadzwonić — z samolotu, z automatu na lotnisku i z kostnicy. Susan nie było w domu. David zastanawiał się, dokąd poszła. Za każdym razem odzywała się automatyczna sekretarka, ale nie zostawił żadnej wiadomości — to, co miał do powiedzenia, nie nadawało się do nagrania.

Gdy zbliżał się do ulicy, przy wejściu do parku zauważył budkę telefoniczną. Podbiegł, chwycił słuchawkę i wsunął do

---

* Never Say Anything (ang.) — nigdy nic nie mów.

automatu kartę telefoniczną. Po kilku sekundach otrzymał połączenie. Słyszał kolejne dzwonki.

Proszę, odbierz.

Po pięciu dzwonkach usłyszał jej głos.

— Dzień dobry, tu Susan Fletcher. Niestety, nie ma mnie w domu. Proszę zostawić...

Becker czekał na sygnał. *Gdzie ona się podziewa?* Susan mogła już się poważnie niepokoić. A może pojechała do Stone Manor bez niego? Wreszcie rozległ się pisk sygnału.

— Cześć, tu David... — zaczął i urwał. Nie wiedział, co powiedzieć. Nie znosił automatycznych sekretarek również dlatego, że przerywają połączenie, gdy ktoś musi chwilkę pomyśleć. — Przepraszam, że nie zadzwoniłem — odezwał się w samą porę. Zastanawiał się, czy wyjaśnić jej, co się dzieje. Po chwili uznał, że lepiej nie. — Zadzwoń do komandora Strathmore'a. On ci wszystko wytłumaczy. — Becker słyszał bicie swojego serca. To absurd, pomyślał. — Kocham cię — dodał szybko i odłożył słuchawkę.

Stanął przy krawężniku i czekał, aż przejadą samochody, by przejść na drugą stronę Avenida Borbolla. Pomyślał, że Susan z pewnością podejrzewa, iż stało się coś złego. Zapowiedział przecież, że zadzwoni, a zwykle nie zawodził.

Becker wszedł na czteropasmową jezdnię. „Tam i z powrotem" — szepnął do siebie. „Tam i z powrotem". Był zbyt zajęty swymi myślami, by dostrzec mężczyznę w drucianych okularach, który obserwował go, stojąc po drugiej stronie ulicy.

Rozdział 18

Stojąc przed ogromnym oknem w swoim biurze na najwyższym piętrze wieżowca, Numataka zaciągnął się cygarem i uśmiechnął do siebie. Nie mógł uwierzyć swemu szczęściu. Rozmawiał ponownie z tym Amerykaninem. Jeśli wszystko poszło zgodnie z harmonogramem, Tankado już został wyeliminowany, a jego kopia klucza trafiła w ręce Dakoty.

Co za ironia — pomyślał Numataka — że to właśnie on dostanie w końcu klucz Ensei Tankada. Tokugen Numataka spotkał się raz z Tankadem, wiele lat temu. Po skończeniu studiów młody programista przyszedł do Numatech Corp. w poszukiwaniu pracy. Numataka go nie przyjął. Nie miał wątpliwości, że Tankado jest znakomitym programistą, ale wówczas musiał wziąć pod uwagę jeszcze inne argumenty. Japonia już się zmieniała, lecz Numataka wywodził się z dawnej szkoły i żył według zasad kodeksu *menboko* — najważniejszy jest honor i wrażenie. Nie można tolerować żadnych odstępstw od doskonałości. Gdyby zatrudnił kalekę, byłaby to hańba dla jego własnego przedsiębiorstwa. Numataka bez namysłu wyrzucił podanie Tankada do kosza.

Znów spojrzał na zegarek. North Dakota powinien był już zadzwonić. Numataka zaczął się denerwować. Miał nadzieję, że nic się nie stało.

Jeśli klucze są autentyczne, o czym zapewniał go Dakota, to już wkrótce pozwolą mu uzyskać dostęp do najbardziej poszukiwanego produktu epoki komputerów — całkowicie bezpiecznego algorytmu szyfrującego. Numataka planował umieścić algorytm w zabezpieczonej kości VLSI, tak aby nikt nie mógł go skopiować, a następnie sprzedawać kości producentom komputerów z całego świata, a także rządom, przedsiębiorstwom, może nawet na czarnym rynku terrorystów.

Uśmiechnął się do siebie. Najwyraźniej był ulubieńcem *shichigosan* — siedmiu bóstw powodzenia. Numatech Corp. już wkrótce będzie mieć jedyną istniejącą kopię Cyfrowej Twierdzy. Dwadzieścia milionów dolarów to dużo pieniędzy, ale biorąc pod uwagę, co za to dostanie, był to rabunek stulecia.

Rozdział 19

— A jeśli ktoś jeszcze szuka pierścienia? — spytała Susan. Nagle zaczęła się denerwować. — Czy Davidowi może coś grozić?

— Nikt inny nie wie o istnieniu pierścienia — potrząsnął głową Strathmore. — Właśnie dlatego posłałem tam Davida. Chciałem zachować tajemnicę. Ciekawscy agenci zwykle nie łażą za nauczycielami hiszpańskiego.

— David jest profesorem — poprawiła go Susan, ale natychmiast tego pożałowała. Od czasu do czasu miała wrażenie, że dla komandora David nie jest dostatecznie dobry, że jego zdaniem powinna znaleźć sobie kogoś lepszego niż nauczyciel. — Komandorze — kontynuowała — jeśli przekazał pan Davidowi instrukcje przez telefon podczas jazdy samochodem, ktoś mógł podsłuchać...

— To zupełnie nieprawdopodobne, jeden do miliona — przerwał jej Strathmore. — Podsłuchujący musiałby być bardzo blisko i musiałby wiedzieć, czego słuchać. — Strathmore położył dłoń na jej ramieniu. — Nigdy nie posłałbym Davida, gdybym sądził, że to niebezpieczne zadanie. — Uśmiechnął się. — Zaufaj mi. Na pierwszy sygnał zapowiadający kłopoty natychmiast poślę tam zawodowców.

Strathmore przerwał, bo nagle rozległo się gwałtowne dudnienie w drzwi do Węzła nr 3. Odwrócili się oboje, by zobaczyć, co się dzieje.

Phil Chartrukian, technik z laboratorium bezpieczeństwa systemów, przyciskał twarz do szyby, jakby usiłował zajrzeć do środka, i gwałtownie walił pięściami w drzwi. Coś wykrzykiwał, ale przez dźwiękoszczelną ścianę nie dochodziły do nich jego słowa. Wyglądał, jakby zobaczył ducha.

— Do diabła, co on tu robi? — warknął Strathmore. — Nie ma dziś dyżuru.

— Chyba mamy kłopot — powiedziała Susan. — Pewnie zobaczył na monitorze, co się dzieje.

— Cholera — syknął komandor. — Specjalnie zadzwoniłem wczoraj do dyżurnego z Sys-Sec i powiedziałem mu, żeby tu nie przychodził!

Susan nie była zaskoczona. Skasowanie dyżuru Sys-Sec było sprzeczne z przepisami, ale Strathmore niewątpliwie chciał być sam. Jeszcze tego brakowało, by jakiś maniak od bezpieczeństwa podniósł alarm z powodu Cyfrowej Twierdzy.

— Lepiej zamknijmy zadanie — zaproponowała. — Możemy zresetować program monitorujący i wmówić Philowi, że coś mu się przyśniło.

Strathmore przez chwilę się zastanawiał, po czym pokręcił głową.

— Jeszcze za wcześnie. TRANSLATOR liczy już od piętnastu godzin. Chcę, żeby liczył przez całą dobę, po prostu dla pewności.

Susan mogła to zrozumieć. Cyfrowa Twierdza była pierwszym algorytmem ze zmiennym tekstem jawnym. Być może Tankado coś przeoczył, być może TRANSLATOR złamie szyfr. Jednakże coś jej mówiło, że nie ma na to żadnych nadziei.

— TRANSLATOR ma liczyć dalej — postanowił Strathmore. — Chcę wiedzieć na pewno, że ten algorytm jest nie do ruszenia.

Chartrukian wciąż walił pięścią w szklane drzwi.

— Nic się nie dzieje — mruknął Strathmore. — Wspieraj mnie.

Wziął głęboki oddech i podszedł do drzwi. Czujnik w podłodze zareagował na jego ciężar i drzwi otworzyły się z cichym świstem. Chartrukian niemal wpadł do środka.

— Panie komandorze... Przepraszam, że przeszkadzam, ale monitor śledzący wykonanie... Uruchomiłem program wykrywający wirusy i...

— Phil, Phil, Phil... — powiedział łagodnie Strathmore i położył dłoń na jego ramieniu uspokajającym gestem. — Spokojnie, powoli. Co się stało?

Sądząc po swobodnym tonie głosu komandora, nikt by nie odgadł, że wokół niego wszystko się wali. Odsunął się na bok i zaprosił gestem Chartrukiana do świętego Węzła nr 3. Technik z wahaniem przekroczył próg, jak dobrze wytresowany pies, który wie, że pan skłania go do zrobienia czegoś, co jest surowo zakazane.

Mina Chartrukiana wyraźnie świadczyła, że nigdy jeszcze nie był w Kojcu. Natychmiast zapomniał o tym, dlaczego wpadł w panikę. Rozejrzał się po luksusowo wyposażonym wnętrzu, specjalnych terminalach, sofach, półkach z książkami, oświetlonych łagodnym światłem. Spojrzał na panującą królową Krypto Susan Fletcher i szybko odwrócił wzrok. Susan onieśmielała go tak, że tracił język w gębie. Miał wrażenie, że jej umysł działa na zupełnie innej płaszczyźnie, a na dokładkę była niepokojąco piękna. Jej bezpośredniość tylko pogarszała sytuację.

— Na czym polega problem, Phil? — zapytał Strathmore, otwierając lodówkę. — Napijesz się czegoś?

— Nie, nie, dziękuję, panie komandorze. — Chartrukian był wyraźnie skrępowany, nie wiedział, czy rzeczywiście jest tu mile widziany. — Proszę pana... Moim zdaniem mamy problem z TRANSLATOREM.

Strathmore zamknął lodówkę i obrzucił go niedbałym spojrzeniem.

— Masz na myśli wskazania programu monitorującego pracę komputera?

— Czy to znaczy, że pan wie, co się stało? — zdziwił się Chartrukian.

— Oczywiście. Jeśli się nie mylę, komputer wykonuje program już od szesnastu godzin.

— Tak, proszę pana, prawie szesnaście godzin — potwierdził technik. — To jeszcze nie wszystko. Program wyszukujący wirusy znalazł coś bardzo dziwnego.

— Doprawdy? — Strathmore wyraźnie się nie przejął. — Co takiego?

Susan z uznaniem obserwowała przedstawienie, jakie odgrywał komandor.

— TRANSLATOR przetwarza jakieś bardzo zaawansowane rzeczy — wyjąkał Chartrukian. — Filtry jeszcze nigdy nie wykryły czegoś takiego. Obawiam się, że TRANSLATOR jest zawirusowany.

— Wirus? — Strathmore zachichotał. W jego głosie pojawiła się nutka lekceważenia. — Phil, doceniam twoje zaangażowanie. Naprawdę. Pani Fletcher i ja uruchomiliśmy nowy program diagnostyczny. To bardzo zaawansowany test. Ostrzegłbym cię, gdybym wiedział, że masz dziś dyżur.

— Zamieniłem się z nowym pracownikiem. — Chartrukian próbował zręcznie kryć kolegę. — Chciał mieć wolny weekend.

— To dziwne — Strathmore zmrużył oczy. — Rozmawiałem z nim wczoraj wieczorem. Powiedziałem mu, żeby nie przychodził. Nic mi nie wspomniał o zastępstwie.

Chartrukian poczuł grudę w gardle. Zapadła pełna napięcia cisza.

— No cóż — westchnął w końcu Strathmore. — To pewnie jakieś nieporozumienie. — Położył dłoń na ramieniu technika i poprowadził go do drzwi. — Masz szczęście, nie musisz tu siedzieć. Pani Fletcher i ja będziemy w Krypto cały dzień. Pozostaniemy na posterunku. Masz wolny weekend.

— Komandorze, moim zdaniem powinniśmy sprawdzić... — ośmielił się wtrącić Chartrukian.

— Phil — powiedział Strathmore nieco ostrzejszym tonem. — Z TRANSLATOREM nic złego się nie dzieje. Jeśli sonda wykryła coś dziwnego, to tylko z powodu naszego programu. Jeżeli nie masz nic przeciwko... — Strathmore nie dokończył zdania, ale technik i tak zrozumiał, że pora, by sobie poszedł.

— Test diagnostyczny, gówno prawda! — mruknął Chartrukian po powrocie do laboratorium. Nie mógł ochłonąć. — Komputer ma trzy miliony procesorów, liczy od szesnastu godzin i jeszcze nie skończył testu?! Co to za test?!

Zastanawiał się, czy powinien zadzwonić do kierownika laboratorium bezpieczeństwa systemów. Pieprzeni kryptolodzy, pomyślał. W ogóle nie rozumieją, co to znaczy bezpieczeństwo! Przypomniał sobie ślubowanie, które złożył, podejmując pracę. Miał używać wszystkich swych umiejętności, korzystać z doświadczenia i instynktu, by chronić komputer NSA, wart wiele miliardów dolarów.

— Instynkt! — powiedział wyzywającym tonem. Nie trzeba być jasnowidzem, by wiedzieć, że to nie jest żaden test diagnostyczny!

Chartrukian usiadł przy terminalu i uruchomił wszystkie programy TRANSLATORA służące do oceny i analizy wykonywanych operacji.

— Pańskie ukochane dziecko ma problemy, komandorze — mruknął. — Nie wierzy pan w instynkt? Dostanie pan dowód.

Rozdział 20

La Clínica de Salud Pública mieściła się w budynku dawnej szkoły podstawowej i nie przypominała wcale szpitala. Był to długi, jednopiętrowy budynek z cegły, z wielkimi oknami i zardzewiałą huśtawką na tylnym podwórku. Becker wszedł po kruszących się stopniach. Wewnątrz było ciemno i głośno. Funkcję poczekalni pełnił długi, wąski korytarz, wzdłuż którego stały metalowe, składane krzesła. Na koziołku przy wejściu ktoś postawił kawałek tektury z napisem *OFICINA* i strzałką wskazującą korytarz.

Becker ruszył kiepsko oświetlonym korytarzem. To przypominało mu scenografię do hollywoodzkiego horroru. W powietrzu unosiła się nieprzyjemna woń uryny. W dalszej części pomieszczenia żarówki były przepalone — mógł dostrzec tylko zarysy ludzkich postaci. Krwawiąca kobieta... młode małżeństwo... modląca się dziewczynka... Becker dotarł do końca korytarza. Drzwi po lewej stronie były niedomknięte, więc zajrzał do środka. W pokoju była tylko stara, wysuszona kobieta — leżała nago na leżance i męczyła się z basenem.

„Cudownie", jęknął. Zamknął drzwi. *Do diabła, gdzie jest rejestracja?*

Dosłyszał jakieś głosy dochodzące zza zakrętu korytarza. Poszedł w tamtą stronę. Zza drzwi z matowego szkła dobiegały odgłosy kłótni. Becker niechętnie otworzył drzwi. Rejestracja. Groza. Dokładnie to, czego się obawiał.

W kolejce stało kilkanaście osób, wszyscy krzyczeli i przepychali się. Hiszpania nie jest znana ze sprawności urzędników. Becker wiedział, że może tu tkwić całą noc, nim uda mu się dowiedzieć czegoś o kanadyjskim turyście. Za biurkiem siedziała tylko jedna sekretarka, która walczyła z niezadowolonymi pacjentami. Becker przez chwilę stał w progu i zastanawiał się, co zrobić. Wpadł na lepszy pomysł.

— *¡Con permiso!* — krzyknął za nim sanitariusz, popychający łóżko na kółkach.

Becker szybko uskoczył w bok.

— *¡¿Dónde está el teléfono?!* — zawołał.

Sanitariusz nawet się nie zatrzymał, ale machnął ręką w stronę podwójnych drzwi, po czym zniknął za zakrętem. Becker podszedł tam i zajrzał do środka.

Znalazł się w ogromnym pokoju — to była dawna sala gimnastyczna. Słychać było szum jarzeniówek. W ich świetle podłoga wydawała się bladozielona i rozmazana. Na ścianie wisiał jeszcze kosz do koszykówki z podartą siatką. W całej sali stały bezładnie łóżka polowe, na których leżeli chorzy. W przeciwległym końcu, tuż pod zepsutą tablicą wyników, wisiał stary automat telefoniczny na monety. Becker miał nadzieję, że działa.

Idąc przez salę, wyszperał z kieszeni kilka monet. Miał siedemdziesiąt pięć peset — to była reszta za taksówkę. Akurat na dwie lokalne rozmowy. Uśmiechnął się uprzejmie do przechodzącej pielęgniarki. Doszedł do automatu i zadzwonił do biura numerów. Trzydzieści sekund później miał już numer telefonu rejestracji.

Niezależnie od kraju we wszystkich urzędach obowiązuje ta sama reguła: nikt nie może znieść dzwoniącego długo telefonu. Bez względu na liczbę oczekujących w kolejce klientów, sekretarka zawsze przerywa pracę, żeby odebrać telefon.

Wybrał sześciocyfrowy numer. Nie miał wątpliwości, że tego dnia był tu tylko jeden Kanadyjczyk ze złamanym nadgarstkiem i urazem głowy; jego teczka powinna być gdzieś na wierzchu. Zdawał sobie sprawę, że sekretarka nie będzie chciała podać jego nazwiska i adresu obcej osobie, ale miał pewien plan.

Telefon zaczął dzwonić. Becker przypuszczał, że po pięciu dzwonkach sekretarka podniesie słuchawkę. Naliczył ich dziewiętnaście.

— Clínica de Salud Pública — warknęła sekretarka.

— Tu David Becker — przedstawił się. Mówił po hiszpańsku z francusko-amerykańskim akcentem. — Jestem z kanadyjskiej ambasady. Jeden z naszych obywateli był dzisiaj państwa pacjentem. Potrzebuję jego danych, by ambasada mogła zapłacić za pomoc medyczną.

— Doskonale — powiedziała sekretarka. — Prześlę je do ambasady w poniedziałek.

— Potrzebujemy tych danych w tej chwili. To bardzo ważne — naciskał Becker.

— Niemożliwe — prychnęła. — Jesteśmy bardzo zajęci.

— To pilna sprawa — ciągnął Becker oficjalnym tonem. — Ten mężczyzna miał złamany nadgarstek i uraz głowy. Był w klinice rano. Jego teczka powinna leżeć gdzieś na wierzchu.

Becker starał się mówić z mocnym, obcym akcentem, na tyle wyraźnie, by sekretarka zrozumiała, ale miała z tym kłopot. Ludzie często odstępują od zasad, byle tylko pozbyć się natrętów.

Zamiast odstąpić od zasad, sekretarka zaczęła mu wymyślać od amerykańskich ważniaków, a po chwili odłożyła słuchawkę.

Becker zmarszczył brwi. Porażka. Nie miał wielkiej ochoty czekać przez całą noc w kolejce. Poza tym czas mijał — stary Kanadyjczyk mógł być już gdziekolwiek. Może postanowił wrócić do domu. Może chce sprzedać pierścień. Becker nie miał czasu na czekanie. Zdeterminowany znów podniósł słuchawkę. Wybrał numer, przycisnął słuchawkę do ucha i liczył kolejne dzwonki. Jeden... drugi... trzeci...

Poczuł nagły przypływ adrenaliny.

Gwałtownym ruchem cisnął słuchawkę na widełki. Odwrócił się i ponownie rozejrzał po sali. Na łóżku polowym, na wprost niego, na stercie poduszek leżał starszy mężczyzna z czystym, białym opatrunkiem gipsowym na prawym nadgarstku.

Rozdział 21

Gdy tym razem Amerykanin zadzwonił pod prywatny numer Tokugena Numataki, wydawał się zdenerwowany.

— Pan Numataka? Mam tylko chwilę.

— Doskonale. Liczę na to, że ma pan oba klucze.

— Będzie niewielkie opóźnienie — odrzekł Amerykanin.

— Wykluczone — syknął Numataka. — Powiedział pan, że dziś wieczorem będzie pan je miał.

— Jedna sprawa nie została załatwiona.

— Tankado nie żyje?

— Tak — odrzekł tamten. — Mój człowiek zabił go, ale nie odzyskał klucza. Tankado przed śmiercią oddał go jakiemuś turyście.

— Skandal! — krzyknął Numataka. — Jak zatem może mi pan zagwarantować wyłączny dostęp...

— Spokojnie — przerwał mu Amerykanin. — Będzie miał pan wyłączne prawa. Ma pan moją gwarancję. Gdy tylko brakujący klucz zostanie odnaleziony, Cyfrowa Twierdza będzie pańska.

— Ale ktoś może skopiować klucz!

— Każdy, kto go tylko zobaczy, zostanie wyeliminowany.

Zapadła cisza. W końcu przerwał ją Numataka.

— Gdzie teraz jest klucz?

— Nie musi pan wiedzieć. Znajdzie się.

— Jak może pan być tego pewny?

— Ponieważ nie tylko ja go szukam. Amerykański wywiad

wie o brakującym kluczu. Z oczywistych powodów woleliby nie dopuścić do rozpowszechnienia Cyfrowej Twierdzy. Wysłali pewnego człowieka na poszukiwanie klucza. Nazywa się David Becker.

— Skąd pan to wie?

— Nieważne.

— A gdy Becker znajdzie klucz? — spytał po chwili Numataka.

— Mój człowiek mu go odbierze.

— A później?

— To nie pańska sprawa — odrzekł zimno Amerykanin. — Gdy pan Becker znajdzie klucz, otrzyma odpowiednią nagrodę.

Rozdział 22

David Becker podszedł do łóżka i przyjrzał się śpiącemu starszemu mężczyźnie z gipsowym opatrunkiem na prawej ręce. Mógł liczyć sobie od sześćdziesięciu do siedemdziesięciu lat. Śnieżnobiałe włosy miał starannie zaczesane na bok. Na środku czoła widać było fioletowego siniaka sięgającego do prawego oka. Mały guz? Becker przypomniał sobie słowa porucznika gwardii. Spojrzał na palce mężczyzny, ale nie zauważył złotego pierścienia. Dotknął ramienia śpiącego.

— Proszę pana? — potrząsnął nim lekko. — Przepraszam pana...?

Mężczyzna wciąż spał.

— Proszę pana? — Becker spróbował jeszcze raz, trochę głośniej.

— *Qu'est-ce... quelle heure est...* — mężczyzna powoli otworzył oczy i spojrzał na Beckera. — *Qu'est-ce-que vous voulez?* — warknął, wyraźnie niezadowolony z tego, że został obudzony.

Tak, pomyślał Becker, Kanadyjczyk francuskiego pochodzenia. Uśmiechnął się do niego.

— Czy ma pan chwilę? — spytał.

Becker znał doskonale francuski, ale mówił po angielsku. Miał nadzieję, że nieznajomy gorzej włada angielskim niż francuskim. Przekonanie zupełnie obcego człowieka, by oddał złoty pierścień, mogło się okazać trudnym zadaniem; Becker uznał, że lepsza znajomość języka zapewne da mu przewagę.

Mężczyzna przez pewien czas starał się przypomnieć sobie, gdzie się znajduje. Rozejrzał się dookoła i podkręcił długimi palcami białe wąsy.

— Czego pan chce? — odezwał się wreszcie. Mówił z nieco nosowym akcentem.

— Proszę pana — zaczął Becker, wypowiadając słowa z nadmierną starannością, jakby mówił do kogoś, kto niedosłyszy. — Muszę zadać panu parę pytań.

— Ma pan jakiś problem? — spytał Kanadyjczyk i spojrzał na niego z dziwnym wyrazem twarzy.

Becker zmarszczył brwi. Stary mówił nienaganną angielszczyzną. Becker od razu zrezygnował z pobłażliwego tonu.

— Przepraszam, że pana niepokoję, ale czy był pan może dziś rano na Plaza de España?

— Czy jest pan z ratusza? — spytał tamten, mrużąc oczy.

— Nie, jestem...

— Biuro Turystyki?

— Nie, jestem...

— Słuchaj pan, wiem, po co pan tu przyszedł! — Starszy mężczyzna z trudem usiadł na łóżku. — Nie dam się zastraszyć! Powiedziałem to już raz i mogę powtórzyć tysiąc razy. Pierre Cloucharde opisuje świat tak, jak go widzi. Niektóre z firmowych przewodników skrywają to i owo w zamian za darmową noc w mieście, ale „Montreal Times" nie jest do kupienia! Odmawiam!

— Przepraszam pana. Wydaje mi się, że pan nie rozumie...

— *Merde alors!* Doskonale wszystko rozumiem! — stary pogroził Beckerowi kościstym palcem. Jego głos słychać było w całej sali gimnastycznej. — Nie jest pan pierwszy! To samo próbowali w Moulin Rouge, Brown's Palace i Golfigno w Lagos! A co ukazało się w gazetach? Prawda! Najgorsze zrazy à la Nelson, jakie kiedykolwiek jadłem! Najbrudniejsza wanna, jaką kiedykolwiek widziałem! Najbardziej kamienista plaża, po jakiej kiedykolwiek chodziłem! Moi czytelnicy spodziewają się po mnie prawdy!

Pacjenci na najbliższych łóżkach zaczęli się rozglądać. Becker nerwowo sprawdził, czy nie zbliża się pielęgniarka. Tylko tego brakowało, żeby go teraz wyrzuciła.

— To nędzne usprawiedliwienie jak na policjanta zatrudnionego przez wasze miasto! — krzyczał Cloucharde. — To on mnie namówił, bym wsiadł na motocykl! Proszę na mnie spojrzeć! — Spróbował unieść prawą rękę. — Kto teraz napisze mój felieton?

— Proszę pana, ja...

— Nigdy jeszcze nie byłem w takim koszmarnym miejscu, a podróżuję już od czterdziestu trzech lat! Proszę się rozejrzeć! Mój felieton ukaże się w wielu gazetach...

— Proszę pana! — Becker uniósł dłonie, jakby chciał skłonić go do rozejmu. — Nie interesuje mnie pański felieton! Jestem pracownikiem kanadyjskiego konsulatu. Przyszedłem sprawdzić, czy ma pan właściwą opiekę!

Nagle w sali gimnastycznej zapadła cisza. Cloucharde mierzył Beckera podejrzliwym spojrzeniem.

— Przyszedłem tu, by sprawdzić, czy mogę panu jakoś pomóc — dodał szeptem Becker. *Na przykład przynieść valium.*

— Z konsulatu? — powiedział Cloucharde po dłuższej chwili. Teraz mówił znacznie spokojniejszym tonem.

Becker przytaknął.

— Zatem nie przyszedł pan tutaj w sprawie mojego felietonu?

— Nie, w żadnym wypadku.

Z Cloucharda nagle uszło powietrze. Powoli opadł na stertę poduszek. Wydawał się załamany.

— Myślałem, że jest pan z ratusza... chce mnie pan namówić, bym nie pisał... — urwał, po czym spojrzał na Beckera. — Jeśli nie chodzi panu o mój felieton, to dlaczego pan tu się pojawił?

Dobre pytanie, pomyślał Becker i wyobraził sobie Smoky Mountains.

— To nieformalna dyplomatyczna uprzejmość — skłamał.

— Dyplomatyczna uprzejmość? — zdziwił się stary.

— Tak, proszę pana. Człowiek o pana pozycji z pewnością zdaje sobie sprawę, że rząd kanadyjski bardzo stara się chronić swych obywateli przed wszelkimi niewygodami w... powiedzmy, mniej wyrafinowanych krajach.

— Oczywiście... jak przyjemnie. — Cloucharde rozchylił cienkie wargi w domyślnym uśmiechu.

— Jest pan kanadyjskim obywatelem, nieprawdaż?
— Tak, oczywiście. Jaki byłem głupi. Proszę mi wybaczyć. Człowiek taki jak ja często spotyka się z propozycjami... pan rozumie.
— Tak, oczywiście, panie Cloucharde, doskonale rozumiem. To cena sławy.
— Ma pan rację. — Cloucharde ciężko westchnął. Był męczennikiem, który musi znosić uwielbienie mas. — Czy może pan uwierzyć, że jestem w takim koszmarnym miejscu? — przewrócił oczami. — To jakaś kpina. Na dokładkę zatrzymali mnie tu na noc.
— Rozumiem. — Becker rozejrzał się dookoła. — To straszne. Bardzo mi przykro, że nie mogłem przyjść wcześniej.
— Nawet nie wiedziałem, że pan przyjdzie — Cloucharde wydawał się nieco zakłopotany.
— Ma pan wielkiego guza na czole — Becker zmienił temat. — Czy bardzo boli?
— Nie, to drobiazg. Miałem rano wypadek. To cena, jaką się płaci za bycie dobrym samarytaninem. Boli mnie nadgarstek. Głupi gwardzista. Naprawdę! Co za pomysł, wozić człowieka w moim wieku na motocyklu! To godne potępienia.
— Czy mogę panu jakoś pomóc?
— Hm... — Cloucharde zastanawiał się przez chwilę, ciesząc się uwagą, jaką mu poświęcono. Pokręcił głową na boki. — Jeśli to nie kłopot, przydałaby mi się jeszcze jedna poduszka.
— Żaden problem. — Becker wziął poduszkę z najbliższego wolnego łóżka i pomógł Cloucharde'owi wygodnie się ułożyć.
— Teraz jest znacznie lepiej — starszy pan westchnął z zadowoleniem. — Dziękuję panu.
— *Pas du tout* — odpowiedział Becker.
— Ach! — Cloucharde uśmiechnął się serdecznie. — Więc mówi pan językiem cywilizowanego świata.
— To mniej więcej wszystko, co umiem — Becker uśmiechnął się z zawstydzeniem.
— Nie ma sprawy — dumnie stwierdził Cloucharde. — Mój felieton jest publikowany w Stanach, znam doskonale angielski.
— Tak, słyszałem — uśmiechnął się znowu Becker. Usiadł

na skraju łóżka. — Jeśli nie ma pan nic przeciwko, chciałbym zadać panu kilka pytań. Jak to się stało, że człowiek taki jak pan wylądował tutaj? W Sewilli są znacznie lepsze szpitale.

— To przez tego policjanta... — gniewnie stwierdził Cloucharde. — Zrzucił mnie z motocykla i zostawił na ulicy, choć krwawiłem jak zarzynana świnia. Musiałem tu przyjść.

— Nie zaproponował, że zawiezie pana do lepszego szpitala?

— Na tym przeklętym motocyklu? Nie, dziękuję!

— Co właściwie stało się dziś rano?

— Opowiedziałem już porucznikowi.

— Rozmawiałem z nim i...

— Mam nadzieję, że udzielił mu pan reprymendy! — przerwał Cloucharde.

— Użyłem bardzo ostrych słów — kiwnął głową Becker. — Konsulat złoży oficjalne zażalenie na piśmie.

— Mam nadzieję.

— Panie Cloucharde — powiedział Becker, wyciągając z kieszeni pióro. — Chciałbym złożyć oficjalny protest do władz miasta. Czy zechce pan pomóc? Zeznania człowieka o pańskiej reputacji miałyby bardzo duże znaczenie.

Cloucharde wydawał się ucieszony perspektywą, że zostanie zacytowany.

— Tak, oczywiście... Z przyjemnością.

— Dobrze, zacznijmy od tego, co zdarzyło się dziś rano... — Becker wyjął niewielki notatnik. — Proszę mi opowiedzieć o wypadku.

— To naprawdę tragiczne — starszy pan ciężko westchnął. — Ten biedak z Azji nagle zasłabł. Próbowałem mu pomóc, ale na próżno.

— Czy zrobił pan masaż serca?

— Niestety nie umiem — przyznał Cloucharde z pewnym zawstydzeniem. — Wezwałem pogotowie.

Becker przypomniał sobie niebieskawe ślady na klatce piersiowej Tankada.

— Czy lekarze z pogotowia zrobili masaż?

— Boże, nie! — zaśmiał się Cloucharde. — To już nie miało sensu. Nim przyjechali, on nie żył. Sprawdzili puls i zabrali go, zostawiając mnie z tym okropnym policjantem.

To dziwne, pomyślał Becker, zastanawiając się nad pochodzeniem siniaków na piersi Tankada. Zmusił się, by skupić się na rozmowie.

— A co z tym pierścieniem? — zapytał możliwie nonszalancko.

— Porucznik powiedział panu o pierścionku? — zdziwił się Kanadyjczyk.

— Tak.

— Naprawdę? — Cloucharde był tym wyraźnie zaskoczony. — Miałem wrażenie, że w ogóle mi nie uwierzył. Był bardzo nieuprzejmy, tak jakbym kłamał. Oczywiście mówiłem prawdę. Jestem dumny ze swej wiarygodności.

— Gdzie jest pierścień? — naciskał Becker.

Wydawało się, że Cloucharde nie usłyszał pytania. Patrzył w przestrzeń szklistymi oczami.

— Dziwny pierścionek, z jakimiś literami. Nic przypominały żadnego znanego mi języka.

— Może to japońskie ideogramy? — podsunął Becker.

— Na pewno nie.

— Zatem pan przyjrzał się temu pierścionkowi?

— Na Boga, oczywiście! Gdy ukląkłem, żeby pomóc temu biedakowi, dosłownie wepchnął mi palce w twarz. Chciał dać mi ten pierścionek. To było bardzo dziwne, naprawdę okropne... miał strasznie zdeformowane ręce.

— Czy wtedy wziął pan pierścionek?

— Czy to powiedział panu ten policjant? — Cloucharde otworzył szeroko oczy ze zdumienia. — Że ja wziąłem pierścionek?

Becker poruszył się niespokojnie, siedząc na łóżku.

— Wiedziałem, że nie słucha! — wybuchł Cloucharde. — Tak rodzą się plotki! Powiedziałem mu, że ten Japończyk oddał pierścionek, ale wcale nie mnie! W żadnym razie nie wziąłbym niczego od umierającego człowieka! Na litość boską! Co za pomysł!

— Zatem pan nie ma tego pierścionka? — spytał Becker, przeczuwając kolejny kłopot.

— Oczywiście, że nie!

— To kto go ma? — Becker poczuł skurcz w żołądku.

— Ten Niemiec! — Cloucharde spojrzał na niego z oburzeniem. — Niemiec zabrał pierścionek!

— Niemiec? Jaki Niemiec? — Becker czuł się tak, jakby podłoga zawaliła mu się pod nogami.

— Niemiec z parku! Powiedziałem policjantowi o nim! Ja nie przyjąłem pierścionka, ale ta faszystowska świnia nie wahała się ani chwili!

Becker odłożył pióro i notatnik. Przedstawienie się skończyło. Kolejny kłopot.

— Zatem to Niemiec ma teraz pierścionek?

— Właśnie.

— Dokąd on poszedł?

— Nie mam pojęcia. Pobiegłem wezwać policję. Gdy wróciłem, już go nie było.

— Czy wie pan, kto to był?

— Jakiś turysta.

— Jest pan pewny?

— Całe życie zajmuję się turystami — prychnął Cloucharde. — Potrafię ich rozpoznać. Spacerował z przyjaciółką po parku.

— Z przyjaciółką? — Becker był coraz bardziej zagubiony. — Więc on nie był sam?

— Był z panią do towarzystwa — potwierdził Cloucharde. — Wspaniała ruda. *Mon Dieu!* Piękna.

— Pani do towarzystwa? — wykrztusił Becker. — To znaczy... z prostytutką?

— Tak — skrzywił się starszy pan. — Jeśli musi pan używać takich wulgarnych słów.

— Ależ... ten policjant nic nie powiedział o...

— Oczywiście, że nie! Nawet nie wspomniałem o tej pani — Cloucharde pobłażliwie skinął zdrową ręką. — Nie robią nic złego. To nonsens, że policja prześladuje je, jakby były złodziejkami.

— Czy był tam ktoś jeszcze? — Becker nie mógł się uspokoić.

— Nie, tylko nas troje. Było gorąco.

— Jest pan pewny, że to była prostytutka?

— Bez wątpienia. Tak piękna kobieta nie towarzyszyłaby

110

takiemu mężczyźnie, chyba że dobrze jej zapłacił. *Mon Dieu!*
On był gruby, strasznie gruby! Hałaśliwy, opasły, antypatyczny
Niemiec! — Cloucharde poruszył się na łóżku i skrzywił z bólu,
ale nie przerwał perory. — To jakiś bydlak, ważył co najmniej
sto pięćdziesiąt kilogramów. Trzymał tę biedaczkę tak, jakby
chciała uciec. Wcale by mnie to nie zdziwiło. Naprawdę! Cały
czas ją macał. Chwalił się, że miał ją na cały weekend za trzysta
dolarów! To on powinien zdechnąć, a nie ten biedny Azjata.
    Cloucharde przerwał, by wziąć oddech. Becker skorzystał
z okazji.
    — Czy zna pan jego nazwisko?
    — Nie. — Mężczyzna pokręcił głową po krótkim namyśle.
Skrzywił się z bólu i opadł na poduszki.
    Becker ciężko westchnął. Pierścionek znów wyparował. Komandor Strathmore nie będzie zadowolony.
    Cloucharde potarł ręką czoło. Gwałtowny wybuch kosztował
go sporo wysiłku. Nagle wyglądał naprawdę kiepsko.
    — Panie Cloucharde, chciałbym zdobyć oświadczenie tego
Niemca i jego towarzyszki. — Becker spróbował nowego
podejścia. — Czy może pan wie, gdzie się zatrzymali?
    Kanadyjczyk zamknął oczy. Wyraźnie tracił siły. Płytko
oddychał.
    — Czy coś pan pamięta? — naciskał Becker. — Może imię
tej dziewczyny?
    Zapadła cisza.
    Cloucharde potarł palcami prawą skroń. Był bardzo blady.
    — Hm... no... nie. Nie sądzę... — wyszeptał drżącym głosem.
    — Czy dobrze się pan czuje? — Becker pochylił się nad
łóżkiem.
    — Tak, w porządku — kiwnął głową Cloucharde. — To
pewnie zdenerwowanie...
    — Proszę się zastanowić, panie Cloucharde — nalegał Becker. — To bardzo ważne.
    — Nie wiem... — skrzywił się chory. — Kobieta... Ten
mężczyzna nazywał ją... — Cloucharde zamknął oczy i jęknął.
    — Jak ją nazywał?
    — Naprawdę nie pamiętam — Cloucharde słabł w oczach.
    — Proszę pomyśleć — naciskał Becker. — To bardzo ważne,

byśmy zgromadzili pełną dokumentację. Potrzebni są świadkowie, którzy potwierdzą pańską relację. Wszelkie informacje, które pomogą mi ich znaleźć...

Cloucharde nie słuchał. Otarł czoło prześcieradłem. Wyglądał tak, jakby miał mdłości.

— Przepraszam... Może jutro...

— Panie Cloucharde, to bardzo ważne, by przypomniał pan sobie teraz.

Becker nagle zdał sobie sprawę, że mówi za głośno. Pacjenci z sąsiednich łóżek zaczęli się przyglądać, co się dzieje. W drugim końcu sali pojawiła się pielęgniarka. Zmierzała w ich stronę.

— Cokolwiek — nalegał Becker.

— Ten Niemiec nazywał kobietę...

Becker potrząsnął nim lekko, by nie zasnął.

— Miała na imię... — Cloucharde zamrugał oczami.

Nie opuszczaj mnie, stary...

— Dew... — Cloucharde znów zamknął oczy. Pielęgniarka już się zbliżała. Była wściekła.

— Dew? — Becker potrząsnął go za ramię. Stary jęknął.

— Nazywał ją... — Cloucharde mamrotał coś niemal niedosłyszalnie.

Pielęgniarkę dzieliły od łóżka trzy metry. Krzyczała na Beckera po hiszpańsku, lecz on nie słuchał. Skupił wzrok na ustach Cloucharde'a. Raz jeszcze potrząsnął go za ramię.

Kobieta chwyciła go za rękę i zmusiła do wstania z łóżka. W tym momencie Cloucharde poruszył wargami. Właściwie nic nie powiedział, ale cicho westchnął i poruszył ustami tak, jakby mówił.

— Dewdrop*...

Pielęgniarka wpiła palce w rękę Beckera i odciągnęła go na bok.

Dewdrop? — zdziwił się Becker. Do licha, a co to za imię? Wyrwał się pielęgniarce i po raz ostatni zwrócił się do Cloucharde'a.

— Dewdrop? Czy jest pan pewny?

Pierre Cloucharde już mocno spał.

_____

* Dewdrop (ang.) — kropla rosy.

Rozdział 23

Susan siedziała sama w luksusowym Węźle nr 3. Popijała powoli herbatę Sencha Lemon i czekała na wiadomość TRACERA. Jako główny kryptograf Susan korzystała z najwygodniej ustawionego terminalu, w tylnej części pierścienia. Z tego miejsca widziała wszystko, co dzieje się w Kojcu oraz po drugiej stronie szklanej ściany, w głównej sali Krypto, gdzie stał TRANSLATOR. Spojrzała na zegarek. Czekała już niemal godzinę. American Remailers Anonymous najwyraźniej nie śpieszyli się z przesłaniem poczty do North Dakoty. Westchnęła ciężko. Starała się nie myśleć o porannej rozmowie z Davidem, ale wciąż do tego wracała. Wiedziała, że była dla niego za ostra. Teraz tylko modliła się, żeby nic mu się nie stało.

Świst drzwi przerwał jej rozmyślania. Uniosła głowę i jęknęła. W drzwiach stał kryptograf Greg Hale.

Był to wysoki, muskularny mężczyzna, miał gęste blond włosy i głęboki dołek na brodzie. Charakteryzowała go przesada w ubiorze i hałaśliwość. Koledzy przezywali go „Halit", od nazwy minerału. Hale uważał, że to jakiś rzadki kamień szlachetny, co miało odnosić się do jego niezrównanego intelektu i stalowych mięśni. Gdyby ego pozwoliło mu zajrzeć do encyklopedii, przekonałby się, że jest to osad soli kamiennej, pozostający po wyschnięciu morza.

Jak wszyscy kryptografowie z NSA Hale bardzo dobrze zarabiał, ale nie mógł się powstrzymać, by tego nie demon-

113

strować. Jeździł białym lotusem z panoramicznym dachem i potężnymi głośnikami. Miał manię na punkcie różnych gadżetów, czego najlepszym dowodem był jego samochód; zainstalował w nim komputer sprzężony z systemem GPS, zamki uruchamiane głosem, pięciopunktowy system zagłuszania sygnałów radaru i komórkowy telefon/faks, aby zawsze móc odbierać wiadomości. Zamiast zwykłej tablicy rejestracyjnej miał napis MEGABYTE, otoczony fioletową neonówką.

Greg Hale wychowywał się w środowisku młodocianych przestępców i chuliganów, z którego wyrwał się dzięki służbie w piechocie morskiej. W wojsku zapoznał się z komputerami i szybko stał się jednym z najlepszych programistów, jacy kiedykolwiek byli wśród marines. Wydawało się, że zrobi w wojsku błyskotliwą karierę, ale na dwa dni przed zakończeniem trzeciej rundy służby jego przyszłość nagle się zmieniła. Hale przypadkowo zabił kolegę w pijackiej awanturze. Koreańska sztuka samoobrony taekwondo okazała się bardziej skuteczna w ataku niż w obronie. Hale został natychmiast zwolniony z wojska.

Po odsiedzeniu niewielkiego wyroku Halit zaczął szukać pracy w sektorze prywatnym. Nigdy nie ukrywał incydentu z marines i proponował, że może pracować przez miesiąc za darmo, by wykazać, ile jest wart. Nie brakowało chętnych, a gdy pracodawcy przekonywali się, co potrafi zrobić z komputerem, nigdy nie chcieli z niego zrezygnować.

Hale kolekcjonował również znajomych internetowych z całego świata. Był przedstawicielem nowego gatunku komputerowych maniaków, mających elektronicznych przyjaciół w każdym kraju, zwiedzających podejrzane biuletyny elektroniczne i biorących udział w niekończących się dyskusjach. Dwaj kolejni pracodawcy zwolnili go za wykorzystywanie firmowego komputera do przesyłania pornograficznych zdjęć swoim znajomym.

— Co ty tu robisz? — spytał Hale, zatrzymując się w drzwiach i patrząc na Susan. Najwyraźniej oczekiwał, że będzie miał Kojec dla siebie.

— Jest sobota, Greg. — Susan zmusiła się do zachowania spokoju. — Równie dobrze mogłabym tobie zadać to pytanie.

Susan wiedziała jednak, po co Hale przyszedł. Był skończonym nałogowcem komputerowym. Wbrew zakazowi pracy w soboty często przychodził w weekendy, by wykorzystać potężne komputery NSA do wykonania swoich nowych programów, nad którymi pracował.

— Chciałem tylko zmienić kilka linii w programie i sprawdzić pocztę — odpowiedział Hale. Spojrzał na nią z zaciekawieniem. — Powiedziałaś, co tu robisz, prawda?

— Nic nie powiedziałam — ucięła Susan.

— Nie bądź taka nieśmiała. — Hale uniósł brwi, udając zdumienie. — W Węźle numer trzy nie ma tajemnic, pamiętasz? Jeden za wszystkich, wszyscy za jednego.

Wypiła łyk herbaty i zignorowała go. Hale wzruszył ramionami i ruszył w kierunku spiżarni. Zawsze od tego zaczynał. Przechodząc przez pokój, ciężko westchnął i demonstracyjnie wlepił wzrok w wyciągnięte nogi Susan. Nie podnosząc głowy, cofnęła nogi pod krzesło i dalej pracowała. Hale uśmiechnął się z wyższością.

Susan przywykła do jego zaczepek. Najbardziej lubił gadać o tym, że powinni połączyć się w celu sprawdzenia kompatybilności hardware'u. Słysząc to, dostawała mdłości. Była zbyt dumna, by poskarżyć się Strathmore'owi; wolała po prostu ignorować kolegę.

Hale gwałtownym ruchem otworzył drzwiczki spiżarni. Wyciągnął z lodówki pojemnik z tofu i wsadził sobie w usta kilka kawałków galaretowatej substancji, a później oparł się o kuchenkę i wygładził szare spodnie Bellvienne oraz nakrochmaloną koszulę.

— Długo tu będziesz? — spytał.

— Całą noc — odpowiedziała krótko Susan.

— Hmm... — zagruchał Hale z pełnymi ustami. — Przyjemna sobota w Kojcu, tylko we dwoje.

— Tylko we troje — sprostowała Susan. — Komandor Strathmore jest na górze. Być może wolisz zniknąć, nim cię zobaczy.

— Najwyraźniej nie przeszkadza mu, że ty tu jesteś — wzruszył ramionami Hale. — Widocznie lubi twoje towarzystwo.

Susan nie odpowiedziała, choć nie przyszło to jej z łatwością. Hale zachichotał do siebie i włożył tofu do lodówki. Chwycił butelkę z oliwą z oliwek i wypił kilka łyków. Był fanatykiem zdrowia i twierdził, że oliwa przeczyszcza jelito grube. Gdy nie wciskał pozostałym pracownikom soku z marchwi, wygłaszał perory na temat zalet czystych jelit. Odstawił butelkę i podszedł do terminalu dokładnie naprzeciwko Susan. Nawet siedząc po przeciwnej stronie dużego kręgu utworzonego przez terminale, Susan czuła zapach jego wody kolońskiej. Skrzywiła nos.

— Dobra woda kolońska, Greg. Zużyłeś całą butelkę?

— Tylko dla ciebie, najdroższa — odpowiedział, prztykając w terminal.

Czekał, aż rozgrzeje się monitor. Nagle Susan pomyślała z niepokojem, że Hale może sprawdzić, co robi TRANSLATOR. Nie miał żadnego oczywistego powodu, żeby to uczynić, ale Susan wiedziała, że on nie da się nabrać na jakieś opowieści o testach diagnostycznych, które zajęły komputerowi szesnaście godzin. Hale będzie chciał poznać prawdę, ona zaś nie miała najmniejszego zamiaru niczego ujawnić. Nie darzyła go zaufaniem. Uważała, że Greg Hale nie nadaje się do pracy w NSA. Była przeciwna zatrudnieniu go w Krypto, ale NSA nie miała wyboru. Zatrudnienie Hale'a miało służyć opanowaniu kryzysu.

Kryzys spowodowało fiasko z programem Skipjack.

Cztery lata wcześniej, dążąc do wprowadzenia powszechnie używanego, standardowego systemu szyfrowania z kluczem publicznym, Kongres polecił najlepszym kryptografom z NSA napisanie odpowiedniego superalgorytmu. Zgodnie z planem Kongres miał następnie postanowić, że ten algorytm będzie obowiązującym standardem, co pozwoliłoby wyeliminować trudności spowodowane niezgodnością algorytmów używanych przez różne przedsiębiorstwa i korporacje.

Rzecz jasna zwrócenie się do NSA z prośbą o pomoc w pracy nad ulepszeniem systemu szyfrowania z kluczem publicznym było analogiczne do pomysłu, by skazany wykopał sobie grób. NSA nie dysponowała jeszcze TRANSLATOREM, a wprowadzenie standardowego algorytmu tylko zachęciłoby wiele osób do używania szyfrów i jeszcze bardziej utrudniło pracę agencji.

EFF rozumiała ten konflikt interesów i przekonywała kongresmanów, że NSA zapewne stworzy kiepski algorytm, który będzie mogła łatwo łamać. By uspokoić krytyków, Kongres zapowiedział, że gotowy algorytm zostanie opublikowany, tak by wszyscy eksperci mogli sprawdzić jego jakość.

Zespół Krypto pod kierownictwem komandora Strathmore'a bez większego zapału napisał algorytm nazwany Skipjack. Nowy algorytm przesłano do Kongresu, gdzie miał zostać zatwierdzony. Programiści i matematycy z całego świata, którzy zbadali algorytm, byli zgodni, że jest to doskonały, całkowicie bezpieczny program szyfrujący, nadający się na narodowy standard. Niestety trzy dni przed głosowaniem w Kongresie, którego wynik był całkowicie pewny, młody programista z Bell Laboratories, Greg Hale, zaszokował cały świat, ogłaszając, że znalazł w programie furtkę.

Furtka składała się z kilku instrukcji, które komandor Strathmore ukrył w programie Skipjack tak sprytnie, że nikt oprócz Hale'a ich nie zauważył. Dzięki niej wszystkie wiadomości zaszyfrowane za pomocą programu Skipjack można było odczytać, używając tajnego klucza, znanego tylko NSA. Niewiele brakowało, a Strathmore'owi udałoby się zmienić wprowadzenie narodowego standardu szyfrowania w największy triumf NSA: agencja miałaby klucz do wszystkich zaszyfrowanych wiadomości wymienianych w Stanach Zjednoczonych.

Ludzie interesujący się komputerami byli oburzeni. EFF rzuciła się na skandal jak sępy na padlinę, nie pozostawiając suchej nitki na naiwnych kongresmanach i oświadczając, że NSA jest największym zagrożeniem wolnego świata od czasów Hitlera. Pomysł wprowadzenia standardu szyfrowania był martwy.

Nikt się specjalnie nie zdziwił, że już dwa dni później NSA zatrudniła Grega Hale'a. Strathmore wolał, żeby pracował dla agencji, niż atakował ją z zewnątrz.

Komandor nie przestraszył się skandalu i podczas przesłuchań w Kongresie zdecydowanie bronił swych działań. Dowodził, że choć społeczeństwo domaga się ścisłej prywatności, to żądanie obróci się przeciw niemu. Twierdził, że społeczeństwo potrzebuje kogoś, kto będzie je chronił — NSA musi łamać szyfry, by strzec pokoju. Organizacje typu EFF były innego zdania i od tej pory Strathmore został ich wrogiem.

Rozdział 24

David Becker stał w budce telefonicznej naprzeciw La Clínica de Salud Pública; przed chwilą został wyrzucony z lecznicy za niepokojenie pacjenta numer sto cztery, pana Cloucharde'a.

Wszystko nagle stało się bardziej skomplikowane, niż się spodziewał. Drobna usługa dla Strathmore'a — odebranie rzeczy zmarłego — zmieniła się w polowanie na jakiś dziwny pierścień.

Becker zadzwonił do Strathmore'a i powiedział mu o Niemcu. Komandor najwyraźniej nie ucieszył się z wiadomości. Wypytał Beckera o wszystkie szczegóły, po czym zamilkł.

— David — odezwał się po pewnym czasie. Mówił bardzo poważnym tonem. — Znalezienie pierścienia jest sprawą, od której zależy bezpieczeństwo państwa. Zostawiam to w twoich rękach. Ufam, że mnie nie zawiedziesz.

Strathmore odłożył słuchawkę. Becker stał w budce i zastanawiał się, co zrobić. W końcu sięgnął po zniszczoną książkę telefoniczną i zaczął przeglądać żółte stronice.

— Nic z tego nie będzie — mruknął do siebie.

Znalazł numery tylko trzech agencji towarzyskich, a nie miał zbyt wielu informacji, od których mógłby zacząć. Wiedział jedynie, że Niemiec był w towarzystwie rudej kobiety, a na szczęście w Hiszpanii ten kolor włosów jest rzadkością. Majaczący Cloucharde powiedział, że miała na imię Dewdrop. Becker skrzywił się. *Dewdrop?* Nadawało się raczej na imię krowy niż pięknej dziewczyny. Na pewno nie jest to dobre, katolickie imię. Cloucharde musiał się pomylić.

Becker wybrał pierwszy numer.

— Servicio Social de Sevilla — usłyszał przyjemny, kobiecy głos.

— ¿Hola, hablas Aleman? — spytał Becker z mocnym, niemieckim akcentem.

— Nie, ale mówię po angielsku — odpowiedziała kobieta.

— Dziękuję. Ja zastanawiać się, ty mi pomóc? — powiedział Becker łamaną angielszczyzną.

— Co możemy dla pana zrobić? — zapytała powoli kobieta, starając się pomóc potencjalnemu klientowi. — Czy może pan potrzebuje kogoś do towarzystwa?

— Tak, proszę. Dziś mój brat Klaus, on mieć dziewczynę, bardzo piękna. Ruda. Chcę tę samą. Na jutro, proszę.

— Pana brat Klaus bywa u nas? — Kobieta nagle się ożywiła, jakby rozmawiała ze starym znajomym.

— Tak. On bardzo gruby. Pani go pamięta, nie?

— Powiedział pan, że był u nas wczoraj?

Becker usłyszał, jak przewraca kartki. Z pewnością na liście gości nie będzie żadnego Klausa, ale Becker przypuszczał, że klienci rzadko podają prawdziwe nazwiska i imiona.

— Hmm, bardzo mi przykro — odezwał się głos w słuchawce. — Nie mam go w spisie gości. Jak miała na imię dziewczyna, która towarzyszyła pańskiemu bratu?

— Taka ruda — odpowiedział, unikając pytania.

— Ruda? — powtórzyła recepcjonistka. — Dodzwonił się pan do Servicio Social de Sevilla. Czy jest pan pewny, że pana brat korzysta z naszych usług?

— Tak, na pewno.

— Proszę pana, żadna ruda u nas nie pracuje. Mamy tylko czysto andaluzyjskie piękności.

— Ruda — powtórzył Becker. Czuł się głupio.

— Przykro mi, ale nie mamy żadnej rudej, jeśli jednak...

— Imię Dewdrop — dodał Becker, czując się jeszcze idiotyczniej.

119

To absurdalne imię nie zrobiło wrażenia na recepcjonistce. Przeprosiła i zasugerowała, że Becker pomylił agencje, po czym odłożyła słuchawkę.

Jeden zero.

Zmarszczył brwi i wybrał kolejny numer. Nie musiał długo czekać, aż ktoś odbierze.

— *Buenas noches*, Mujeras España. Jak mogę panu pomóc?

Becker powtórzył tę samą gadkę. Jest niemieckim turystą gotowym słono zapłacić za rudą dziewczynę, która była z jego bratem poprzedniego dnia.

Recepcjonistka odpowiedziała uprzejmie po niemiecku, lecz i w tej agencji nie pracowała żadna ruda dziewczyna.

— *Keine Rotköpfe*, bardzo mi przykro. — Kobieta przerwała połączenie.

Dwa zero.

Becker zajrzał do książki telefonicznej. Został tylko jeden numer. Gra się kończy.

Wybrał go.

— Escortes Belén — tym razem słuchawkę podniósł mężczyzna.

Becker powtórzył swoją historię.

— *Sí, sí, señor*. Nazywam się Roldán. Chętnie panu pomogę. Pracują u nas dwie rude panie. Piękne dziewczyny.

— Piękne dziewczyny? — powtórzył Becker z niemieckim akcentem. Poczuł przyśpieszone bicie serca. — Rude?

— Tak. Jak się nazywa pana brat? Powiem panu, kto mu dziś towarzyszył. Może się pan umówić z nią na jutro.

— Klaus Schmidt. — Becker przypomniał sobie niemieckie nazwisko ze starego podręcznika.

— Hm... — recepcjonista chwilę milczał. — Nie mam na liście żadnego Klausa Schmidta, ale może pana brat wolał być dyskretny. Pewnie jest żonaty? — zachichotał niestosownie.

— Tak, Klaus żonaty. On bardzo gruby. Żona nie spać z nim. — Becker przewrócił oczami, przeglądając się w szybie budki. Gdyby Susan słyszała, co mówię, pomyślał. — Ja też gruby i sam. Chcę z nią spać. Zapłacę dużo pieniędzy.

Becker grał doskonale, ale tym razem przesadził. Prostytucja w Hiszpanii jest nielegalna, a *señor* Roldán był ostrożnym człowiekiem. Już miał kłopoty z policjantami udającymi klientów. *Chcę z nią spać.* Roldán uznał, że to zasadzka. Gdyby się zgodził, musiałby zapłacić wysoką grzywnę, a na dokładkę musiałby posłać komisarzowi policji jedną ze swych najbardziej utalentowanych dziewczyn na cały weekend, i to za darmo.

— Proszę pana, dzwoni pan do Escortes Belén — powiedział mniej uprzejmym tonem. — Mogę spytać, kto dzwoni?

— A... Sigmund Schmidt — wymyślił Becker.

— Skąd pan wziął nasz numer?

— *La Guía Telefónica*, żółte strony.

— Tak, proszę pana, nasz numer jest w książce, ponieważ jesteśmy agencją towarzyską.

— Tak. Chcę kogoś do towarzystwa. — Becker wyczuł, że coś jest źle.

— Proszę pana, Escortes Belén zapewnia panie do towarzystwa dla biznesmenów podczas lunchów i kolacji. Dlatego agencja jest wymieniona w książce telefonicznej. To, co robimy, jest całkowicie legalne. Pan szuka natomiast prostytutki. — Mężczyzna wypowiedział to słowo z demonstracyjnym obrzydzeniem.

— Ale mój brat...

— Proszę pana, jeśli pana brat spędził dzień, całując dziewczynę w parku, to nie była to pracownica naszej agencji. U nas obowiązują ścisłe reguły dotyczące kontaktów między klientami i pracownicami.

— Ależ...

— Pomylił nas pan z inną agencją. Mamy tylko dwie rude pracownice, Immaculadę i Rocío. Z pewnością żadna z nich nie przespałaby się z klientem za pieniądze. To byłaby prostytucja, która w Hiszpanii jest zakazana. Dobranoc panu.

— Ale..

Trzask.

121

Becker zaklął pod nosem i odłożył słuchawkę. Trzy zero. Dobrze jednak pamiętał, że według Cloucharde'a Niemiec zatrudnił dziewczynę na cały weekend.

Becker wyszedł z budki na skrzyżowanie Calle Salado i Avenida Asuncíon. Mimo dużego ruchu czuł słodki zapach sewilskich pomarańczy. Zmierzchało — to najbardziej romantyczna pora. Pomyślał o Susan. Znów przypomniał sobie słowa Strathmore'a: *Znajdź pierścień*. Zwalił się na ławkę i zastanawiał nad następnym posunięciem.

Co dalej?

Rozdział 25

Godziny odwiedzin w Clínica de Salud Pública już się skończyły. W sali gimnastycznej zgaszono światło. Pierre Cloucharde mocno spał. Nie poczuł, że ktoś się nad nim pochyla. W ciemnościach błysnęła igła ukradzionej strzykawki. Mężczyzna szybko wsadził igłę do wenflonu na lewym przedramieniu Cloucharde'a. Strzykawka zawierała trzydzieści centymetrów płynu do czyszczenia, ukradzionego z wózka sprzątaczki. Mężczyzna z całej siły nacisnął tłoczek kciukiem i wstrzyknął choremu płyn do żyły.

Cloucharde oprzytomniał tylko na kilka sekund. Krzyknąłby z bólu, ale mężczyzna zacisnął dłoń na jego ustach. Kanadyjczyk leżał na łóżku przygnieciony przez nieznajomego. Czuł palący ból w ramieniu, później pod pachą i w klatce piersiowej... a potem miał wrażenie, że w jego mózgu rozprysły się tysiące kawałków szkła. Zobaczył jeszcze błysk światła... i już nic więcej.

Morderca puścił go i zerknął na kartę choroby, by sprawdzić nazwisko, po czym spokojnie wyszedł z sali.

Na ulicy mężczyzna w drucianych okularach sięgnął do niewielkiego urządzenia przymocowanego do paska. Był to prototyp nowego komputera Monocle, wielkości karty kredytowej. Skonstruowała go amerykańska marynarka wojenna; miał służyć technikom do zapisywania stanu akumulatorów okrętów podwodnych, gdzie zwykle jest bardzo mało miejsca. Komputer miał wbudowany telefon komórkowy, a w jego konstrukcji wykorzystano najnowsze osiągnięcia mikrotechnologii. Ekran z przezroczystego ciekłego kryształu zainstalowano w lewej soczewce zwykłych okularów. Monocle oznaczał początek nowej epoki w dziedzinie komputerów osobistych; dzięki niemu użytkownik mógł jednocześnie czytać dane na ekranie i rozglądać się po otoczeniu.

Prawdziwym osiągnięciem konstruktorów komputera Monocle nie był jednak ekran, tylko system wczytywania danych. Użytkownik wprowadzał dane i polecenia za pomocą maleńkich przycisków przymocowanych do opuszków palców. Stykając je ze sobą, w odpowiedniej kolejności, wprowadzał informacje, wykorzystując system podobny do stenografii. Komputer następnie nadawał tekstowi standardową postać.

Morderca włączył urządzenie; zapalił się ekran zainstalowany w soczewce. Trzymając ręce wzdłuż ciała, zaczął szybko wprowadzać dane. Jego ruchy były niezauważalne. Na ekranie pojawił się tekst wiadomości:

PODMIOT P. CLOUCHARDE — WYELIMINOWANY

Uśmiechnął się do siebie. Przekazanie informacji o zabójstwie było częścią zadania. Dołączenie nazwiska ofiary... jego zdaniem, było dowodem elegancji. Jeszcze kilka szybkich ruchów palców i na ekranie pojawił się napis:

WIADOMOŚĆ WYSŁANA

Rozdział 26

Becker siedział na ławce przed kliniką i zastanawiał się, co ma teraz zrobić. Telefony do agencji towarzyskich nie dały żadnego wyniku. Komandor, zaniepokojony wymianą informacji za pośrednictwem publicznych telefonów, polecił mu, aby więcej nie dzwonił, dopóki nie znajdzie pierścienia. Becker myślał nawet o tym, czy nie poprosić o pomoc miejscowej policji — być może gwardia zna jakąś rudą prostytutkę — ale Strathmore surowo mu tego zakazał. *Masz być niewidzialny. Nikt nie może się dowiedzieć o istnieniu pierścienia.*

Zastanawiał się, czy ma krążyć po mieście w poszukiwaniu tajemniczej kobiety. A może należało sprawdzić wszystkie restauracje — może ktoś zauważył grubego Niemca. Jedno i drugie wydawało mu się czystą stratą czasu.

Wciąż przypominały mu się słowa Strathmore'a: *To sprawa bezpieczeństwa narodowego... musisz znaleźć pierścień.*

Wewnętrzny głos podpowiadał mu, że coś pominął — coś bardzo ważnego — ale za żadne skarby nie mógł wymyślić co to takiego. *Do diabła, jestem profesorem, a nie tajnym agentem!* Coraz częściej myślał o tym, dlaczego Strathmore nie zlecił tego zadania jakiemuś profesjonaliście.

Wstał z ławki i poszedł bez celu Calle Delicias. Nie widział już wyraźnie kocich łbów, którymi był wybrukowany chodnik. Szybko robiło się ciemno.

Dewdrop.

Coś w tym absurdalnym imieniu nie dawało mu spokoju.

Dewdrop. Przypomniał sobie śliski głos *señora* Roldána z Escortes Belén: *Mamy tylko dwie rude... dwie rude, Immaculada i Rocío... Rocío... Rocío...* Becker nagle się zatrzymał. Już zrozumiał. *I ja uważam się za lingwistę?* Nie mógł uwierzyć, że przegapił coś takiego. Rocío to jedno z najbardziej popularnych hiszpańskich imion. Kojarzy się z czystością, dziewictwem, naturalną urodą — wszystkim, co przystoi młodej, katolickiej dziewczynie. Te skojarzenia z czystością wynikają z dosłownego znaczenia imienia — kropla rosy! *Drop of dew!*

Becker miał wrażenie, że znowu słyszy głos starego Kanadyjczyka. *Dewdrop.* Rocío przetłumaczyła swoje imię na jedyny język, w jakim mogła się porozumieć ze swym klientem — na angielski. Podniecony Becker szybko ruszył, by znaleźć telefon.

Po drugiej stronie ulicy szedł za nim mężczyzna w drucianych okularach, trzymając się w takiej odległości, by nie stracić go z oczu.

Rozdział 27

Cienie w głównej sali Krypto stopniowo się wydłużały i słabły. Automatycznie sterowane oświetlenie świeciło coraz mocniej. Susan wciąż siedziała przy terminalu, oczekując na wiadomość po wysłaniu TRACERA. Trwało to dłużej, niż się spodziewała.

Jej myśli błądziły — tęskniła za Davidem i pragnęła, by Greg Hale poszedł sobie do domu. Wprawdzie Hale nie ustąpił, ale na szczęście siedział w milczeniu przy swoim terminalu, zajęty jakąś robotą. Susan nie obchodziło, co robił, byle tylko nie włączył monitora pracy komputera. Z pewnością dotychczas tego nie uczynił — gdyby zobaczył, że komputer pracuje nad jednym zadaniem od szesnastu godzin, zareagowałby okrzykiem niedowierzania.

Susan piła już trzecią filiżankę herbaty, gdy wreszcie nastąpiło to, na co czekała — rozległ się pojedynczy dzwonek jej terminalu. Poczuła przyśpieszające tętno. Na ekranie ukazała się pulsująca ikona w kształcie koperty — sygnał, że dostała wiadomość elektroniczną. Zerknęła na Grega. Najwyraźniej był zajęty swoją pracą. Wstrzymała oddech i dwukrotnie kliknęła na kopertę.

— North Dakota — szepnęła do siebie. — Zobaczymy, kim jesteś.

Gdy otworzyła wiadomość, ujrzała pojedynczą linijkę. Przeczytała ją. Po sekundzie przeczytała ponownie.

Usłyszała, jak po drugiej stronie pokoju Hale stłumił chichot. Spojrzała na nagłówek listu.

FROM: GHALE@crypto.nsa.gov

Poczuła gniew, ale zdołała się opanować. Skasowała wiadomość.

— Bardzo jesteś dojrzały, Greg.

— Robią wspaniałe carpaccio — uśmiechnął się w odpowiedzi. — Pójdziesz? Potem moglibyśmy...

— Wybij to sobie z głowy.

— Snobka. — Hale westchnął i odwrócił się do terminalu. To była już niewiadomo która próba. Błyskotliwa specjalistka od szyfrów była dla niego źródłem nieustającej frustracji. Hale często fantazjował o seksie z Susan — pragnął przycisnąć ją do zakrzywionej obudowy TRANSLATORA i wziąć tu, w Krypto, opierając o ciepłe, czarne płytki. Susan nie chciała mieć z nim nic do czynienia. Z punktu widzenia Grega jeszcze gorsze było to, że zakochała się w jakimś uniwersyteckim belfrze, który harował godzinami za grosze. Co za szkoda, że Susan chciała dopuścić do rozcieńczenia swoich znakomitych genów, płodząc dzieci z jakimś jajogłowym — zwłaszcza że mogła mieć jego. Mielibyśmy idealne dzieci, pomyślał.

— Co robisz? — spytał, zmieniając podejście.

Susan nie odpowiedziała.

— Co z ciebie za członek zespołu. Na pewno nie mogę zobaczyć? — Hale wstał i zaczął iść w stronę jej terminalu.

Susan wyczuwała, że jego ciekawość może być źródłem problemów, i szybko podjęła decyzję.

— To diagnostyka — wyjaśniła, naśladując komandora.

— Diagnostyka? — spytał Hale sceptycznym tonem. Zatrzymał się na chwilę. — Siedzisz tu w sobotni wieczór i zajmujesz się diagnostyką, zamiast bawić się ze swoim psorem?

— Ma na imię David.

— Wszystko jedno.

128

— Nie masz nic lepszego do roboty? — Zmierzyła go gniewnym spojrzeniem.

— Starasz się mnie pozbyć? — Hale spytał z pretensją w głosie.

— Tak.

— Boże, Sue, uraziłaś mnie.

Susan Fletcher zmrużyła oczy. Nie cierpiała, gdy ktoś nazywał ją Sue. Nie miała nic przeciw temu zdrobnieniu, ale Hale był jedyną osobą, która go używała.

— Może ci pomogę? — zaproponował i ponownie ruszył w jej stronę. — Doskonale znam się na diagnostyce. Poza tym umieram z ciekawości, jakie testy mogły skłonić wielką Susan Fletcher do przyjścia do pracy w sobotę.

Susan poczuła przypływ adrenaliny. Spojrzała na ekran. Hale nie mógł zobaczyć TRACERA — miałby zbyt wiele pytań.

— Już sobie poradziłam, Greg — odparła

Hale się nie zatrzymał. Był coraz bliżej. Susan wiedziała, że musi szybko działać. Dzieliły ich zaledwie trzy metry, gdy szybko wstała i zastąpiła mu drogę. Zapach wody kolońskiej niemal pozbawił ją tchu.

— Powiedziałam „nie" — rzekła, patrząc mu w oczy.

Przechylił głowę na bok, zaintrygowany jej dziwną tajemniczością. Zrobił jeszcze krok. Nie był przygotowany na to, co nastąpiło.

Susan z zimną krwią uniosła rękę i wbiła wskazujący palec w jego twardą jak żelazo klatkę piersiową.

Hale zatrzymał się, a potem cofnął o krok. Był zaszokowany. Najwyraźniej Susan Fletcher mówiła poważnie; nigdy, ale to nigdy przedtem go nie dotknęła. Inaczej wyobrażał sobie ich pierwszy kontakt, lecz to przynajmniej był początek. Przyglądał jej się przez dłuższą chwilę, po czym wrócił na swoje miejsce. Usiadł przed monitorem. Co do jednego nie miał wątpliwości: piękna Susan Fletcher zajmowała się czymś ważnym i w żadnym wypadku nie była to diagnostyka.

Rozdział 28

Señor Roldán siedział przy swoim biurku w Escortes Belén i z zadowoleniem myślał, jak zręcznie uniknął żałosnej próby gwardii, by złapać go w pułapkę. Jakiś gwardzista udawał niemiecki akcent i zażyczył sobie dziewczyny na noc — to niewątpliwie była zasadzka. Ciekawe, co teraz wymyślą?

Telefon na biurku głośno zadzwonił. *Señor* Roldán z pewnym siebie uśmiechem podniósł słuchawkę.

— *Buenas noches*, Escortes Belén.

— *Buenas noches* — odezwał się jakiś mężczyzna. Mówił bardzo szybko po hiszpańsku. Miał nieco nosowy głos, tak jakby był przeziębiony. — Czy to hotel?

— Nie, proszę pana. Z jakim numerem chciał się pan połączyć? — *Señor* Roldán nie miał zamiaru tego wieczoru dać się nabrać na jakąś sztuczkę.

— Trzydzieści cztery, sześćdziesiąt dwa, dziesięć — odpowiedział mężczyzna.

Roldán zmarszczył brwi. Ten głos wydawał mu się znajomy. Starał się rozpoznać akcent — chyba z Burgos?

— Wybrał pan właściwy numer — odezwał się ostrożnie. — To jednak jest agencja towarzyska, a nie hotel.

— Och... rozumiem — rozległ się po chwili milczenia głos w słuchawce. — Przepraszam za pomyłkę, ktoś podał mi ten numer, myślałem, że to hotel. Przepraszam, że pana niepokoiłem. Dobranoc...

— *¡Espére!* Proszę poczekać! — *Señor* Roldán nie mógł się

powstrzymać; w głębi duszy był prawdziwym sprzedawcą. Może to ktoś z czyjegoś polecenia? Nowy klient z północy? Roldán nie chciał, by nadmierna podejrzliwość przyniosła mu straty.

— Przyjacielu — powiedział serdecznym tonem. — Wydaje mi się, że rozpoznaję w pana głosie akcent z Burgos. Sam pochodzę z Walencji. Co sprowadza pana do Sewilli?

— Sprzedaję biżuterię. Perły z Majorki.

— Perły, doprawdy! Musi pan sporo podróżować.

— Tak, rzeczywiście — potwierdził mężczyzna i lekko zakasłał.

— Przyjechał pan do Sewilli w interesach? — naciskał Roldán. Wykluczone, by to dzwonił ktoś z gwardii. To był klient, i to przez duże K. — Proszę pozwolić, że zgadnę. Czy to jakiś znajomy dał panu nasz numer i poradził zatelefonować? Czy mam rację?

— Nie, to nic takiego — mężczyzna wydawał się zakłopotany.

— Śmiało, proszę pana. To agencja towarzyska, nie ma czego się wstydzić. Piękne dziewczyny, towarzystwo do kolacji, to wszystko. Kto panu dał nasz numer? Być może jest naszym stałym klientem. W takim wypadku mógłbym panu zaproponować zniżkę.

— Nikt nie dał mi tego numeru — dodał mężczyzna nieco już zirytowany. — Znalazłem go w paszporcie. Próbuję teraz znaleźć właściciela.

Roldán stracił nadzieję. To jednak nie był klient.

— Powiedział pan, że znalazł pan numer w paszporcie?

— Tak, znalazłem dziś w parku paszport jakiegoś mężczyzny. W środku była kartka z waszym numerem. Pomyślałem, że to może jego hotel. Chciałem mu oddać paszport. Pomyliłem się. Zostawię go na policji, po drodze na lotnisko...

— Perdón — Roldán przerwał mu nerwowo. — Czy mogę zaproponować lepsze rozwiązanie? — Dbał o dyskrecję. Wizyty na policji zwykle sprawiały, że klienci stawali się eksklientami. — Zastanówmy się. Jeśli ten człowiek miał w paszporcie nasz numer, to pewnie był naszym klientem. Być może mógłbym zaoszczędzić panu wyprawy na policję.

131

— Nie wiem — zawahał się mężczyzna. — Zapewne powinienem po prostu...

— Proszę się tak nie śpieszyć, przyjacielu. Muszę ze wstydem przyznać, że nasza policja w Sewilli nie jest tak sprawna jak na północy. Może minąć wiele dni, nim ten człowiek odzyska paszport. Jeśli powie mi pan jego nazwisko, postaram się, by zwrócić mu paszport jak najszybciej.

— Hm... to chyba nic złego... — Roldán usłyszał szelest przewracanych kartek. — Jakieś niemieckie nazwisko. Nie wiem, czy dobrze wymawiam... Gusta... Gustafson?

Roldán nie rozpoznał nazwiska, ale miał klientów z całego świata, którzy nigdy nie podawali prawdziwych nazwisk.

— Jak wygląda na zdjęciu? Może go rozpoznam?

— Hm... — mruknął mężczyzna. — Jest bardzo gruby, przynajmniej na twarzy.

Roldán natychmiast domyślił się, o kogo chodzi. Dobrze zapamiętał tę tłustą twarz. To facet, który umówił się z Rocío. Dziwne, że w ciągu jednego wieczoru zdarzyły się dwa telefony z pytaniami o tego samego człowieka.

— Pan Gustafson? — Roldán zaśmiał się z przymusem. — Oczywiście, dobrze go znam. Jeśli przyniesie pan paszport, z pewnością mu go oddam.

— Jestem w centrum i nie mam samochodu — przerwał mu tamten. — Może pan mógłby tu przyjechać?

— Niestety — odrzekł Roldán — nie mogę wyjść z pracy. — Lecz to naprawdę blisko, jeśli pan...

— Przykro mi, ale jest za późno, by włóczyć się po mieście. Tu niedaleko jest komisariat gwardii. Zostawię tam paszport; gdy zobaczy pan Gustafsona, proszę mu powiedzieć, że może odebrać swoje dokumenty.

— Nie, chwileczkę! — krzyknął Roldán. — Policja naprawdę jest tu zbyteczna. Powiedział pan, że jest w centrum, tak? Czy wie pan, gdzie jest hotel Alfonso Trzynasty? To jeden z najlepszych w mieście.

— Tak — powiedział mężczyzna. — Wiem, gdzie jest ten hotel. To tuż obok.

— Znakomicie! Pan Gustafson jest tam dzisiaj gościem. Zapewne jest w swoim pokoju.

— Rozumiem... — nieznajomy chwilę się wahał. — To chyba nie będzie żaden kłopot.

— Świetnie! Gustafson umówił się w hotelowej restauracji na kolację z jedną z naszych pracownic. — Roldán wiedział, że o tej porze Gustafson i Rocío są już pewnie w łóżku, ale nie chciał urazić nieznajomego, który najwyraźniej był dość delikatny. — Proszę dać paszport recepcjoniście, nazywa się Manuel. Proszę powiedzieć, że to ja pana przysłałem. Niech odda paszport Rocío. Rocío to pani, która umówiła się z Gustafsonem na dziś wieczór. Ona postara się, by paszport wrócił do właściciela. Może pan włożyć do środka kartkę z nazwiskiem i adresem. Być może pan Gustafson zechce panu stosownie podziękować.

— Świetny pomysł. Alfonso Trzynasty. Doskonale, zaraz tam pójdę. Dziękuję za pomoc.

David Becker odwiesił słuchawkę.

— Alfonso Trzynasty — uśmiechnął się do siebie. — Wystarczy wiedzieć, jak zapytać.

Kilka chwil potem jakaś cicha postać ruszyła w ślad za Beckerem Calle Delicias. Wokół zapadała andaluzyjska noc.

Rozdział 29

Susan jeszcze się nie uspokoiła po starciu z Gregiem. Spojrzała przez półprzepuszczalne okna Węzła nr 3. W głównej sali Krypto nie było nikogo. Hale siedział w milczeniu przy swoim terminalu. Ucieszyłaby się, gdyby sobie poszedł. Przez chwilę zastanawiała się, czy nie zadzwonić do Strathmore'a. Komandor mógłby po prostu wyrzucić Hale'a — przecież była sobota. Wiedziała jednak, że to z pewnością wzbudziłoby podejrzenia Grega. Zapewne zacząłby wówczas wydzwaniać do innych kryptografów, by sprawdzić, czy oni wiedzą, co jest grane. Uznała ostatecznie, że lepiej będzie, jeśli Hale zostanie. Zapewne i tak wkrótce sobie pójdzie.

Całkowicie bezpieczny szyfr. Susan westchnęła i wróciła myślami do Cyfrowej Twierdzy. To zdumiewające, że taki algorytm jest w ogóle możliwy. Miała jednak dowód przed oczami: w tym wypadku TRANSLATOR okazał się bezużyteczny.

Z podziwem pomyślała, z jaką godnością Strathmore dźwiga na własnych barkach ciężar kryzysu, zachowuje całkowity spokój i robi to, co konieczne.

Nieraz dostrzegała podobieństwa między Davidem i Strathmore'em. Mieli wiele podobnych cech, takich jak wytrwałość, zaangażowanie, inteligencja. Czasami myślała, że bez niej Strathmore nie dałby sobie rady: jej bezgraniczne umiłowanie kryptografii było dla niego źródłem emocjonalnego wsparcia, pozwalało zapomnieć chwilami o ciągłych politycznych utarczkach i wrócić myślami do lat młodości, kiedy sam zajmował się łamaniem szyfrów.

Ona również była od niego uzależniona. To Strathmore zapewniał jej ochronę w świecie mężczyzn walczących o władzę i wpływy, troszczył się o jej karierę i — jak czasami żartował — dbał o to, by spełniały się jej marzenia. Było w tym nieco prawdy. Choć nie miał żadnego ukrytego zamiaru, to właśnie Strathmore zadzwonił do Beckera, by zaprosić go do NSA tego pamiętnego popołudnia. Susan znów pomyślała o Davidzie i instynktownie zerknęła na karteczkę obok klawiatury — skrawek wycięty z faksu.

Kartka leżała w tym miejscu już od siedmiu miesięcy. To był jedyny szyfr, którego Susan Fletcher nie zdołała jeszcze złamać. Faks przyszedł od Davida. Przeczytała go po raz tysięczny.

PLEASE ACCEPT THIS HUMBLE FAX
MY LOVE FOR YOU IS WITHOUT WAX *

David przesłał ten faks po drobnej sprzeczce między nimi. Susan od miesięcy błagała, by powiedział, co oznacza, ale on odmawiał. *Without wax*. Bez wosku. To był jego odwet. Susan wtajemniczała Davida w tajniki kryptografii; żeby wciągnąć go do tej zabawy, nabrała zwyczaju szyfrowania wszystkich wiadomości — od spisu zakupów do listów miłosnych. Oczywiście używała bardzo prostych algorytmów szyfrujących. To była zabawa, a z biegiem czasu David stał się całkiem niezłym kryptografem. W końcu postanowił jej odpłacić. Od tej pory opatrywał wszystkie listy podpisem „Bez wosku, David". Susan miała ich już kilkanaście.

Mimo jej próśb, David nie chciał powiedzieć, co to ma znaczyć. Gdy pytała, uśmiechał się tylko i mówił, że to ona jest specjalistką od łamania szyfrów.

Susan, główny kryptograf NSA, wykorzystała wszelkie instrumenty swego fachu — podstawienia, anagramy, przestawienia liter. Napisała program, który miał wygenerować wszystkie zwroty z liter wchodzących w skład *without wax*. Dostała

---

* Proszę, przyjmij ten skromny faks. Moja miłość do ciebie jest bez wosku.

w odpowiedzi TAXI HUT WOW. Najwyraźniej Ensei Tankado nie był jedynym człowiekiem, który potrafił napisać szyfr odporny na wszelkie ataki.

Świst pneumatycznych drzwi przerwał jej rozmyślania. Do Kojca wszedł Strathmore.

— Susan, dowiedziałaś się czegoś? — spytał. Zauważył Grega. — Hm, dobry wieczór, panie Hale. — Zmarszczył brwi i zmrużył oczy. — I to w sobotę wieczór. Czemu zawdzięczamy ten zaszczyt?

— Chcę tylko mieć pewność, że robię to, co do mnie należy — Hale uśmiechnął się niewinnie.

— Rozumiem — mruknął Strathmore, najwyraźniej zastanawiając się, jak postąpić. Po chwili uznał, że lepiej nie przeszkadzać Hale'owi. Zwrócił się do Susan. — Pani Fletcher, czy moglibyśmy chwilkę porozmawiać? Na zewnątrz?

— Ach... Tak, oczywiście, proszę pana — zawahała się Susan. Zerknęła na swój monitor, a później na Grega, który siedział po przeciwnej stronie koła terminali. — Chwileczkę.

Szybko nacisnęła kilka klawiszy i uruchomiła program SCREENLOCK, służący ochronie prywatności. Każdy terminal w Węźle nr 3 był zabezpieczony w ten sposób. Terminale były stale włączone. Dzięki programowi ScreenLock kryptografowie mogli odejść od terminalu i mieć pewność, że nikt nie będzie manipulował ich plikami i programami. Susan wpisała pięciocyfrowy kod i ekran zrobił się czarny. Teraz nikt nie mógł skorzystać z jej terminalu bez ponownego podania hasła.

Włożyła pantofle i wyszła w ślad za komandorem.

— Do diabła, co on tu robi? — spytał Strathmore, gdy tylko wyszli z Węzła nr 3.

— Jak zwykle — wzruszyła ramionami Susan. — Nic.

— Czy mówił coś o TRANSLATORZE? — Strathmore wydawał się zaniepokojony.

— Nie. Jeśli jednak uruchomi program monitorujący i zobaczy, że TRANSLATOR liczy już od siedemnastu godzin, z pewnością będzie miał coś do powiedzenia.

Strathmore się zastanawiał.

— Nie ma żadnego powodu, by to zrobił.

— Chce go pan posłać do domu? — Susan zerknęła na komandora.

— Nie. Niech siedzi. — Strathmore spojrzał na laboratorium bezpieczeństwa systemów. — Czy Chartrukian sobie poszedł?

— Nie wiem. Nie widziałam go.

— Jezu. To cyrk — jęknął Strathmore. Przeciągnął palcami po szczecinie, która w ciągu trzydziestu sześciu godzin zdążyła przyciemnić mu twarz. — Dostałaś odpowiedź? Siedzę tam na górze jak na szpilkach.

— Jeszcze nic. Czy David dzwonił?

— Powiedziałem mu, żeby nie telefonował, dopóki nie znajdzie pierścienia — odparł Strathmore.

— Dlaczego? — zdziwiła się Susan. — A jeśli potrzebuje pomocy?

— Stąd nie mogę mu pomóc — wzruszył ramionami. — Musi sam sobie radzić. Nie mam również ochoty rozmawiać o tym przez publiczny telefon. A nuż ktoś podsłuchuje.

— Co to ma znaczyć? — Susan otworzyła szeroko oczy ze zdumienia.

Strathmore rzucił jej skruszone spojrzenie i uśmiechnął się łagodnie.

— Z Davidem wszystko w porządku. Po prostu wolę być ostrożny.

Dziesięć metrów od nich, ukryty za półprzepuszczalną szybą Węzła nr 3, Greg Hale stał przy terminalu Susan. Ekran monitora był jednolicie czarny. Hale zerknął na komandora i Susan, po czym sięgnął do kieszeni po portfel. Wyciągnął niewielką karteczkę i przeczytał numer.

Raz jeszcze się upewnił, że Susan i Strathmore są zajęci rozmową, po czym uważnie wstukał pięć cyfr. Po niecałej sekundzie monitor ożył.

— Bingo — zachichotał Hale.

Wykradnięcie kodów do poszczególnych terminali w Węźle nr 3 było dziecinnie łatwe. Wszystkie miały identyczne klawiatury. Hale po prostu pewnego dnia wziął swoją klawiaturę do domu i zainstalował w niej kość rejestrującą uderzenia w klawisze. Następnego dnia przyszedł wcześnie rano i podmienił klawiaturę. Pod koniec dnia znów wymienił klawiatury i przejrzał dane zarejestrowane przez kość. Zapamiętała wprawdzie tysiące uderzeń, ale znalezienie kodu było proste, ponieważ każdy kryptograf zaczynał pracę od wprowadzenia osobistego kodu uruchamiającego terminal. Hale miał zatem łatwe zadanie — kod zawsze pojawiał się na początku listy wszystkich uderzeń.

Co za ironia, pomyślał, wpatrując się w monitor. Wykradł kod Susan tylko dla zabawy. Teraz był z tego bardzo zadowolony — najwyraźniej robiła coś ważnego.

Przez chwilę wpatrywał się w program Susan. Był napisany w LIMBO — to nie była jego specjalność, ale jedno nie ulegało wątpliwości — nie chodziło o żaden program diagnostyczny. Greg zwrócił uwagę na dwa słowa:

TRACER POSZUKUJE...

— TRACER? — powiedział głośno. — Szuka czegoś?
Poczuł wewnętrzny niepokój. Siedział kilka sekund nieruchomo, wpatrując się w terminal. Wreszcie podjął decyzję.

Hale rozumiał język programowania LIMBO na tyle, że wiedział, iż jest zbliżony do języków Pascal i C, które znał doskonale. Zerkając, czy Susan i Strathmore są w dalszym ciągu zajęci rozmową, zaczął improwizować. Wprowadził kilka zmodyfikowanych instrukcji z Pascala i nacisnął ENTER. Okienko wyświetlające status TRACERA zmieniło się zgodnie z jego oczekiwaniami.

PRZERWAĆ WYKONANIE PROGRAMU TRACER?

Greg szybko wystukał TAK.

CZY JESTEŚ PEWNY?

Znów odpowiedział TAK.
Po chwili komputer pisnął.

WYKONANIE PRZERWANE

Hale uśmiechnął się do siebie. Komputer wysłał polecenie przerwania i samozniszczenia. Niezależnie od tego, czego szukała Susan, będzie musiała poczekać na odpowiedź. Wolał nie zostawiać po sobie żadnych śladów. Szybko dostał się do rejestru działania systemu i wykreślił zapis wszystkich instrukcji, które przed chwilą wpisał. Musiał jeszcze tylko ponownie podać prywatny kod Susan.

Monitor znów się wyłączył.

Gdy Susan Fletcher wróciła do Węzła nr 3, Greg Hale siedział spokojnie przy swoim terminalu, tak jakby w ogóle nie wstawał.

Rozdział 30

Alfonso XIII to niewielki, czterogwiazdkowy hotel przy Puerto de Jerez, nieco cofnięty od ulicy, otoczony płotem z kutego żelaza i bzami. David wszedł po marmurowych schodach. Gdy sięgał do klamki, drzwi otworzyły się same, jakby pod wpływem czarów, i portier zaprosił go do środka.

— Bagaże, *señor*? Czy mogę panu pomóc?

— Nie, dziękuję. Chciałbym porozmawiać z recepcjonistą.

Portier wydawał się urażony, jakby w tym dwusekundowym kontakcie było coś niezadowalającego.

— *Por aquí, señor* — powiedział, zaprowadził Beckera do holu, wskazał recepcję i wrócił pośpiesznie do drzwi.

Hol był wprawdzie niewielki, ale wspaniale urządzony. Złoty wiek Hiszpanii minął już dawno, lecz w połowie siedemnastego stulecia ten niewielki kraj rządził całym światem. Pomieszczenie było przypomnieniem tej epoki — ściany ozdobione zbrojami i sztychami przedstawiającymi sceny bitewne, a w gablocie wystawiono złote samorodki z Nowego Świata.

Za ladą z tabliczką *CONSERJE* stał szczupły, elegancko ubrany mężczyzna, który sprawiał wrażenie osoby całe życie czekającej na to, by usłużyć gościowi.

— *¿En qué puedo servirle, señor?* Czym mogę panu służyć? — spytał. Mówił w afektowany sposób, a jednocześnie zmierzył Beckera spojrzeniem od stóp do głów.

— Chcę zobaczyć się z Manuelem — odpowiedział Becker po hiszpańsku.

— *Sí, sí, señor* — recepcjonista uśmiechnął się jeszcze szerzej. — To ja jestem Manuel. O co chodzi?

— *Señor* Roldán z Escortes Belén powiedział mi, że pan... Recepcjonista przerwał mu gestem dłoni i rozejrzał się nerwowo po holu.

— Proszę, niech pana podejdzie tutaj — wskazał koniec lady. — Jak mogę panu pomóc? — szepnął.

— Muszę porozmawiać z dziewczyną z jego agencji. Ona je tu dzisiaj kolację. — Becker również zniżył głos. — Nazywa się Rocío.

— Ach, Rocío! To piękne stworzenie! — recepcjonista westchnął z podziwem.

— Muszę się z nią natychmiast zobaczyć.

— Ależ proszę pana, jest teraz z klientem.

— To bardzo ważne — odrzekł Becker i uśmiechnął się przepraszająco. *Sprawa bezpieczeństwa narodowego.*

— Niemożliwe — recepcjonista pokręcił głową. — Może pan zostawi...

— Zapewniam, że to potrwa tylko chwilę. Czy jest w restauracji?

— Lokal zamknięto pół godziny temu — potrząsnął głową Manuel. — Obawiam się, że Rocío i jej klient udali się już do pokoju. Jeśli chciałby pan zostawić wiadomość, przekażę jej jutro rano — wskazał na przegródki z numerami pokoi.

— Czy mógłbym wejść tam na chwilę...

— Przykro mi, ale nie — rezerwy uprzejmości recepcjonisty wyczerpywały się. — W naszym hotelu obowiązują ścisłe zasady. Goście mają prawo do prywatności.

Becker nie miał zamiaru czekać dziesięć godzin, aż tłusty Niemiec i prostytutka zejdą na śniadanie.

— Rozumiem — powiedział. — Przepraszam za kłopot.

Odwrócił się i przeszedł do holu, podchodząc prosto do wiśniowego biurka, na które zwrócił uwagę przy wejściu. Leżały na nim liczne koperty, karty pocztowe i papier listowy z emblematem hotelu Alfonso XIII. Szybko zakleił w kopercie czystą kartkę papieru, a zamiast adresu napisał jedno słowo:
ROCÍO.
Wrócił do recepcji.

— Przepraszam, że znów pana kłopoczę — powiedział. — Czuję, że nieco się wygłupiłem. Chciałem osobiście powiedzieć Rocío, jak znakomicie się z nią bawiłem. Niestety wyjeżdżam jeszcze dzisiaj. Dlatego proszę o przekazanie jej tego listu.

Położył kopertę na ladzie.

Recepcjonista spojrzał na nią. *Jeszcze jeden zakochany heteroseksualista. Co za szkoda.* Podniósł wzrok i uśmiechnął się do Beckera.

— Oczywiście, panie...

— Buisán — odparł Becker. — Miguel Buisán.

— Osobiście dopilnuję, by Rocío dostała ten list z samego rana.

— Dziękuję. — Becker uśmiechnął się i ruszył w stronę drzwi.

Recepcjonista odprowadził go spojrzeniem, po czym chwycił list i skierował się w stronę ponumerowanych przegródek. Gdy wrzucał kopertę we właściwe miejsce, Becker zatrzymał się, by zadać ostatnie pytanie.

— Skąd mogę wezwać taksówkę?

Recepcjonista odwrócił się i odpowiedział. Becker jednak nie słuchał wyjaśnień. Z zadowoleniem stwierdził, że wybrał właściwy moment: ręka recepcjonisty właśnie opuszczała przegródkę z numerem 301.

Becker podziękował i powoli odszedł, rozglądając się w poszukiwaniu windy.

Tam i z powrotem.

Rozdział 31

Susan wróciła do Węzła nr 3. Rozmowa z Strathmore'em sprawiła, że znów zaczęła się denerwować losem Davida. Wyobraźnia podpowiadała jej wszystkie najgorsze możliwości.

— No i czego chciał Strathmore? — spytał Hale, nie wstając od terminalu. — Romantyczny wieczór z głównym kryptografem?

Zignorowała jego komentarz i usiadła przy terminalu. Wstukała swój kod i ekran ożył. W okienku TRACERA wciąż nie było żadnej informacji o North Dakocie.

Niech to szlag, pomyślała Susan. Dlaczego to trwa tak długo?

— Wydajesz się zdenerwowana — powiedział niewinnie Hale. — Masz kłopoty z diagnostyką?

— Nic poważnego — odrzekła, ale nie była tego taka pewna. TRACER powinien już był przesłać wiadomość. Zaniepokoiła się, że może w programie jest jakiś błąd. Otworzyła edytor i zaczęła przeglądać program linijka po linijce. Hale obserwował ją spod oka.

— Hej, chciałem cię zapytać, co myślisz o tym algorytmie Ensei Tankada, którego podobno nie można złamać? — spróbował wciągnąć ją do rozmowy.

— Algorytm, którego nie można złamać? — Susan poczuła skurcz w brzuchu. — A tak, coś o tym czytałam.

— Trudno w to uwierzyć.

— Aha — odpowiedziała, zastanawiając się, dlaczego Hale nagle wywołał ten temat. — Nie wierzę w to. Zgodnie z twier-

143

dzeniami matematyki, nie istnieje algorytm szyfrujący, który zapewniałby całkowite bezpieczeństwo.

— Och, tak... — uśmiechnął się Hale. — Zasada Bergofsky'ego i tak dalej.

— Oraz zdrowy rozsądek — prychnęła Susan.

— Kto wie... — westchnął Hale. — Jest więcej rzeczy na niebie i ziemi, niż się śniło waszym filozofom.

— Przepraszam?

— Szekspir — wyjaśnił Hale. — Hamlet.

— W więzieniu miałeś dużo czasu na czytanie?

— Mówiąc poważnie, Susan, czy kiedyś pomyślałaś, że to możliwe... że może Tankado rzeczywiście wymyślił algorytm odporny na wszystkie ataki?

— Cóż, nam się nie udało. — Czuła się zirytowana rozmową z Hale'em.

— Może Tankado jest od nas lepszy.

— Może — wzruszyła ramionami, udając brak zainteresowania.

— Korespondowaliśmy przez jakiś czas — powiedział jakby od niechcenia Hale. — Tankado i ja. Wiedziałaś o tym?

— Naprawdę? — Susan postarała się ukryć szok.

— Tak. Napisał do mnie po tym, jak rozgryzłem algorytm Skipjack. Uznał, że jesteśmy sojusznikami w globalnej walce o cyfrową prywatność.

Susan z trudem panowała nad sobą. *Hale zna Tankada!* Usilnie udawała obojętność.

— Tankado pogratulował mi sukcesu, jakim było znalezienie tylnej furtki w Skipjacku — kontynuował Hale. — Napisał, że to triumf w walce o prawo do prywatności ludzi z całego świata. Musisz przyznać, Susan, że z waszej strony to była brudna sztuczka. Chcieliście czytać listy wszystkich ludzi. Moim zdaniem Strathmore zasłużył na to, by go przyłapać.

— Tylna furtka miała zapewnić NSA możliwość odczytywania listów mających znaczenie dla bezpieczeństwa narodowego — gniewnie odparła Susan.

— Doprawdy? — Hale uśmiechnął się niewinnie. — A możliwość czytania listów wszystkich obywateli to tylko taki produkt uboczny?

— Jak dobrze wiesz, nie czytamy listów zwyczajnych obywateli. FBI może zakładać podsłuch, ale to nie oznacza, że podsłuchuje wszystkie rozmowy.

— Gdyby federalni mieli dostateczne środki, z pewnością by to robili.

Susan zignorowała jego uwagę.

— Rządy muszą mieć prawo zbierania informacji o sprawach mających istotne znaczenie dla wspólnego dobra.

— Chryste — westchnął Hale. — Mówisz tak, jakby Strathmore zrobił ci pranie mózgu. Dobrze wiesz, że FBI nie może podsłuchiwać, kogo tylko zechce. Muszą mieć nakaz sądowy. Spreparowany algorytm szyfrujący pozwoliłby NSA czytać wszystkie listy wszystkich ludzi.

— Masz rację. I powinniśmy mieć taką możliwość! — ostro odrzekła Susan. — Gdybyś nie odkrył tylnej furtki w Skipjacku, moglibyśmy odczytywać wszystkie listy bez potrzeby łamania szyfru, zamiast polegać na TRANSLATORZE.

— Gdybym nie znalazł tylnej furtki — odpowiedział Hale — zrobiłby to ktoś inny. Uratowałem wasze tyłki, robiąc to w porę. Możesz sobie wyobrazić, co by się działo, gdyby tajemnica się wydała dopiero wtedy, gdy wszyscy używaliby już Skipjacka?

— Tak czy inaczej, teraz mamy na karku tych paranoików z EFF, którzy sądzą, że umieściliśmy tylne furtki we wszystkich algorytmach — odpaliła Susan.

— A czy tak nie jest? — Hale uśmiechnął się ironicznie.

Susan zmierzyła go zimnym spojrzeniem.

— No dobra — wycofał się Hale. — Można o tym długo dyskutować. Zbudowaliście przecież TRANSLATOR. Macie swoje źródło informacji. Możecie czytać, co i kiedy chcecie, nie pytając nikogo o zgodę. Wygraliście.

— A nie wygraliśmy? Wydawało mi się, że pracujesz w NSA.

— Już niedługo.

— Nie obiecuj.

— Mówię poważnie. Pewnego dnia rzucę agencję.

— Będę zrozpaczona.

Przez chwilę Susan miała ochotę przekląć Grega za wszystkie swoje kłopoty, za Cyfrową Twierdzę, problemy z Davidem, za to, że nie była teraz w górach. To oczywiście nie była jego wina. Jedyną winą Hale'a było to, że okazał się antypatyczny. Susan musiała wznieść się ponad to. Jako główny kryptograf miała obowiązek dbać o dobrą współpracę i uczyć pracowników. Hale był młody i naiwny.

Spojrzała na niego. To frustrujące, pomyślała. Jest tak utalentowany, że mógłby być poważnym atutem Krypto, a nie potrafi zrozumieć, jak ważne jest to, co robi NSA.

— Greg — odezwała się po chwili spokojnym tonem. — Mam dzisiaj dość kłopotów. Denerwuje mnie, gdy mówisz o NSA tak, jakbyśmy byli jakimiś zaawansowanymi technicznie podglądaczami. Agencja została stworzona w jednym celu — ma chronić bezpieczeństwo państwa. To niekiedy wymaga wyszukiwania zgniłych jabłek. Moim zdaniem większość obywateli zgodziłaby się zrezygnować z pewnych praw do prywatności w zamian za pewność, że możemy przeciwdziałać zamierzeniom różnych łajdaków.

Hale nic nie odpowiedział.

— Wcześniej lub później — ciągnęła Susan — nasze społeczeństwo będzie musiało komuś zaufać. Większość obywateli to uczciwi ludzie, ale zdarzają się przestępcy. Ktoś musi być w stanie oddzielić jednych od drugich. To nasze zadanie. Nasz obowiązek. Niezależnie od tego, czy nam się to podoba, czy nie, demokrację dzieli od anarchii bardzo cienka linia. NSA pilnuje, by nikt jej nie przekroczył.

— *Quis custodiet ipsos custodes?* — pokiwał z namysłem głową.

Susan spojrzała na niego ze zdziwieniem.

— To po łacinie — wyjaśnił. — Z *Satyr* Juwenala. „Kto ma pilnować tych, co pilnują?".

— Nie rozumiem — powiedziała Susan. — Kto ma pilnować tych, co pilnują?

— Tak. Jeśli to my pilnujemy społeczeństwa, to kto będzie pilnował nas i sprawdzał, czy nie jesteśmy groźni?

Susan nie wiedziała, co na to odpowiedzieć.

— Tak Tankado podpisywał wszystkie listy do mnie — uśmiechnął się Hale. — To było jego ulubione powiedzenie.

Rozdział 32

David Becker stał w korytarzu przed pokojem 301. Wiedział, że gdzieś za tymi ozdobnymi drzwiami jest pierścień. *Sprawa bezpieczeństwa narodowego.*

Usłyszał odgłosy ruchu w pokoju. Jakieś słowa. Zapukał.

— *Ja?* — odezwał się ktoś po niemiecku.

Becker milczał.

— *Ja?*

Drzwi nieco się uchyliły i Becker zobaczył okrągłą, męską twarz.

— *Deutscher, ja?* — spytał z uprzejmym uśmiechem. — Jest pan Niemcem?

Mężczyzna kiwnął niepewnie głową.

— Czy mógłbym z panem przez chwilę porozmawiać? — spytał Becker nienaganną niemczyzną.

— *Was willst du?* Czego pan chce? — odrzekł Niemiec.

Becker pomyślał poniewczasie, że powinien był przygotować jakiś plan, a nie bezczelnie dobijać się do pokoju. Szukał odpowiednich słów.

— Ma pan coś, czego bardzo potrzebuję.

Najwyraźniej źle wybrał. Niemiec zmrużył oczy i zmierzył go gniewnym spojrzeniem.

— *Ein Ring* — powiedział David. — *Du hast einen Ring.* Mam pan pierścień.

— Proszę zostawić mnie w spokoju — odparł gruby mężczyzna i zaczął zamykać drzwi. Bez chwili zastanowienia Becker wysunął stopę. Natychmiast tego pożałował.

147

— *Was tust du?* — gniewnie spytał Niemiec. — Co pan wyprawia?

Becker zrozumiał, że popełnił błąd. Rozejrzał się nerwowo po korytarzu. Tego dnia już został wyrzucony z kliniki; nie miał ochoty, by to powtórzyło się w hotelu.

— *Nimm deinen Fuß weg!* — krzyknął grubas. — Zabieraj pan stopę!

Becker spojrzał na pulchne palce przeciwnika. Nie zauważył żadnego pierścienia. Jestem tak blisko, pomyślał.

— *Ein Ring!* — powtórzył, ale Niemiec właśnie zatrzasnął drzwi.

David Becker stał przez chwilę w eleganckim korytarzu. Tuż obok wisiała na ścianie kopia Salvadora Dali. Pasuje do sytuacji, pomyślał. Surrealizm. To jakiś absurdalny sen. Rano obudził się we własnym łóżku i w jakiś sposób trafił do Hiszpanii, by włamywać się do pokoju obcego człowieka w poszukiwaniu magicznego pierścienia.

Znów przypomniał sobie słowa Strathmore'a: *Musisz odnaleźć ten pierścień.* Otrząsnął się.

Wziął głęboki oddech i zacisnął zęby. Chciał wrócić do domu. Ponownie spojrzał na drzwi do pokoju numer 301. Za tymi drzwiami znajdował się jego bilet powrotny. Złoty pierścień. Wystarczy, jeśli go zdobędzie.

Becker wypuścił powietrze z płuc i zdecydowanym krokiem podszedł do drzwi. Tym razem zapukał głośno. Przyszła pora na ostrą grę.

Niemiec otworzył i już chciał zaprotestować, ale Becker mu przerwał. Machnął w powietrzu legitymacją klubu sportowego z Marylandu.

— *Polizei!* — warknął. Wdarł się do pokoju i zapalił światło.

— *Was machst* — Niemiec ciężko sapał i mrużył oczy.

— Cicho! — Becker przeszedł na angielski. — Czy w tym pokoju jest prostytutka?

David rozejrzał się dookoła. Jeszcze nigdy nie był w tak

luksusowym hotelu. Róże, szampan, łóżko z baldachimem. W pokoju nie było Rocío. Dostrzegł drzwi do łazienki. Były zamknięte.

— *Prostituiert?* — Niemiec niepewnie spojrzał w stronę łazienki. Był grubszy, niż Becker sobie wyobrażał. Owłosiona pierś zaczynała się tuż pod potrójnym podbródkiem i zwieszała na olbrzymi brzuch. Pasek białego hotelowego szlafroka frotté był zawiązany samymi końcami.

— Pana nazwisko? — zażądał Becker i obrzucił grubasa groźnym spojrzeniem.

— *Was willst du?* Czego pan chce? — Na pulchnej twarzy Niemca pojawił się wyraz paniki.

— Jestem z brygady obyczajowej w Sewilli. Czy w tym apartamencie przebywa prostytutka?

Niemiec znów spojrzał nerwowo na drzwi do łazienki.

— *Ja* — przyznał wreszcie.

— Czy pan wie, że w Hiszpanii prostytucja jest nielegalna?

— *Nein* — skłamał grubas. — Nie wiedziałem. Zaraz każę jej opuścić pokój.

— Obawiam się, że na to jest już za późno — powiedział stanowczo Becker. Wszedł niedbałym krokiem do pokoju. — Mam dla pana propozycję.

— *Ein Vorschlag?* — sapnął Niemiec. — Propozycję?

— Tak. Mogę pana zabrać natychmiast na komisariat... — Becker zrobił znaczącą przerwę i pstryknął w palce.

— Albo? — spytał grubas. Ze strachu szeroko otworzył oczy.

— Albo możemy dobić targu.

— Jakiego targu? — Niemiec słyszał opowieści o korupcji w hiszpańskiej gwardii.

— Ma pan coś, czego potrzebuję — powiedział Becker.

— Tak, oczywiście! — zgodził się Niemiec z wymuszonym uśmiechem. Sięgnął po portfel. — Ile?

— Czy próbuje pan przekupić funkcjonariusza policji?! — krzyknął Becker, udając oburzenie.

— Nie! Skądże! Pomyślałem tylko... — Grubas szybko odłożył portfel. — Ja... ja... — był zupełnie zagubiony. Usiadł na skraju łóżka i zatarł ręce. Łóżko skrzypnęło pod jego ciężarem. — Przepraszam.

Becker wyciągnął z wazonu różę i powąchał ją, po czym niedbale rzucił kwiat na podłogę. Odwrócił się nagle w stronę Niemca.

— Co może mi pan powiedzieć o morderstwie?

— Morderstwie? — grubas zbladł jak ściana.

— Tak. Tego Japończyka dziś rano. W parku. To było zabójstwo... *Ermordung*.

Becker lubił niemieckie określenie morderstwa. *Ermordung*. Ścinało krew w żyłach.

— *Ermordung?* On... jego...?

— Tak.

— Ależ... to niemożliwe — wykrztusił Niemiec. — Byłem przy tym. Miał atak serca. Sam widziałem. Nie było żadnej krwi, żadnych pocisków.

— Nie wszystko jest takie, jak się wydaje — Becker pokręcił głową.

Niemiec przybladł jeszcze bardziej.

Becker uśmiechnął się w głębi duszy. Kłamstwo okazało się dobrym pomysłem. Biedny Niemiec cały się spocił.

— Czego pan chce? — spytał. — Ja nic nie wiem.

— Zamordowany miał na palcu złoty pierścionek — powiedział Becker, przechadzając się po pokoju. — Muszę go mieć.

— Ja... ja nie mam pierścionka.

Becker westchnął z politowaniem i wskazał brodą na drzwi do łazienki.

— A Rocío? Dewdrop?

— Zna pan Dewdrop? — Niemiec na odmianę zrobił się purpurowy. Starł pot z czoła rękawem szlafroka. Na rękawie pozostała wyraźna plama. Już miał coś powiedzieć, gdy otworzyły się drzwi do łazienki.

Obaj spojrzeli w tę stronę.

W drzwiach stała Rocío Eva Granada. Wizja. Długie, falujące rude włosy, nieskazitelna iberyjska skóra, gładkie czoło, ciemnobrązowe oczy. Miała na sobie biały szlafrok frotté, podobny do tego, który nosił Niemiec. Mocno zawiązany pasek podkreślał jej biodra, a szeroko rozrzucony kołnierz odsłaniał rowek między piersiami. Weszła do pokoju ze swobodną pewnością siebie.

— Mogę panu pomóc? — spytała chrapliwą angielszczyzną. Becker zmierzył ją zimnym spojrzeniem.

— Chcę dostać pierścień — powiedział twardo, bez wahania.

— Kim pan jest? — zapytała.

— Guardia Civil — odrzekł Becker z idealnym andaluzyjskim akcentem.

— Niemożliwe! — parsknęła śmiechem Rocío. Przeszła na hiszpański.

Becker poczuł grudę w gardle. Rocío najwyraźniej była trudniejszym przeciwnikiem niż jej klient.

— Niemożliwe? — powtórzył. — Czy mam zaprowadzić panią na komisariat, by to udowodnić?

— Nie wprawię pana w zakłopotanie, przyjmując ofertę — uśmiechnęła się złośliwie w odpowiedzi. — Kim pan jest?

— Jestem z sewilskiej gwardii — powtórzył Becker.

— Znam wszystkich policjantów w Sewilli — powiedziała Rocío, zbliżając się do niego. — To moi najlepsi klienci.

Becker miał wrażenie, że Rocío przeszywa go wzrokiem. Zmienił wersję.

— Jestem ze specjalnego wydziału do spraw turystów. Proszę oddać mi pierścień lub będę musiał zaprowadzić panią na komisariat i...

— I co? — spytała, unosząc brwi i uśmiechając się ironicznie.

Becker nic nie odpowiedział. Przegrał. Plan spalił na panewce. *Dlaczego nie dała się nabrać?*

— Nie wiem, kim pan jest i czego chce — powiedziała Rocío, podchodząc jeszcze bliżej — jeśli jednak nie wyniesie się pan stąd natychmiast, wezwę ochronę hotelową i prawdziwa policja zaaresztuje pana za udawanie policjanta.

Becker wiedział, że Strathmore mógłby go wyciągnąć z aresztu w pięć minut, ale nie zapomniał o poleceniu zachowania dyskrecji. Plan nie uwzględniał możliwości zaaresztowania.

Rocío zatrzymała się metr od Beckera i wbiła w niego ostre spojrzenie.

— Okej — westchnął David, akcentując głosem kapitulację. Przestał dbać o hiszpański akcent. — Nie jestem z policji. Działam z polecenia organizacji rządowej Stanów Zjednoczonych. Mam znaleźć pierścień. Więcej nie mogę powiedzieć. Dodam tylko, że zapłacę za ten pierścień.

Zapadła cisza.

Rocío odczekała chwilę, nim rozchyliła wargi w przebiegłym uśmiechu.

— To nie było takie trudne, prawda? — usiadła na krześle i skrzyżowała nogi. — Ile może pan zapłacić?

Becker stłumił westchnienie ulgi. Bez zwłoki przeszedł do negocjacji.

— Zapłacę siedemset pięćdziesiąt tysięcy peset. Pięć tysięcy amerykańskich dolarów. — To była połowa tego, co miał przy sobie, ale zapewne dziesięć razy więcej, niż wart był ten pierścionek.

— To dużo pieniędzy — powiedziała Rocío, unosząc brwi.

— Owszem. Czy zatem dobiliśmy targu?

— Chciałabym powiedzieć, że tak — potrząsnęła głową.

— Milion peset? — rzucił Becker. — Więcej nie mam.

— No, no — uśmiechnęła się dziewczyna. — Wy, Amerykanie, nie umiecie się targować. Na naszym rynku nie przetrwalibyście nawet dnia.

— Gotówka na stół — rzucił Becker, sięgając do koperty w kieszeni. *Chcę wracać do domu.*

— Nie mogę się zgodzić — odparła Rocío.

— Dlaczego? — gniewnie spytał Becker.

— Nie mam już tego pierścionka — wyjaśniła i uśmiechnęła się przepraszająco. — Już go sprzedałam.

Rozdział 33

Tokugen Numataka wyglądał przez okno i kręcił się po gabinecie jak zwierzę zamknięte w klatce. North Dakota jeszcze się nie odezwał. *Przeklęci Amerykanie! Nie wiedzą, co to punktualność!* Zadzwoniłby do niego sam, ale nie znał numeru telefonu. Numataka nie znosił takiego sposobu prowadzenia interesów — gdy ktoś inny kontrolował sytuację.

Kiedy nieznajomy zadzwonił po raz pierwszy, Numataka pomyślał, że ktoś chce go naciągnąć. Dziś przypomniał sobie dawne wątpliwości. Może to jakiś japoński rywal chce zrobić z niego durnia. Numataka uznał, że musi zdobyć więcej informacji.

Wyszedł szybkim krokiem z gabinetu i skierował się w lewo głównym korytarzem biura. Gdy przechodził, pracownicy kłaniali się na jego widok. Numataka nie łudził się jednak, że wszyscy go lubią — japońscy pracownicy kłaniają się nawet swym najbardziej bezwzględnym szefom.

Numataka poszedł prosto do centralki telefonicznej. Wszystkimi połączeniami zajmowała się jedna telefonistka, siedząca przy centrali Corenco 2000, obsługującej dwanaście linii. Kobieta była zajęta, ale na widok Numataki natychmiast wstała i ukłoniła się na powitanie.

— Proszę usiąść — rzucił Numataka.

Posłusznie usiadła.

— Dzisiaj o czwartej czterdzieści pięć ktoś dzwonił pod

153

mój prywatny numer. Czy może mi pani powiedzieć, z jakiego numeru telefonował? — spytał Numataka. Był wściekły na siebie, że nie pomyślał o tym wcześniej.

— To urządzenie nie pozwala zidentyfikować dzwoniącego, proszę pana — odpowiedziała telefonistka, nerwowo przełykając ślinę. — Mogę zadzwonić do firmy telefonicznej. Jestem pewna, że oni będą w stanie nam pomóc.

Numataka nie miał co do tego wątpliwości. W epoce cyfrowej prywatność stała się reliktem przeszłości, wszystko było rejestrowane. Firmy telefoniczne mogą dokładnie powiedzieć, kto dzwonił i jak długo trwała rozmowa.

— Proszę to zrobić — polecił. — Proszę mi dać znać, czego się pani dowiedziała.

Rozdział 34

Susan siedziała sama w Węźle nr 3 i czekała na wiadomość. Hale postanowił wyjść i zaczerpnąć świeżego powietrza — była mu za to wdzięczna. Samotność w Kojcu nie dała jej jednak niezbędnego azylu. Wciąż myślała o związku między Tankadem i Hale'em.

— Kto ma pilnować tych, co pilnują? — powiedziała do siebie. *Quis custodiet ipsos custodes.* Te słowa uporczywie wracały do niej. Zmusiła się, by przestać je analizować.

Pomyślała o Davidzie. Miała nadzieję, że nic mu się nic stało. Wciąż nie mogła pogodzić się z myślą, że jest w Hiszpanii. Im prędzej znajdą klucze i skończą tę historię, tym lepiej.

Susan nie wiedziała już, jak długo siedzi i czeka na wiadomość. Dwie godziny? Trzy? Spojrzała na pustą główną salę Krypto i westchnęła. Chciała, żeby wreszcie rozległ się sygnał terminalu, ale panowała kompletna cisza. Słońce już zaszło, było przecież późne lato. Automatycznie włączyło się oświetlenie. Susan czuła, że czas nagli.

Spojrzała na terminal.

— No, kończ już — mruknęła. — Miałeś dość czasu. — Chwyciła mysz i kliknęła, żeby otworzyć okienko wyświetlające status TRACERA. — Jak długo to już trwa?

Okienko natychmiast się otworzyło. Cyfrowy zegar wskazywał czas, jaki minął od wysłania TRACERA. Susan oczekiwała, że zobaczy, ile upłynęło godzin i minut. Zamiast tego przeczytała coś zupełnie innego i poczuła, że serce podchodzi jej do gardła.

— Co takiego?! — wykrztusiła głośno. — Dlaczego? W panice gwałtownie przeglądała dane, poszukując instrukcji, która mogłaby spowodować przerwanie wykonania programu. Na próżno. Wyglądało na to, że TRACER przerwał sam z siebie. Wiedziała, że to może znaczyć tylko jedno — w programie pojawiła się jakaś pluskwa.

Susan uważała „pluskwy" za najbardziej denerwującą część programowania. Komputery wykonują ściśle podane instrukcje, dlatego nawet drobne błędy często powodują katastrofę. Prosty błąd syntaktyczny — na przykład użycie przecinka zamiast kropki — może rzucić cały system na kolana. Susan zawsze myślała, że slangowy termin „pluskwa" ma zabawny rodowód.

Słowo to pochodziło z czasów budowy pierwszego komputera — MARK 1 — elektromechanicznego układu wielkości całego pokoju, skonstruowanego w 1944 roku na Uniwersytecie Harvarda. Pewnego dnia komputer przestał działać i bardzo długo nikt nie był w stanie znaleźć przyczyny. Po wielu godzinach pewien laborant dostrzegł problem. Jakaś ćma usiadła na płytce z obwodami elektrycznymi i spowodowała krótkie spięcie. Od tej pory na błędy komputerowe mówiono „pluskwy".

— Nie mam czasu na takie głupstwa — zaklęła Susan.

Szukanie błędu w programie niekiedy trwa wiele dni. Program może mieć kilka tysięcy linii, a trzeba znaleźć jeden drobny błąd. To niczym przeszukiwanie tomu encyklopedii w celu znalezienia jednej literówki.

Susan wiedziała, że nie ma wyboru — może tylko spróbować ponownie wysłać program TRACER. Niestety było prawie pewne, że ten sam błąd znowu spowoduje przerwanie operacji. Szukanie błędu wymagało czasu, a ani ona, ani komandor po prostu go nie mieli.

Gdy wpatrywała się w listę instrukcji programu, zdała sobie sprawę, że coś tu nie gra. Miesiąc wcześniej skorzystała z TRACERA i nie miała żadnych kłopotów. Dlaczego właśnie teraz miałby pojawić się jakiś błąd?

W tym momencie przypomniała sobie komentarz Strathmore'a: *Chciałem sam wysłać kopię twojego TRACERA, ale napisałaś to cholerstwo w jednym z tych nowych, hybrydowych języków i nie udało mi się go uruchomić. Wciąż dostawałem jakieś bzdury.*

Susan zastanowiła się nad tym słowami. *Dostawałem jakieś bzdury...*

Pochyliła głowę. Czy to możliwe? Strathmore otrzymał jakąś odpowiedź...

Jeśli komandor dostał jakąś odpowiedź, to najwyraźniej TRACER działał. Susan przyjęła, że wynik był bezsensowny, ponieważ Strathmore źle podał dane — ale mimo to program zadziałał.

Były oczywiście jeszcze inne możliwe wyjaśnienia, dlaczego operacja została przerwana. Programy padają nie tylko z powodu błędów programistów. Czasami przyczyną są czynniki zewnętrzne: zmiany napięcia zasilania, drobiny kurzu na płytach, błędne połączenia. Hardware w Węźle nr 3 był utrzymywany w tak nienagannym stanie, że Susan początkowo nawet nie pomyślała o tej możliwości.

Wstała i szybko podeszła do dużej półki zastawionej poradnikami technicznymi. Wzięła do ręki oprawiony w spiralę tom oznaczony SYS-OP i zaczęła przerzucać strony. Znalazła to, czego szukała, i wróciła do terminalu z poradnikiem. Szybko wystukała kilka poleceń. Czekała przez chwilę, aż komputer przejrzy listę wszystkich instrukcji wykonanych w ciągu ostatnich trzech godzin. Miała nadzieję, że znajdzie jakąś zewnętrzną przyczynę — na przykład polecenie przerwania wykonania programu z powodu fluktuacji napięcia zasilającego.

Po chwili terminal pisnął. Susan poczuła, że jej tętno przyspiesza. Wstrzymując oddech, wpatrywała się w ekran:

BŁĄD NR 22

Poczuła iskierkę nadziei. To była dobra wiadomość. Skoro komputer znalazł błąd, to TRACER był zapewne w porządku. Najprawdopodobniej wystąpiła jakaś zewnętrzna anomalia, której powtórzenie się było mało prawdopodobne.

BŁĄD NR 22. Susan próbowała sobie przypomnieć, co to

157

znaczy. Awarie sprzętowe zdarzały się tak rzadko, że nic pamiętała wszystkich oznaczeń.

Szybko przerzuciła kartki poradnika SYS-OP w poszukiwaniu listy błędów.

19. WADLIWA PARTYCJA DYSKU
20. FLUKTUACJA NAPIĘCIA
21. AWARIA ZASILANIA

Gdy doszła do numeru 22, aż znieruchomiała. Raz jeszcze spojrzała na ekran, żeby się upewnić.

BŁĄD NR 22

Zmarszczyła brwi i wróciła do poradnika SYS-OP. To zupełnie bez sensu, pomyślała. Wyjaśnienie było bardzo krótkie:

22. WYKONANIE PRZERWANE NA POLECENIE OPERATORA

Rozdział 35

— Sprzedała pani pierścień? — wstrząśnięty Becker wpatrywał się w Rocío.

Kobieta kiwnęła głową, a jej rude włosy rozsypały się na ramiona.

— *Pero...* ale... — Becker ze wszystkich sił pragnął, by tak nie było.

— Jakiejś dziewczynie w parku — wyjaśniła Rocío, wzruszając ramionami.

Becker miał wrażenie, że nogi się pod nim uginają. *To nie może być prawda!*

— *Él quería que lo guardara.* On chciał go zatrzymać — dodała Rocío, wskazując na Niemca. — Nie zgodziłam się. Mam w żyłach cygańską krew. My, Cyganie, nie tylko mamy rude włosy, ale jesteśmy przesądni. Pierścień od umierającego mężczyzny nie wróży nic dobrego.

— Zna pani tę dziewczynę? — spytał Becker.

— *Vaya* — Rocío uniosła brwi. — Naprawdę zależy panu na tym pierścieniu, tak?

— Komu pani go sprzedała? — nalegał Becker, kiwając głową.

Gruby Niemiec siedział na łóżku i nic z tego nie rozumiał. Jego miłosny wieczór został zepsuty, a on najwyraźniej nie wiedział dlaczego.

— *Was passiert?* — spytał. — Co się dzieje?

Becker go zignorował.

— Tak naprawdę to wcale go nie sprzedałam — powiedziała Rocío. — Chciałam, ale to była jakaś siksa, nie miała pieniędzy. W końcu dałam jej ten pierścionek. Gdybym wiedziała o pańskiej szczodrej ofercie, zatrzymałabym go dla pana.

— Dlaczego wyszliście z parku? — spytał Becker. — Ktoś umarł. Dlaczego nie poczekaliście na policję? Dlaczego nie oddaliście pierścionka policji?

— Nie szukam kłopotów, panie Becker. Poza tym wydawało nam się, że ten stary panuje nad sytuacją.

— Kanadyjczyk?

— Tak. To on wezwał pogotowie. Postanowiliśmy się wycofać. Nie widziałam żadnego powodu, żeby narażać siebie i mojego klienta na spotkanie z policją.

Becker pokiwał z roztargnieniem głową. Wciąż usiłował pogodzić się z okrutnym zrządzeniem losu. *Ona po prostu podarowała komuś ten cholerny pierścień!*

— Próbowałam pomóc temu umierającemu mężczyźnie — dodała Rocío. — Nie chciał żadnej pomocy. Zaczął z tym pierścionkiem... wciąż wpychał go nam w oczy. Miał trzy zdeformowane palce. Ciągle wyciągał rękę, tak jakby domagał się, żebyśmy zabrali pierścionek. Ja nie chciałam, ale mój znajomy w końcu go wziął. Potem ten facet umarł.

— Próbowaliście zrobić masaż serca? — spytał Becker.

— Nie, nawet go nie dotknęliśmy. Mój znajomy się przestraszył. Jest ogromny, ale to mięczak. — Rocío uśmiechnęła się uwodzicielsko do Beckera. — Proszę się nie obawiać. Nie mówi ani słowa po hiszpańsku.

Becker zmarszczył brwi. Znów pomyślał o siniakach na piersi Tankada.

— Czy lekarz z pogotowia zrobił masaż serca?

— Nie mam pojęcia. Jak mówiłam, poszliśmy sobie, nim przyjechało pogotowie.

— To znaczy, po tym jak ukradliście pierścionek — warknął Becker.

— Niczego nie ukradliśmy. — Rocío rzuciła mu ostre spojrzenie. — Ten człowiek umierał. Wyraźnie dawał do zrozumienia, czego chce. Spełniliśmy jego ostatnie życzenie.

Becker złagodniał. Rocío miała rację, on sam prawdopodobnie zrobiłby to samo.

— A później dała pani pierścionek jakiejś dziewczynie?

— Już panu powiedziałam. Ten pierścionek mnie niepokoił. A dziewczyna miała mnóstwo biżuterii. Pomyślałam, że pewnie jej się spodoba.

— Kiedy to było?

— Dziś po południu — wzruszyła ramionami Rocío. — Mniej więcej godzinę po tym, jak go dostałam.

Becker spojrzał na zegarek: za dwanaście minut dwunasta. Minęło jakieś osiem godzin. *Do cholery, co ja tu robię? Powinienem być w górach*. Westchnął i zadał jedyne pytanie, jakie mu przyszło do głowy.

— Jak wyglądała ta dziewczyna?

— *Era un punki* — odpowiedziała Rocío.

— *¿Un punki?*   powtórzył zdziwiony Becker.

— *Sí. Punki.*

— Punk?

— Tak, punk — powtórzyła kiepską angielszczyzną, po czym natychmiast przeszła na hiszpański. — *Mucha joyería*. Dużo biżuterii. Dziwny kolczyk w uchu. To chyba była czaszka.

— Czy w Sewilli jest dużo punków?

— *Todo bajo el sol*. Wszystko pod słońcem — uśmiechnęła się Rocío, powtarzając slogan miejskiego biura turystycznego.

— Czy zna pani jej nazwisko?

— Nie.

— Czy powiedziała, dokąd idzie?

— Nie. Bardzo słabo mówiła po hiszpańsku.

— To nie była Hiszpanka? — spytał Becker.

— Nie. Chyba Angielka. Miała dziwne włosy... czerwone, białe i niebieskie.

— Może to była Amerykanka — zasugerował Becker, krzywiąc się na myśl o tej kombinacji kolorów.

— Nie sądzę — pokręciła głową Rocío. — Miała na sobie koszulę, która wyglądała jak brytyjska flaga.

— Okej — pokiwał głową Becker. — Czerwono-biało--niebieskie włosy, koszula w brytyjskich barwach narodowych, czaszka w uchu. Co jeszcze?

— Nic. Zwykły punk.

Zwykły punk? Becker pochodził z innych czasów, kiedy studenci nosili dresy, garnitury i strzygli włosy. Nie potrafił nawet wyobrazić sobie kobiety, o której rozmawiali.

— Czy nie przypomina sobie pani niczego więcej? — nalegał.

— Nie — odpowiedziała Rocío po chwili namysłu. — To wszystko.

W tym momencie rozległo się głośne skrzypnięcie łóżka. Klient Rocío zmienił pozycję. Becker zwrócił się do niego.

— *Noch etwas?* Coś jeszcze? — zapytał po niemiecku. — Pamięta pan coś, co mogłoby mi pomóc znaleźć tę dziewczynę z pierścieniem?

Zapadła cisza. Wydawało się, że grubas chce coś powiedzieć, ale nie wie, jak to wyrazić. Jego dolna warga drżała. Po chwili się odezwał. Z pewnością mówił po angielsku, ale z tak silnym niemieckim akcentem, że trudno było go zrozumieć.

— *Fock off und die**.

— Przepraszam? — wykrztusił zszokowany Becker.

— Spierdalaj i zdychaj — powtórzył tamten, kładąc prawą dłoń na lewym przedramieniu, tak jakby naśladował znany włoski gest.

Becker był zbyt zmęczony, żeby się obrazić. Spierdalaj i zdychaj? Co się stało z *Das* Mięczak? Odwrócił się ku Rocío.

— Wygląda na to, że przeciągnąłem wizytę — powiedział po hiszpańsku.

— Proszę się nim nie przejmować — zaśmiała się w odpowiedzi. — Jest nieco sfrustrowany. Dostanie to, na co czeka — odrzuciła włosy do tyłu i mrugnęła do Beckera.

— Czy może pani coś dodać? — spytał David. — Coś, co mogłoby mi pomóc?

— To wszystko — Rocío pokręciła głową. — Nigdy jej pan nie znajdzie. Sewilla to duże miasto. Łatwo się pomylić.

— Zrobię, co w mojej mocy.

To sprawa bezpieczeństwa narodowego.

— Jeśli się panu nie uda — szepnęła Rocío, zerkając na

---

* Poprawnie „fuck off and die" (ang.) — spierdalaj i zdychaj.

wypchaną kopertę w kieszeni Beckera — proszę wrócić. Mój znajomy niewątpliwie szybko zaśnie. Proszę cicho zapukać. Znajdę jakiś pokój. Pozna pan taką stronę Hiszpanii, jakiej nigdy pan nie zapomni — wydęła uwodzicielsko usta.

— Muszę już iść — odrzekł, zmuszając się do uśmiechu.

Przeprosił Niemca za przerwanie mu przyjemnego wieczoru.

— *Keine Ursache* — odpowiedział tamten z nieśmiałym uśmiechem.

Becker skierował się do drzwi. Nie ma problemu? Co się stało ze „spierdalaj i zdychaj"?

Rozdział 36

— Przerwanie wykonania programu na polecenie operatora? — Susan wpatrywała się w ekran ze zdumieniem.

Dobrze wiedziała, że sama nie podała komendy przerwania programu — w każdym razie, nie zrobiła tego świadomie. Przez chwilę pomyślała, że może przypadkowo wystukała taką instrukcję.

— Niemożliwe — mruknęła do siebie. Według zapisu komenda przerwania wykonania programu została podana niecałe dwadzieścia minut temu. Susan nie miała wątpliwości, że w tym czasie wystukała tylko prywatny kod dostępu przed wyjściem z Kojca, gdy miała rozmawiać z Strathmore'em. Byłoby absurdem przypuszczać, że jej prywatny kod został zinterpretowany jako polecenie przerwania wykonania programu.

Zdawała sobie sprawę, że to strata czasu, ale mimo to otworzyła zapis działania programu ScreenLock i dwukrotnie sprawdziła, że jej prywatny kod został poprawnie zinterpretowany. Tak niewątpliwie było.

— Skąd zatem — warknęła gniewnie — wzięło się to polecenie przerwania programu?

Zamknęła okienko programu ScreenLock. W momencie gdy okienko znikało już z ekranu, w ułamku sekundy zauważyła coś dziwnego. Znów otworzyła okienko i przyjrzała się zapisowi. To nie miało sensu. Zapis „zamknięcia" terminalu był w porządku, natomiast czas „otwarcia" wydawał się dziwny. Dwie komendy wydano w odstępie niecałej minuty. Susan nie miała wątpliwości, że rozmawiała z komandorem dłużej niż minutę.

Przyjrzała się zapisowi. Trzy minuty wcześniej pojawiła się kolejna para poleceń „zamknij" i „otwórz". Z tego wynikało, że ktoś uruchomił jej terminal, gdy rozmawiała z komandorem.

— To niemożliwe! — wykrztusiła. Jedynym podejrzanym był Greg Hale, a Susan nie miała wątpliwości, że nigdy nie dała mu swojego prywatnego kodu dostępu. Zgodnie z dobrymi nawykami kryptograficznymi wybrała czysto losowy klucz i nigdy go nie zapisywała. Hale nie mógł odgadnąć pięcioelementowego kodu alfanumerycznego — liczba możliwości wynosiła trzydzieści sześć do piątej potęgi, czyli ponad sześć milionów.

Zapis działania ScreenLock był jednak jasny jak słońce. Wpatrywała się w ekran. Hale w jakiś sposób uruchomił jej terminal, gdy wyszła z Węzła nr 3. To on wydał polecenie przerwania wykonania programu.

Pytanie „jak" teraz szybko zeszło na drugi plan. Ważniejsza była odpowiedź na pytanie „dlaczego"? Hale nie miał powodu, by włamywać się do jej terminalu. Nie wiedział nawet, że Susan wysłała program TRACER. A nawet gdyby wiedział, czemu miałby mieć coś przeciw poszukiwaniom faceta o nazwisku North Dakota?

Miała wrażenie, że w jej głowie kotłuje się coraz więcej pytań.

— Po kolei — powiedziała głośno. Na Hale'a przyjdzie pora za chwilę. Susan najpierw ponownie przygotowała program TRACER i nacisnęła klawisz ENTER. Terminal pisnął i pojawiła się wiadomość

TRACER WYSŁANY

Zdawała sobie sprawę, że na odpowiedź będzie musiała poczekać kilka godzin. Przeklinała Hale'a i zastanawiała się, jak zdobył jej prywatny kod dostępu i dlaczego zainteresował się TRACEREM.

Wstała i podeszła do terminalu Hale'a. Ekran był czarny, ale łatwo poznała, że Hale go nie zablokował — na brzegach widać było lekką poświatę. Kryptografowie rzadko zamykali swoje terminale — czynili to zazwyczaj przed wyjściem do domu. Zamiast tego przyciemniali ekran monitora — to był honorowy sygnał, że nikt nie powinien używać terminalu.

— Chrzanię honorowe zasady — mruknęła Susan i usiadła przy terminalu. — Do diabła, co on tu robił?

Szybko zerknęła na główną salę Krypto, po czym rozjaśniła ekran. Niestety był całkowicie pusty. Susan zmarszczyła brwi. Nie była pewna, co dalej. Po sekundzie podała polecenie:

SZUKAJ: TRACER

To była śmiała próba, ale jeśli w komputerze Hale'a były jakieś ślady jej TRACERA, to ten program powinien je znaleźć. To mogłoby wyjaśnić, dlaczego Hale przerwał wykonanie jej programu. Po kilku sekundach na ekranie pojawił się komunikat:

NIE ZNALEZIONO POSZUKIWANEJ SEKWENCJI

Zastanowiła się nad tym, co robić. Nie wiedziała nawet, czego szuka. Spróbowała ponownie:

SZUKAJ: SCREENLOCK

Na ekranie pojawiło się kilka nieistotnych wiadomości. Żadna z nich nie tłumaczyła, w jaki sposób Hale zdobył jej prywatny kod dostępu.

Susan głośno westchnęła. Jakich programów on dziś używał? Otworzyła menu „ostatnie aplikacje", żeby sprawdzić, z czego korzystał Hale. To był serwer poczty elektronicznej. Przeszukała jego twardy dysk i znalazła folder z pocztą, dyskretnie ukryty wewnątrz innego konta. Otworzyła folder pocztowy i znalazła kolejne foldery. Najwyraźniej Hale używał wielu adresów i nazwisk. Z pewnym zdziwieniem zauważyła anonimowe konto. Otworzyła je, kliknęła na jedną ze starych odebranych wiadomości, i zaczęła czytać.

To, co zobaczyła, zaparło jej dech w piersiach.

TO: NDAKOTA@ARA.ANON.ORG
FROM: ET@DOSHISHA.EDU
OGROMNY POSTĘP! TWIERDZA CYFROWA NIEMAL
GOTOWA. TEN ALGORYTM SPRAWI, ŻE NSA ZNAJDZIE SIĘ
DZIESIĄTKI LAT DO TYŁU!

Miała wrażenie, że to sen. Przeczytała list kilka razy, po
czym otworzyła kolejny.

TO: NDAKOTA@ARA.ANON.ORG
FROM: ET@DOSHISHA.EDU
ZMIENNY TEKST JAWNY DZIALA! SZTUKA POLEGA
NA UŻYCIU ŁAŃCUCHÓW MUTACYJNYCH!

To wydawało się niemożliwe, a jednak było prawdą. List
elektroniczny od Ensci Tankada. Korespondował z Gregiem
Hale'em. Pracowali razem. Susan czuła, że drętwieje, ale przed
oczami miała coś nieprawdopodobnego.

Greg Hale to NDAKOTA?

Nie odrywała oczu od ekranu. Desperacko szukała jakiegoś
innego wyjaśnienia, ale nic nie przychodziło jej do głowy. To
był dowód — niespodziewany i przekonujący. Tankado użył
łańcuchów mutacyjnych, by stworzyć funkcję zmiennego tekstu,
a Hale spiskował z nim, by sparaliżować NSA.

— To niemożliwe — wyjąkała. — Niemożliwe.

A jednak potwierdzały to słowa samego Hale'a, które powiedział tak niedawno: *Tankado pisał do mnie kilka razy... Strathmore
zaryzykował, zatrudniając mnie... Pewnego dnia rzucę agencję.*

Mimo to Susan nie mogła się pogodzić z tym, co widziała na
własne oczy. To prawda, Greg Hale był antypatycznym arogan-
tem, ale nie zdrajcą. Wiedział, jakie konsekwencje będzie miało
dla NSA pojawienie się na rynku Cyfrowej Twierdzy, i z pewnością nie brał udziału w spisku, by do tego doprowadzić!

Z drugiej strony Susan zdawała sobie sprawę, że nic nie
może go powstrzymać, z wyjątkiem honoru i przyzwoitości.
Przypomniała sobie sprawę algorytmu Skipjack. Greg Hale raz
już zniszczył plany NSA. Dlaczego nie miałby zrobić tego po
raz drugi?

— Ale Tankado... — szepnęła Susan. *Dlaczego ktoś tak paranoidalnie czuły na kwestie bezpieczeństwa zaufał komuś tak nieodpowiedzialnemu jak Hale?* To wszystko nie miało teraz znaczenia. Powinna jak najszybciej zawiadomić Strathmore'a. Jak na ironię, mieli partnera Tankada w zasięgu ręki. Ciekawe, pomyślała, czy Hale wie już o śmierci Tankada?

Susan zaczęła pośpiesznie zamykać konta pocztowe Hale'a, żeby terminal był w takim stanie, w jakim go pozostawił. Hale nie powinien niczego podejrzewać... jeszcze nie. Klucz do Cyfrowej Twierdzy, pomyślała ze zdumieniem, był prawdopodobnie ukryty gdzieś w ich komputerze.

Gdy zamykała ostatni plik, za szklaną ścianą Węzła nr 3 przemknął cień. Uniosła wzrok i zobaczyła Grega. Zbliżał się do drzwi. Poczuła nagły przypływ adrenaliny. Już niemal otwierał.

— Cholera! — zaklęła, oceniając dystans dzielący ją od własnego terminalu. Za daleko. Hale już wchodził.

Rozejrzała się desperacko. Usłyszała pstryknięcie zamka. Instynktownie podbiegła do lodówki. Gdy drzwi się otworzyły, stała tuż przed nią. Otworzyła drzwiczki tak gwałtownie, że szklany dzbanek na górnej półce niebezpiecznie zachybotał.

— Zgłodniałaś — powiedział Hale, zbliżając się. Mówił spokojnym głosem, tak jakby znów chciał flirtować. — Chcesz trochę tofu?

— Nie, dziękuję — odrzekła. Wypuściła powietrze z płuc i zwróciła się ku niemu. — Myślę, że... — słowa uwięzły jej w gardle. Zbladła.

— Coś się stało? — Hale obrzucił ją dziwnym spojrzeniem.

— Nic — wykrztusiła. Przygryzła wargi i spojrzała mu w oczy. To było kłamstwo. Po drugiej stronie pokoju jasno świecił ekran terminalu Hale'a. Zapomniała go ściemnić.

Rozdział 37

Becker ze znużeniem powlókł się do baru na parterze w hotelu Alfonso XIII. Barman przypominający karła położył przed nim serwetkę.

— *¿Qué bebe Usted?* Czego pan się napije?

— Dziękuję, nie piję — odpowiedział Becker. — Zna pan może jakieś kluby punków?

— Kluby? Punków? — barman spojrzał na niego ze zdziwieniem.

— Tak. Czy jest jakieś miejsce w Sewilli, gdzie oni się zbierają?

— *No lo sé, señor.* Nie wiem, proszę pana. Z pewnością nie tutaj! — uśmiechnął się do Beckera. — Może jednak jakiegoś drinka?

Becker miał ochotę mocno nim potrząsnąć. Nic nie szło tak, jak sobie zaplanował.

— *¿Quiere Ud. algo?* — powtórzył barman. — *¿Fino? ¿Jerez?*

Z głośników ukrytych w suficie słychać było klasyczną muzykę. Koncert brandenburski, pomyślał Becker. Numer cztery. Rok temu Academy of St. Martin in the Fields grała koncerty brandenburskie na uniwersytecie; Becker i Susan poszli razem. David nagle zapragnął, by Susan była tu z nim. Podmuch klimatyzatora przypomniał mu, jak upalnie jest na dworze. Wyobraził sobie, jak chodzi spocony brudnymi ulicami Triany, gdzie pod ścianami leżą narkomani, i poszukuje jakiejś dziew-

169

czyny ubranej w koszulę w brytyjskich barwach narodowych. Znów pomyślał o Susan.

— *Zumo de arándano* — usłyszał swój głos. — Sok żurawinowy.

— Sam? — barman wydawał się zaskoczony. Sok żurawinowy jest w Hiszpanii popularnym napojem, ale nikt nie pije go bez alkoholu.

— *Sí* — potwierdził Becker. — Sam.

— *¿Echo un poco de Smirnoff?* — namawiał barman. — Kropelka wódki?

— *No, gracias.*

— *¿Gratis?* — zachęcał. — Za darmo?

Becker czuł pulsowanie w głowie, ale znów wyobraził sobie brudne ulice Triany, duchotę i czekającą go długą noc. A niech to diabli.

— *Sí, échame un poco de vodka* — kiwnął głową.

Barman wyglądał tak, jakby decyzja Beckera przyniosła mu ulgę. Pośpiesznie zabrał się do przygotowania drinka.

Becker rozejrzał się dookoła po eleganckim barze. Miał wrażenie, że to sen. Wszystko byłoby bardziej sensowne niż prawda. Jestem profesorem uniwersytetu, pomyślał, wykonującym tajną misję.

Barman wyszukanym gestem podał mu szklankę.

— *A su gusto, señor.* Sok żurawinowy z kropelką wódki.

Becker podziękował. Wypił łyk i się zakrztusił. To miała być kropelka?

Rozdział 38

Hale stanął w połowie drogi do lodówki i przyjrzał się Susan.
— Co się stało, Sue? Wyglądasz okropnie.
— Ja... wszystko w porządku — wykrztusiła. Jej serce próbowało wyskoczyć z piersi. Z trudem opanowała nerwy. W odległości trzech metrów od nich widać był jasno świecący ekran terminalu Hale'a.
— Chcesz trochę wody? — spytał Hale. Wydawał się zaskoczony.

Susan nie mogła odpowiedzieć. Przeklinała w myślach samą siebie. Jak mogłam zapomnieć zgasić ten cholerny monitor? Jeśli Hale dojdzie do wniosku, że grzebała w jego terminalu, to zacznie podejrzewać, iż ona wie, kim jest North Dakota. Bała się, że Hale zdobędzie się na wszystko, byle tylko ta informacja nie wyszła z Węzła nr 3.

Rozważała, czy uda jej się dobiec do drzwi. Nie miała okazji tego sprawdzić. Nagle rozległo się głośne bębnienie pięściami. Hale i Susan aż podskoczyli. To był Chartrukian. Znów walił spoconymi rękami w szybę. Wyglądał tak, jakby zobaczył sąd ostateczny.

Hale wrzasnął na oszalałego technika bezpieczeństwa systemu, po czym powiedział do Susan:
— Zaraz wracam. Weź sobie coś do picia. Jesteś blada.
Odwrócił się i wyszedł z Węzła.

Susan odetchnęła i szybko podeszła do jego terminalu. Jednym ruchem zmniejszyła jasność. Ekran zrobił się czarny.

Czuła gwałtowne pulsowanie w skroniach. Odwróciła się i spojrzała na scenę rozgrywającą się w sali głównej. Najwyraźniej Chartrukian jednak nie poszedł do domu. Był spanikowany i teraz opowiadał o wszystkim Hale'owi. To nie miało znaczenia — Hale i tak wszystko wiedział.

Muszę skontaktować się ze Strathmore'em, pomyślała. I to szybko.

Rozdział 39

Pokój 301. Rocío Eva Granada stała nago przed lustrem w łazience. Nadeszła chwila, której lękała się przez cały dzień. Niemiec leżał w pokoju i czekał na nią. To był najgrubszy mężczyzna, z jakim kiedykolwiek poszła do łóżka. Rocío niechętnie wzięła z wiaderka kostkę lodu i potarła nią sutki, które natychmiast stwardniały. Na tym polegał jej talent — potrafiła sprawić, że mężczyźni czuli się pożądani. Dlatego wracali. Przeciągnęła dłońmi po swoim szczupłym, opalonym ciele. Miała nadzieję, że przetrwa w dobrej formie jeszcze cztery czy pięć lat, aż zarobi tyle, że będzie mogła wycofać się z zawodu. *Señor* Roldán zabierał znaczną część jej wynagrodzenia, ale Rocío wiedziała, że bez niego musiałaby polować na pijaków w Trianie, tak jak inne zwykłe dziwki. Ci faceci przynajmniej byli nadziani. Nigdy jej nie bili i łatwo było ich usatysfakcjonować. Rocío włożyła bieliznę, wzięła głęboki oddech i otworzyła drzwi łazienki.

Gdy weszła do pokoju, Niemiec wybałuszył oczy. Była w czarnym negliżu. W miękkim świetle jej opalona skóra promieniowała, a przez koronki widać było stwardniałe sutki.

— *Komm doch hierher* — zawołał, zrzucając szlafrok i przewracając się na plecy.

Rocío zmusiła się do uśmiechu i podeszła do łóżka. Przyjrzała się ogromnemu mężczyźnie i zachichotała z ulgą. Natura nie wyposażyła go zbyt hojnie.

Niemiec chwycił ją i niecierpliwie zdarł z niej bieliznę.

173

Tłustymi palcami obmacywał całe jej ciało. Osunęła się na niego, jęczała i wiła się, udając ekstazę. Po chwili mężczyzna przetoczył ją na łóżko i położył się na niej. Rocío bała się, że ją zgniecie. Z trudem łapała powietrze i dyszała w jego gruby kark. Miała nadzieję, że to nie potrwa długo.

— Sí, sí — zachęcała między kolejnymi pchnięciami. Wbiła mu paznokcie w plecy, żeby go podniecić.

Przez głowę przelatywały jej przypadkowe obrazy i myśli — twarze niezliczonych mężczyzn, których zadowoliła, sufit, w który niekiedy wpatrywała się godzinami, marzenia o dzieciach...

Nagle, bez ostrzeżenia, ciało Niemca wygięło się i zesztywniało, po czym niemal natychmiast opadło na nią. To już? — zdziwiła się, przyjemnie zaskoczona.

Spróbowała się wydostać spod niego.

— Kochanie — szepnęła niskim głosem. — Przesuń się.

Mężczyzna nawet się nie poruszył.

Rocío naparła na jego potężne ramiona.

— Kochanie... ja... nie mogę oddychać! — Była bliska omdlenia. Miała wrażenie, że zaraz pękną jej żebra. — ¡Despiértate! — Instynktownie pociągnęła go za pozlepiane włosy. Obudź się!

W tym momencie poczuła jakąś lepką ciecz. Jego włosy nie były pozlepiane potem. Coś spływało na jej policzki i usta. Rocío poczuła słonawy smak. Zaczęła się gwałtownie szamotać. Jakiś dziwny snop światła oświetlił wykrzywioną twarz Niemca. Z otworu po pocisku w jego skroni lała się krew. Rocío chciała krzyczeć, ale zabrakło jej powietrza. Niemiec ją miażdżył. Zaczęła wypełzać spod niego w stronę światła. Wtem zobaczyła rękę i pistolet z tłumikiem. Nagły błysk, a potem już nicość.

Rozdział 40

Chartrukian wyglądał na całkowicie zdesperowanego. Robił, co mógł, żeby Hale uwierzył, iż są poważne kłopoty z TRANS-LATOREM. Susan pośpiesznie przeszła koło nich, myśląc tylko o jednym — jak najszybciej znaleźć Strathmore'a.

— Pani Fletcher — spanikowany technik chwycił ją za ramię. — Mamy wirusa! Jestem pewny! Musi pani...

Susan wyrwała się z jego uchwytu i zmierzyła go gniewnym wzrokiem.

— Wydawało mi się, że komandor kazał panu iść do domu.

— Ale program monitorujący działanie komputera! Komputer pracuje już osiemnaście godzin...

— Komandor Strathmore rozkazał panu pójść do domu!

— Pierdolę Strathmore'a! — wrzasnął Chartrukian. Jego słowa słychać było w całej sali.

— Panie Chartrukian?! — nad ich głowami rozległ się mocny głos. Strathmore stał na pomoście przed drzwiami do swego gabinetu.

Przez chwilę w całej sali słychać było tylko szum generatorów. Susan usiłowała nawiązać kontakt wzrokowy ze Strathmore'em. *Komandorze! Hale to North Dakota!*

Strathmore nie spuszczał jednak oczu z młodego technika. Schodząc na dół, nawet nie mrugnął, wpatrując się w niego. Przeciął główną salę Krypto i zatrzymał się w odległości trzydziestu centymetrów przed drżącym Chartrukianem.

— Co pan powiedział?

— Proszę pana — wykrztusił Chartrukian. — TRANSLA-
TOR jest zagrożony.
— Komandorze? — wtrąciła Susan. — Czy mogę...
Strathmore uciszył ją gestem. Wciąż patrzył na nieszczęsnego
technika.
— Mamy zawirusowany plik, proszę pana! — wykrzyknął
Chartrukian. — Jestem tego pewny!
— Panie Chartrukian, już raz dziś o tym rozmawialiśmy! —
Strathmore mocno poczerwieniał. — Nie ma żadnego zawiru-
sowanego pliku w TRANSLATORZE!
— Owszem, jest! — zawołał tamten. — Jeśli dostanie się do
głównego banku danych...
— Do diabła, gdzie jest ten zawirusowany plik?! — ryknął
Strathmore. — Proszę mi pokazać!
— Nie mogę — zawahał się Chartrukian.
— Oczywiście, że pan nie może. Bo nie istnieje!
— Komandorze, muszę... — znów spróbowała Susan.
Strathmore ponownie uciszył ją gniewnym machnięciem ręki.
Susan nerwowo spojrzała na Hale'a. Wydawał się spokojny
i zadowolony z siebie. Wszystko się zgadza, pomyślała. Hale
nie ma powodu denerwować się wirusem, dobrze wie, co robi
TRANSLATOR.
— Zawirusowany plik istnieje — upierał się Chartrukian. —
Przeszedł przez filtry Gauntlet.
— Jeśli przeszedł przez filtry — prychnął Strathmore — to,
do diabła, skąd pan wie, że istnieje?
— Łańcuchy mutacyjne, proszę pana. — Chartrukian nagle
nabrał pewności siebie. — Przeprowadziłem pełną analizę
i znalazłem łańcuchy mutacyjne.
Susan teraz zrozumiała, dlaczego technik tak się zdener-
wował. Łańcuchy mutacyjne. Wiedziała, że są to sekwencje,
które w nadzwyczaj skomplikowany sposób niszczą dane za-
pisane w komputerze. Często spotyka się je w wirusach, zwłaszcza tych, które atakują duże zbiory danych. Oczywiście,
Susan wiedziała również, że łańcuchy mutacyjne, które wykrył
Chartrukian, są nieszkodliwe — stanowią element Cyfrowej
Twierdzy.
— Gdy po raz pierwszy zobaczyłem te łańcuchy — kon-

tynuował technik — pomyślałem, że to zawiodły filtry Gauntlet. Potem przeprowadziłem kilka testów i stwierdziłem... — Chartrukian urwał. Wydawał się zakłopotany. — Stwierdziłem, że ktoś ręcznie ominął Gauntlet.

Nagle zapadła cisza. Strathmore poczerwieniał jeszcze bardziej. Nie było wątpliwości, kogo oskarża Chartrukian: ominięcie Gauntlet było możliwe tylko z terminalu komandora, nikt inny nie miał do tego upoważnienia.

— Panie Chartrukian — powiedział wreszcie Strathmore lodowatym tonem. — Nie jest to pański interes, ale informuję pana, że to ja ominąłem filtry Gauntlet. — Komandor najwyraźniej był bliski wybuchu. — Jak już mówiłem, przeprowadzam bardzo zaawansowany test diagnostyczny. Łańcuchy mutacyjne, które widzi pan w TRANSLATORZE, są elementem tego testu. Są tam, ponieważ to ja je wprowadziłem. Gauntlet uniemożliwiał uruchomienie programu w komputerze, dlatego ominąłem filtry. Czy ma pan jeszcze coś do powiedzenia? — Strathmore wbił w niego ostre spojrzenie.

Susan nagle wszystko zrozumiała. Gdy Strathmore ładował zaszyfrowany algorytm Cyfrowej Twierdzy do TRANSLATORA, plik został zablokowany, ponieważ filtry wykryły łańcuchy mutacyjne. Strathmore koniecznie chciał sprawdzić, czy Cyfrowa Twierdza rzeczywiście jest nie do złamania, dlatego postanowił ominąć filtry.

Normalnie ominięcie „ścieżki zdrowia" było czymś niewyobrażalnym. W tej sytuacji nie groziło jednak żadne niebezpieczeństwo; komandor znał dokładnie zawartość i pochodzenie pliku.

— Z całym należnym szacunkiem, proszę pana — nalegał Chartrukian. — Muszę dodać, że nigdy nie słyszałem o testach diagnostycznych, wykorzystujących łańcuchy mutacyjne...

— Komandorze — wtrąciła się Susan, nie będąc w stanie dłużej milczeć. — Naprawdę muszę...

Tym razem przerwał jej ostry dzwonek telefonu komórkowego Strathmore'a. Susan modliła się, żeby okazało się, że to David. Powiedz mi, że z nim wszystko w porządku, myślała. Powiedz mi, że znalazł pierścień! Strathmore dostrzegł jej spojrzenie i pokręcił głową. To nie był David.

Poczuła, że oddycha coraz szybciej. Chciała tylko wiedzieć, czy człowiek, którego kocha, jest bezpieczny. Strathmore z pewnością niecierpliwił się z innych powodów. Jeśli David wkrótce nie znajdzie pierścienia, komandor będzie musiał wysłać agentów NSA. A wolał tego uniknąć.

— Komandorze? — napierał Chartrukian. — Moim zdaniem powinniśmy sprawdzić...

— Chwileczkę! — rzucił Strathmore do słuchawki, po czym zasłonił ją dłonią. Zmierzył palącym wzrokiem młodego technika. — Panie Chartrukian — warknął — to koniec dyskusji. Ma pan opuścić Krypto. Teraz. To rozkaz!

— Ale, proszę pana, łańcuchy mutacyjne — zaprotestował oszołomiony Chartrukian.

— Teraz!! — ryknął komandor.

Chartrukian stał przez chwilę w milczeniu, po czym szybko poszedł do laboratorium Sys-Sec.

Strathmore spojrzał na Hale'a z pewnym zdziwieniem. Susan rozumiała, o co mu chodzi. Hale był spokojny — zbyt spokojny. Z pewnością doskonale wiedział, że w żadnych testach diagnostycznych nie używa się łańcuchów mutacyjnych, a tym bardziej w teście, który zająłby TRANSLATOROWI osiemnaście godzin. Mimo to nie powiedział ani słowa, zachowywał się tak, jakby to całe starcie w ogóle go nie obchodziło. Strathmore oczywiście zastanawiał się dlaczego. Susan znała odpowiedź.

— Komandorze — powiedziała z naciskiem. — Czy mogłabym porozmawiać...

— Za chwilę — przerwał jej, wciąż patrząc z zaciekawieniem na Hale'a. — Muszę odebrać ten telefon.

Obrócił się na pięcie i poszedł do swojego gabinetu.

Susan już otworzyła usta, żeby zaprotestować, ale słowa ugrzęzły jej w gardle. *Hale to North Dakota!* Stała, nie mogąc złapać oddechu. Poczuła na sobie wzrok Hale'a. Spojrzała na niego. Przesunął się na bok i gestem zaprosił ją do Węzła nr 3.

— Ty pierwsza, Sue.

Rozdział 41

W magazynku bielizny na trzecim piętrze hotelu Alfonso XIII leżała na podłodze nieprzytomna pokojówka. Mężczyzna w drucianych okularach włożył uniwersalny klucz hotelowy do jej kieszeni. Gdy uderzył ją w głowę, nie wyczuł, by krzyczała, ale nie miał pewności — od dwunastego roku życia był głuchy. Z pewnym uszanowaniem wyciągnął z saszetki przy pasie elektroniczny gadżet, prezent od klienta. To urządzenie bardzo mu ułatwiło życie. Teraz mógł przyjmować zlecenia w dowolnym miejscu na świecie. Wszystkie komunikaty docierały do niego natychmiast i nikt nie mógł ich przechwycić. Z zapałem nacisnął wyłącznik. W soczewce okularów pojawił się ekran. Mężczyzna wykrzywił palce w powietrzu i opuszkami palców zaczął wprowadzać dane. Jak zwykle zapisał sobie nazwiska ofiar — jakby zaglądał do portfela lub torebki. Na ekranie wyświetliły się litery:

PODMIOT ROCÍO EVA GRANADA — WYELIMINOWANA
PODMIOT HANS HUBER — WYELIMINOWANY

Trzy piętra niżej David Becker zapłacił rachunek i wyszedł z baru do holu, trzymając w ręce szklankę. Skierował się na taras, by zaczerpnąć świeżego powietrza. *Tam i z powrotem.* Wydarzenia nie potoczyły się tak, jak to sobie zaplanował. Teraz musiał coś zdecydować. Czy powinien zrezygnować i pojechać na lotnisko? *Sprawa bezpieczeństwa narodowego.*

179

Zaklął pod nosem. Do cholery, dlaczego zatem posłali profesora?

Ukrył się przed wzrokiem barmana i wylał resztę drinka do doniczki z jaśminem. Od wódki kręciło mu się w głowie. Najtańszy pijak świata, żartowała często Susan. Becker napełnił kryształową szklankę wodą z fontanny i wypił duży łyk. Przeciągnął się kilka razy, usiłując oprzytomnieć. Odstawił szklankę i wrócił do holu.

Gdy mijał windę, nagle otworzyły się drzwi. W środku stał jakiś mężczyzna. Becker zauważył tylko, że miał na nosie grube okulary w drucianej oprawie. Mężczyzna właśnie unosił chusteczkę do nosa. Becker uśmiechnął się uprzejmie i ruszył dalej... Czekała go gorąca sewilska noc.

Rozdział 42

Susan nerwowo przechadzała się po Węźle nr 3. Gorzko żałowała, że nie zdemaskowała Hale'a, gdy miała okazję. — Stres jest groźny dla życia, Suc — odezwał się Greg, siedząc przy swoim terminalu. — Może lepiej powiedz, co cię gnębi. Susan zmusiła się, by usiąść. Pomyślała, że Strathmore powinien już był skończyć rozmowę i przyjść tutaj, ale się nie pojawił. Usiłowała zachować spokój. Spojrzała na ekran komputera. TRACER nie przesłał wiadomości. To była już druga próba, lecz teraz nie miało to znaczenia. Znała już odpowiedź: GHALE@crypto.nsa.gov.

Zerknęła w kierunku gabinetu Strathmore'a. Nie mogła dłużej czekać. Pora przerwać mu rozmowę telefoniczną. Wstała i ruszyła do drzwi.

Hale nagle się czymś zaniepokoił, najwyraźniej zwrócił uwagę na jej dziwne zachowanie. Szybko przebiegł przez pokój i pierwszy dotarł do drzwi. Skrzyżował ramiona i zablokował przejście.

— Powiedz mi, o co chodzi — zażądał. — Coś tutaj dzisiaj dzieje się dziwnego. Co jest grane?

— Daj mi przejść — powiedziała Susan, starając się zachować spokój. Czuła, że coś jej grozi.

— Odpowiedz — naciskał. — Strathmore praktycznie wyrzucił Chartrukiana z pracy za to, że robił, co do niego należy. Nad czym pracuje TRANSLATOR? Nie mamy żadnych testów diagnostycznych, których wykonanie wymaga osiemnastu godzin pracy. To lipa, i ty dobrze o tym wiesz. Powiedz mi, co się dzieje.

— Zejdź mi z drogi, Greg — odrzekła, mrużąc oczy. *Dobrze wiesz, co się dzieje!* — Muszę iść do łazienki.

Hale uśmiechnął się ironicznie. Poczekał jeszcze chwilę, po czym ustąpił.

— Przepraszam, Sue. Tylko żartowałem.

Susan wyminęła go i wyszła z Kojca. Gdy przechodziła obok szklanej ściany, czuła na sobie wzrok Hale'a.

Niechętnie skierowała się w stronę łazienki. Była zmuszona nadłożyć drogi przed pójściem do Strathmore'a. Greg Hale nie powinien niczego podejrzewać.

Rozdział 43

Chad Brinkerhoff, dziarski czterdziestopięciolatek, był dobrze ubrany, dobrze wypielęgnowany i dobrze poinformowany. Na jego letnim garniturze, podobnie jak na opalonej skórze, nic widać było nawet najmniejszej zmarszczki. Miał gęste włosy koloru piasku, a co najważniejsze — były jego własne. Natomiast błękit oczu podkreślały zabarwione soczewki kontaktowe. Brinkerhoff rozejrzał się po swoim gabinecie ozdobionym boazerią. Wiedział, że awansował w NSA tak wysoko, jak tylko mógł. Pracował na dziewiątym piętrze, tak zwanym Mahoniowym. Gabinet 9A197. Tu urzędowali dyrektorzy NSA. Był sobotni wieczór i na Mahoniowym Piętrze nikt nie pracował. Wszyscy oddawali się typowym rozrywkom wpływowych ludzi. Brinkerhoff zawsze marzył o awansie na stanowisko związane z „rzeczywistą" władzą w agencji, ale skończył jako „osobisty asystent" — w ślepej uliczce wyścigu szczurów. To, że pracował u boku najpotężniejszego człowieka w amerykańskim wywiadzie, nie było dla niego pocieszeniem. Brinkerhoff skończył z wyróżnieniem studia w Andovers i Williams, a mimo to, choć był już w średnim wieku, nie miał żadnej prawdziwej władzy. Zajmował się układaniem kalendarza zajęć swego szefa.

Ze stanowiskiem osobistego asystenta dyrektora łączyły się pewne przywileje — Brinkerhoff miał luksusowy gabinet na Mahoniowym Piętrze, miał dostęp do wszystkich wydziałów

NSA i cieszył się pewnym szacunkiem, z uwagi na towarzystwo, w jakim przebywał. Wykonywał polecenia ludzi na najwyższym poziomie władzy. W głębi serca Brinkerhoff wiedział, że był z urodzenia osobistym asystentem — dość inteligentnym, by robić notatki, dość przystojnym, by występować na konferencjach prasowych, i dostatecznie leniwym, by tym się zadowolić. Słodki dźwięk zegara zaznaczył koniec kolejnego dnia tej żałosnej egzystencji. Gówno, zaklął w myślach Brinkerhoff. Już piąta, sobota. Do diabła, co ja tu robię?

— Chad? — w drzwiach jego gabinetu pojawiła się kobieta.

Brinkerhoff uniósł głowę. To była Midge Milken, asystentka Fontaine'a do spraw bezpieczeństwa wewnętrznego. Miała sześćdziesiąt lat, nieco przy kości, ale — ku zdumieniu Brinkerhoffa — wciąż była bardzo pociągająca. Skończona flirciara i trzykrotna rozwódka, Midge krążyła po Mahoniowym Piętrze z pełną swobodą i pewnością siebie. Była inteligentna, miała intuicję, spędzała w pracy długie godziny i podobno wiedziała więcej o wewnętrznych sprawach NSA niż sam Bóg.

Cholera, pomyślał Brinkerhoff, przyglądając się Midge, ubranej w szarą suknię z kaszmiru. Albo ja się starzeję, albo ona robi się coraz młodsza.

— Tygodniowe sprawozdanie — uśmiechnęła się, wymachując plikiem dokumentów. — Masz sprawdzić, czy wszystko jest w porządku.

— Stąd widzę, że wyglądasz w porządku — odpowiedział, demonstracyjnie jej się przyglądając.

— Doprawdy, Chad — zaśmiała się Midge. — Mogłabym być twoją matką.

Nie musisz mi przypominać, pomyślał.

Midge podeszła do jego biurka.

— Ja już wychodzę. Dyrektor chce mieć gotowe sprawozdanie, gdy wróci z Ameryki Południowej. To znaczy, w poniedziałek wcześnie rano. — Midge rzuciła papiery na jego biurko.

— Czy ja jestem księgowym?

— Nie, skarbie, kierownikiem biura turystycznego. Myślałam, że wiesz.

— Dlaczego zatem mam się zajmować rachunkami?

— Chciałeś mieć większą odpowiedzialność — powiedziała, przesuwając dłonią po jego głowie. — Proszę bardzo.

— Midge... — Chad spojrzał na nią ze smutkiem. — Ja... nie mam niczego w życiu.

— To jest twoje życie, Chadzie Brinkerhoffie — Milken stuknęła palcem w dokumenty. Spojrzała na niego i nieco zmiękła. — Czy przed wyjściem mogę coś dla ciebie zrobić?

— Bolą mnie plecy — powiedział błagalnie i pokręcił głową.

— Weź aspirynę. — Midge nie chwyciła przynęty.

— Nie pomasujesz mnie? — spytał z żalem.

— Według „Cosmopolitan" masaż w dwóch trzecich przypadków kończy się seksem — pokręciła głową.

— To nas nie dotyczy! — oburzył się Brinkerhoff.

— Właśnie — puściła do niego oko. — I na tym polega problem.

— Midge...,

— Dobranoc, Chad. — Skierowała się do drzwi.

— Wychodzisz?

— Wiesz, że zostałabym — odpowiedziała, zatrzymując się w progu — ale mam trochę dumy. Nie będę grała drugich skrzypiec, zwłaszcza że pierwsza partia przypadła jakiejś nastolatce.

— Moja żona nie jest nastolatką — odparł Brinkerhoff. — Tylko tak się zachowuje.

— Nie mówię o twojej żonie. — Midge udała zdziwienie. Zrobiła niewinną minę. — Mówię o Carmen. — Wymówiła to imię z mocnym, portorykańskim akcentem.

— O kim? — nieco niepewnie spytał Chad.

— Carmen, nie pamiętasz? Z kantyny?

Brinkerhoff poczuł, że się czerwieni. Carmen Huerta była dwudziestosiedmioletnią cukierniczką z kantyny NSA. Brinkerhoff spędził z nią wiele przyjemnych chwil w magazynie.

— Pamiętaj, Chad — Midge uśmiechnęła się złośliwie — Wielki Brat wie wszystko.

Wielki Brat? Brinkerhoff nie mógł w to uwierzyć. Wielki Brat obserwuje również MAGAZYNY?

Wielki Brat lub — jak zwykle mówiła Midge — „Brat" to system Centrex 333, ulokowany w niewielkim, zamkniętym pomieszczeniu na Mahoniowym Piętrze, niedaleko gabinetu dyrektora. Tam spływały dane ze stu czterdziestu ośmiu kamer telewizyjnych, trzystu dziewięćdziesięciu dziewięciorga elektronicznych drzwi, trzystu siedemdziesięciu siedmiu podsłuchów telefonicznych i dwustu dwunastu mikrofonów rozmieszczonych w budynku NSA.

Dyrektorzy agencji dobrze wiedzieli, że dwadzieścia sześć tysięcy pracowników to nie tylko wielka siła, ale i wielkie zagrożenie. Wszystkie przypadki naruszenia bezpieczeństwa NSA były spowodowane przez jej własnych pracowników. Zadanie Midge polegało na śledzeniu tego, co działo się w murach agencji... najwyraźniej również w magazynie kantyny.

Brinkerhoff wstał, chciał się bronić, ale Midge już wychodziła.

— Trzymaj ręce nad biurkiem! — krzyknęła jeszcze przez ramię. — Tylko żadnych zabaw, jak mnie nie będzie. Ściany mają oczy!

Brinkerhoff usiadł i słuchał coraz cichszego stukania obcasów. Wiedział przynajmniej, że Midge nikomu nie powie. Ona również miała swoje słabości — takie jak wzajemne masowanie się z Chadem.

Pomyślał o Carmen. Wyobraził sobie jej zgrabne ciało, ciemne uda, radio grające na pełny regulator — gorąca salsa z San Juan. Uśmiechnął się do siebie. Jak skończę, może wpadnę coś przekąsić.

Otworzył pierwszy wydruk.

KRYPTO-PRODUKCJA/WYDATKI

Humor od razu mu się poprawił. Midge dała mu łatwe zadanie, sprawozdania Krypto były zawsze bułką z masłem. Teoretycznie powinien dokładnie wszystko sprawdzić, ale dyrektor pytał tylko o jedno: ŚKD — średni koszt dekryptażu, czyli ile średnio kosztowało złamanie jednego szyfru za pomocą TRANSLATORA. Jeśli ŚKD był poniżej tysiąca dolarów za szyfr, Fontaine się nie przejmował. Patyk za wiadomość, zachichotał Brinkerhoff. Na to idą nasze podatki.

Gdy zaczął sprawdzać wyniki z kolejnych dni, miał w głowie

obraz Carmen smarującej się miodem i lukrem. Po trzydziestu sekundach już niemal skończył — wyniki z Krypto były jak zwykle doskonałe.

Nim sięgnął po następny dokument, coś zwróciło jego uwagę. Na dole ostatniej strony coś wydawało się nie w porządku z ŚKD. Liczba była tak wielka, że nie zmieściła się w kolumnie tabeli. Brinkerhoff patrzył nią zupełnie zaszokowany.

999999999? Z trudem złapał oddech. Miliard dolarów? Natychmiast zapomniał o Carmen. Szyfr za miliard dolarów?

Siedział przez chwilę jak sparaliżowany, po czym pod wpływem paniki wybiegł na korytarz.

— Midge! — krzyknął. — Wróć tutaj!

Rozdział 44

Phil Chartrukian stał w laboratorium i nie mógł się uspokoić. Wciąż słyszał słowa Strathmore'a: *Proszę wyjść! To rozkaz!* Kopnął kosz na śmieci i głośno zaklął.

— Diagnostyka, gówno prawda! Od kiedy to zastępca dyrektora omija filtry Gauntlet?

Pracownicy wydziału bezpieczeństwa systemów dostawali wysokie pensje za to, by troszczyli się o komputery NSA. Chartrukian wiedział już, że praca ta wymaga dwóch ważnych cech: inteligencji i paranoidalnej podejrzliwości.

— Do diabła! — zaklął. — To nie jest paranoja! Pieprzony komputer pracuje od osiemnastu godzin!

To był wirus. Chartrukian wiedział to z całą pewnością. Nie miał wątpliwości, jak do tego doszło: Strathmore popełnił błąd, omijając „ścieżkę zdrowia", a teraz próbował zasłonić się jakąś historyjką o testach diagnostycznych.

Chartrukian nie czułby takiego niepokoju, gdyby sprawa dotyczyła tylko TRANSLATORA. Tak jednak nie było. Wbrew pozorom ogromny komputer do dekryptażu nie był samotną wyspą. Wprawdzie kryptografowie wierzyli, że Gauntlet miał służyć wyłącznie ochronie ich superkomputera, ale pracownicy Sys-Sec znali prawdę. Filtry Gauntlet służyły znacznie większemu bogu: głównemu bankowi danych NSA.

Był zafascynowany historią budowy banku danych. Mimo wysiłków Departamentu Obrony, aby pod koniec lat siedemdziesiątych nie wypuścić z rąk Internetu, ten niezwykle wygodny system stał się powszechnie dostępny. Najpierw zaczęły korzystać z niego uniwersytety, a niewiele później pojawiły się komercjalne serwery. Tama runęła. Na początku lat dziewięćdziesiątych niegdyś bezpieczny rządowy Internet zmienił się w sieć zatkaną przez publiczną pocztę i komputerową pornografię.

Po kilku włamaniach — zachowanych w tajemnicy, ale bardzo kosztownych — do komputera Biura Wywiadu Marynarki Wojennej stało się jasne, że materiały niejawne zapisane w rządowych komputerach dołączonych do Internetu przestały być bezpieczne. Prezydent, w porozumieniu z Departamentem Obrony, wydał tajny dekret o budowie nowej, całkowicie bezpiecznej komputerowej sieci rządowej, która miała służyć do wymiany informacji z agencjami wywiadu. W celu zapobieżenia kolejnym włamaniom wszystkie tajne dane przeniesiono do jednego, doskonale zabezpieczonego miejsca — nowego banku danych NSA — prawdziwego Fortu Knox amerykańskiego wywiadu.

Milionom najbardziej tajnych zdjęć, taśm, dokumentów i filmów nadano postać cyfrową i przeniesiono wszystko do ogromnej bazy danych, a oryginały zniszczono. Baza danych była wyposażona w trzy niezależne systemy zasilania i wielopiętrowy system zapisu rezerwowych kopii. Baza została umieszczona na głębokości siedemdziesięciu jeden metrów pod ziemią, by zabezpieczyć ją przed impulsami elektromagnetycznymi i możliwymi wybuchami. Wszystko, co działo się w ośrodku sterowania, było oznaczone Top Secret Umbra — to był najwyższy stopień tajności w Stanach Zjednoczonych.

Tajemnice państwowe nigdy nie były lepiej chronione. W bazie danych umieszczono projekty najbardziej zaawansowanych technicznie systemów broni, listy świadków koronnych, kryptonimy agentów, szczegółowe analizy i plany tajnych operacji. Tę listę można by długo ciągnąć. Dzięki wprowadzonym środkom ostrożności było pewne, że już nie grozi żaden katastrofalny przeciek.

Oczywiście funkcjonariusze NSA rozumieli, że dane mają wartość tylko wtedy, gdy można z nich korzystać. Prawdziwym problemem jest nie tyle zabezpieczenie tajnych danych, ile udostępnianie ich odpowiednim osobom. Wszystkie dane miały określony poziom tajności, a dostęp do nich mieli tylko upoważnieni ludzie. Dowódca okrętu podwodnego mógł zadzwonić i obejrzeć najnowsze zdjęcia satelitarne rosyjskich portów, ale nie mógł zapoznać się z planami operacji antynarkotykowych w Ameryce Południowej. Analitycy CIA mogli zajrzeć do kartoteki znanych morderców, ale nie mieli dostępu do kodów koniecznych do odpalenia międzykontynentalnych pocisków rakietowych, zarezerwowanych dla prezydenta.

Pracownicy bezpieczeństwa systemów nie mieli oczywiście dostępu do danych, ale odpowiadali za ich zabezpieczenie. Podobnie jak wszystkie duże bazy danych — od firm ubezpieczeniowych do uniwersytetów — bazę NSA nieustannie atakowali hakerzy, którzy chcieli dobrać się do zapisanych w niej tajemnic. Nikomu to się jeszcze nie udało i NSA nie miała powodów sądzić, że kiedyś się uda.

Chartrukian otarł pot z czoła. Siedział w laboratorium i zastanawiał się, czy iść do domu. Problemy z TRANSLATOREM mogły stać się przyczyną kłopotów. Nie mógł pojąć, dlaczego Strathmore tym się nie przejmuje.

Wszyscy wiedzieli, że TRANSLATOR jest połączony z główną bazą danych. Każdy szyfr po złamaniu był wysyłany z Krypto liczącym czterysta metrów światłowodem do bazy danych NSA. Święta baza danych miała niewiele połączeń ze światem, pozwalających na wprowadzenie czegokolwiek do systemu — TRANSLATOR był jednym z nich. Filtry Gauntlet miały stanowić idealnie szczelną zaporę. Tymczasem Strathmore wprowadził do komputera jakiś plik, omijając „ścieżkę zdrowia".

Chartrukian słyszał bicie własnego serca. TRANSLATOR pracuje nad czymś już od osiemnastu godzin! Myśl o wirusie komputerowym, który rozchodzi się z TRANSLATORA po całym systemie NSA, była dla Phila nie do zniesienia.

— Muszę o tym zameldować! — krzyknął.

W takiej sytuacji mógł zadzwonić tylko do jednej osoby: dyrektora wydziału bezpieczeństwa systemów, nerwowego, ważącego chyba dwieście kilogramów komputerowego guru,

który zaprojektował filtry Gauntlet. Przylgnęło do niego przezwisko Jabba. Był w NSA półbogiem — włóczył się po budynku, likwidował potencjalne problemy i przeklinał ignorancję
wszystkich, z którymi przyszło mu pracować. Chartrukian
wiedział, że gdy Jabba się dowie, co zrobił Strathmore, wybuchnie piekło. Trudno, pomyślał. Nie mam wyboru. Chwycił słuchawkę i wybrał numer telefonu komórkowego Jabby. Szef
nigdy go nie wyłączał.

Rozdział 45

David Becker błąkał się bez celu po Avenida del Cid i starał się zebrać myśli. Na płytach chodnika igrały niewyraźne cienie. Wciąż czuł wpływ wódki. Miał wrażenie, że wszystko w jego życiu zaczyna się rozmywać. Pomyślał o Susan. Ciekawe, czy przeczytała wiadomość, którą nagrał na sekretarce. Tuż przed nim rozległ się pisk hamulców. To miejski autobus zatrzymał się na przystanku. Becker uniósł głowę. Drzwi się otworzyły, ale nikt nie wysiadł. Silnik Diesla głośniej zawarczał i autobus ruszył, ale w tym momencie z baru wybiegło troje nastolatków. Ruszyli za autobusem, krzycząc i machając rękami. Kierowca zahamował, a spóźnialscy podbiegli do drzwi.

Becker przyglądał się temu z odległości trzydziestu metrów i nie mógł uwierzyć własnym oczom. Nagle odzyskał ostrość widzenia, ale wiedział, że to, co widzi, jest niemożliwe. To była jedna szansa na milion.

Mam halucynacje.

Gdy jednak kierowca otworzył drzwi i cała trójka zaczęła się cisnąć do wejścia, Becker zobaczył to ponownie. Tym razem nie miał wątpliwości. W świetle lampy na rogu ulicy widział wyraźnie tę dziewczynę.

Pasażerowie wsiedli, kierowca dodał gazu, a Becker wystartował jak do sprintu. Przed oczami miał ten sam dziwny obraz: czarna szminka, jaskrawy tusz do powiek i włosy... trzy oddzielne grzebienie: czerwony, biały i niebieski.

Autobus ruszył. Becker biegł ulicą w tumanie spalin.

— *¡Espera!* — zawołał, goniąc za autobusem.

Pędził w lekkich półbutach po trotuarze, ale brakowało mu szybkości, jaką zwykle wykazywał na korcie. Mózg z trudem kontrolował ruchy nóg. Becker przeklinał barmana z hotelu i wpływ różnicy czasu.

Był to jeden z najstarszych autobusów w Sewilli. Na szczęście dla Beckera, kierowca musiał długo się rozpędzać na pierwszym biegu. Odległość malała. David wiedział, że musi dogonić autobus, nim kierowca wrzuci drugi bieg.

Z podwójnej rury wydechowej wypłynęła gęsta chmura dymu. Kierowca szykował się do zmiany biegu. Becker wytężył siły. Zrównał się z tylnym zderzakiem i przesunął w prawo. Teraz biegł obok autobusu. Jak w niemal wszystkich sewilskich autobusach, tylne drzwi były otwarte — to była oszczędnościowa odmiana klimatyzacji.

Wpatrywał się w drzwi. Nie zwracał uwagi na palący ból nóg. Opony sięgały mu niemal do ramienia. Z każdą sekundą wydawały coraz wyższy dźwięk. David rzucił się do poręczy, nie trafił i niewiele brakowało, a wpadłby pod koła. Jeszcze przyśpieszył. Słyszał dochodzący z dołu zgrzyt sprzęgła; kierowca zaczął przerzucać bieg.

Już zmienia! Nie dam rady!

Gdy jednak tryby skrzyni biegów na chwilę się rozłączyły, autobus nieco zwolnił. Becker znów rzucił się naprzód. Zacisnął palce na poręczy i w tym momencie pojazd przyśpieszył. David miał wrażenie, że szarpnięcie wyrwie mu rękę ze stawu, ale wytrzymał, dzięki czemu wylądował na stopniach.

Zawisł na poręczy w drzwiach, zaledwie kilkanaście centymetrów nad jezdnią. Już wytrzeźwiał. Czuł ból w nogach i ramieniu. Wyprostował się i wszedł w głąb ciemnego autobusu. W tłumie sylwetek, zaledwie kilka siedzeń dalej, dostrzegł trzy charakterystyczne grzebienie włosów.

Czerwony, biały i niebieski! Udało się!

Przed oczami Beckera wirowały obrazy pierścienia, czekającego learjeta 60 i Susan.

Gdy zbliżył się do siedzącej dziewczyny i zastanawiał się, co powiedzieć, autobus przejechał pod uliczną latarnią, która na chwilę oświetliła jej twarz.

Becker przyglądał jej się ze zgrozą. Makijaż był rozsmarowany na grubej szczecinie zarostu. To nie była dziewczyna, lecz młody mężczyzna. W górnej wardze miał srebrną igłę, nosił czarną skórzaną kurtkę, włożoną na nagi tors.

— Kurwa, czego chcesz? — rzucił z nowojorskim akcentem.

Zdezorientowany Becker rozejrzał się dookoła. Poczuł się tak, jakby spadł z dużej wysokości. Wszyscy pasażerowie wlepili w niego oczy. To byli sami punkowie, a przynajmniej połowa miała włosy ufarbowane na biało, czerwono i niebiesko.

— ¡Siéntate! — krzyknął kierowca.

Becker był zbyt oszołomiony, by zwrócić na niego uwagę.

— ¡Siéntate! — znów wrzasnął szofer. — Siadaj!

Becker spojrzał na gniewną twarz widoczną we wstecznym lusterku. Zwlekał zbyt długo.

Rozwścieczony kierowca nacisnął gwałtownie na hamulec. Becker poczuł, jak siła bezwładności ciągnie go do przodu. Próbował złapać za uchwyt przy fotelu, ale chybił. Zachwiał się, po czym wylądował na twardej podłodze.

Z cienia na Avenida del Cid wyłonił się jakiś mężczyzna. Poprawił okulary i spojrzał na oddalający się autobus. David Becker uciekł, ale nie na długo. Ze wszystkich autobusów w Sewilli, pan Becker wsiadł akurat do osławionego autobusu numer 27.

Wszyscy jadący autobusem tej linii wysiadali na tym samym przystanku.

Rozdział 46

Phil Chartrukian odłożył z trzaskiem słuchawkę. Telefon Jabby był zajęty. Jabba uważał, że AT&T wprowadziło możliwość tworzenia kolejki połączeń tylko po to, by zwiększyć zyski. Proste zdanie: „Linia zajęta, proszę poczekać lub oddzwonię", przynosiło firmom telefonicznym miliony dolarów rocznie. Wobec tego w ogóle nie korzystał z tego rozwiązania; był to zapewne również protest przeciw regułom NSA, zgodnie z którymi miał obowiązek mieć stale przy sobie telefon komórkowy.

Chartrukian odwrócił się i spojrzał na opustoszałą główną salę Krypto. Miał wrażenie, że szum generatorów staje się coraz głośniejszy. Czuł, że za chwilę zabraknie mu czasu.

Powinien wyjść, ale nie dawała mu spokoju często powtarzana zasada wydziału bezpieczeństwa systemu: *Najpierw działaj, później wyjaśniaj.*

W dziedzinie bezpieczeństwa komputerów gra toczyła się o wysoką stawkę. Minuty często decydowały o losie systemu. Rzadko kiedy pojawiała się możliwość uzasadnienia podejmowanych działań obronnych. Pracownikom wydziału płacono za ich techniczną wiedzę... i instynkt.

Najpierw działaj, później wyjaśniaj. Chartrukian wiedział, co powinien zrobić. Wiedział również, że gdy już kryzys minie, będzie albo bohaterem NSA, albo klientem urzędu zatrudnienia.

Wielki komputer został zainfekowany — tego Phil był pewny. Poczucie odpowiedzialności mówiło mu wyraźnie, co należy zrobić. Wyłączyć komputer.

Miał świadomość, że TRANSLATOR można wyłączyć tylko na dwa sposoby. Pierwszy polegał na podaniu odpowiedniej komendy z terminalu Strathmore'a. To było wykluczone. Pozostawał drugi: ręczny wyłącznik w pomieszczeniu pod salą główną Krypto.

Chartrukian z trudem przełknął ślinę. Nie cierpiał dolnych pomieszczeń. Zszedł tam tylko raz, w trakcie szkolenia. To był jakiś obcy, kosmiczny świat, ze skomplikowanym labiryntem pomostów i rur z freonem oraz czterdziestopięciometrową studnią, na której dnie znajdowały się generatory.

Z pewnością było to ostatnie miejsce, dokąd Chartrukian miał ochotę iść, a Strathmore był ostatnią osobą, z którą chciałby toczyć walkę, ale poczucie obowiązku nakazywało mu podjąć działanie. Jutro mi jeszcze podziękują, pomyślał, zastanawiając się przy tym, czy rzeczywiście ma rację.

Wziął głęboki oddech i otworzył metalową szafkę Jabby. Na półce zawalonej częściami komputera, za koncentratorem i testerem sieci LAN, stał kubek z godłem Stanfordu. Nie dotykając kubka, Chartrukian wyciągnął ze środka klucz Medeco.

— To zdumiewające — mruknął — czego eksperci od bezpieczeństwa nie wiedzą o bezpieczeństwie.

Rozdział 47

— Szyfr za miliard dolarów? — szydziła Midge, wracając z Brinkerhoffem do biura. — Dobry pomysł.
— Przysięgam — zapewniał Brinkerhoff.
— Mam nadzieję, że to nie jest jakiś podstęp, żeby mnie rozebrać — spojrzała na niego z ukosa.
— Midge, nigdy bym nawet... — zaprotestował Chad.
— Wiem. Nie musisz mi przypominać.
Trzydzieści sekund później Midge siedziała już za jego biurkiem i przeglądała sprawozdanie Krypto.
— Widzisz? — powiedział Brinkerhoff, pochylając się nad nią i wskazując palcem odpowiednie miejsce w tabeli. — Ten ŚKD? Miliard dolarów!
— To rzeczywiście trochę drogo, nieprawdaż? — zachichotała Midge.
— Tak — jęknął Chad. — Tylko trochę.
— Wygląda na dzielenie przez zero.
— Co takiego?
— Dzielenie przez zero — powtórzyła, przeglądając pozostałe dane. — ŚKD to ułamek, całkowite koszty przez liczbę złamanych szyfrów.
— Oczywiście — kiwnął głową Brinkerhoff, starając się oderwać oczy od jej dekoltu.
— Gdy mianownik jest równy zeru — wyjaśniła Midge — ułamek staje się nieskończony. Komputery nie cierpią nieskoń-

197

czoności, dlatego wypisują wówczas same dziewiątki. Widzisz? — wskazała palcem na inną kolumnę.

— Tak — Brinkerhoff skupił uwagę na sprawozdaniu.

— To dane o dzisiejszych wynikach pracy. Spójrz na liczbę złamanych szyfrów.

Brinkerhoff posłusznie spojrzał na wskazaną przez nią kolumnę.

LICZBA ODCZYTANYCH SZYFRÓW = 0

— Tak jak podejrzewałam — Midge popukała palcem w papier. — Dzielenie przez zero.

— Zatem wszystko jest w porządku? — Brinkerhoff uniósł brwi.

— To tylko oznacza, że dzisiaj nie odczytaliśmy żadnego szyfru — wzruszyła ramionami. — Widocznie zrobili sobie przerwę.

— Przerwę? — skrzywił się sceptycznie Chad. Pracował jako osobisty asystent dyrektora dostatecznie długo, by wiedzieć, że „przerwa" nie była jego preferowanym sposobem działania — zwłaszcza gdy chodziło o TRANSLATOR. Fontaine zapłacił dwa miliardy dolarów za behemota do dekryptażu i chciał mieć coś w zamian. Każda sekunda przestoju TRANSLATORA oznaczała poważne straty.

— Ach... Midge... — powiedział. — TRANSLATOR nie ma przerw. Pracuje dzień i noc. Sama dobrze wiesz.

— Być może Strathmore nie miał ochoty siedzieć tu wczoraj wieczorem, by przygotować materiały do pracy na dzisiaj — Midge znów wzruszyła ramionami. — Pewnie wiedział, że Fontaine wyjechał, i urwał się wcześniej na ryby.

— Daj spokój, Midge — Brinkerhoff spojrzał na nią z niechęcią. — Przestań się go czepiać.

Było tajemnicą poliszynela, że Midge Milken nie znosi Trevora Strathmore'a. To komandor zaproponował umieszczenie furtki w algorytmie Skipjack, co zakończyło się wpadką. Chciał dobrze, ale NSA drogo za to zapłaciła. EFF zyskała wpływy, Fontaine stracił wiarygodność wśród kongresmanów, a co gorsza, agencja przestała być anonimowa. Nagle jakieś gosposie z Minnesoty zaczęły zgłaszać pretensje do America Online *et consortes*, że NSA czyta ich listy — tak jakby agencję cokolwiek obchodziły supertajne przepisy na kandyzowane wiśnie. Za błąd Strathmore'a zapłaciła NSA, a Milken czuła się winna. Nie dlatego, że powinna była przewidzieć, iż komandor spróbuje wyciąć taki numer. Sednem sprawy było to, że Strathmore przeprowadził akcję bez pozwolenia, za plecami Fontaine'a, a głównym zadaniem Midge było chronienie pleców dyrektora, i za to brała pieniądze. Fontaine nie wtrącał się w szczegóły działań podwładnych, co narażało go na niespodzianki. Midge bardzo się tym denerwowała. Dyrektor już dawno nabrał przekonania, że lepiej dać zdolnym ludziom pełną swobodę, i tak właśnie odnosił się do Strathmore'a.

— Midge, dobrze wiesz, że Strathmore nigdy się nie obija — stwierdził Brinkerhoff. — Wykorzystuje TRANSLATOR do maksimum.

Midge kiwnęła głową. W głębi serca wiedziała, że oskarżanie Strathmore'a o zaniedbywanie obowiązków to absurd. Komandor był całkowicie oddany pracy — aż za bardzo. Dźwigał na ramionach wszelkie zło niczym swój osobisty krzyż. To on wpadł na pomysł wykorzystania Skipjacka — była to śmiała próba zmiany biegu spraw tego świata. Niestety, jak wiele akcji religijnych, krucjata zakończyła się ukrzyżowaniem.

— Dobra — przyznała — byłam trochę za ostra.

— Trochę? — Brinkerhoff zmrużył oczy. — Strathmore ma listę wiadomości do odczytania długą na parę kilometrów. Z pewnością nie pozwoliłby, żeby TRANSLATOR próżnował przez cały weekend.

— Dobrze, już dobrze — westchnęła Midge. — Mój błąd. — Zmarszczyła czoło. Zastanawiała się, dlaczego przez cały dzień TRANSLATOR nie złamał żadnego szyfru. — Chwileczkę, chcę coś sprawdzić — powiedziała i zaczęła przerzucać kartki sprawozdania. Znalazła to, czego szukała, i przejrzała dane. Po chwili kiwnęła głową. — Miałeś rację, Chad. TRANSLATOR przez cały czas pracuje na cały regulator. Zużycie energii jest nawet nieco wyższe niż średnie, od północy zużyliśmy pół miliona kilowatogodzin.

— Co z tego wynika?
— Nie wiem — wzruszyła ramionami. — To dziwne.
— Chcesz sprawdzić dane?

Midge spojrzała na niego z dezaprobatą. Większość pracowników NSA wiedziała, że w kontaktach z Midge Milken nie należy kwestionować dwóch rzeczy. Jedną z nich były przygotowane przez nią dane. Brinkerhoff czekał, aż Midge skończy czytać.

— Hm — mruknęła wreszcie. — Wczorajsze dane są w porządku. Złamali dwieście pięćdziesiąt siedem szyfrów, ŚDK osiemset siedemdziesiąt cztery dolary. Średni czas pracy nad jedną wiadomością nieco ponad sześć minut. Zużycie prądu w normie. Ostatni wczytany plik... — Midge urwała.

— Co takiego?
— To dziwne — powiedziała. — Ostatni plik został wprowadzony do komputera wczoraj wieczorem, o dwudziestej trzeciej trzydzieści siedem.

— Co z tego?
— TRANSLATOR potrzebuje przeciętnie sześciu minut na złamanie szyfru. Ostatni plik jest zatem zwykle wprowadzany około północy. Z pewnością to nie wygląda... — Midge przerwała i wzięła głęboki oddech.

— Co się stało? — podskoczył Chad.
— Widzisz ten plik? — Midge wpatrywała się w wydruk z niedowierzaniem. — Ten, który został wprowadzony do TRANSLATORA wczoraj wieczorem?

— Tak?
— Jeszcze nie został odczytany. Wprowadzono go o dwudziestej trzeciej trzydzieści siedem i osiem sekund, ale nie ma podanego czasu dekryptażu... — Midge przewróciła parę kartek. — Ani wczoraj, ani dzisiaj!

— Może ci faceci robią jakiś trudny test diagnostyczny — wzruszył ramionami Brinkerhoff.

— Test trwający osiemnaście godzin? — Midge pokręciła głową. — To mało prawdopodobne. Poza tym z zapisu wynika, że to plik zewnętrzny. Powinniśmy zadzwonić do Strathmore'a.

— Do domu? — Brinkerhoff nerwowo przełknął ślinę. — W sobotę wieczór?

— Nie — potrząsnęła głową Midge. — O ile go znam, to jego sprawka. Mogę się założyć, i to wysoko, że jest w pracy. Mam takie przeczucie. — Przeczucia Midge były drugą rzeczą, której nie należało kwestionować. — Chodź — powiedziała. — Sprawdzimy, czy mam rację.

Brinkerhoff poszedł za Midge do jej gabinetu. Usiadła przy konsoli i zaczęła grać na różnych klawiaturach jak wirtuoz organów.

Brinkerhoff spojrzał na zajmujące całą ścianę ekrany monitorów. Na wszystkich widać było tylko nieruchomą pieczęć NSA.

— Zamierzasz węszyć w Krypto? — spytał nerwowo.

— Nie — odpowiedziała. — Bardzo bym chciała, ale Krypto jest szczelne. Nic ma tam żadnej kamery, żadnego mikrofonu, niczego. Rozkaz Strathmore'a. Mam tylko dane z wejść i elementarne informacje o TRANSLATORZE. Dobrze, że choć tyle. Strathmore chciał całkowitej izolacji, ale Fontaine nalegał, że przynajmniej podstawowe rzeczy są konieczne.

— W Krypto nie ma kamer? — zdziwił się Brinkerhoff.

— To cię zainteresowało? — powiedziała, nie odwracając głowy od monitora. — Ty i Carmen potrzebujecie więcej prywatności?

Brinkerhoff mruknął coś niezrozumiałego.

— Sprawdzam rejestr działania windy Strathmore'a — wyjaśniła, naciskając klawisze. Wpatrywała się chwilę w ekran, po czym postukała palcami o blat. — Jest u siebie — oświadczyła rzeczowo. — Siedzi teraz w Krypto. Spójrz na to. To są godziny pracy: przyszedł wczoraj bladym świtem i od tej pory jego winda nawet nie drgnęła. Nie ma śladu użycia jego karty magnetycznej przy głównym wejściu. Z pewnością siedzi w swoim gabinecie.

— Jeśli zatem Strathmore jest na miejscu, to raczej wszystko powinno być w porządku, nieprawdaż? — westchnął z ulgą Brinkerhoff.

— Być może — odpowiedziała po chwili Midge.

— Być może?

— Musimy zadzwonić do niego i sprawdzić.

— Midge, Strathmore to zastępca dyrektora — jęknął Brinkerhoff. — Jestem pewny, że wie, co robi. Lepiej nie nadzorować...

— Daj spokój, Chad, nie zachowuj się jak przestraszone dziecko. Robimy, co do nas należy. Znaleźliśmy błąd w sprawozdaniu i musimy to wyjaśnić. Poza tym — dodała — chętnie przypomnę Strathmore'owi, że Wielki Brat czuwa. Może dzięki temu zastanowi się dwa razy, nim znowu wymyśli jakiś zwariowany plan zbawienia świata.

Midge chwyciła telefon i zaczęła wybierać numer.

— Naprawdę sadzisz, że musisz go niepokoić? — Brinkerhoff wciąż się denerwował.

— Nie zamierzam go niepokoić — odrzekła, wciskając mu słuchawkę w dłoń. — Ty to zrobisz.

Rozdział 48

— Co takiego? — prychnęła Midge z niedowierzaniem. — Strathmore twierdzi, że nasze dane są błędne?

Brinkerhoff pokiwał głową i odłożył słuchawkę.

— Strathmore zaprzeczył, że TRANSLATOR pracuje nad jednym plikiem od osiemnastu godzin?

— Był całkiem uprzejmy i zadowolony ze wszystkiego — rozpromienił się Brinkerhoff. Cieszył się, że jakoś przeżył tę rozmowę. — Zapewnił mnie, że TRANSLATOR jest w porządku. Według niego właśnie teraz TRANSLATOR odczytuje wiadomości w tempie mniej więcej jedna na sześć minut. Podziękował mi za zwrócenie uwagi na błąd w sprawozdaniu.

— Strathmore kłamie — syknęła Midge. — Zbieram dane na temat pracy Krypto od dwóch lat. Nigdy nie były błędne.

— Zawsze kiedyś musi być pierwszy raz — zauważył niedbale Chad.

— Sprawdzam dane dwa razy — odpowiedziała, mierząc go krytycznym spojrzeniem.

— No... wiesz, co mówią o komputerach. Gdy coś robią źle, przynajmniej są w tym konsekwentne.

— To nie jest nic zabawnego, Chad! — Midge odwróciła się do niego. — Zastępca dyrektora właśnie okłamał biuro naczelnego dyrektora. Chcę wiedzieć dlaczego!

Brinkerhoff nagle pożałował, że ją zawołał. Telefon do Strathmore'a rozbudził jej czujność. Od afery Skipjacka, ilekroć Midge czuła, że dzieje się coś podejrzanego, zmieniała się z flirciary w demona. Nikt nie mógł jej powstrzymać, dopóki nie wyjaśniła problemu.

— Midge, nie można wykluczyć, że nasze dane są błędne — powiedział stanowczo. — Tylko pomyśl. Jeszcze nie słyszałem o szyfrze, którego złamanie zajęłoby TRANSLATOROWI osiemnaście godzin. To niesłychane. Idź lepiej do domu. Już bardzo późno.

Spojrzała na niego wyniośle i rzuciła wydruk na biurko.

— Ja mam zaufanie do danych. Intuicja podpowiada mi, że są poprawne.

Brinkerhoff zmarszczył czoło. Nawet dyrektor nie kwestionował intuicji Midge. To było niesamowite, ale zawsze okazywało się, że ma rację.

— Coś jest na rzeczy — oświadczyła. — Zamierzam sprawdzić co.

Rozdział 49

Becker podniósł się z podłogi autobusu i opadł na wolny fotel.

— Niezłe posunięcie — zadrwił młody punk z potrójnym grzebieniem. Becker zmrużył oczy. Raziło go światło. To właśnie z powodu tego gnojka gonił autobus. Z ponurą miną popatrzył na otaczające go liczne czerwono-biało-niebieskie głowy.

— O co chodzi z tymi włosami? — jęknął, wskazując na innych. — Dlaczego wszyscy...

— Mają czerwone, białe i niebieskie włosy? — wtrącił tamten.

Becker kiwnął głową. Starał się nie patrzeć na zainfekowane nakłucie na wardze punka.

— Judas Taboo — powiedział chłopak, tak jakby to wszystko wyjaśniało.

Becker spojrzał na niego ze zdziwieniem.

Punk splunął na podłogę. Był najwyraźniej zdegustowany jego ignorancją.

— Judas Taboo? Największy punk od czasów Sida Viciousa? Rozpieprzył sobie głowę tutaj rok temu. To rocznica.

Becker skinął potakująco, ale najwyraźniej nie zrozumiał związku.

— Taboo tak ufarbował włosy w dniu, w którym się wypisał — punk znowu splunął na podłogę. — Każdy fan wart tej nazwy ufarbował sobie dziś włosy na czerwono, biało i niebiesko.

Becker milczał przez dłuższą chwilę. Powoli, jakby pod

wpływem uspokajającego zastrzyku, rozejrzał się dookoła. W autobusie siedzieli wyłącznie punkowie. Prawie wszyscy gapili się na niego. Każdy fan ufarbował dziś włosy na czerwono, biało i niebiesko.

Becker uniósł rękę i pociągnął za sznurek, by zasygnalizować kierowcy, że chce wysiąść. Pociągnął drugi raz. Nic. Szarpnął jeszcze mocniej. Znowu nic.

— Na tej linii odłączyli sznur — wyjaśnił punk i splunął. — Nie chcieli, byśmy pieprzyli się z tym sznurem.

— Chcesz powiedzieć, że nie mogę wysiąść? — spytał Becker.

— Dopiero na końcu linii — zaśmiał się chłopak.

Pięć minut później autobus toczył się po nieoświetlonej, polnej drodze. Becker zwrócił się do swojego rozmówcy.

— Czy ten autobus wreszcie się zatrzyma?

— Jeszcze kilka kilometrów — kiwnął głową chłopak.

— Dokąd jedziemy?

— Nie wiesz, dokąd jedziesz? — zaśmiał się punk.

Becker wzruszył ramionami.

— O kurwa! — punk dostał prawie histerii ze śmiechu. — Na pewno ci się spodoba.

Rozdział 50

Phil Chartrukian stał zaledwie kilka metrów od korpusu TRANSLATORA. Przed sobą miał klapę w podłodze z białym napisem:

DOLNE POZIOMY KRYPTO
OSOBOM NIEUPOWAŻNIONYM WSTĘP WZBRONIONY

Dobrze wiedział, że nie należy do grona osób upoważnionych. Zerknął w stronę gabinetu Strathmore'a. Zasłony były opuszczone. Chartrukian zauważył, że Susan Fletcher poszła do łazienki, a zatem ona nie stanowiła problemu. Pozostał tylko Hale. Spojrzał w kierunku Węzła nr 3. Zastanawiał się, czy kryptograf go obserwuje.

— Pierdolę — mruknął.

Pod jego nogami znajdowała się niemal niewidoczna klapa w podłodze. Phil wymacał w kieszeni klucz, który przed chwilą wziął z laboratorium.

Ukiąkł, wsunął klucz w otwór w podłodze i przekręcił. Usłyszał trzask rygla. Szarpnął za zasuwę. Raz jeszcze rozejrzał się dookoła, po czym kucnął i spróbował podnieść ciężką klapę. Miała tylko niecały metr na metr, a mimo to sporo ważyła. Gdy wreszcie zdołał ją otworzyć, szybko się cofnął.

Podmuch gorącego powietrza uderzył go w twarz. Poczuł ostry zapach freonu. Z otworu unosiły się kłęby pary, podświetlone czerwonym światłem. Szum generatorów wyraźnie przybrał na sile. Chartrukian wstał i zajrzał w głąb. To wyglądało raczej na wejście do piekła niż do pomieszczeń pomocniczych komputera. Tuż poniżej klapy dostrzegł koniec wąskiej drabiny, stojącej na pomoście. Dalej znajdowały się schody, ale Chartrukian widział tylko czerwoną mgłę.

Greg Hale stał przy ścianie Węzła nr 3 i przyglądał się, jak Chartrukian wchodzi do podziemia. Z miejsca, w którym stał, wydawało się, że technik zniknął, a na podłodze została tylko jego głowa. Po chwili ona również znikła w czerwonej chmurze.

— Śmiałe posunięcie — mruknął Hale. Wiedział, co zamierza zrobić Chartrukian. Wyłączenie TRANSLATORA było logiczną decyzją, jeśli technik założył, że komputer został zaatakowany przez wirusa. Niestety to również oznaczało, że niechybnie w ciągu dziesięciu minut pojawi się tu cała zgraja ludzi od bezpieczeństwa systemów. Wszelkie działania alarmowe powodowały uruchomienie automatycznej centrali telefonicznej. Hale nie mógł pozwolić na to, by nagle dział Sys-Sec zaczął badać, co się dzieje z TRANSLATOREM. Wyszedł z Kojca i skierował się ku klapie. Musiał powstrzymać Chartrukiana.

Rozdział 51

Jabba przypominał ogromną kijankę. Podobnie jak postać z filmu, od której wywodziło się jego przezwisko, był okrągły i pozbawiony włosów. Jako anioł stróż systemów komputerowych NSA, Jabba chodził od wydziału do wydziału, usuwał awarie, lutował i nieustannie powtarzał swoje credo, że prewencja jest najlepszym lekarstwem. Za jego panowania żaden komputer NSA nie został zainfekowany wirusem i Jabba chciał, by tak było w dalszym ciągu.

Główna kwatera Jabby znajdowała się pod ziemią, w pobliżu supertajnego banku danych. To tutaj wirus mógłby wyrządzić największe szkody i tutaj Jabba spędzał najwięcej czasu. W tej chwili jednak siedział w kantynie; zrobił sobie przerwę, by wzmocnić się calzone z pepperoni. Miał właśnie wbić zęby w trzecią porcję, gdy zadzwonił jego telefon komórkowy.

— Tak — mruknął z pełnymi ustami.

— Jabba — usłyszał słodki głos. — Tu Midge.

— Królowa Danych! — powitał ją serdecznie. Miał do niej słabość. Była bystra, a poza tym była jedyną kobietą, która miała ochotę z nim flirtować. — Do diabła, jak się miewasz?

— Nie narzekam.

— Jesteś w pracy? — spytał, wycierając serwetką usta.

— Uhu.

— Masz ochotę zjeść ze mną calzone?

— Chciałabym, ale muszę uważać na biodra.

— Naprawdę? Mogę się przyłączyć?

209

— Masz kosmate myśli.

— Nawet nie wiesz...

— Cieszę się, że cię złapałam — przerwała mu Midge. — Potrzebuję twojej rady.

— Wal — odrzekł i wypił duży łyk dr. peppera.

— Być może to nic takiego — powiedziała Midge — ale moje dane na temat Krypto są dość dziwne. Mam nadzieję, że ty będziesz mógł to wyjaśnić.

— Co się dzieje? — spytał i znowu podniósł puszkę do ust.

— Z moich danych wynika, że TRANSLATOR pracuje nad tym samym plikiem od osiemnastu godzin i jeszcze go nie odczytał.

— Co takiego? — Jabba rozlał dr. peppera na pizzę calzone. — Co o tym sądzisz?

— Skąd masz te dane? — odpowiedział pytaniem na pytanie, jednocześnie próbując osuszyć serwetką calzone.

— Zwykłe sprawozdanie. Standardowa analiza kosztów — wyjaśniła Midge i szybko zreferowała, co Brinkerhoff i ona odkryli.

— Zadzwoniłaś do Strathmore'a?

— Tak. Powiedział, że w Krypto wszystko jest w porządku, a TRANSLATOR pracuje normalnie. Twierdzi, że to nasze dane są błędne.

— O co ci zatem chodzi? — Jabba zmarszczył wypukłe czoło. — Masz jakiś błąd w sprawozdaniu. — Midge nie odpowiedziała i Jabba zorientował się, że ona jest innego zdania. — Uważasz, że sprawozdanie jest w porządku?

— Tak.

— Zatem według ciebie Strathmore kłamie?

— Tego nie powiedziałam — odrzekła dyplomatycznie. Wiedziała, że nie ma stuprocentowej pewności. — Po prostu w przeszłości moje dane były zawsze w porządku. Chciałam usłyszeć twoją opinię.

— Hm — westchnął Jabba — przykro mi, że akurat ja muszę ci to powiedzieć, ale to twoje dane są spieprzone.

— Tak uważasz?

— Mogę się założyć. — Jabba ugryzł wielki kęs rozmoczonej calzone i mówił z pełnymi ustami. — Dotychczas TRANS-

LATOR nie zajmował się żadnym plikiem dłużej niż trzy godziny, i to biorąc pod uwagę również testy, diagnostykę i tak dalej. Tylko wirus mógłby spowodować, że pracowałby nad jednym plikiem przez osiemnaście godzin. Innej możliwości nie ma.

— Wirus?

— Tak, jakiś nieskończony cykl. Jakaś instrukcja, która spowodowała powstanie nieskończonej pętli. To zablokowałoby działanie komputera.

— Hm... — mruknęła Midge. — Strathmore jest w Krypto od trzydziestu sześciu godzin. Czy to możliwe, że walczy z wirusem?

— Strathmore siedzi w pracy od trzydziestu sześciu godzin? — zaśmiał się Jabba. — Biedaczysko. Pewnie żona nie wpuściła go do domu. Słyszałem, że ma z nią ciężkie życie.

Midge zastanowiła się. Ona również słyszała te plotki. A może rzeczywiście to tylko jej paranoja?

— Midge — westchnął Jabba i sięgnął po następną puszkę. — Gdyby ulubiona zabawka Strathmore'a złapała wirusa, z pewnością by do mnie zadzwonił. Strathmore nie jest głupi, ale gówno wie o wirusach. Jego życie zależy od TRANSLA-TORA. Na pierwszy sygnał, że jest jakiś kłopot, z pewnością nacisnąłby guzik alarmowy, a tutaj oznacza to telefon do mnie. — Jabba wciągnął ustami długie pasmo mozzarelli. — A poza tym jest mało prawdopodobne, żeby TRANSLATOR został zainfekowany. Gauntlet to najlepszy zestaw filtrów, jaki kiedykolwiek napisałem. Nic nie przejdzie przez „ścieżkę zdrowia".

Zapadło milczenie. Midge ciężko westchnęła.

— Masz jeszcze jakieś sugestie? — odezwała się po chwili.

— Twoje dane są spieprzone.

— Już to mówiłeś.

— Powtarzam.

— Nie słyszałeś o czymś dziwnym? — spytała, marszcząc brwi. — O czymkolwiek?

— Midge... słuchaj... — zaśmiał się Jabba. — Boli cię Skipjack. Strathmore to spieprzył, zgoda. Ale to już przeszłość, skończ z tym. — Midge milczała. Jabba zdał sobie sprawę, że posunął się za daleko. — Przepraszam, Midge. Wiem, że miałaś kłopoty z powodu tej historii. Strathmore popełnił błąd. Wiem, co o nim myślisz.

— To nie ma nic wspólnego ze Skipjackiem — odrzekła zdecydowanym tonem.

Tak, na pewno, pomyślał Jabba.

— Słuchaj, Midge. Nie żywię żadnych szczególnych uczuć do Strathmore'a, ani pozytywnych, ani negatywnych. To kryptograf. Oni wszyscy to w zasadzie egoistyczne dupki. Zawsze potrzebują danych na wczoraj. Każdy plik może zbawić świat.

— Co chcesz przez to powiedzieć?

— Chcę powiedzieć, że Strathmore jest wariatem, tak jak cała reszta — westchnął Jabba. — Wiem jednak również, że kocha TRANSLATOR bardziej niż swoją cholerną żonę. Gdyby był jakiś problem, na pewno by do mnie zadzwonił.

Midge dłuższą chwilę milczała.

— Twierdzisz zatem, że to moje dane są spieprzone? — westchnęła w końcu z niechęcią.

— Słyszę echo — zaśmiał się Jabba. Midge również się roześmiała.

— Słuchaj, Midge. Wyślij mi zlecenie. Przyjdę w poniedziałek rano, sprawdzę twoją maszynę. Tymczasem spadaj stąd. Jest sobota wieczór. Znajdź sobie faceta lub coś w tym rodzaju.

— Staram się, Jabba — westchnęła ponownie. — Możesz mi wierzyć, że się staram.

Rozdział 52

Klub Embrujo znajdował się na przedmieściu, blisko pętli autobusu numer 27. Wyglądał raczej jak fort niż klub taneczny; ze wszystkich stron był otoczony wysokim murem z wpuszczonymi w tynk kawałkami potłuczonych butelek po piwie — ten prymitywny system bezpieczeństwa gwarantował, że każdy, kto spróbuje wejść nielegalnie, zostawi na murze sporo krwawych śladów.

Podczas jazdy Becker właściwie pogodził się z myślą, że jego misja zakończyła się niepowodzeniem. Należało teraz zadzwonić do Strathmore'a i przekazać mu złą wiadomość — poszukiwania były beznadziejne. Zrobił, co mógł; pora wracać do domu.

Patrząc na tłum klientów przed wejściem do klubu, Becker nie był jednak pewny, czy sumienie pozwoli mu zrezygnować z dalszych poszukiwań. Nigdy jeszcze nie widział takiego zgromadzenia punków; większość miała czerwono-biało-niebieskie fryzury.

Westchnął. Zastanawiał się, co zrobić. Rozejrzał się dookoła i wzruszył ramionami. Gdzie indziej mogła pójść ta dziewczyna w sobotni wieczór? Przeklinając dobry los, wysiadł z autobusu.

By dostać się do klubu, trzeba było przejść wąskim, kamiennym korytarzem. Becker znalazł się w tłumie punków pchających się do środka.

— Zjeżdżaj z drogi, dupku! — wrzasnął do niego jakiś

213

chłopak przypominający poduszkę na szpilki, równocześnie rozpychając się łokciami.

— Ładny krawat — odezwał się ktoś z boku i szarpnął go za krawat.

— Chcesz się pieprzyć? — spytała jakaś kilkunastoletnia dziewczyna, która wyglądała, jakby grała w filmie *Świt nieboszczyków*.

Po przejściu ciemnego korytarza Becker znalazł się w wielkiej betonowej sali, w której unosił się odór alkoholu i potu. To była surrealistyczna scena — w ogromnej sztucznej grocie setki ludzi poruszały się dokładnie tak samo, niczym zaczarowani. Podskakiwali do góry, przyciskając ręce do bioder, a ich głowy kołysały się bezwładnie jak pozbawione życia makówki. Jacyś wariaci rzucali się nurem ze sceny i lądowali w morzu ludzkich kończyn. Inni podrzucali się wzajemnie, jakby bawili się piłką plażową. Stroboskopowe oświetlenie sprawiało, że całość robiła wrażenie sceny z niemego filmu.

Stojące pod przeciwległą ścianą głośniki wielkości furgonetki ryczały tak głośno, że nawet najbardziej zapamiętali tancerze nie byli w stanie zbliżyć się na odległość mniejszą niż dziesięć metrów. Potężne basy grzmiały tak, że wszystko się trzęsło.

Becker zatkał uszy i rozejrzał się po tłumie. Wszędzie widział czerwono-biało-niebieskie głowy. W ścisku nie mógł dojrzeć, jak kto jest ubrany. Nigdzie nie widział nawet strzępu flagi brytyjskiej. Było oczywiste, że jeśli wejdzie w tłum, zostanie stratowany. Tuż obok ktoś zaczął wymiotować.

— Cudownie — jęknął Becker. Odsunął się od sceny w stronę pomalowanego sprayem holu.

W głębi kryło się wejście do wąskiego tunelu, prowadzącego na taras zastawiony stołami i krzesłami. Tu również kręciło się mnóstwo punków, ale w porównaniu z salą taneczną taras był dla Beckera niczym Shangri-La — nad głową miał letnie niebo, a muzyka przestała go ogłuszać.

Ignorując zaciekawione spojrzenia, wszedł na taras. Rozluźnił krawat i usiadł przy najbliższym wolnym stoliku. Miał wrażenie, że od porannego telefonu Strathmore'a minęła cała wieczność.

Sprzątnął ze stołu kilka pustych butelek i położył głowę na rękach. Tylko kilka minut, pomyślał.

Dziesięć kilometrów od klubu mężczyzna w drucianych okularach jechał taksówką polną drogą.

— Embrujo — warknął, by przypomnieć kierowcy, dokąd ma jechać.

Kierowca kiwnął głową, przyglądając się z zaciekawieniem twarzy we wstecznym lusterku.

— Embrujo — mruknął do siebie. — Coraz ciekawsze towarzystwo.

Rozdział 53

Tokugen Numataka leżał nago na stole do masażu w swoim biurze na najwyższym piętrze. Jego osobista masażystka starała się rozluźnić mu napięte mięśnie karku. Uciskała dłońmi mięsiste ciało wokół łopatek, po czym stopniowo schodziła w dół, w stronę ręcznika narzuconego na pośladki. Po chwili przesunęła ręce jeszcze niżej... pod ręcznik. Numataka niemal nie zwrócił na to uwagi. Myślał o czymś innym. Od dawna czekał, aż zadzwoni jego prywatny telefon.

Ktoś zapukał do drzwi.

— Proszę — mruknął Numataka.

Masażystka szybko wyciągnęła ręce spod ręcznika.

Do pokoju weszła telefonistka.

— Panie prezesie? — powiedziała, nisko się kłaniając.

— Słucham.

Telefonistka ukłoniła się ponownie.

— Rozmawiałam z centralą telefoniczną. Dzwonił ktoś ze Stanów Zjednoczonych. Numer kraju to jedynka.

Numataka kiwnął głową. Dobra wiadomość. To był telefon ze Stanów. Uśmiechnął się do siebie. Nikt go nie nabierał.

— A dokładniej? — naciskał.

— Zajmują się tym, proszę pana.

— Bardzo dobrze. Proszę mnie zawiadomić, gdy będzie pani wiedziała coś więcej.

Kobieta ukłoniła się i wyszła.

Numataka poczuł, że jego mięśnie się rozluźniły. Międzynarodowy numer 1. Rzeczywiście, to dobra wiadomość.

216

Rozdział 54

Susan Fletcher krążyła niecierpliwie po łazience w Krypto i powoli liczyła do pięćdziesięciu. Bolała ją głowa. Jeszcze trochę, powiedziała do siebie. *Hale to North Dakota!* Zastanawiała się, co Greg zaplanował. Czy opublikuje klucz? Czy okaże się chciwy i spróbuje sprzedać algorytm? Nie mogła już dłużej wytrzymać. Miała dość czekania. Musiała skontaktować się ze Strathmore'em.

Ostrożnie uchyliła drzwi i zerknęła na lustrzaną ścianę po przeciwnej stronie Krypto. Nie mogła w żaden sposób stwierdzić, czy Hale ją obserwuje. Musiała po prostu szybko przejść do gabinetu komandora. Oczywiście nie za szybko — Hale nie mógł się domyślić, że go zdemaskowała. Już miała otworzyć szeroko drzwi, gdy coś usłyszała. Jakieś głosy. Męskie.

Dochodziły z przewodu wentylacyjnego — kratka znajdowała się nisko nad podłogą. Susan zamknęła drzwi i zbliżyła się do otworu. Słowa częściowo tłumił szum generatorów. Miała wrażenie, że głosy dochodzą z pomieszczeń pod podłogą. Jeden z mężczyzn mówił ostrym, gniewnym tonem. Jak Phil Chartrukian.

— Nie wierzy mi pan?

Susan usłyszała jakieś niewyraźne odgłosy kłótni.

— To wirus!

Znowu jakiś ostry krzyk.

— Musimy zadzwonić do Jabby!

Teraz dotarły do niej odgłosy walki.

— Puść mnie!

Kolejny krzyk zabrzmiał prawie nieludzko — długi jęk bólu i przerażenia torturowanego zwierzęcia, które zaraz umrze. Susan zamarła. Hałas urwał się równie nagle, jak się rozpoczął. Zapadła głucha cisza.

Chwilę później, niczym w tandetnym filmie sensacyjnym, powoli przygasły światła w łazience. Przez sekundę migotały, po czym zgasły całkowicie. Susan Fletcher stała w zupełnych ciemnościach.

Rozdział 55

— Zająłeś moje miejsce, gnojku.

Becker uniósł głowę. Czy w tym cholernym kraju nikt już nic mówi po hiszpańsku?

Jakiś niski nastolatek z pryszczami na twarzy stał przed stolikiem i mierzył go gniewnym wzrokiem. Miał ogoloną głowę; pół czaszki pomalował na czerwono, a pół na fioletowo. Wyglądał jak wielkanocne jajko.

— Powiedziałem, że zająłeś moje miejsce, gnojku.

— Słyszałem za pierwszym razem — odrzekł Becker i wstał. Nie miał ochoty na awanturę. Poza tym powinien już wyjść.

— Co zrobiłeś z moimi butelkami? — warknął dzieciak. Miał agrafkę w nosie.

— Były puste — odparł Becker i wskazał na stojące na posadzce butelki.

— Kurwa, to moje butelki!

— Przepraszam — powiedział Becker i odwrócił się, żeby wyjść.

— Podnieś je! — zażądał tamten, blokując mu drogę.

Becker zamrugał ze zdziwienia oczami. Nie był rozbawiony.

— Chyba żartujesz? — Był od niego o ponad głowę wyższy i ważył pewnie ze dwadzieścia parę kilo więcej.

— Kurwa, czy wyglądam tak, jakbym żartował?

Becker nic nie odpowiedział.

— Podnieś je! — wrzasnął chłopak. Głos mu się załamał.

Becker spróbował go ominąć, ale nastolatek zastąpił mu drogę.

219

— Powiedziałem, żebyś podniósł te pierdolone butelki!
Pijani i oszołomieni narkotykami punkowie z zaciekawieniem przyglądali się awanturze.

— Lepiej uważaj, chłopcze — powiedział spokojnie Becker.

— Ostrzegam cię — pienił się chłopak. — To mój stolik! Przychodzę tu co wieczór. Podnieś je w tej chwili!

Cierpliwość Beckera wreszcie się wyczerpała. Czyż nie powinien być teraz w górach z Susan? Dlaczego zamiast tego znalazł się w Hiszpanii i marnował czas na awantury z psychotycznym wyrostkiem?

Bez ostrzeżenia chwycił go pod pachy, uniósł do góry i z całej siły posadził na stole.

— Słuchaj, ty zasmarkany gówniarzu. Odczepisz się ode mnie, i to natychmiast, albo wyrwę ci z nosa tę agrafkę i zapnę nią twoją gębę.

Chłopak zbladł.

Becker trzymał go przez chwilę, po czym rozluźnił uścisk. Nie spuszczając wzroku z przestraszonego dzieciaka, pochylił się, podniósł butelki i postawił je na stole.

— Co się mówi? — spytał.

Chłopak zaniemówił.

— Mówi się dziękuję — rzucił Becker. *Ten wyrostek to chodząca reklama środków antykoncepcyjnych.*

— Idź do diabła! — wrzasnął punk. Dopiero teraz zauważył, że dookoła wszyscy się śmieją. — Zasraniec!

Becker się nie ruszył. Nagle coś sobie skojarzył. *Przychodzę tu co wieczór.* Przyszło mu do głowy, że ten młokos może mu pomóc.

— Przepraszam — powiedział. — Nie słyszałem, jak się nazywasz.

— Two-Tone — odrzekł punk takim tonem, jakby obwieszczał wyrok śmierci.

— Two-Tone — powtórzył Becker. — Niech zgadnę... z powodu włosów?

— Co za Sherlock.

— Zgrabne imię. Sam je wymyśliłeś?

— A co, kurwa? — dumnie potwierdził. — Zamierzam je opatentować.

— Chyba raczej zastrzec — skorygował Becker.

Chłopak najwyraźniej go nie zrozumiał.

— Imię można zastrzec — wyjaśnił Becker — a nie opatentować.

— Wszystko jedno — machnął ręką sfrustrowany młodzieniec.

Pijani i znarkotyzowani punkowie przy sąsiednich stolikach osiągnęli stan histerii. Two-Tone wstał ze stołu.

— Kurwa, czego ode mnie chcesz?! — krzyknął do Beckera.

Becker przez chwilę się zastanawiał. Chcę, abyś umył głowę, przestał kląć i poszukał pracy, pomyślał, ale uznał, że jak na pierwsze spotkanie to za duże wymagania.

— Potrzebuję pewnych informacji — powiedział.

— Odpierdol się.

— Szukam kogoś.

— Nie widziałem go.

Becker zatrzymał przechodzącą kelnerkę i zamówił dwa piwa Aguilla. Podał kufel chłopakowi. Two-Tone wydawał się zaskoczony. Wypił łyk i przyglądał się Beckerowi nieufnie.

— Chce mnie pan poderwać?

— Szukam pewnej dziewczyny — uśmiechnął się Becker.

— Kurwa, w takich łachach na pewno żadnej nie poderwiesz — zaśmiał się punk.

— Nie zamierzam nikogo podrywać. Po prostu muszę z nią porozmawiać. Może mógłbyś mi pomóc ją znaleźć?

— Jesteś gliniarzem? — Two-Tone postawił kufel na stole.

Becker pokręcił głową.

— Wyglądasz na gliniarza — chłopak przyglądał mu się przez przymknięte powieki.

— Słuchaj, jestem z Marylandu. Gdybym był policjantem, byłbym raczej poza swoim obszarem działania, nie sądzisz?

To pytanie było dla niego za trudne.

— Nazywam się David Becker — uśmiechnął się i podał mu rękę przez stół.

— Spadaj, pedale — punk odsunął się z obrzydzeniem.

Becker cofnął dłoń.

— Pomogę ci, ale to będzie cię trochę kosztowało.

— Ile? — Becker przystał na warunki.

— Sto zielonych.

— Mam tylko pesety. — Becker zmarszczył brwi.

— Wszystko jedno! Niech będzie sto peset.

Kursy wymiany walut nie były jego mocną stroną; sto peset to w przybliżeniu osiemdziesiąt siedem centów.

— Zgoda — powiedział Becker i stuknął kuflem o blat.

— Zgoda — po raz pierwszy chłopak się uśmiechnął.

— Dobra — kontynuował Becker ściszonym głosem. — Przypuszczam, że dziewczyna, której szukam, może tu być dzisiaj. Ma czerwone, białe i niebieskie włosy.

— To rocznica Judasa Taboo — prychnął Two-Tone. — Wszyscy...

— Nosi koszulę z krótkimi rękawami z namalowaną flagą angielską i ma kolczyk w kształcie czaszki.

Na twarzy Two-Tone'a pojawił się grymas, jakby kogoś sobie przypomniał. Becker poczuł gwałtowny przypływ nadziei, ale po chwili chłopak gniewnie się skrzywił. Walnął butelką o stół i chwycił Beckera za rękaw.

— To dziewczyna Eduarda, gnojku! Lepiej uważaj! Jeśli ją tylko dotkniesz, Eduardo cię zabije!

Rozdział 56

Zirytowana Midge Milken przeszła do sali konferencyjnej po drugiej stronie korytarza, naprzeciwko jej gabinetu. Oprócz mahoniowego stołu długości jedenastu metrów, ozdobionego na środku godłem NSA z czarnej wiśni i orzecha, w sali konferencyjnej były jeszcze trzy akwarele Marion Pike, paprotka, marmurowy bar i niezbędny automat z wodą Sparklett. Midge nalała sobie wody; miała nadzieję, że to pomoże jej uspokoić nerwy.

Popijając, wyglądała przez okno. Światło księżyca, przefiltrowane przez zasłony, podkreślało drobiny kurzu na stole. Midge zawsze sądziła, że gabinet dyrektora powinien znajdować się po tej stronie, a nie od frontu budynku, gdzie obecnie urzędował Fontaine. Okna pokoju konferencyjnego wychodziły nie na parking przed budynkiem, lecz na imponujące królestwo NSA, w tym również na kopułę Krypto, zaawansowaną technicznie wyspę, oddzieloną od głównego budynku, na zalesionej działce. Krypto celowo ulokowano za naturalną zasłoną w postaci klonowego lasku, dlatego trudno ją było dostrzec z większości okien głównego budynku, ale z dyrektorskiego piętra widać ją było znakomicie. Zdaniem Midge pokój konferencyjny stanowił odpowiednie miejsce, z którego król mógł spoglądać na swe włości. Kiedyś zasugerowała Fontaine'owi, by przeniósł się tutaj, lecz on odpowiedział krótko: „Z tyłu, wykluczone". Fontaine nie był człowiekiem gotowym znajdować się z tyłu czegokolwiek.

Midge odsunęła zasłony i spojrzała w kierunku wzgórz. Westchnęła żałośnie i skierowała wzrok na Krypto. Widok kopuły zazwyczaj poprawiał jej humor — niezależnie od godziny zawsze widać było zapalone światło. Dziś jednak spojrzenie w tę stronę nie przyniosło jej pociechy. Midge wlepiła wzrok w ciemną pustkę. Gdy przycisnęła twarz do szyby, poczuła, że ogarnia ją dziecinna panika. Nie widziała nic poza ciemnością. Krypto znikło!

Rozdział 57

W łazienkach nie było okien, dlatego Susan znalazła się w kompletnych ciemnościach. Przez chwilę stała nieruchomo, starając się opanować. Doskonale zdawała sobie sprawę, że stopniowo ulega panice. Miała wrażenie, że wciąż słyszy okropny krzyk z przewodu wentylacyjnego. Próbowała pokonać lęk, ale mimo to strach wziął górę.

Susan gorączkowo machała rękami, starając się znaleźć drogę. Wymacała drzwi kabin i umywalki. Przesuwała się z wyciągniętymi do przodu rękami, starając się wyobrazić sobie wnętrze łazienki. Potknęła się o kubeł na śmieci i oparła o ścianę. Idąc wzdłuż niej, dotarła do drzwi i wymacała klamkę. Otworzyła drzwi i wyszła z łazienki do głównej sali Krypto.

W tym momencie zamarła po raz drugi.

Pomieszczenie wyglądało zupełnie inaczej niż przed minutą. Na tle słabego światła docierającego przez kopułę majaczył niewyraźny zarys TRANSLATORA. Wszystkie lampy zgasły. Nie widać było nawet żarzących się zwykle przycisków elektronicznych zamków przy drzwiach.

Gdy oczy Susan dostosowały się do ciemności, dostrzegła, że jedynym źródłem światła w całej sali była otwarta klapa w podłodze — widać było słabą poświatę czerwonych lamp w podziemiach. Susan podeszła do otworu. Poczuła słaby zapach ozonu.

Gdy dotarła do klapy, spojrzała w dół. Z układu klimatyzacyjnego wydobywał się freon, który w świetle lamp tworzył czerwoną mgłę. Szum generatorów był teraz znacznie wyraźniejszy — Susan zorientowała się, że Krypto przeszło na zasilanie awaryjne. Mimo mgły rozpoznała stojącego na pomoście komandora. Strathmore opierał się o poręcz i patrzył w głąb studni.

— Komandorze!

Nie zareagował.

Susan zeszła w dół po drabinie. Czuła pod spódnicą gorący powiew wiatru. Szczeble drabiny były mokre od rosy. Po chwili stanęła na kratownicy pomostu.

— Komandorze?

Strathmore się nie odwrócił. Wciąż patrzył w dół z bezmyślnym wyrazem twarzy, jak w transie. Susan spojrzała w tym samym co on kierunku. Przez chwilę nie widziała nic poza kłębami pary. W końcu dostrzegła ludzką postać. Sześć pięter niżej. Obłoki pary znów przesłoniły widok. Gdy się rozsunęły, zauważyła plątaninę ludzkich kończyn. Trzydzieści metrów niżej, na przewodach wychodzących z generatora leżał Phil Chartrukian. Jego ciało było ciemne i spalone. Prawdopodobnie upadek Chartrukiana spowodował krótkie spięcie w układzie zasilania.

A jednak to nie widok Chartrukiana przeraził Susan. W połowie długich schodów był jeszcze ktoś inny; kucał, starając się ukryć w cieniu. Susan bez trudu rozpoznała charakterystyczną, muskularną postać. To był Greg Hale.

Rozdział 58

— Megan należy do mojego przyjaciela Eduarda! — wrzasnął punk. — Masz się trzymać od niej z daleka!

— Gdzie ona jest? — puls Beckera gwałtownie przyśpieszył.

— Odpierdol się!

— To sytuacja alarmowa! — rzucił Becker. Chwycił chłopaka za rękaw. — Ona ma pierścień, który należy do mnie. Zapłacę jej za niego! I to dużo!

— Mówisz o tym brzydkim złotym gównie? — Two-Tone przestał krzyczeć i zaczął się histerycznie śmiać.

— Widziałeś go? — oczy Beckera wyraźnie się rozszerzyły.

Two-Tone pokiwał głową.

— Gdzie jest teraz? — spytał Becker.

— Nie mam pojęcia — zaśmiał się Two-Tone. — Megan była tutaj i próbowała go spuścić.

— Chciała go sprzedać?

— Nie martw się, człowieku, nie miała szczęścia. Gdy chodzi o biżuterię, masz gówniany gust.

— Jesteś pewny, że nikt go nie kupił?

— Co ty mi wciskasz? Za czterysta baksów? Powiedziałem jej, że mogę dać pięćdziesiąt, ale ona chciała więcej. Miała nadzieję, że kupi bilet na samolot, na lot bez rezerwacji.

— Dokąd chciała lecieć? — Becker poczuł, że krew odpływa mu z twarzy.

— Pieprzone Connecticut — prychnął Two-Tone.

— Connecticut?

— Kurwa, powiedziałem już. Pojechała do domku mamusi i tatusia na przedmieściu. Nie cierpiała tej hiszpańskiej rodziny, u której miała mieszkać. Ciągle zaczepiali ją trzej bracia. Nie było nawet pieprzonej ciepłej wody.

— Kiedy wylatuje? — Becker czuł w gardle wielką grudę.

— Kiedy? — Two-Tone powtórzył pytanie i głośno się zaśmiał. — Już dawno poleciała. Pojechała na lotnisko kilka godzin temu. To najlepsze miejsce, by spuścić pierścionek. Pełno bogatych turystów. Miała zamiar lecieć, jak tylko dostanie szmal.

To jakiś głupi dowcip, prawda?, pomyślał Becker. Poczuł w brzuchu mdłości. Przez chwilę stał w milczeniu.

— Jak się nazywa? — spytał wreszcie.

Two-Tone zastanawiał się przez chwilę, po czym bezradnie wzruszył ramionami.

— Którym lotem miała lecieć?

— Mówiła coś o Trawka-Ekspresie.

— Trawka-Ekspresie?

— Tak. Nocny weekendowy: Sewilla, Madryt, La Guardia. Tak go nazywają. Latają nim studenci, bo jest tani. Pewnie siedzą z tyłu i palą skręty.

Wspaniale. Becker przeczesał palcami włosy.

— O której wylatuje?

— O drugiej w nocy, w każdą sobotę. Jest już gdzieś nad Atlantykiem.

Becker spojrzał na zegarek. Była 1.45.

— Powiedziałeś, że wylatuje o drugiej — upewnił się, czy dobrze usłyszał.

— Wydaje się, że spieprzyłeś sprawę, stary — roześmiał się punk.

— Przecież jest dopiero za kwadrans druga. — Becker gniewnie wskazał na zegarek.

Two-Tone spojrzał ze zdziwieniem.

— A niech mnie — zaśmiał się. — Zazwyczaj jestem tak zjechany dopiero od czwartej.

— Jak można najszybciej dostać się na lotnisko? — rzucił Becker.

— Taksówką, postój jest przed wejściem.

Becker wyciągnął z kieszeni tysiąc peset i wcisnął chłopakowi banknot w ręce.

— Hej, dzięki — krzyknął za nim punk. — Jeśli spotkasz Megan, pozdrów ją ode mnie.

Beckera już nie było. Two-Tone westchnął i potoczył się w stronę parkietu. Był zbyt pijany, by zauważyć, że idzie za nim mężczyzna w okularach z drucianymi oprawkami.

Becker wybiegł z klubu i rozejrzał się dookoła w poszukiwaniu taksówki. Nie zauważył żadnej. Podbiegł do potężnego bramkarza.

— Taxi! — krzyknął.

— *Demasiado temprano* — pokręcił głową bramkarz. — Za wcześnie.

Za wcześnie? Becker zaklął. Przecież jest druga w nocy!

— *¡Pídamo uno!* Niech pan wezwie taksówkę!

Bramkarz wyciągnął telefon. Powiedział kilka słów i się rozłączył.

— *Veinte minutos* — zapowiedział.

— Za dwadzieścia minut?! — jęknął Becker. — *¿Y el autobús?*

— Za czterdzieści pięć minut — wzruszył ramionami bramkarz.

Becker uniósł ramiona w geście poddania się. Cudownie! W tym momencie usłyszał dobiegający z tyłu warkot niewielkiego silnika. Przypominał piłę mechaniczną. Odwrócił się. Na parking wjechał jakiś chłopak z dziewczyną przystrojoną licznymi łańcuchami — jechali starym motocyklem Vespa 250. Podmuch zadarł spódnicę dziewczyny, odsłaniając całe uda, ale to niewiele ją obchodziło. Becker podbiegł do nich. Nie mogę uwierzyć, że to robię, pomyślał. Nienawidzę motocykli.

— Zapłacę panu dziesięć tysięcy peset za zawiezienie mnie na lotnisko! — krzyknął do kierowcy.

Motocyklista nie zwrócił na niego uwagi. Zgasił silnik.

— Dwadzieścia tysięcy! — krzyknął Becker. — Muszę się dostać na lotnisko!

— *Scusi?* — spytał chłopak, unosząc głowę. Był Włochem.

— *Aeropórto! Per favore. Sulla Vespa! Venti mille pesete!*

— *Venti mille pesete? La Vespa?* — Włoch spojrzał na swojego grata i głośno się zaśmiał.

— *Cinquanta mille!* Pięćdziesiąt tysięcy! — podwyższył ofertę Becker. To było jakieś czterysta dolarów.

— *Dov'é la plata?* Gdzie te pieniądze? — podejrzliwie spytał Włoch.

Becker wyciągnął z kieszeni pięć banknotów po dziesięć tysięcy peset i podał chłopakowi. Włoch spojrzał na pieniądze, a potem na dziewczynę. Ta bez wahania chwyciła banknoty i wcisnęła je do kieszeni bluzki.

— *Grazie!* — uśmiechnął się Włoch. Rzucił Beckerowi kluczyki do vespy, chwycił dziewczynę za rękę i oboje pobiegli do klubu, śmiejąc się po drodze.

— *Aspetta!* — krzyknął Becker. — Czekaj! Chciałem, żebyś mnie zawiózł!

Rozdział 59

Susan wyciągnęła rękę do Strathmore'a, który pomógł jej wydostać się z szybu do głównej sali Krypto. Wciąż miała przed oczami koszmarny obraz Phila Chartrukiana leżącego na przewodach generatora, a na myśl o tym, że Hale ukrywa się w podziemiach, kręciło jej się w głowie. Prawda była oczywista — to Hale zepchnął Chartrukiana.

Potykając się w ciemnościach, Susan minęła TRANSLATOR i podeszła do głównych drzwi, przez które weszła do Krypto zaledwie kilka godzin wcześniej. Parę razy gorączkowo wystukała kod, ale ciężkie drzwi nawet nie drgnęły. Była w pułapce. Krypto zmieniło się w więzienie. Kopuła przypominała satelitę oddalonego od głównego budynku NSA o sto metrów, mającego jedno wejście. Krypto miało własne zasilanie, dlatego obsługa techniczna w głównym budynku pewnie nawet nie zauważyła, że są jakieś kłopoty.

— Główne generatory są wyłączone — powiedział Strathmore, który pojawił się za nią. — Pracują awaryjne.

Awaryjne zasilanie zostało tak zaprojektowane, że absolutne pierwszeństwo miał TRANSLATOR i układ chłodzący. Dzięki temu zaskakująca awaria zasilania nie mogła spowodować przerwania ważnych obliczeń. To rozwiązanie gwarantowało również, że TRANSLATOR nigdy nie będzie pracował bez włączonego układu chłodzącego. Ciepło wytwarzane przez trzy miliony procesorów mogłoby spowodować raptowny wzrost temperatury, zapłon krzemowych układów i stopienie całego komputera. O takiej ewentualności nikt nawet nie śmiał myśleć.

Susan z trudem usiłowała się uspokoić. Oczami wyobraźni wciąż widziała ciało Chartrukiana na generatorze. Raz jeszcze wystukała kod. Nic z tego.

— Niech pan wyłączy komputer! — zażądała, odwracając głowę w stronę Strathmore'a. Gdyby TRANSLATOR przestał szukać klucza do Cyfrowej Twierdzy, zapotrzebowanie na energię zmalałoby na tyle, że znów włączyłyby się światła i drzwi.

— Uspokój się, Susan — odrzekł Strathmore, kładąc dłoń na jej ramieniu.

Gest komandora pomógł jej odzyskać przytomność umysłu. Nagle przypomniała sobie, że przecież go szukała.

— Komandorze! — szepnęła gorączkowo. — Greg Hale to North Dakota!

W ciemnościach zapadła cisza. Susan miała wrażenie, że mija wieczność.

— O czym ty mówisz? — odpowiedział wreszcie Strathmore. Wydawał się bardziej zdezorientowany niż zszokowany.

— Hale... — powtórzyła Susan. — North Dakota to on.

Strathmore znowu zamilkł. Zastanawiał się nad jej słowami.

— TRACER? — spytał. — Zidentyfikował Hale'a?

— TRACER jeszcze się nie odezwał. Hale przerwał wykonanie!

Susan wyjaśniła, jak Hale przerwał działanie TRACERA i jak znalazła na jego koncie listy od Tankada. Znów zapadła cisza. Strathmore kręcił z niedowierzaniem głową.

— To wykluczone, żeby Greg Hale był zabezpieczeniem Tankada! To absurd! Tankado nigdy by mu nie zaufał.

— Komandorze — powiedziała Susan. — Greg już raz nas załatwił w sprawie Skipjacka. Tankado mu ufał.

Strathmore najwyraźniej nie wiedział, co odpowiedzieć.

— Proszę wyłączyć TRANSLATOR — powtórzyła Susan. — Mamy North Dakotę. Proszę wezwać ochronę. Musimy się stąd wydostać.

Strathmore uniósł rękę, sygnalizując, że chce się zastanowić.

Susan spojrzała nerwowo w kierunku wejścia do podziemi. Otwór znajdował się za TRANSLATOREM, ale czerwona poświata nad czarną posadzką sprawiała wrażenie ognia na lodzie. Dalej, wzywaj ochronę, pomyślała. Wyłącz komputer! Wydostańmy się stąd!

— Chodź za mną! — Strathmore nagle się ożywił. Ruszył w kierunku otworu w podłodze.

— Komandorze! Hale jest niebezpieczny! On...

Strathmore znikł w ciemnościach. Susan pobiegła za nim. Komandor obszedł komputer i zatrzymał się przy wejściu do podziemia. Zajrzał do studni, z której wydobywała się para, po czym pochylił się i uniósł ciężką pokrywę. Opadła z hukiem i Krypto znów zmieniło się w cichą, zaciemnioną jaskinię. North Dakota znalazł się w pułapce. Strathmore ukląkł. Przesunął ciężką zasuwę. Rozległ się trzask i podziemie zostało zamknięte.

Ani Strathmore, ani Susan nie dosłyszeli cichych kroków człowieka zmierzającego do Węzła nr 3.

Rozdział 60

Two-Tone szedł wyłożonym lustrami korytarzem w stronę parkietu. W pewnej chwili zatrzymał się, by sprawdzić, jak wygląda jego agrafka w nosie. Poczuł nagle, że ktoś za nim stoi, i chciał się obejrzeć, ale było za późno. Jakiś mężczyzna chwycił go za ramiona i przycisnął do szklanej tafli.

— Eduardo? Hej, to ty? — Two-Tone na próżno próbował się odwrócić. Poczuł, że ktoś przejechał ręką po jego portfelu, po czym znów mocno nacisnął jego plecy. — Eddie! — krzyknął punk. — Przestań się wygłupiać. Jakiś facet szukał Megan.

Mężczyzna trzymał go mocno.

— Eddie, przestań! — krzyknął znów Two-Tone, ale w tym momencie zobaczył w lustrze twarz. To nie był Eduardo.

Na twarzy napastnika widać było ślady po ospie i blizny. Nosił okulary w drucianej oprawie. Mężczyzna pochylił się i zbliżył usta do jego ucha.

— *¿Adónde fué?* — spytał dziwnym głosem, trochę zniekształcając słowa. — Dokąd pojechał?

Punk zamarł, sparaliżowany strachem.

— *¿Adónde fué?* — powtórzył obcy. — *El Americano.*

— Na... lotnisko. *Aeropuerto* — wyjąkał Two-Tone.

— *¿Aeropuerto?* — powtórzył mężczyzna, uważnie obserwując w lustrze ruch ust punka.

Two-Tone pokiwał głową.

— *¿Tenía el anillo?* Czy miał pierścień?

— Nie — pokręcił głową chłopak. Był przerażony.

— *¿Viste el anillo?* Czy widziałeś pierścień?

Two-Tone milczał. Zastanawiał się, co lepiej powiedzieć.

— *¿Viste el anillo?* — powtórzył tamten stłumionym głosem.

Two-Tone kiwnął głową. Miał nadzieję, że lepiej będzie powiedzieć prawdę. Pomylił się. Kilka sekund później runął na podłogę ze złamanym karkiem.

Rozdział 61

Jabba leżał na plecach, wciśnięty do pasa w rozłożony komputer. W zębach trzymał małą latarkę, a w prawej ręce lutownicę. Na brzuchu miał rozpostarty wielki schemat. Właśnie skończył instalować nowe kości na płycie głównej, gdy zadzwonił telefon komórkowy.

— Cholera — zaklął, szukając komórki wśród plątaniny kabli. — Słucham, Jabba.

— Jabba, tu Midge.

— Drugi telefon tego samego wieczoru? — ucieszył się. — Ludzie zaczną plotkować.

— W Krypto są jakieś problemy — powiedziała Midge. W jej głosie czuć było napięcie.

— Rozmawialiśmy już dziś o tym — skrzywił się Jabba. — Nie pamiętasz?

— Teraz to problem z zasilaniem.

— Nie jestem elektrykiem. Zadzwoń do działu technicznego.

— Cała kopuła jest zaciemniona.

— Masz zwidy. Idź do domu. — Jabba spojrzał na swój schemat.

— W kopule jest ciemno jak w studni!

— Midge — westchnął Jabba i odłożył latarkę. — Po pierwsze, Krypto ma zasilanie awaryjne. Nigdy nie może tam być ciemno jak w studni. Po drugie, Strathmore wie lepiej niż ja, co się dzieje w Krypto. Dlaczego nie zadzwonisz do niego?

— Bo to ma związek z nim. On coś ukrywa.

Jabba przewrócił oczami.

— Midge, skarbie, mam tu roboty po uszy. Jeśli chcesz się z kimś umówić, ja odpadam. W przeciwnym razie zadzwoń do działu elektrycznego.

— Jabba, to poważna sprawa. Czuję to.

Ona to czuje. Oficjalna sprawa. Najwyraźniej Midge ma jeden ze swoich nastrojów, pomyślał.

— Jeśli Strathmore się nie martwi, to ja też nie będę.

— W Krypto jest zupełnie ciemno, do cholery!

— Może Strathmore wyłączył światło i obserwuje gwiazdy.

— Jabba! Ja nie żartuję!

— Dobra, dobra — mruknął Jabba, opierając się na łokciu. — Może generator miał zwarcie. Jak skończę to, co robię, wstąpię do Krypto i...

— A co z zasilaniem awaryjnym? — spytała Midge. — Jeśli to zwarcie generatora, dlaczego nie włączyło się zasilanie awaryjne?

— Nie wiem. Może TRANSLATOR jest włączony i pobiera całą energię.

— Dlaczego zatem Strathmore nie wyłączył komputera? Może to wirus. Mówiłeś coś wcześniej o wirusach.

— Niech to diabli, Midge! — wybuchnął. — Powiedziałem ci już, że w Krypto nie ma żadnego wirusa! Skończ z tą paranoją!

Midge nic nie odpowiedziała.

— No, cholera, przepraszam cię — ugiął się Jabba. — Pozwól, że ci coś wyjaśnię. — Mówił z naciskiem. — Po pierwsze, mamy tam filtry Gauntlet. Żaden wirus nie może się przedostać do systemu. Po drugie, jeśli nie ma prądu, jest to problem związany z hardware'em, z układem elektrycznym. Wirusy nie atakują zasilania i nie niszczą układów, tylko software... programy i dane. Cokolwiek dzieje się w Krypto, nie ma to związku z żadnym wirusem.

Milczenie.

— Midge, jesteś tam?

— Jabba, ja robię to, co do mnie należy — odpowiedziała lodowatym tonem. — Nie mam ochoty, by ktoś na mnie krzyczał z tego powodu, że wykonuję swoje obowiązki. Gdy pytam, dlaczego laboratorium komputerowe zbudowane kosztem kilku miliardów dolarów jest zaciemnione, oczekuję profesjonalnej odpowiedzi.

— Tak, proszę pani.

— Wystarczy proste tak lub nie. Czy problemy w Krypto mogą mieć związek z wirusem?

— Midge... już ci powiedziałem...

— Tak lub nie. Czy TRANSLATOR mógł złapać wirusa?

— Nie, Midge — westchnął Jabba. — To całkowicie wykluczone.

— Dziękuję.

— Chyba że to Strathmore stworzył wirusa i ominął moje filtry. — Jabba spróbował zażartować, żeby rozładować napięcie.

W telefonie znów zapadła głucha cisza. Gdy Midge wreszcie się odezwała, w jej głosie było coś dziwnego.

— Strathmore może ominąć filtry Gauntlet?

— To był żart, Midge — westchnął Jabba, ale wiedział, że już jest za późno.

Rozdział 62

Komandor i Susan stali koło klapy i zastanawiali się, co robić.
— Na dole leżą zwłoki Chartrukiana — powiedział Strathmore. — Jeśli wezwiemy pomoc, Krypto zmieni się w cyrk.
— Co zatem pan proponuje? — spytała Susan. Chciała tylko stąd wyjść.
— Nie pytaj mnie, jak to się stało — odpowiedział Strathmore po chwili namysłu. — W każdym razie wygląda na to, że przypadkiem zidentyfikowaliśmy i unieszkodliwiliśmy North Dakotę. — Komandor pokręcił głową z niedowierzaniem. — Moim zdaniem to cholernie szczęśliwy zbieg okoliczności. — Wydawało się, że Strathmore wciąż do końca nie uwierzył w udział Hale'a w planach Tankada. — Przypuszczam, że Hale ukrył klucz gdzieś w swoim terminalu. Może ma kopię w domu. Tak czy inaczej, mamy go.
— Czemu zatem nie wezwiemy ochrony?
— Za wcześnie — odpowiedział Strathmore. — Jeśli dział bezpieczeństwa systemu dowie się, że TRANSLATOR liczył coś bez końca, będziemy mieli mnóstwo problemów. Nim otworzymy drzwi, chcę usunąć wszystkie ślady po Cyfrowej Twierdzy.

Susan niechętnie skinęła głową. Gdy ochrona w końcu wyciągnie Hale'a z podziemi i oskarży o zamordowanie Chartrukiana, Hale zapewne zagrozi ujawnieniem sprawy Cyfrowej Twierdzy. Jeśli jednak wszystkie dowody zostaną zatarte, Strathmore będzie mógł udawać głupka. *TRANSLATOR coś liczył bez końca? Algorytm, którego nie można złamać? Przecież to absurd! Czy Hale nie słyszał o zasadzie Bergofsky'ego?*

— Oto, co musimy zrobić — Strathmore z zimną krwią przedstawił plan. — Usuniemy całą korespondencję Hale'a z Tankadem, wszystkie ślady, to, że ominąłem filtry Gauntlet, wszystkie analizy, które przeprowadził Chartrukian, wszystko. Cyfrowa Twierdza zniknie. Nigdy jej tu nie było. Ukryjemy klucz Hale'a i będziemy się modlić, by David znalazł kopię klucza Tankada.

David. Susan zmusiła się, by o nim nie myśleć. Musiała skupić się na bieżących problemach.

— Ja zajmę się laboratorium Sys-Sec — ciągnął Strathmore. Monitorowaniem TRANSLATORA, wszystkim. Ty zajmij się Węzłem numer trzy. Skasuj pocztę elektroniczną Hale'a. Korespondencję z Tankadem, wszystkie wzmianki o Cyfrowej Twierdzy.

— Dobra — zgodziła się Susan, starając się skupić. — Skasuję twardy dysk Hale'a. Sformatuję dysk.

— Nie! — krzyknął Strathmore. — Nie rób tego. Najprawdopodobniej Hale trzyma tam kopię klucza. Chcę ją mieć.

— Chce pan mieć klucz? — to był dla niej szok. — Myślałam, że chodzi o to, by zniszczyć klucz!

— Owszem. Chcę jednak mieć kopię. Chcę otworzyć ten przeklęty plik i obejrzeć program Tankada.

Susan doskonale rozumiała jego ciekawość, ale instynkt podpowiadał jej, że otwarcie algorytmu Cyfrowej Twierdzy nie jest rozsądnym posunięciem. Teraz niebezpieczny program był zamknięty w zaszyfrowanym skarbcu i całkowicie niegroźny. Gdy zostanie odszyfrowany...

— Komandorze, czy nie będzie jednak lepiej po prostu...

— Chcę mieć klucz — powtórzył Strathmore.

Musiała przyznać, że od chwili, kiedy usłyszała o Cyfrowej Twierdzy, dręczyła ją czysto intelektualna ciekawość. Przecież istnienie takiego algorytmu było sprzeczne z najbardziej podstawowymi zasadami kryptografii.

— Czy skasuje pan algorytm natychmiast po tym, jak go obejrzymy? — spytała, patrząc uważnie na Strathmore'a.

— Nie zostanie po nim żaden ślad.

Susan zmarszczyła brwi. Wiedziała, że znalezienie klucza losowego nie będzie łatwe. To tak jakby szukać skarpetki w sypialni wielkości Teksasu. Poszukiwania komputerowe są łatwe tylko wtedy, gdy wiadomo, czego się szuka, natomiast klucz miał postać losowej sekwencji symboli. Na szczęście, ponieważ w Krypto mieli często do czynienia z losowymi łańcuchami, Susan razem z kolegami opracowała skomplikowany sposób przeszukiwania, znany jako analiza niezgodności. Komputer sprawdzał kolejno wszystkie łańcuchy symboli na dysku i porównywał je z ogromną biblioteką wzorców, a następnie wskazywał wszystkie łańcuchy, które wydawały się losowe lub bezsensowne. Zastosowanie tej metody nie było łatwe, ale możliwe.

Doskonale wiedziała, że jest odpowiednią osobą do wykonania tej pracy. Westchnęła. Miała nadzieję, że nie będzie później żałować.

— Jeśli wszystko pójdzie dobrze, zajmie mi to jakieś pół godziny.

— Bierzmy się zatem do roboty — zakończył dyskusję Strathmore, położył jej rękę na ramieniu i poprowadził w ciemnościach do Węzła nr 3.

Nad nimi, nad szklaną kopułą, rozciągało się usiane gwiazdami niebo. Susan przez chwilę myślała o tym, czy David widzi w Sewilli te same gwiazdy.

Gdy zbliżyli się do ciężkich drzwi Kojca, Strathmore zaklął pod nosem. Zamek szyfrowy był ciemny i drzwi nie można było uruchomić.

— Niech to diabli. Zapomniałem, że nie ma prądu.

Strathmore przyjrzał się przesuwnym drzwiom. Przyłożył ręce na płask do szyby i spróbował je rozsunąć. Spocone dłonie ślizgały się po szkle. Wytarł je o spodnie i spróbował ponownie. Tym razem drzwi nieco drgnęły.

Susan dostrzegła szansę i stanęła obok, by pomóc komandorowi. Naparli razem. Drzwi uchyliły się o trzy centymetry. Udało im się utrzymać je w tym położeniu przez sekundę, po czym zatrzasnęły się ponownie.

— Chwileczkę — powiedziała Susan i zmieniła pozycję. — Spróbujmy teraz.

Naparli znowu i udało się rozsunąć drzwi o kilka centymetrów. Dostrzegli słabą, niebieską poświatę ekranów monitorów — terminale były włączone, ponieważ były niezbędne do obsługi TRANSLATORA, a zatem korzystały z zasilania awaryjnego.

241

Susan wbiła obcas jednego pantofla w wykładzinę na podłodze i nacisnęła jeszcze mocniej. Drzwi znowu trochę ustąpiły. Strathmore zmienił pozycję, by móc silniej naprzeć dłońmi na lewe skrzydło. Susan pchała prawe w przeciwną stronę. Powoli, z oporem drzwi rozsuwały się coraz szerzej. Szczelina miała już trzydzieści centymetrów.

— Nie puszczaj — sapnął Strathmore, ciężko dysząc. — Jeszcze trochę.

Susan wsunęła bark w otwór. Teraz mogła naciskać znacznie mocniej. Drzwi jeszcze się nie poddały.

Nim Strathmore mógł ją zatrzymać, Susan wcisnęła się między skrzydła drzwi. Komandor zaprotestował, ale Susan się uparła. Chciała jak najszybciej opuścić Krypto, a znała Strathmore'a na tyle, by wiedzieć, że nie zrezygnuje, dopóki nie znajdzie klucza Hale'a.

Stojąc między skrzydłami, mogła naciskać z całej siły, ale drzwi stawiały coraz większy opór. W pewnej chwili jej ręce ześlizgnęły się z futryny i skrzydło zaczęło się zatrzaskiwać. Strathmore nie zdołał temu zapobiec, ale Susan szybko prześlizgnęła się na drugą stronę.

Komandor wcisnął palce w wąską szczelinę.

— Chryste, Susan, nic ci się nie stało?

— Wszystko w porządku — odpowiedziała. Wstała i otrzepała spódnicę.

Rozejrzała się dookoła. Ciemności rozpraszało tylko światło ekranów. Niebieskawa poświata sprawiała, że cały Węzeł robił niesamowite wrażenie. Przez szczelinę w drzwiach widziała komandora. W niebieskim świetle jego twarz wydawała się chorobliwie blada.

— Susan — powiedział. — Daj mi dwadzieścia minut na skasowanie plików w Sys-Sec. Gdy zlikwiduję wszystkie ślady, pójdę do siebie i wyłączę komputer.

— Mam nadzieję — odrzekła Susan, patrząc na ciężkie drzwi. Dopóki TRANSLATOR pobierał cały prąd, była więźniem w Kojcu.

Strathmore wysunął palce ze szczeliny i drzwi zatrzasnęły się całkowicie. Susan patrzyła, jak znika w ciemnościach Krypto.

Rozdział 63

Rozklekotana vespa z trudem pokonała podjazd prowadzący do wejścia na lotnisko. Przez całą drogę Becker zaciskał dłonie na kierownicy tak mocno, że zbielały mu kostki. Dotarł na lotnisko kilka minut po drugiej.

Wjechał na chodnik przed wejściem i zeskoczył w biegu z motocykla, który przewrócił się na trotuar, głośno zawarczał i zgasł. Becker pobiegł na uginających się nogach w kierunku obrotowych drzwi. Nigdy więcej, przysiągł sobie.

Jaskrawo oświetlony terminal był niemal całkowicie wyludniony. Becker zauważył tylko sprzątacza froterującego podłogę. Po przeciwnej stronie sali kontrolerka zamykała właśnie stanowisko Iberia Airlines. Becker uznał to za zły omen. Podbiegł do lady.

— ¿El vuelo a los Estados Unidos?

Przystojna kobieta z Andaluzji uniosła głowę i uśmiechnęła się do niego przepraszająco.

— Acaba de salir. Właśnie odleciał — jej słowa przez dłuższą chwilę wisiały w powietrzu.

Spóźniłem się. Becker nieświadomie się przygarbił.

— Czy były wolne miejsca dla pasażerów bez rezerwacji?

— Mnóstwo — uśmiechnęła się. — Samolot był prawie pusty. Są również miejsca na jutrzejszy lot o ósmej...

— Chciałbym się dowiedzieć, czy moja znajoma poleciała tym samolotem. Nie miała rezerwacji.

— Przykro mi, proszę pana — kobieta zmarszczyła brwi. —

Było paru pasażerów bez rezerwacji, ale nasze przepisy zakazują ujawniania takich informacji.

— To bardzo ważne — nalegał Becker. — Muszę tylko wiedzieć, czy poleciała tym samolotem. To wszystko.

— Kłótnia zakochanych? — popatrzyła na niego ze współczuciem.

Becker chwilę się zastanowił, po czym uśmiechnął się z zawstydzeniem.

— Czy to takie widoczne?

— Jak się nazywa? — kobieta mrugnęła do niego porozumiewawczo.

— Megan — odpowiedział Becker smutnym tonem.

— A czy ma jakieś nazwisko? — uśmiechnęła się.

Becker wypuścił powietrze z płuc. *Ma, ale ja go nie znam!*

— To dość skomplikowana sprawa. Powiedziała pani, że samolot był prawie pusty. Gdyby pani mogła...

— Bez nazwiska naprawdę nie jestem w stanie...

— Może inaczej — Becker wpadł na pomysł. — Czy ma pani dyżur przez całą noc?

— Od siódmej do siódmej — kiwnęła głową.

— Może zatem zwróciła pani na nią uwagę. To młoda dziewczyna, ma jakieś piętnaście lub szesnaście lat, ufarbowane włosy... — Becker nie skończył zdania. Poniewczasie zdał sobie sprawę, jaki popełnił błąd.

— Pana dziewczyna ma tylko piętnaście lat? — zmierzyła go surowym spojrzeniem.

— Nie — jęknął Becker. — To znaczy...

Cholera, zaklął pod nosem.

— Bardzo proszę o pomoc, to naprawdę ogromnie ważne.

— Przykro mi — odrzekła zimno kobieta za ladą.

— To wcale nie jest tak, jak się pani wydaje. Gdyby pani zechciała...

— Dobranoc, proszę pana. — Opuściła metalową kratkę i znikła w biurze.

Becker spojrzał w górę, jakby oczekiwał wybawienia. Świetnie to załatwiłeś, David, naprawdę świetnie, westchnął w duszy. Rozejrzał się dookoła. Pusto. Na pewno sprzedała pierścionek i poleciała. Podszedł do sprzątającego mężczyzny.

— *¿Has visto a una niña?* — spytał, usiłując przekrzyczeć hałas froterki. — Widział pan tu jakąś dziewczynę?

Stary wyłączył maszynę.

— Eh?

— *¿Una niña?* — powtórzył Becker. — *Pelo rojo, blanco y azul.* Czerwone, białe i niebieskie włosy.

— *Qué fea.* Brzmi okropnie — zaśmiał się stary. Pokręcił przecząco głową i wrócił do swej roboty.

David Becker stał pośrodku pustej hali i zastanawiał się, co dalej. Ten wieczór był jakąś komedią pomyłek. W myślach powtarzał słowa Strathmore'a: „Nie dzwoń, dopóki nie odzyskasz pierścienia". Był całkowicie wyczerpany. Jeśli Megan sprzedała pierścionek i poleciała do Stanów, to nie było już żadnego sposobu na ustalenie, kto go teraz ma.

Zamknął oczy i spróbował się skupić. Co teraz? Uznał, że zastanowi się nad tym za chwilę. Najpierw musiał skorzystać z toalety, z czym już długo zwlekał.

Rozdział 64

Susan tkwiła nieruchomo w ciemnym i cichym Węźle nr 3. Miała przed sobą proste zadanie: uruchomić terminal Hale'a, znaleźć klucz i wykasować wszystkie ślady jego kontaktów z Ensei Tankadem. Wtedy nic już nie będzie wskazywać na to, że zajmowali się Cyfrową Twierdzą.

Ponownie poczuła niepokój na myśl o otwarciu Cyfrowej Twierdzy. Nie miała ochoty kusić losu. Do tej pory sprzyjało im szczęście. North Dakota został zdemaskowany i uwięziony w pułapce — to był prawdziwy cud. Pozostał tylko jeden problem — czy David znajdzie drugą kopię klucza. Susan miała nadzieję, że David posuwa się naprzód w swych poszukiwaniach.

Zrobiła kilka kroków. Starała się skupić. Choć znała Kojec jak własną kieszeń, w ciemnościach czuła się tu nieswojo. Wszystko wydawało się obce, ale niepokoiło ją jeszcze coś innego. Zawahała się i spojrzała na unieruchomione drzwi. Nie miała możliwości ucieczki. Dwadzieścia minut, pomyślała.

Gdy skręciła w stronę terminalu Hale'a, poczuła jakiś dziwny zapach. Z pewnością nie był to normalny zapach w Kojcu. Susan pomyślała, że może wyłączyła się wentylacja. Ten zapach coś jej jednak przypominał. Ogarnął ją nagły niepokój. Wyobraziła sobie Hale'a zamkniętego w ogromnych, wypełnionych parą podziemiach. A może on coś podpalił? Zerknęła na kratki wentylacyjne i pociągnęła nosem. Zapach dochodził skądinąd.

Susan spojrzała na zrobione z kraty drzwi do kuchni. W tym momencie rozpoznała woń. To była woda kolońska... i pot.

Instynktownie cofnęła się o dwa kroki. Nie była przygotowana na to, co zobaczyła. W otworach kratki dostrzegła dwoje oczu. Ktoś na nią patrzył. W ułamku sekundy zrozumiała przerażającą prawdę. Greg Hale wcale nie był zamknięty w podziemiach — był w Węźle nr 3! Prześlizgnął się na górę, nim Strathmore zamknął klapę. Miał dość siły, by otworzyć drzwi do Kojca.

Susan kiedyś słyszała, że strach działa paraliżująco. Teraz zrozumiała, że to mit. Gdy tylko dotarło do niej, co się stało, zareagowała natychmiast — biegła, potykając się w ciemnościach i myśląc tylko o tym, by jakoś uciec.

W tym samym momencie rozległ się trzask drzwiczek. Hale siedział na kuchence; teraz zeskoczył, kopnął drzwi tak mocno, że wyleciały z zawiasów, po czym rzucił się za nią.

Susan przewróciła za sobą lampę. Miała nadzieję, że Greg się potknie, ale on dostrzegł jej manewr i bez wysiłku przeskoczył przez przeszkodę. Zbliżał się.

Gdy prawą ręką chwycił ją w pasie, Susan miała wrażenie, że uderzyła o stalową barierę. Jęknęła z bólu i wypuściła powietrze z płuc. Czuła na żebrach nacisk jego bicepsów.

Próbując stawić opór, desperacko machała rękami. Przypadkowo trafiła go łokciem w nos. Hale puścił ją i chwycił się rękami za twarz. Upadł na kolana.

— Kurwa... — jęczał z bólu.

Susan pobiegła w kierunku wyjścia, modląc się w duszy, by Strathmore właśnie w tej chwili włączył zasilanie i drzwi ożyły. Niestety, mogła tylko bębnić pięściami o szybę.

Hale podszedł do niej. Miał zakrwawioną twarz. Znów ją złapał. Jedną ręką uciskał jej lewą pierś, drugą trzymał w pasie i odciągał od drzwi.

Krzyczała i na próżno usiłowała się wyrwać. Wyciągnęła rękę, starając się chwycić klamki.

Hale oderwał ją od drzwi. Klamra paska od spodni wpijała jej się w plecy. Nie mogła uwierzyć, że jest taki silny. Gdy ciągnął ją na środek pokoju, zgubiła buty. Greg jednym płynnym ruchem uniósł ją w powietrze, po czym rzucił na podłogę.

Susan wylądowała na plecach. Spódnica zadarła jej się do góry, odsłaniając nogi. Górny guzik bluzki rozpiął się i w niebieskim świetle widać było, jak jej piersi unoszą się i opadają. Ciężko dyszała. Hale usiadł na niej okrakiem, przyciskając ją do podłogi. Patrzyła na niego z przerażeniem, ale nie mogła dostrzec wyrazu jego oczu. Miała wrażenie, że Greg się boi. A może to była wściekłość? Czuła na sobie jego palące spojrzenie. Znów ogarnęła ją panika.

Hale siedział na jej biodrach i mierzył ją wzrokiem. Susan przypomniała sobie wszystko, czego dowiedziała się na kursach samoobrony. Chciała walczyć, ale ciało odmówiło jej posłuszeństwa. Była jak odrętwiała. Zamknęła oczy.

Boże, proszę! Nie!

Rozdział 65

— Nikt nie może ominąć filtru Gauntlet. To niemożliwe! — wykrzyknął Brinkerhoff. Krążył nerwowo po pokoju Midge.

— Nieprawda — odparła Midge. — Właśnie rozmawiałam z Jabbą. Powiedział mi, że rok temu zainstalował program pozwalający na ominięcie filtrów.

— Nigdy o tym nie słyszałem — osobisty asystent dyrektora nie wydawał się przekonany.

— Nikt o tym nie słyszał. To była wielka tajemnica.

— Midge — przekonywał Brinkerhoff. — Jabba ma manię na punkcie bezpieczeństwa! Nigdy nie zgodziłby się na to, by ktoś omijał filtr.

— Strathmore zmusił go do tego — przerwała mu Midge.

Brinkerhoff miał wrażenie, że słyszy, jak obracają się tryby w jej mózgu.

— Czy przypominasz sobie, jak rok temu Strathmore zajmował się gangiem antysemickich terrorystów w Kalifornii? — zapytała.

Brinkerhoff kiwnął głową. To był jeden z największych sukcesów Strathmore'a. Komandor odczytał przechwycony list za pomocą TRANSLATORA i odkrył spisek terrorystów, którzy podłożyli bombę w hebrajskiej szkole w Los Angeles. Rozszyfrował wiadomość zaledwie dwanaście minut przed wybuchem. Dzięki szybkiej akcji telefonicznej udało się uratować życie trzystu dzieci.

— Wiedz więc również — Midge niepotrzebnie ściszyła

249

głos — że według Jabby Strathmore przechwycił wiadomość sześć godzin przed zaplanowanym wybuchem.

— Ale... — Brinkerhoff otworzył usta ze zdumienia. — Dlaczego czekał...

— Ponieważ nie mógł użyć TRANSLATORA do złamania szyfru. Próbował, ale plik nie przechodził przez filtr. Wiadomość została zaszyfrowana za pomocą jakiegoś nowego algorytmu, którego Gauntlet jeszcze nie rozpoznawał. Jabba potrzebował prawie sześciu godzin, by wprowadzić poprawki.

Brinkerhoff był wstrząśnięty.

— Strathmore się wściekł. Zażądał, by Jabba zainstalował program umożliwiający ominięcie „ścieżki zdrowia", gdyby coś takiego zdarzyło się ponownie.

— Chryste — Brinkerhoff aż gwizdnął. — Nie miałem pojęcia. Ale co właściwie chcesz przez to powiedzieć? — dodał, patrząc na nią podejrzliwie.

— Moim zdaniem Strathmore wykorzystał dziś ten program... żeby wczytać plik, który został zablokowany.

— No i co? Do tego właśnie służy ten program, nieprawdaż?

— Ale nie wtedy, gdy plik zawiera wirusa — pokręciła głową Midge.

— Wirusa? — Brinkerhoff podskoczył. — Kto powiedział coś o wirusie?

— To jedyne wyjaśnienie — odrzekła. — Jabba twierdzi, że TRANSLATOR mógłby zajmować się jednym plikiem tak długo tylko wtedy, gdyby został zainfekowany wirusem.

— Chwileczkę! — przerwał jej Brinkerhoff, pokazując gestem sędziego sportowego, że czas minął. — Strathmore powiedział, że wszystko jest w porządku!

— Kłamał.

— Twierdzisz zatem, że Strathmore celowo wprowadził wirusa do komputera? — Brinkerhoff nie mógł tego pojąć.

— Nie — prychnęła Midge. — Nie twierdzę, iż on wiedział, że to wirus. Moim zdaniem dał się nabrać. — Brinkerhoff zaniemówił. Midge Milken najwyraźniej oszalała. — To wiele wyjaśnia — upierała się. — Na przykład, dlaczego tak długo siedzi w Krypto.

— Siedzi i infekuje wirusami własny komputer?

— Nie — odrzekła, wyraźnie urażona. — Próbuje zatrzeć ślady swojego błędu! Teraz nie może wyłączyć TRANSLATORA i odzyskać zasilania, ponieważ wirus zablokował procesory! Brinkerhoff przewrócił oczami. Zdarzało się już w przeszłości, że Midge wariowała, ale nigdy do takiego stopnia.

— Jabba nie wydaje się szczególnie zmartwiony — spróbował ją uspokoić.

— Jabba jest idiotą — syknęła.

Brinkerhoff był zdumiony. Nikt jeszcze nie nazwał Jabby idiotą — niektórzy uważali go za świnię, ale nikt nie wątpił w jego inteligencję.

— Wolisz zatem polegać na swojej kobiecej intuicji niż na kwalifikacjach Jabby, który specjalizuje się w ochronie komputerów?

Midge rzuciła mu ostre spojrzenie.

— Przepraszam. Odwołuję to. — Brinkerhoff uniósł ręce do góry. Pamiętał o jej niezwykłych zdolnościach wyczuwania zagrożeń. — Midge. Wiem, że nienawidzisz Strathmore'a, ale...

— To nie ma nic wspólnego ze Strathmore'em! — wykrzyknęła gorączkowo Midge. — Przede wszystkim musimy uzyskać potwierdzenie, że komandor rzeczywiście ominął „ścieżkę zdrowia". Jeśli tak, zadzwonimy do dyrektora.

— Wspaniale — jęknął Brinkerhoff. — Zaraz zatelefonuję do Strathmore'a i poproszę go o własnoręcznie podpisane oświadczenie.

— Nie — odpowiedziała, nie zwracając uwagi na jego sarkazm. — Strathmore już raz nas dzisiaj okłamał. — Spojrzała badawczo na Brinkerhoffa. — Masz klucz do gabinetu Fontaine'a, prawda?

— Oczywiście. Jestem jego osobistym asystentem.

— Będę go potrzebowała.

— Midge, w żadnym razie nie wpuszczę cię do gabinetu Fontaine'a. — Brinkerhoff patrzył na nią z niedowierzaniem.

— Musisz! — krzyknęła. Odwróciła się i zaczęła stukać w klawiaturę. — Ściągam listę plików, które przetwarzał TRANSLATOR. Jeśli Strathmore ominął „ścieżkę zdrowia", na liście będzie dowód.

— Co to ma wspólnego z gabinetem Fontaine'a?

— Listę można wydrukować tylko na drukarce w gabinecie dyrektora — wyjaśniła, patrząc na niego groźnie. — Dobrze o tym wiesz!

— Dlatego że lista jest utajniona!

— To sytuacja alarmowa. Muszę ją zobaczyć.

— Midge, uspokój się. — Brinkerhoff położył dłonie na jej ramionach. — Dobrze wiesz, że nie mogę...

Midge głośno prychnęła i odwróciła się w stronę monitora.

— Sporządzam listę. Zamierzam wejść do gabinetu, wziąć wydruk i wyjść. Teraz daj mi klucz.

— Midge...

Skończyła stukać w klawiaturę i odwróciła się do niego.

— Chad, to potrwa trzydzieści sekund. Mam dla ciebie propozycję. Dajesz mi klucz. Jeśli Strathmore ominął filtr Gauntlet, dzwonimy do dyrektora. Jeśli się mylę, składam dymisję, a ty możesz spokojnie smarować marmoladą całą Carmen Huertę. — Spojrzała na niego złośliwie i wyciągnęła rękę. — Czekam.

Brinkerhoff kolejny raz pożałował, że poprosił ją o sprawdzenie raportu Krypto. Wbił wzrok w jej dłoń.

— Mówisz o tajnych informacjach w gabinecie dyrektora. Czy masz pojęcie, co się stanie, jeśli ktoś nas złapie?

— Dyrektor jest w Ameryce Południowej.

— Przykro mi, ale nie mogę tego zrobić. — Brinkerhoff skrzyżował ręce na piersiach i wyszedł z pokoju.

Midge odprowadziła go płonącym spojrzeniem.

— Och, możesz, możesz — szepnęła do siebie. Odwróciła się do Wielkiego Brata i otworzyła archiwum wideo.

Midge musi się z tym pogodzić, pocieszył się Brinkerhoff, siadając przy swoim biurku. Zabrał się do przeglądania pozostałych raportów. Nie mogła oczekiwać, że on da jej klucze od gabinetu dyrektora, gdy tylko wyrazi takie życzenie.

Właśnie zaczął przeglądać sprawozdanie działu bezpieczeństwa łączności, gdy rozważania przerwały mu jakieś odgłosy dochodzące z sąsiedniego pokoju. Odłożył papiery i podszedł do drzwi.

Na korytarzu było ciemno, tylko w półotwartych drzwiach do pokoju Midge widać było szarą poświatę. Brinkerhoff nadsłuchiwał. Wciąż słyszał te same podniecone głosy.

— Midge?

Cisza.

Brinkerhoff podszedł do drzwi do jej pokoju. Głosy wydawały mu się znajome. Wszedł do środka. W pokoju nie było nikogo. Krzesło Midge było puste. Głosy dochodziły gdzieś z góry. Brinkerhoff uniósł głowę i natychmiast zrobiło mu się niedobrze. Na dwunastu ekranach widać było ten sam obraz, niczym jakiś perwersyjny balet. Oparł się o poręcz krzesła Midge i przyglądał się temu ze zgrozą.

— Chad? — usłyszał za plecami jej głos.

Gwałtownie się odwrócił. Midge stała między drzwiami do pokoju konferencyjnego i gabinetu dyrektora. Wyciągnęła rękę w jego stronę.

— Poproszę o klucz, Chad.

Brinkerhoff poczerwieniał. Ponownie spojrzał na ekrany monitorów. Starał się wyprzeć ze świadomości to, co zobaczył, ale bezskutecznie. Na wszystkich ekranach widać było, jak jęcząc z rozkoszy, pieści posmarowane miodem niewielkie piersi Caremen Huerty.

Rozdział 66

Becker przeszedł przez halę do toalet. W drzwiach oznaczonych *CABALLEROS* stał pomarańczowy słupek i wózek z detergentami, szczotkami i szmatami. Spojrzał na drugie drzwi. *DAMAS*. Podszedł i głośno zapukał.

— *¿Hola?* — zawołał, uchylając je nieco. — *¿Con permiso?*

Cisza.

Wszedł do środka.

Toaleta wyglądała tak samo jak w każdej hiszpańskiej instytucji — białe kwadratowe płytki glazury, jarzeniówka na suficie. Jak zwykle jedna kabina i pisuar. Nie miało znaczenia, czy ktokolwiek używa pisuarów w toalecie dla kobiet — w ten sposób można było zaoszczędzić na jednej kabinie.

Becker rozejrzał się dookoła z obrzydzeniem. Toaleta była brudna. W zatkanej umywalce stała brązowa woda. Na mokrej podłodze poniewierały się podarte papierowe ręczniki. Stara, elektryczna suszarka do rąk upstrzona była zielonkawymi odciskami palców.

Becker zatrzymał się przed lustrem i westchnął. Oczy, zwykle przenikliwe i pełne energii, dziś wydawały mu się przyćmione. Jak długo już biegam za tym pierścieniem? — pomyślał. Nie chciało mu się policzyć. Zgodnie z profesorskimi nawykami poprawił krawat, tak by windsorski węzeł był tuż pod kołnierzem, po czym podszedł do pisuaru.

Gdy stał pod ścianą, zaczął się zastanawiać, czy Susan jest już w domu. Dokąd mogła pojechać? Czy pojechała do Stone Manor beze mnie?

— Hej! — usłyszał za plecami gniewny, kobiecy głos. Niemal podskoczył.

— Ja... ja.. — wyjąkał, pośpiesznie zapinając rozporek. — Bardzo przepraszam. Ja...

Becker odwrócił się twarzą do dziewczyny, która weszła do toalety. Była młoda i elegancka, tak jakby pojawiła się tu prosto ze stron magazynu dla nastolatek. Miała na sobie spodnie w szkocką kratę i białą bluzkę bez rękawów, a w ręce trzymała czerwoną torbę podróżną L. L. Bcan. Jej jasne włosy były nienagannie uczesane.

— Przepraszam — wykrztusił Becker, dopinając pasek. — Toaleta dla mężczyzn była... w każdym razie... już wychodzę.

— Pierdolony zboczeniec!

Pierwsze wrażenie prysło. Wulgarne słowa nie pasowały do jej wyglądu — to było tak, jakby z kryształowej karafki polały się fekalia. Becker przyjrzał jej się uważniej. Nie była wcale tak odpicowana, jak wydało mu się w pierwszej chwili. Miała podpuchnięte przekrwione oczy i nabrzmiałe lewe przedramię z zaczerwienioną i zabarwioną na niebiesko skórą.

Chryste, pomyślał Becker. Wstrzykuje sobie narkotyki. Kto by przypuszczał?

— Spadaj stąd! — wrzasnęła. — Wynoś się, i to już!

Becker od razu zapomniał o pierścieniu, NSA i wszystkim. Szczerze współczuł tej dziewczynie. Rodzice pewnie wysłali ją tutaj do szkoły dla dobrze urodzonych panienek, wyposażając na drogę w kartę kredytową, a ona wylądowała w toalecie na lotnisku, by w środku nocy wstrzykiwać sobie narkotyki.

— Czy dobrze się czujesz? — spytał, wycofując się w kierunku drzwi.

— Doskonale — odpowiedziała wyniosłym tonem. — Może pan wyjść!

Becker odwrócił się. Raz jeszcze rzucił okiem na jej spuchnięte ramię. Nie możesz nic na to poradzić, David, pomyślał. Daj spokój!

— Już stąd! — krzyknęła znowu.

Kiwnął głową.

— Lepiej uważaj — powiedział, uśmiechnął się ze smutkiem i wyszedł.

Rozdział 67

— Susan? — Hale ciężko dyszał prosto w jej twarz. Siedział na niej okrakiem, przyciskając całym ciężarem do podłogi. Z nosa kapała mu krew. Nacisk jego kości ogonowej na wzgórek łonowy sprawiał jej ból. Susan poczuła, że zbiera się jej na wymioty. Hale trzymał ręce gdzieś blisko jej piersi. *Czy on mnie dotyka?* Dopiero po chwili zorientowała się, że Greg zapina jej bluzkę.

— Susan — powtórzył, z trudem łapiąc oddech. — Musisz mi pomóc wydostać się stąd.

Była oszołomiona. To wszystko nie miało sensu.

— Susan, pomóż mi! Strathmore zabił Chartrukiana! Widziałem, jak to zrobił!

Minęło trochę czasu, zanim zrozumiała, co on mówi. Strathmore zabił Chartrukiana? Hale najwyraźniej nie wiedział, że zauważyła go w podziemiach.

— Strathmore wie, że ja go widziałem! — wyrzucił z siebie Hale. — Zabije mnie również!

Gdyby Susan nie straciła tchu ze strachu, zaśmiałaby mu się w twarz. Rozpoznała mentalność byłego żołnierza piechoty morskiej — dziel i rządź. Wymyślaj kłamstwa i napuszczaj swych przeciwników jeden na drugiego.

— To prawda! — krzyknął Greg. — Musimy wezwać pomoc! Oboje jesteśmy w niebezpieczeństwie!

Susan nie wierzyła w ani jedno jego słowo.

Hale widocznie poczuł skurcz w mięśniach nóg, ponieważ

próbował zmienić pozycję. Otworzył usta, by coś powiedzieć, ale nie zdążył.

Gdy uniósł się trochę, Susan odzyskała władzę w nogach. Nim zdążyła się zastanowić, odruchowo kopnęła Hale'a kolanem. Czuła, jak rzepka rozgniata miękkie ciało między jego nogami.

Jęknął z bólu i zwalił się na podłogę, przyciskając ręce do krocza. Susan wyplątała się spod jego bezwładnych nóg. Zataczając się, ruszyła w kierunku drzwi, ale wiedziała, że na pewno nie starczy jej sił, by je otworzyć.

W ułamku sekundy podjęła decyzję. Stanęła przy krótszym brzegu długiego klonowego stołu konferencyjnego i wbiła stopy w wykładzinę. Na szczęście stół miał kółka. Susan naparła z całych sił i popchnęła go w stronę szklanej ściany. Kółka były dobrze nasmarowane i stół toczył się gładko. W połowie odległości Susan już biegła sprintem.

Metr przed ścianą puściła rozpędzony stół. Uskoczyła w bok i zasłoniła rękami oczy. Rozległ się trzask i dookoła rozprysły się odłamki szkła. Po raz pierwszy od ukończenia budowy Węzła nr 3 dotarły tu dźwięki z głównej sali Krypto.

Susan uniosła głowę. Stół toczył się dalej przez główną salę, aż wreszcie zniknął w ciemnościach.

Szybko włożyła pantofle od Ferragamo, które ostatnio mocno ucierpiały, rzuciła jeszcze raz okiem na wijącego się z bólu Grega, po czym wybiegła po trzeszczącym szkle do głównej sali.

Rozdział 68

— I czyż nie było to łatwe? — ironicznie spytała Midge, gdy Brinkerhoff podał jej klucz do gabinetu dyrektora. Osobisty asystent wyglądał, jakby dostał lanie.

— Skasuję to przed wyjściem — obiecała Midge. — Chyba że ty i twoja żona chcecie to do swojej prywatnej kolekcji.

— Bierz ten cholerny wydruk i chodźmy stąd — prychnął Brinkerhoff.

— *Sí, señor* — odpowiedziała Midge z silnym portorykańskim akcentem. Puściła do niego oko i ruszyła w kierunku dyrektorskich drzwi.

Gabinet Lelanda Fontaine'a zupełnie nie przypominał pozostałych pomieszczeń na tym piętrze. Nie było tu obrazów, miękkich foteli, kwiatów i starych zegarów. Wszystko zostało podporządkowane funkcjonalności. Biurko ze szklanym blatem i czarny skórzany fotel obrotowy stały dokładnie naprzeciwko wielkiego okna. Róg pokoju zajmowały trzy szafy z kartotekami i stolik z ekspresem do kawy. Nad Fortem Meade świecił księżyc, a jego poblask podkreślał prostotę wystroju gabinetu.

Do diabła, co ja tu robię?, zastanawiał się Brinkerhoff.

Midge podeszła do drukarki i wzięła wydruk. Wysiliła wzrok, by odczytać listę w ciemnościach.

— Nic nie widzę — powiedziała z pretensją. — Zapal światło.

— Przeczytasz, jak stąd wyjdziemy. Chodźmy już.

Midge jednak świetnie się bawiła. Na złość Brinkerhoffowi podeszła do okna i pochyliła kartkę, żeby lepiej widzieć.

— Midge...

Nie odrywała oczu od wydruku.

— Midge... chodź — Brinkerhoff kręcił się niespokojnie w drzwiach. — To gabinet dyrektora.

— To musi być gdzieś tutaj — mruknęła Midge, studiując wydruk. Przysunęła się jeszcze bliżej do okna. — Strathmore ominął filtry, jestem tego pewna.

Brinkerhoff zaczął się pocić, ale ona wciąż czytała.

— Wiedziałam! — wykrzyknęła po chwili. — Strathmore to zrobił! Naprawdę! Co za idiota! — Midge uniosła kartkę i pomachała nią w powietrzu. — Ominął filtry Gauntlet! Spójrz tutaj?

Brinkerhoff przez chwilę patrzył na nią w osłupieniu, po czym przebiegł przez gabinet. Stanął przy oknie tuż obok Midge, która wskazała na koniec dokumentu. Przeczytał kilka ostatnich linijek.

— Co to...

Lista plików, które ostatnio zostały wczytane do komputera, zawierała trzydzieści sześć pozycji. Na końcu każdej linijki znajdował się czterocyfrowy kod, oznaczający, że plik przeszedł przez filtry Gauntlet. Takiej informacji brakowało jednak przy ostatnim pliku. Zamiast tego była krótka notatka: GAUNTLET POMINIĘTY NA POLECENIE OPERATORA.

Chryste, pomyślał Brinkerhoff, Midge znowu trafiła.

— Idiota! — powtórzyła Midge. Kipiała z gniewu. — Spójrz tylko! Gauntlet zablokował ten plik dwa razy! Łańcuchy mutacyjne! A on mimo to ominął filtry! Do cholery, co on sobie myślał?!

Brinkerhoff czuł, że nogi się pod nim uginają. Nie mógł zrozumieć, dlaczego ona zawsze ma rację. Żadne z nich nie zauważyło w oknie odbicia jakiejś postaci. W otwartych drzwiach gabinetu stał wysoki mężczyzna.

— Jezu — wykrztusił Brinkerhoff. — Myślisz, że TRANS-LATOR złapał wirusa?

— To nie może być nic innego — odpowiedziała.

— Tak czy inaczej, to nie twój cholerny interes! — za ich plecami rozległ się niski głos.

Midge uderzyła czołem o szybę. Brinkerhoff potknął się

o fotel dyrektora i próbując odzyskać równowagę, zrobił kilka kroków w kierunku drzwi. Natychmiast rozpoznał sylwetkę mężczyzny stojącego w drzwiach.

— Panie dyrektorze! — wykrzyknął. Podszedł bliżej i podał mu rękę. — Dobry wieczór, panie dyrektorze.

Mężczyzna go zignorował.

— Ja... myślałem — wyjąkał Brinkerhoff, cofając rękę. — Myślałem, że pan jest w Ameryce Południowej.

Leland Fontaine przeszył swojego asystenta gniewnym wzrokiem.

— Tak... ale już wróciłem.

Rozdział 69

— Proszę pana!

Becker szedł przez halę w kierunku automatów telefonicznych. Zatrzymał się i odwrócił. Za nim szła dziewczyna, która zaskoczyła go w toalecie. Machnęła ręką, by poczekał.

— Proszę pana, proszę poczekać!

Co jeszcze? — westchnął Becker. *Może chce mnie oskarżyć o naruszenie prywatności?*

Dziewczyna kroczyła w jego stronę, ciągnąc za sobą torbę podróżną. Teraz na jej twarzy widać było szeroki uśmiech.

— Przepraszam, że tak na pana krzyczałam. Trochę mnie pan zaskoczył.

— Nie ma problemu — odpowiedział Becker. Nie rozumiał, do czego zmierza. — Byłem w niewłaściwym miejscu.

— To może zabrzmi wariacko — powiedziała, mrugając przekrwionymi oczami — ale czy pan mógłby pożyczyć mi trochę pieniędzy?

Becker patrzył na nią z niedowierzaniem.

— Na co ci pieniądze? — spytał. *Nie zamierzam wspierać narkomanii, jeśli to masz na myśli.*

— Próbuję wrócić do domu — wyjaśniła blondynka. — Może mi pan pomóc?

— Spóźniłaś się na samolot?

— Straciłam bilet — przytaknęła. — Nie chcą go zmienić na inny lot. Linie lotnicze to sami zasrańcy. Nie mam szmalu na nowy.

— Gdzie są twoi rodzice? — spytał Becker.

— W Stanach.

— Nie możesz do nich zadzwonić?

— Nie. Już próbowałam. Pewnie spędzają weekend na jachcie jakichś znajomych.

— Nie masz karty kredytowej? — Becker przyjrzał się jej drogiemu ubraniu.

— Miałam, ale ojciec ją zablokował. Podejrzewa, że biorę narkotyki.

— A bierzesz? — spytał poważnie Becker, przyglądając się jej spuchniętemu ramieniu.

— Oczywiście, że nie! — dziewczyna zaprzeczyła z oburzeniem. Zrobiła minę skrzywdzonego niewiniątka. Becker nagle odniósł wrażenie, że próbuje go nabrać.

— Wygląda pan na bogatego gościa — powiedziała. — Może pożyczy mi pan trochę pieniędzy na samolot? Odeślę panu po powrocie.

Becker uznał, że jeśli da jej gotówkę, z pewnością pieniądze trafią do rąk handlarzy narkotyków z Triany.

— Przede wszystkim — odrzekł — nie jestem bogatym gościem. Jestem profesorem. Powiem ci, co zrobię... — urwał. *Sprawdzę, czy blefujesz.* — Mogę ci kupić bilet.

— Naprawdę pan to zrobi? — Blondynka gapiła się na niego ze zdziwieniem. W jej oczach pojawiła się nadzieja. — Kupi mi pan bilet do domu? Och, Boże, dziękuję panu!

Becker zaniemówił. Najwyraźniej błędnie ocenił sytuację.

— To było gówniane lato — wykrztusiła dziewczyna przez łzy. Zarzuciła mu ręce na szyję. — Dziękuję panu! Muszę się stąd wydostać!

Becker bez przekonania odwzajemnił uścisk. Gdy go puściła, znów popatrzył na jej przedramię.

— Ohydne, prawda? — zapytała, widząc jego spojrzenie.

— Mówiłaś, że nie bierzesz narkotyków — odpowiedział, kiwając głową.

— To marker! — roześmiała się blondynka. — Zdarłam prawie całą skórę, usiłując to zeskrobać. Atrament się rozmazał.

Becker przyjrzał się dokładniej śladom na skórze. W świetle

jarzeniówek odczytał na zaczerwienionym przedramieniu niewyraźny zarys kilku słów.

— Ale... twoje oczy — powiedział. Czuł się jak idiota. —
Masz czerwone oczy.

— Płakałam — wyjaśniła ze śmiechem. — Powiedziałam
już panu, że straciłam bilet.

Becker przyjrzał się uważnie słowom wypisanym na przedramieniu.

— Hm, może pan jeszcze przeczytać, prawda? — dziewczyna skrzywiła się, wyraźnie zakłopotana.

Becker pochylił się jeszcze niżej. Odczytał napis bez trudu.
Tekst był krystalicznie jasny. Gdy czytał te cztery słowa, przed
oczami przemknęły mu wydarzania ostatnich dwunastu godzin.

Przypomniał sobie scenę z pokoju w hotelu Alfonso XIII.
Gruby Niemiec dotknął przedramienia i powiedział w łamanej
angielszczyźnie: *Fock off und die.*

— Dobrze się pan czuje? — spytała, niespokojnie patrząc
na oszołomionego Beckera.

Nie odrywał oczu od jej przedramienia. Kręciło mu się
w głowie. Cztery słowa rozsmarowane na jej skórze wyrażały
jasny komunikat: *Fuck off and die.*

— To napisał mój znajomy... dość głupie, prawda? — dziewczyna również spojrzała na swoją rękę. Wydawała się zawsty-
dzona.

Becker nie mógł wykrztusić słowa. *Fock off und die.* Niemiec
nie chciał go obrazić, lecz próbował pomóc. David przyjrzał się
twarzy dziewczyny. W świetle jarzeniówki dostrzegł w jej
włosach ślady niebieskiej i czerwonej farby.

— Ty... — wyjąkał, przyglądając się jej uszom. — Nie nosisz
kolczyków, prawda?

Dziwnie na niego spojrzała. Wyjęła coś z kieszeni i podniosła
do góry na dłoni. Becker zobaczył niewielką czaszkę.

— To klips? — wykrztusił.

— Tak, do diabła. Cholernie boję się igieł.

Rozdział 70

David stał pośrodku pustej hali portu lotniczego i czuł, że nogi się pod nim uginają. Patrzył na stojącą przed nim dziewczynę i myślał o tym, że jego poszukiwania dobiegły końca. Umyła włosy i zmieniła ubranie — pewnie w nadziei, że dzięki temu łatwiej jej będzie sprzedać pierścionek — ale nie poleciała do Nowego Jorku.

Z trudem panował nad sobą. Już za chwilę miał nastąpić koniec tej zwariowanej podróży. Spojrzał na jej palce. Nie nosiła żadnych pierścionków. Zerknął na torbę podróżną. Jest tam, pomyślał. Musi tam być!

Uśmiechnął się, usiłując opanować podniecenie.

— Pewnie pomyślisz, że zwariowałem — powiedział — ale sądzę, że masz coś, czego bardzo potrzebuję.

— Och? — Megan nagle wydała się zaniepokojona.

— Oczywiście, z przyjemnością ci zapłacę — zapewnił ją Becker, sięgając po portfel. Zajrzał do środka i zaczął porządkować banknoty.

Megan patrzyła, jak liczy pieniądze. Była zaskoczona, najwyraźniej źle zrozumiała jego zamiary. Spojrzała niespokojnie w kierunku obrotowych drzwi, tak jakby oceniała odległość... pięćdziesiąt metrów.

— Dam ci dosyć pieniędzy na bilet do domu, jeśli...

— Nie musi pan mówić — parsknęła Megan z wymuszonym uśmiechem. — Myślę, że wiem dokładnie, czego pan potrzebuje. — Pochyliła się i zaczęła grzebać w torbie podróżnej.

Becker znów poczuł przypływ nadziei. Megan ma pierścionek! — powtarzał w duchu. Megan ma pierścionek! Nie miał pojęcia, jakim cudem odgadła, o co mu chodzi, ale był zbyt zmęczony, by o tym myśleć. Całkowicie się rozluźnił. Wyobraził sobie, jak wręcza pierścionek rozpromienionemu zastępcy dyrektora NSA. Potem Susan i on pojadą do Stone Manor i w ogromnym łóżku z baldachimem będą odrabiać stracony czas.

Dziewczyna w końcu znalazła to, czego szukała — aerozol z pieprzu Cayenne i chili, będący ekologicznym odpowiednikiem gazu. Jednym płynnym ruchem wyciągnęła go z torby, wyprostowała się i puściła strugę prosto w oczy Beckera. Chwyciła torbę i pobiegła w kierunku drzwi. Gdy obejrzała się przez ramię, David Becker leżał na posadzce, przyciskając dłonie do twarzy i wijąc się z bólu.

Rozdział 71

Tokugen Numataka zapalił czwarte cygaro. Krążył niespokojnie po swoim gabinecie. Chwycił słuchawkę i zadzwonił do centrali.

— Ma pani jakieś nowe informacje o tym telefonie? — spytał, nim telefonistka zdążyła się odezwać.

— Jeszcze nie, proszę pana. To potrwa trochę dłużej, niż sądziłam, bo ktoś dzwonił z telefonu komórkowego.

Telefon komórkowy, pomyślał Numataka. Pasuje. Nienasycony apetyt Amerykanów na wszelkie elektroniczne gadżety bardzo pomaga japońskiej gospodarce.

— Dzwonił ktoś z obszaru o numerze kierunkowym dwieście dwa — dodała telefonistka. — Nie mamy jeszcze numeru telefonu.

— Dwieście dwa? Gdzie to jest? — spytał. *Gdzie w tej ogromnej Ameryce siedzi tajemniczy North Dakota?*

— Gdzieś w okolicy Waszyngtonu, proszę pana.

Numataka uniósł brwi.

— Proszę do mnie zadzwonić, gdy tylko będzie pani znała numer — zakończył rozmowę.

Rozdział 72

Susan Fletcher z trudem znalazła drogę przez ciemną salę Krypto do rampy prowadzącej do gabinetu Strathmore'a. Dopóki kopuła była zamknięta, nie mogła bardziej oddalić się od Hale'a.

Po wejściu na górny podest zobaczyła, że drzwi do gabinetu są otwarte. Elektroniczny zamek przestał działać z braku prądu. Wbiegła do środka.

— Komandorze? — Jedynym źródłem światła w pokoju był ekran monitora. — Komandorze! — krzyknęła jeszcze głośniej. — *Komandorze!*

W tym momencie przypomniała sobie, że Strathmore miał iść do laboratorium bezpieczeństwa systemów. Krążyła w kółko po jego pustym gabinecie. Jeszcze nie pozbyła się uczucia strachu, jakie wywołało starcie z Gregiem. Koniecznie chciała wydostać się z Krypto. Niezależnie od tego, co działo się z Cyfrową Twierdzą, była już pora na stanowcze kroki — należało wyłączyć TRANSLATOR i uciekać. Spojrzała na monitor i podbiegła do biurka Strathmore'a. Z trudem wymacała klawiaturę. *Wyłącz TRANSLATOR!* Teraz, gdy siedziała przy terminalu komandora, to zadanie nie przedstawiało żadnych trudności. Susan otworzyła odpowiednie okienko i wprowadziła instrukcję:

ZAMKNIJ SYSTEM

Jej ręka przez chwilę wisiała nad klawiszem ENTER.

— Susan! — Odwróciła się gwałtownie, pełna lęku, że to Hale. Na szczęście to był Strathmore. W poświacie monitora wydawał się blady, przypominał ducha. Ciężko oddychał. — Do cholery, co tu się dzieje?!

— Komandorze! — wykrzyknęła Susan. — Hale jest w Węźle numer trzy! Przed chwilą mnie zaatakował!

— Co takiego? Niemożliwe! Hale jest zamknięty na dole...

— Nie, nie jest! Wydostał się! Musimy natychmiast wezwać ochronę! Wyłączam TRANSLATOR! — Susan wyciągnęła rękę w stronę klawiatury.

— NIE DOTYKAJ TEGO! — Strathmore rzucił się do terminalu i odepchnął ją na bok.

Z trudem odzyskała równowagę. Była zaskoczona. Spojrzała na komandora i po raz drugi tego dnia wydał jej się obcy. Nagle poczuła się zupełnie sama.

Strathmore dostrzegł krew na bluzce Susan i natychmiast pożałował swojej gwałtownej reakcji.

— Jezu, Susan, co się stało? Nic ci nie jest?

Nie odpowiedziała.

Pomyślał, że niepotrzebnie się na nią rzucił. To efekt zszarpanych nerwów. Musiał jednocześnie zajmować się wieloma sprawami. Miał na głowie tyle problemów — problemów, o których Susan Fletcher nie miała pojęcia. Komandor miał nadzieję, że nigdy nie będzie musiał jej o nich opowiedzieć.

— Przepraszam — powiedział cicho. — Co się stało?

— Nie ma znaczenia. — Susan cofnęła się o krok. — To nie moja krew. Proszę tylko coś zrobić, bym mogła stąd wyjść.

— Jesteś ranna? — Strathmore dotknął dłonią jej ramienia.

Susan znów się cofnęła. Komandor opuścił rękę i spojrzał gdzieś w bok. Gdy po chwili popatrzył na nią, zauważył, że Susan wpatruje się w coś za jego plecami.

W ciemnościach widać było wiszący na ścianie niewielki, jasno oświetlony panel z klawiszami. Strathmore sprawdził, na co patrzy Susan, i zmarszczył brwi. Miał nadzieję, że Susan nie zauważy świecącego panelu jego prywatnej windy. On i jego ważni goście zwykle wchodzili i wychodzili tak, że personel tego nie widział. Jego osobista winda najpierw zjeżdżała szesnaście metrów poniżej kopuły Krypto, a następnie przesuwała się poziomo podziemnym tunelem sto metrów do piwnic głównego budynku NSA. Winda była zasilana z głównego kompleksu, dlatego działała mimo awarii generatorów w Krypto.

Strathmore nie ujawnił tego, nawet gdy Susan bębniła pięściami w główne drzwi. Nie mógł jej jeszcze wypuścić — było na to zbyt wcześnie. Zastanawiał się teraz, ile musi jej powiedzieć, by namówić ją do współpracy.

Susan ominęła go i podbiegła do tylnej ściany. Z furią nacisnęła guzik windy.

— Proszę — błagała. Drzwi nawet nie drgnęły.

— Susan — powiedział Strathmore spokojnym tonem. — Konieczne jest hasło.

— Hasło? — powtórzyła gniewnie. Spojrzała na panel z przyciskami. Poniżej zwykłej płyty z guzikami do wzywania windy wisiała tabliczka z przyciskami oznaczonymi liczbami i literami alfabetu. — Proszę podać mi hasło! — zażądała.

Strathmore zastanawiał się przez chwilę, po czym ciężko westchnął.

— Susan, usiądź tutaj!

— Proszę mnie wypuścić! — krzyknęła i niespokojnie spojrzała na drzwi.

Strathmore przyjrzał się uważnie spanikowanej Susan. Spokojnie wyszedł z gabinetu, stanął na podeście i rozejrzał się po głównej sali. Hale'a nie było nigdzie widać. Komandor wszedł z powrotem i zamknął za sobą drzwi. Zablokował je krzesłem, podszedł do biurka i wyciągnął coś z szuflady. W bladym świetle monitorów Susan dostrzegła, co trzymał w ręce. Zbladła. To był pistolet.

Strathmore postawił dwa fotele pośrodku pokoju. Obrócił je w stronę zamkniętych drzwi. Usiadł. Podniósł połyskującą, półautomatyczną berettę i wycelował w drzwi. Po chwili położył pistolet na kolanach.

— Jesteśmy tutaj bezpieczni, Susan — powiedział uroczystym tonem. — Musimy porozmawiać. Jeśli Greg Hale pojawi się w drzwiach... — komandor nie dokończył zdania.

Susan nie mogła wykrztusić nawet słowa.

— Usiądź, proszę — Strathmore poklepał stojący obok fotel. Przyglądał jej się uważnie, ale w pokoju panował półmrok. Susan stała nieruchomo. — Gdy skończymy rozmawiać, dam ci hasło do windy. Sama zdecydujesz, czy chcesz wyjść, czy zostać.

Przez dłuższą chwilę w gabinecie panowała cisza. W końcu oszołomiona Susan zrobiła kilka kroków i usiadła obok Strathmore'a.

— Susan — zaczął komandor. — Nie byłem z tobą całkiem szczery.

Rozdział 73

David Becker czuł się tak, jakby ktoś polał mu twarz terpentyną i podpalił. Przekręcił się na podłodze i patrzył załzawionymi oczami, jak dziewczyna ucieka w kierunku obrotowych drzwi. Biegła z przerwami, ciągnąc za sobą podróżną torbę. Becker spróbował wstać, ale nie mógł. Oślepiał go gorący ogień. *Ona nie może uciec!*

Spróbował zawołać, ale zabrakło mu powietrza w płucach. Czuł w piersiach potworny ból.

— Nie! — wychrypiał. To był tylko szept.

Becker zdawał sobie sprawę, że jeśli dziewczyna wyjdzie, zniknie na zawsze. Jeszcze raz spróbował krzyknąć, ale piekło go gardło.

Dziewczyna już prawie dobiegła do obrotowych drzwi. Becker z trudem wstał i zataczając się, pobiegł za nią. Była już w drzwiach. Torba podróżna spowalniała jej ruchy. Dwadzieścia metrów dalej Becker niemal na oślep biegł za nią.

— Czekaj! — krzyknął. — Czekaj!

Dziewczyna gwałtownie popchnęła skrzydło drzwi. Zaczęły się obracać, lecz po chwili stanęły. Odwróciła się przerażona i zauważyła, że to jej torba podróżna utkwiła między kolejnym skrzydłem i futryną. Uklękła i gorączkowo szarpała, usiłując ją wyciągnąć.

Becker wbił wzrok w kawałek materiału wystający z drzwi. Widział tylko czerwony róg nylonowej torby. Rzucił się naprzód z wyciągniętymi rękami.

Runął na podłogę, ale w tym momencie róg torby zniknął za skrzydłem drzwi. Jego palce zacisnęły się w powietrzu. Drzwi zaczęły się obracać. Dziewczyna wydostała się na ulicę.

— Megan! — krzyknął rozpaczliwie. W oczodołach czuł gorące ukłucia. Znowu nic nie widział, zbierało mu się na wymioty. Usłyszał echo własnego krzyku. *Megan!*

David Becker nie był pewien, jak długo leżał na podłodze, nim znów usłyszał szum jarzeniówek nad głową. Poza tym panowała cisza. Nagle rozległ się jakiś głos. Ktoś coś mówił. Spróbował podnieść głowę. Cały świat był zdeformowany. Ponownie usłyszał ten głos. Otworzył z trudem oczy i dostrzegł jakąś postać stojącą w odległości dwudziestu metrów od niego.

— Proszę pana?

Becker rozpoznał głos. Te słowa wypowiedziała dziewczyna. Stała przy drugim wejściu do hali, przyciskając torbę podróżną do piersi. Wydawała się jeszcze bardziej przestraszona niż przed chwilą.

— Proszę pana — mówiła drżącym głosem. — Nie powiedziałam panu, jak mam na imię. Skąd pan je zna?

Rozdział 74

Dyrektor Leland Fontaine był potężnym sześćdziesięcio-trzyletnim mężczyzną, ostrzyżonym na rekruta i odznaczają-cym się sztywnym stylem bycia. Gdy był zirytowany — a tak było niemal zawsze — jego czarne oczy przypominały żarzą-ce się węgle. Awansował na najwyższe stanowisko w NSA dzięki ciężkiej pracy i dobremu planowaniu, czym zdobył szacunek swych poprzedników. Był pierwszym Afroamerykaninem na stanowisku dyrektora NSA, ale nikt o tym w ogóle nie wspominał. Fontaine nigdy nie zwracał uwagi na kwestie rasowe i jego pracownicy całkiem rozsądnie brali z niego przykład.

Fontaine nie poprosił Brinkerhoffa i Midge, by usiedli, gdy on odprawiał rytuał parzenia kawy. Wreszcie usiadł z parującym kubkiem za biurkiem. Oni stali przed nim jak uczniowie w pokoju dyrektora szkoły.

Midge wyjaśniła niezwykłą serię zdarzeń, które skłoniły ich do naruszenia świętości dyrektorskiego gabinetu.

— Wirus? — chłodno spytał Fontaine. — Oboje myślicie, że złapaliśmy wirusa?

Brinkerhoff się skrzywił.

— Tak, proszę pana — zdecydowanie odpowiedziała Midge.

— Ponieważ Strathmore ominął filtry Gauntlet? — Fontaine starannie przyglądał się wydrukowi.

— Tak — potwierdziła Midge. — Poza tym TRANSLATOR od dwudziestu godzin nie odszyfrował pliku!

273

— Lub raczej wskazują to tylko wasze dane. — Fontaine zmarszczył czoło.

Midge chciała zaprotestować, ale ugryzła się w język. Zamiast tego odwołała się do głównego argumentu.

— W Krypto panują kompletne ciemności.

Fontaine uniósł głowę, wyraźnie zaskoczony.

— Nie ma zasilania — potwierdziła krótko Midge. — Jabba sądzi, że to być może...

— Dzwoniła pani do Jabby?

— Tak, proszę pana. Ja...

— Do Jabby? — Fontaine uniósł się z fotela. Był wściekły. — Do diabła, dlaczego nie zadzwoniła pani do Strathmore'a?

— Dzwoniliśmy do niego! — broniła się Midge. — Powiedział, że wszystko jest w porządku.

— Nie mamy żadnego powodu, by wątpić w jego słowa — rzucił Fontaine. Ciężko dyszał z gniewu. Ton jego głosu wskazywał, że sprawa jest skończona. Uniósł do ust kubek z kawą. — Proszę mi wybaczyć, ale mam robotę.

— Przepraszam? — Midge niemal otworzyła usta ze zdumienia.

Brinkerhoff już szedł do drzwi, ale Midge stała jak wmurowana.

— Powiedziałem dobranoc, pani Milken — powtórzył Fontaine. — Jest pani wolna.

— Ależ, panie dyrektorze — wyjąkała. — Muszę zaprotestować. Moim zdaniem...

— Pani protestuje? — zdziwił się Fontaine. Odstawił kubek. — To ja protestuję! Protestuję przeciw waszej obecności w moim gabinecie. Protestuję przeciw waszym insynuacjom, że zastępca dyrektora tej agencji kłamie. Protestuję...

— To wirus, proszę pana. Instynkt podpowiada mi...

— Tym razem instynkt zawiódł panią, pani Milken! Myli się pani!

— Panie dyrektorze! — Midge nie ustępowała. — Komandor Strathmore ominął filtry!

Fontaine podszedł do niej. Z trudem opanowywał gniew.

— To jego prawo! Płacę pani, by pilnowała pani pracowników, a nie szpiegowała zastępcę dyrektora! Gdyby nie on,

274

w dalszym ciągu łamalibyśmy szyfry metodą papieru i ołówka! Teraz proszę zostawić mnie samego! — Fontaine spojrzał na Brinkerhoffa, który stał w drzwiach. Był blady i dygotał. — Oboje!

— Pozostając z całym szacunkiem, panie dyrektorze — powiedziała Midge — chciałabym zaproponować, byśmy wysłali do Krypto zespół bezpieczeństwa systemów w celu...

— Nic takiego nie zrobimy!

Przez chwilę w gabinecie panowała pełna napięcia cisza.

— Dobrze. Dobranoc, panie dyrektorze. — Midge odwróciła się i wyszła. Gdy przechodziła obok Brinkerhoffa, ten zorientował się po wyrazie jej oczu, że nie zamierza na tym skończyć. Dopóki intuicja podpowiadała jej, że coś jest na rzeczy, Midge nie zamierzała przestać drążyć.

Stojąc przy drzwiach, Brinkerhoff spojrzał na swojego szefa, który siedział wściekły za biurkiem. To nie był człowiek, którego znał. Dyrektor był pedantem i drobiazgowo pilnował porządku. Zawsze zachęcał swoich pracowników, by badali i wyjaśniali wszelkie nieprawidłowości proceduralne, niezależnie od tego jak drobne. W tym wypadku zażądał, by przymknęli oczy na bardzo dziwną serię niezwykłych zdarzeń.

Fontaine niewątpliwie coś ukrywał, ale Brinkerhoff dostawał pensję za to, by mu pomagać, nie zaś zadawać pytania. Dyrektor wielokrotnie dowiódł w przeszłości, że zawsze bierze pod uwagę interesy wszystkich. Jeśli teraz zażądał, by tymczasowo oślepli, tak widocznie należało zrobić. Natomiast Midge brała pieniądze za to, by wszystkich podejrzewać, i Brinkerhoff obawiał się, że zamierza teraz udać się do Krypto.

Pora wyciągnąć z teczki CV, pomyślał Brinkerhoff i wyszedł na korytarz.

— Chad! — warknął Fontaine, nim jego sekretarz zamknął drzwi. Dyrektor również zauważył minę Midge. — Dopilnuj, by ona nie opuściła tego piętra.

Brinkerhoff kiwnął głową i pośpieszył za Midge.

Fontaine westchnął i podparł głowę na rękach. Opadały mu powieki. Miał za sobą długą i nieoczekiwaną podróż do domu. Od miesiąca żył w stanie podniecenia wywołanego wielkimi nadziejami. Właśnie teraz w NSA działy się rzeczy, które miały zmienić historię, a jak na ironię, on dowiedział się o nich zupełnie przypadkowo.

Trzy miesiące wcześniej do Fontaine'a dotarła informacja, że żona komandora Strathmore'a postanowiła się z nim rozwieść. Z raportów wynikało również, że Strathmore pracuje niewiarygodnie długo i wydaje się niezwykle spięty. Mimo różnic poglądów w wielu sprawach Fontaine zawsze darzył swego zastępcę wielkim szacunkiem. Strathmore był błyskotliwym człowiekiem, może najbystrzejszym w całej agencji. Z drugiej strony, od niepowodzenia w sprawie Skipjacka komandor żył pod wielką presją. To niepokoiło dyrektora — jego zastępca miał dostęp do wielu tajemnic NSA i wpływał na wiele decyzji, a Fontaine musiał dbać o dobro całej agencji.

Fontaine uznał, że potrzebuje kogoś, kto sprawowałby nadzór nad Strathmore'em i pilnował, czy wszystko jest w porządku. To jednak nie było takie proste. Komandor był człowiekiem dumnym i wpływowym. Dyrektor musiał zatem wymyślić taki sposób monitorowania jego działalności, by nie wzbudzić podejrzeń i nie podważyć jego autorytetu.

Fontaine zdecydował w końcu, że sam się tym zajmie. Kazał zainstalować urządzenia do śledzenia poczty elektronicznej, korespondencji służbowej i programu BrainStorm. Gdyby pojawiło się niebezpieczeństwo kryzysu psychicznego, dyrektor mógłby dostrzec jego zapowiedzi. Zamiast sygnałów o takim zagrożeniu, Fontaine odkrył przygotowania do najbardziej niewiarygodnej operacji wywiadowczej, o jakiej kiedykolwiek słyszał. Nic dziwnego, że Strathmore przesiadywał w pracy dniami i nocami; gdyby udało mu się zrealizować ten plan, klapa w sprawie Skipjacka straciłaby wszelkie znaczenie.

Dyrektor doszedł do wniosku, że ze Strathmore'em jest wszystko w porządku. Jego zastępca spełniał swoje obowiązki na sto dziesięć procent, był jak zawsze przebiegły, inteligentny i oddany ojczyźnie. Najlepsze, co mógł zatem zrobić Fontaine, to stać na uboczu i przyglądać się, jak komandor urzeczywistnia swój magiczny plan. Nie miał zamiaru mu przeszkadzać.

Rozdział 75

Strathmore pomacał leżącą na kolanach berrettę. Mimo wściekłości starał się myśleć jasno. To, że Greg Hale ośmielił się zaatakować Susan, doprowadzało go do furii, ale czuł się tym gorzej, że sam był temu winien. To on zaproponował, by Susan poszła do Węzła nr 3. Strathmore potrafił jednak poukładać swoje uczucia w odpowiednie przegródki — ta sprawa nie mogła w żaden sposób wpłynąć na sposób poradzenia sobie z Cyfrową Twierdzą. Był zastępcą dyrektora NSA i dzisiaj jego praca miała jeszcze większe znaczenie niż zwykle.

Udało mu się uregulować oddech.

— Susan — powiedział wyraźnie, spokojnym tonem. — Czy skasowałaś pocztę elektroniczną Hale'a?

— Nie — odpowiedziała zdezorientowana Susan.

— Czy znalazłaś klucz?

Pokręciła przecząco głową.

Strathmore przygryzł wargi. Pośpiesznie zastanawiał się, co teraz zrobić. Miał dylemat. Mógł natychmiast dać jej hasło do windy i Susan pojechałaby do domu, ale potrzebował jej pomocy. Bez niej miałby trudności ze znalezieniem klucza. Do tej pory jeszcze jej tego nie powiedział, ale nie chodziło mu wcale o zaspokojenie intelektualnej ciekawości; to było absolutnie konieczne. Przypuszczał, że dałby sobie radę z programem do szukania losowych łańcuchów, ale tego dnia miał już kłopoty z uruchomieniem TRACERA i nie chciał ryzykować.

— Susan — powiedział zdecydowanym tonem. — Chcę, abyś pomogła mi znaleźć klucz Hale'a.

— Co takiego?! — poderwała się z fotela i spojrzała na niego dzikim wzrokiem.

Strathmore opanował chęć, by również wstać. Znał zasady negocjacji — silniejsza strona zawsze siedzi. Miał nadzieję, że Susan zaraz usiądzie, ona jednak w dalszym ciągu stała.

— Usiądź, proszę.

Zignorowała jego słowa.

— Siadaj! — To był rozkaz.

Susan wciąż stała.

— Komandorze, jeśli pali pana pragnienie poznania algorytmu Tankada, może pan sam szukać klucza. Ja chcę się stąd wydostać.

Strathmore zwiesił głowę i wziął głęboki oddech. Było jasne, że nie obejdzie się bez odpowiednich wyjaśnień. Ona zasługuje na wyjaśnienie, pomyślał. Podjął decyzję. Susan dowie się wszystkiego. Modlił się, by to nie okazało się błędem.

— Susan — zaczął — to nie miało tak wyglądać... — Urwał i przejechał dłonią po głowie. — Nie powiedziałem ci o paru sprawach. Niekiedy ludzie na takich stanowiskach jak ja... — Strathmore zawahał się, tak jakby próbował zdobyć się na trudne wyznanie. — Niekiedy ludzie na takich stanowiskach jak ja muszą okłamywać osoby, które kochają. Tak było dzisiaj. — Spojrzał na nią ze smutkiem. — Powiem ci teraz coś, czego postanowiłem nie mówić... ani tobie, ani nikomu innemu.

Poczuła, jak robi jej się zimno. Komandor wydawał się śmiertelnie poważny. Najwyraźniej zajmował się jakimiś sprawami, o których dotychczas nie miała pojęcia. Usiadła w fotelu.

Strathmore przez dłuższą chwilę wpatrywał się w sufit i zbierał myśli.

— Susan — odezwał się wreszcie niepewnym głosem. — Nie mam dzieci. O moim małżeństwie nie warto nawet wspominać. — Znów na nią spojrzał. — W moim życiu liczy się tylko miłość do kraju. Całe moje życie to praca tutaj, w NSA.

Słuchała w milczeniu.

— Jak możesz łatwo zgadnąć — ciągnął Strathmore — zamierzam niedługo przejść na emeryturę. Chcę odejść z poczuciem dumy. Chcę przejść na emeryturę, wiedząc, że to, co zrobiłem, ma naprawdę istotne znaczenie.

— Ależ to, co pan zrobił, ma ogromne znaczenie. — Susan usłyszała własne słowa. — To pan zbudował TRANSLATOR.

Strathmore zachowywał się tak, jakby jej słowa nie dotarły do niego.

— W ostatnich latach nasza praca w NSA stawała się coraz trudniejsza. Mamy do czynienia z przeciwnikami, o których nigdy nie sądziłem, że rzucą nam wyzwanie. Myślę o naszych własnych obywatelach. Prawnikach, fanatykach praw obywatelskich, EFF... oni wszyscy biorą w tym udział, ale nie tylko o to mi chodzi. Myślę o społeczeństwie. Utraciliśmy zaufanie. Obywatele popadli w paranoję. Nagle to w nas widzą swoich wrogów. Ludzie tacy jak ty i ja, ludzie, których naprawdę obchodzi ten kraj, muszą walczyć o prawo, by służyć swojej ojczyźnie. Nie jesteśmy już obrońcami pokoju. Jesteśmy podsłuchiwaczami, szpiclami, gwałcicielami praw obywatelskich. — Strathmore ciężko westchnął. — Niestety na tym świecie nie brakuje naiwniaków, którzy nie potrafią sobie wyobrazić horroru, z jakim mieliby do czynienia, gdybyśmy nie interweniowali. Jestem przekonany, że to my musimy ratować ludzi tego pokroju przed skutkami ich własnej ignorancji.

Susan czekała na konkluzję tego wywodu.

Komandor przez chwilę wpatrywał się ze znużeniem w podłogę, po czym podniósł głowę.

— Posłuchaj — powiedział z czułym uśmiechem. — Zapewne będziesz chciała mnie powstrzymać, ale wysłuchaj tego, co chcę ci przekazać. Od dwóch miesięcy pracuję nad rozszyfrowaniem algorytmu Tankada. Jak łatwo możesz sobie wyobrazić, byłem wstrząśnięty, gdy po raz pierwszy przeczytałem jego listy do North Dakoty o algorytmie całkowicie odpornym na ataki. Nie wierzyłem, by to było możliwe. Gdy jednak przechwytywaliśmy kolejne listy, coraz częściej myślałem, że być może Tankado się nie myli. Gdy napisał, że użył łańcuchów mutacyjnych i stworzył szyfr ze zmiennym tekstem jawnym, zdałem sobie sprawę, że wyprzedził nas o całe lata świetlne. U nas nikt nawet nie próbował zabrać się do tego.

— Dlaczego mielibyśmy próbować? — wtrąciła Susan. — To nie wygląda sensownie.

Strathmore wstał z fotela i zaczął krążyć po pokoju, nie spuszczając z oczu drzwi.

— Kilka tygodni temu, gdy dowiedziałem się o aukcji, na której Tankado chciał sprzedać Cyfrową Twierdzę, przyjąłem do wiadomości, że mówi serio. Wiedziałem, że jeśli sprzeda algorytm jakiejś firmie japońskiej, to będziemy ugotowani. Zacząłem się zastanawiać, jak go powstrzymać. Rozważałem możliwość zabicia go, ale z uwagi na rozgłos wywołany nowym algorytmem i jego rewelacjami na temat TRANSLATORA, to my bylibyśmy głównymi podejrzanymi. Wtedy doznałem olśnienia. — Spojrzał na Susan. — Zrozumiałem, że nie wolno mi zablokować publikacji Cyfrowej Twierdzy.

Susan gapiła się na niego. Najwyraźniej nie zrozumiała, o co mu chodzi.

— Nagle dostrzegłem, że Cyfrowa Twierdza stwarza wyjątkową okazję — kontynuował Strathmore. — Wystarczyłoby wprowadzić kilka zmian, żeby służyła nam, a nie naszym przeciwnikom.

Susan jeszcze nigdy nie słyszała większego absurdu. Cyfrowa Twierdza zapewniała absolutne bezpieczeństwo szyfru; to mogło jedynie zniszczyć agencję.

— Gdybym tylko mógł — ciągnął swój wywód komandor — wprowadzić kilka modyfikacji przed wypuszczeniem algorytmu na rynek... — W jego oczach pojawił się chytry błysk.

Susan natychmiast zrozumiała.

Strathmore dostrzegł w jej oczach zdumienie i ożywienie. Przystąpił do wyjaśnienia swojego planu.

— Gdybym zdobył klucz, mógłbym otworzyć kopię Cyfrowej Twierdzy i wprowadzić zmiany.

— Tylną furtkę — wtrąciła Susan, zapominając o tym, że komandor ją okłamał. Poczuła falę podniecenia. — Tak jak ze Skipjackiem.

— Wtedy moglibyśmy zastąpić kopię Cyfrowej Twierdzy na stronie Tankada naszą wersją. Cyfrowa Twierdza to produkt japoński, a zatem nikt nie podejrzewałby, że NSA maczała w tym palce. Wystarczyłoby wymienić kopie.

Susan pomyślała, że to więcej niż tylko pomysłowy plan...

To prawdziwy Strathmore. Komandor zamierzał ułatwić rozpowszechnianie algorytmu, który NSA mogła złamać!

— Mielibyśmy pełny dostęp — dodał Strathmore. — Cyfrowa Twierdza z dnia na dzień stałaby się standardowym programem szyfrującym.

— Tak szybko? — zwątpiła Susan. — Dlaczego pan tak sądzi? Nawet gdyby Cyfrowa Twierdza była dostępna za darmo, większość użytkowników komputerów dla wygody trzymałaby się dotychczasowych programów. Czemu mieliby przcjść na Cyfrową Twierdzę?

— To proste — ciagnął Strathmore. — Doszłoby do przecieku z NSA. Cały świat dowiedziałby się, że mamy TRANSLATOR.

Susan otworzyła usta ze zdziwienia.

— Po prostu pozwolilibyśmy, by poznano prawdę. Wszyscy dowiedzieliby się, ze NSA ma komputer, który możc złamać wszystkie szyfry z wyjątkiem Cyfrowej Twierdzy.

— Zatem wszyscy rzuciliby się na nowy algorytm.... — zrozumiała Susan. — Nikt nie wiedziałby, że możemy czytać listy elektroniczne, zaszyfrowane za pomocą Cyfrowej Twierdzy.

— Właśnie — kiwnął głową Strathmore. Przez dłuższą chwilę oboje milczeli. — Przepraszam, że cię okłamałem. Próba zmodyfikowania Cyfrowej Twierdzy jest śmiałym pomysłem. Nie chciałem cię w to mieszać.

— Rozumiem... — odrzekła powoli, wciąż oszołomiona błyskotliwością tego planu. — Potrafi pan dobrze kłamać.

— Mam lata praktyki — zażartował Strathmore. — Tylko w ten sposób mogłem cię nie wtajemniczać.

— A kto jest wtajemniczony?

— Widzisz wszystkich.

— Obawiałam się, że to usłyszę — Susan uśmiechnęła się po raz pierwszy od początku rozmowy.

— Gdy Cyfrowa Twierdza będzie już gotowa, wtedy poinformuję dyrektora — wzruszył ramionami Strathmore.

Susan była pod wrażeniem. Strathmore wymyślił plan akcji wywiadu w skali, jakiej nikt wcześniej sobie nie wyobrażał, przy czym próbował zrealizować wszystko w pojedynkę. Wyglądało na to, że może mu się udać. Klucz był gdzieś na dole. Tankado już nie żył, a jego partner został zidentyfikowany. Skupiła się na jednej myśli.

Tankado nie żyje. To wydawało się bardzo wygodne. Pomyślała o wszystkich kłamstwach, które opowiadał Strathmore, i poczuła ciarki na plecach. Spojrzała na niego niepewnie.

— Czy to pan kazał zabić Ensei Tankada?

— Oczywiście, że nie. — Strathmore wydawał się zaskoczony jej pytaniem. Potrząsnął głową. — To nie było do niczego potrzebne. Przeciwnie, wolałbym, żeby żył. Jego śmierć może wzbudzić podejrzenia. Chciałem, żeby wymiana wersji nastąpiła możliwie gładko i niepozornie. Chciałem dokonać wymiany i pozwolić, by Tankado sprzedał klucz.

Susan musiała przyznać, że to brzmi rozsądnie. Tankado nie miałby powodów podejrzewać, że algorytm na jego stronie internetowej nie jest oryginalny. Nikt nie miałby do niego dostępu poza Tankadem i North Dakotą. Tankado mógłby znaleźć tylną furtkę tylko wtedy, gdyby po sprzedaniu algorytmu dokładnie przeanalizował cały program, ale skoro już poświęcił mu wiele lat ciężkiej pracy, to zapewne wolałby go więcej nigdy nie oglądać.

Stopniowo coraz lepiej rozumiała całą sytuację. Teraz wiedziała, dlaczego komandor pragnął być w Krypto sam. Miał przed sobą zadanie wymagające czasu i subtelności — musiał ukryć w skomplikowanym algorytmie tylną furtkę i następnie dyskretnie zamienić kopię programu na stronie internetowej Tankada. Tajność miała tu pierwszorzędne znaczenie. Wystarczyłaby zwykła sugestia, że Cyfrowa Twierdza została przerobiona, by cały plan legł w gruzach.

Dopiero teraz Susan pojęła, dlaczego Strathmore nie chciał przerwać pracy TRANSLATORA. Jeśli Cyfrowa Twierdza miała stać się podstawą działania agencji, to Strathmore chciał się upewnić, że rzeczywiście nie można jej złamać!

— W dalszym ciągu chcesz wyjść? — spytał Strathmore.

Uniosła głowę. Gdy siedziała w ciemnościach obok wielkiego Trevora Strathmore'a, przestała się lękać. Zmodyfikowanie Cyfrowej Twierdzy było okazją, żeby zmienić bieg historii i zrobić coś wspaniałego, a Strathmore potrzebował jej pomocy. Susan zmusiła się do uśmiechu.

— Jakie zatem będzie nasze następne posunięcie?

Strathmore się rozpromienił. Nachylił się ku niej i położył dłoń na jej ramieniu.

— Dziękuję — powiedział z uśmiechem, po czym przeszedł do rzeczy. — Zejdziemy na dół razem. Przeszukasz terminal Hale'a, a ja będę cię osłaniał — dodał, chwytając berrettę.

— Czy nie możemy poczekać, aż David znajdzie kopię klucza? — Susan nie miała ochoty schodzić na dół.

— Im prędzej wymienimy kopic programu, tym lepiej — potrząsnął głową Strathmore. — Nie mamy gwarancji, że Davidowi się uda. Może się zdarzyć, że jakimś sposobem klucz trafi w niewłaściwe ręce. Wolałbym wymienić programy, nim do tego dojdzie. W ten sposób ktokolwiek przechwyci klucz, załaduje naszą wersję algorytmu. — Strathmore sprawdził pistolet i wstał. — Idziemy do terminalu Hale'a.

Susan nie odpowiedziała. Komandor miał rację. Potrzebowali klucza, i to teraz.

Gdy wstała z fotela, czuła, że drżą jej nogi. Żałowała, że nie uderzyła Hale'a jeszcze mocniej. Spojrzała na pistolet i nagle zrobiło jej się słabo.

— Czy naprawdę gotów jest pan go zastrzelić?

— Nie — odparł Strathmore, podchodząc do drzwi. Zmarszczył brwi. — Miejmy nadzieję, że on tego nie wie.

Rozdział 76

Przed terminalem na lotnisku w Sewilli stała taksówka z włą-
czonym licznikiem. W środku siedział mężczyzna w drucianych
okularach i bacznie obserwował dobrze oświetloną halę. Przez
wielkie okna doskonale widać było całe wnętrze. Mężczyzna
już miał pewność, że przybył w porę.

Widział, jak jakaś blondynka pomaga Beckerowi usiąść na
krześle. Becker najwyraźniej cierpiał. Jeszcze nie wie, co to
cierpienie, pomyślał. Dziewczyna wyjęła z kieszeni jakiś mały
przedmiot i podała Beckerowi, który uniósł go i uważnie mu
się przyjrzał, po czym nałożył na palec. Wyciągnął z kieszeni
plik banknotów i zapłacił dziewczynie. Rozmawiali jeszcze
kilka minut, a potem dziewczyna go uściskała. Pomachała ręką,
chwyciła torbę podróżną i poszła w głąb hali.

Nareszcie, pomyślał mężczyzna w taksówce. Nareszcie.

Rozdział 77

Strathmore wyszcdł z gabinetu na podest schodów, trzymając pistolet gotowy do strzału. Susan szła tuż za nim. Zastanawiała się, czy Hale jest jeszcze w Węźle nr 3.

Poblask z ekranu monitora sprawiał, że ich postacie rzucały niesamowite cienie na schody i podest ze stalowej kraty. Ciemności w Krypto rozpraszało tylko światło gwiazd i słaba poświata docierająca przez rozbitą ścianę Kojca.

Strathmore przesuwał się powoli naprzód, starając się wymacać stopami pierwszy stopień. Przełożył pistolet do lcwej ręki, a prawą szukał poręczy. Uznał, że prawdopodobnie prawą ręką strzela równie kiepsko jak lewą, a prawej potrzebował, by się oprzeć. Upadek z tych schodów mógł się skończyć kalectwem, a jego plany na życie na emeryturze nie obejmowały zakupu fotelu na kółkach.

W panujących ciemnościach Susan nie mogła niczego dostrzec. Schodziła, trzymając rękę na ramieniu Strathmore'a. Nawet z odległości pół metra nie widziała jego sylwetki. Zatrzymywała się na każdym stopniu i przesuwała nogę do przodu, starając się wyczuć krawędź.

Zaczęła się obawiać, że wizyta w Węźle to mimo wszystko zbyt ryzykowny krok. Komandor twierdził, że Hale nie odważy się ich zaatakować, ale Susan nie była tego pewna. Hale był zdesperowany. Wiedział, że albo ucieknie z Krypto, albo trafi do więzienia.

Wewnętrzny głos podpowiadał jej, że powinni poczekać na telefon od Davida i skorzystać z klucza Tankada, ale rzeczywiście nie mieli żadnych gwarancji, że David znajdzie pierścień. Zastanawiała się, co mogło zająć mu tak wiele czasu. Zachowała swoje myśli dla siebie i szła dalej za komandorem.

Strathmore schodził cicho. Nie chciał, by Hale ich usłyszał. Gdy byli niemal na samym dole, komandor zwolnił i delikatnie starał się wymacać ostatni stopień. Mimo to po chwili rozległ się stuk obcasa na twardej posadzce. Susan wyczuła, jak komandor zesztywniał. Znaleźli się w niebezpiecznej strefie. Hale mógł być wszędzie.

Ich cel, Węzeł nr 3, znajdował się po drugiej stronie TRANS-LATORA. Susan modliła się, by się okazało, że Hale leży tam na podłodze i wije się z bólu jak zbity pies. Nie zasługiwał na nic lepszego.

Strathmore puścił poręcz i ponownie przełożył pistolet do prawej ręki. Bez słowa ruszył naprzód przez ciemną salę. Susan trzymała się jego ramienia. Gdyby straciła z nim kontakt, musiałaby się odezwać i przerwać ciszę. Hale mógłby ich usłyszeć. Kiedy oddalali się od schodów, Susan przypomniała sobie, jak w dzieciństwie bawiła się w podchody. Opuściła kryjówkę i znalazła się na otwartej przestrzeni. W obliczu zagrożenia.

TRANSLATOR był niczym wyspa w otaczającym ich czarnym morzu. Co kilka kroków Strathmore przystawał i nasłuchiwał, trzymając pistolet gotowy do strzału. Słychać było tylko cichy szmer dochodzący z podziemi. Susan najchętniej wróciłaby do bezpiecznego gabinetu. Wydawało jej się, że widzi w ciemnościach niezliczone twarze.

Gdy pokonali połowę drogi dzielącej ich od TRANSLATO-RA, ciszę panującą w Krypto przerwał ostry dzwonek. Susan miała wrażenie, że źródło dźwięku znajduje się gdzieś nad nimi. Strathmore gwałtownie się odwrócił i straciła z nim kontakt. Przerażona machała w powietrzu rękami, starając się go znaleźć, ale miejsce, gdzie jeszcze przed chwilą znajdowało się jego ramię, teraz było puste. Susan powoli posuwała się do przodu.

Dzwonek wciąż piszczał. To było gdzieś blisko. Odwróciła się. Usłyszała szelest materiału i brzęczenie nagle ucichło. Zamarła. Chwilę później, jak w najgorszych koszmarach z dzieciństwa, zobaczyła zjawę. Tuż przed nią pojawiła się jakaś zielonkawa twarz. Twarz demona. Zdeformowane rysy rzucały długie, głębokie cienie. Susan odskoczyła do tyłu. Chciała uciec, ale widmo chwyciło ją za rękę.

— Nie ruszaj się! — rozległ się głos.

Miała wrażenie, że te świecące oczy należą do Hale'a, ale głos nie pasował do niego. Również chwyt wydawał się zbyt delikatny. To był Strathmore. Jego twarz oświetlał jakiś przedmiot, który wyciągnął z kieszeni. Susan odetchnęła z ulgą i cała się odprężyła. Poczuła, że znowu oddycha. Przedmiot, który trzymał Strathmore, miał zielony wyświetlacz LED.

— Niech to szlag — cicho zaklął komandor. Patrzył z obrzydzeniem na trzymany w dłoni SkyPager. Zapomniał wyłączyć dzwonek. Jak na ironię, sam poszedł do sklepu elektronicznego, by kupić pager, i zapłacił gotówką, żeby zachować anonimowość. Nikt nie wiedział lepiej od niego, jak ściśle NSA rejestruje działanie firmowych pagerów, a cyfrowe wiadomości, które chciał wymieniać za pomocą tego urządzenia, musiały pozostać tajemnicą.

Susan niespokojnie rozejrzała się dookoła. Jeśli Hale dotychczas nie usłyszał, że się zbliżają, to teraz nie mógł mieć wątpliwości.

Strathmore nacisnął kilka guzików i odebrał wiadomość. Cicho jęknął. To była zła wiadomość z Hiszpanii — nie od Davida Beckera, ale od innego człowieka, którego posłał do Sewilli.

Pięć tysięcy kilometrów od Waszyngtonu, w Sewilli, furgonetka z urządzeniami śledzącymi gnała ciemnymi ulicami miasta. To zadanie zostało zlecone przez NSA i było opatrzone najwyższą klauzulą tajności „Umbra". Dwaj agenci z bazy wojskowej w Rota byli cali spięci. W przeszłości już wielokrotnie wykonywali zadania zlecone przez Fort Meade, ale nigdy jeszcze nie otrzymali rozkazów z tak wysokiego poziomu.

— Jakieś ślady po naszym kliencie? — odezwał się agent siedzący przy kierownicy.

Jego partner ani na chwilę nie spuszczał oczu z ekranu, na którym widział obraz rejestrowany przez szerokokątną kamerę umieszczoną na dachu.

— Nie. Jedź dalej.

Rozdział 78

Jabba wciąż leżał na wznak pod zwojami kabli i mocno się pocił. W zębach trzymał latarkę i naprawiał komputer. Przywykł już do pracy w soboty i niedziele. Gdy w NSA panował względny spokój, miał dość czasu na niezbędne naprawy i konserwację sprzętu. Z uwagą manipulował gorącą lutownicą wśród przewodów; nieostrożny ruch mógłby spowodować uszkodzenie izolacji lub elementów elektronicznych.

— Jeszcze kilka centymetrów — mruknął do siebie. Praca zajęła mu więcej czasu, niż planował.

W chwili gdy dotknął lutownicą cyny, rozległ się ostry dzwonek telefonu komórkowego. Ręka mu drgnęła i kropla roztopionego metalu spadła na ramię.

— Kurwa! — Jabba rzucił lutownicę i niewiele brakowało, a połknąłby latarkę. — Kurwa, kurwa, kurwa!

Potarł dłonią ramię, odrywając grudkę metalu, która przywarła do skóry. Został po niej ślad w postaci efektownej, okrągłej oparzelizny. Cewka, którą zamierzał przylutować do płytki, spadła mu prosto na głowę.

— Niech to szlag!

Telefon znów zadzwonił, lecz Jabba to zignorował.

— Midge — powiedział do siebie i zaklął. *Niech cię diabli! Z Krypto jest wszystko w porządku!* Telefon dzwonił, ale Jabba wrócił do pracy. Zdołał przylutować cewkę, a telefon wciąż dzwonił i dzwonił. *Na litość boską, Midge, daj mi spokój!*

Po kolejnych piętnastu sekundach dzwonek umilkł. Jabba westchnął z ulgą.

Minutę później zatrzeszczał głośnik na ścianie: „Kierownik działu bezpieczeństwa systemów proszony jest o skontaktowanie się z główną centralą w celu odebrania wiadomości".

Jabba przewrócił oczami. Nie mógł w to uwierzyć. Czy ona nigdy nie zrezygnuje? Zignorował wezwanie.

Rozdział 79

Strathmore wsunął SkyPager do kieszeni i odwrócił się w stronę Węzła nr 3. Starał się przebić wzrokiem ciemności.

— Chodź — powiedział do Susan i wyciągnął do niej rękę. Ich palce jednak się nie zetknęły.

Nagle rozległ się długi, nieartykułowany krzyk, któremu towarzyszył hałas, jakby w ich stronę pędziła ciężarówka bez świateł. Ułamek sekundy później nastąpiło zderzenie. Strathmore zniknął.

To był Hale. Dzwonek pagera zdradził ich obecność.

Susan usłyszała trzask uderzenia pistoletu o posadzkę. Przez chwilę stała, jakby wrosła w podłogę. Nie wiedziała, co robić. Instynkt podpowiadał jej, że powinna uciekać, lecz nie znała kodu windy. Serce mówiło jej, że powinna pomóc Strathmore'owi, ale jak? Spodziewała się, że usłyszy odgłosy walki na śmierć i życie, a tymczasem w Krypto zapanowała grobowa cisza, tak jakby Hale uderzył komandora, po czym zniknął w ciemnościach.

Susan czekała i wytężała wzrok. Miała nadzieję, że komandorowi nic się nie stało. Po paru sekundach, które dla niej były wiecznością, postanowiła się odezwać.

— Komandorze? — szepnęła.

Zanim skończyła mówić, uświadomiła sobie, że popełniła błąd. Nagle poczuła za plecami zapach wody kolońskiej. Odwróciła się, ale było za późno. Nim zdążyła coś zrobić, Hale chwycił ją, zgniótł ramionami i przycisnął jej twarz do klatki piersiowej. Susan wiła się i próbowała złapać powietrze.

— Jaja tak mnie bolą, że zaraz zdechnę — sapnął jej prosto do ucha.

Poczuła, że nogi się pod nią uginają. Gwiazdy widoczne przez kopułę zawirowały nad jej głową.

Rozdział 80

Hale zacisnął mocno ręce na karku Susan.

— Komandorze, mam twoją ukochaną! — krzyknął w ciemności. — Chcę się stąd wydostać!

Odpowiedzią na jego żądanie była kompletna cisza.

— Skręcę jej kark! — zagroził i wzmocnił chwyt.

Za jego plecami rozległ się szczęk repetowanej broni.

— Puść ją — powiedział Strathmore spokojnym tonem.

— Komandorze! — krzyknęła Susan, krzywiąc się z bólu.

Hale szybko odwrócił się tak, żeby Susan znalazła się między nim i Strathmore'em.

— Jeśli pan strzeli, trafi pan swoją drogocenną Susan — zapowiedział. — Jest pan gotów zaryzykować?

— Puść ją — powtórzył Strathmore. Był teraz bliżej.

— Wykluczone. Pan mnie zabije.

— Nie zamierzam nikogo zabijać.

— Och, doprawdy? Niech pan to powie Chartrukianowi.

— Chartrukian nie żyje — odpowiedział Strathmore, zbliżając się jeszcze bardziej.

— Co za nowina. Zabił go pan, sam widziałem.

— Daj z tym spokój, Greg — spokojnie odrzekł Strathmore.

Hale przyciągnął do siebie Susan.

— Strathmore popchnął Chartrukiana — szepnął jej do ucha. — Przysięgam, że tak było!

— Ona nie da się nabrać na te bajeczki — rzucił Strathmore. — Puść ją!

— Chartrukian był jeszcze szczeniakiem — syknął Hale. —
Na litość boską, dlaczego pan to zrobił? By ochronić swój mały
sekret?

— A cóż to za mały sekret? — spytał komandor.

— Dobrze pan wie, co to za pierdolony sekret! Cyfrowa
Twierdza!

— No, no — mruknął lekceważąco Strathmore. Jego głos
brzmiał lodowato. — Zatem wiesz o Cyfrowej Twierdzy. Już
myślałem, że nawet temu zaprzeczysz.

— Odpierdol się.

— Bardzo pomysłowa obrona.

— Jest pan głupcem — prychnął Hale. — Do pańskiej
wiadomości, TRANSLATOR się przegrzewa.

— Doprawdy? — zachichotał Strathmore. — Niech zgadnę...
pewnie powinienem otworzyć drzwi i wezwać ekipę od bezpieczeństwa systemów?

— Niewątpliwie — odpalił Hale. — Jeśli pan tego nie zrobi,
to jest pan idiotą.

— A więc to jest twój wielki plan? — tym razem Strathmore
głośno się zaśmiał. — TRANSLATOR się przegrzewa, a ja
mam otworzyć drzwi i pozwolić ci uciec?

— Cholera, to prawda! Byłem w podziemiach! Generatory
awaryjne nie dają wystarczającej ilości energii na pompowanie
freonu!

— Dziękuję za radę — odpowiedział Strathmore — ale
TRANSLATOR wyłącza się automatycznie po przekroczeniu
krytycznej temperatury. Jeśli się przegrzeje, sam przerwie pracę.

— Jest pan wariatem! — krzyknął Hale. — Kurwa, co mnie
obchodzi, czy TRANSLATOR wybuchnie? Ta przeklęta maszyna i tak powinna być zakazana.

— Dziecięca psychologia sprawdza się tylko w stosunku do
dzieci — westchnął Strathmore. — Puść ją.

— Żeby pan mógł mnie zastrzelić?

— Nie zastrzelę cię. Chcę tylko dostać klucz.

— Jaki klucz?

— Klucz, który przekazał ci Tankado — Strathmore znów
westchnął.

— Nie mam pojęcia, o czym pan mówi.

— Kłamca! — zdołała wtrącić Susan. — Widziałam listy, jakie pisał do ciebie Ensei!

Hale zesztywniał. Odwrócił ją twarzą w swoją stronę.

— Grzebałaś w moim terminalu?

— A ty przerwałeś pracę TRACERA — odpaliła Susan.

Poczuł raptowny wzrost ciśnienia krwi. Wydawało mu się, że dobrze zatarł wszystkie ślady; nie miał pojęcia, że Susan wie, co zrobił. Nic dziwnego, że nie wierzyła w jego słowa. Hale czuł się coraz bardziej osaczony. Wiedział już, że tym razem nie uda mu się załatwić sprawy gadaniem.

— Susan, to Strahmore zabił Chartrukiana — szepnął z desperacją.

— Puść ją — spokojnie powiedział komandor. — I tak ci nie uwierzy.

— Dlaczego miałaby uwierzyć? — odpowiedział Hale. — Ty kłamliwy sukinsynu! Zrobiłeś jej pranie mózgu! Mówisz jej tylko to, co ci pasuje! Czy ona wie, co naprawdę zamierzasz zrobić z Cyfrową Twierdzą?

— Cóż takiego? — zakpił Strathmore.

Hale wiedział, że to, co teraz powie, będzie albo biletem na wolność, albo wyrokiem śmierci. Wziął głęboki oddech i poszedł na całość.

— Zamierzasz umieścić w Cyfrowej Twierdzy tylną furtkę.

W ciemnościach zapadła cisza. Hale wiedział, że trafił w dziesiątkę.

— Kto ci to powiedział? — w głosie Strathmore'a pojawił się szorstki ton. Najwyraźniej to starcie było trudną próbą dla jego nerwów.

— Sam przeczytałem — odpowiedział gładko Hale, usiłując wykorzystać zmianę sytuacji. — Przejrzałem scenariusz, jaki układałeś za pomocą BrainStrom.

— Niemożliwe. Nigdy nie drukuję opracowanych scenariuszy.

— Wiem. Przeczytałem zapis bezpośrednio z twojego konta.

— Włamałeś się do mojego gabinetu? — sceptycznie spytał Strathmore.

— Nie. Przejrzałem twoje konto z Węzła numer trzy — Hale zmusił się do chichotu. Wiedział, że musi wykorzystać wszystkie umiejętności negocjacyjne, których nauczył się w piechocie morskiej, by wyjść z Krypto na własnych nogach.

Strathmore zbliżył się o krok. Trzymał berrettę w pozycji gotowej do strzału.

— Skąd wiesz o planach tylnej furtki?

— Już powiedziałem. Mam dostęp do twojego konta.

— To niemożliwe.

— Gdy się zatrudnia najlepszych, niekiedy pojawia się problem... mogą okazać się zbyt dobrzy — zakpił Hale.

— Młody człowieku — powiedział spokojnie Strathmore, choć cały kipiał. — Nie wiem, skąd masz te informacje, ale wpadłeś na całego. Albo puścisz natychmiast panią Fletcher, albo wezwę ochronę i resztę życia spędzisz w więzieniu.

— Nie zrobisz tego — rzeczowo odparł Hale. — Wezwanie ochrony oznaczałoby ruinę twoich planów. Wszystko opowiem. — Hale na chwilę zamilkł. — Jeśli mnie pan stąd wypuści i da spokój, to nigdy nie zdradzę tajemnicy Cyfrowej Twierdzy.

— Nie — odrzekł Strathmore. — Chcę mieć klucz.

— Nie mam żadnego pieprzonego klucza.

— Dość tych kłamstw! — krzyknął komandor. — Gdzie jest klucz?

Hale zacisnął mocniej ręce na szyi Susan.

— Jeśli mnie nie wypuścisz, ona umrze!

Trevor Strathmore brał udział w trudnych negocjacjach wystarczająco często, by wiedzieć, że Hale jest w groźnym stanie psychicznym. Młody kryptograf znalazł się w narożniku, a przeciwnik zepchnięty do narożnika jest zawsze groźny — zdesperowany i nieprzewidywalny. Następne posunięcie miało zatem krytyczne znaczenie — od tego zależało życie Susan i przyszłość Cyfrowej Twierdzy. Przede wszystkim należało zmniejszyć napięcie.

— Okej, Greg — westchnął ciężko po dłuższym namyśle. — Wygrałeś. Czego chcesz?

Milczenie. Hale chyba nie wiedział, jak zareagować na ugodowy ton komandora. Rozluźnił uścisk na szyi Susan.

— No... — wyjąkał. W jego głosie pojawiła się nagle niepewność. — Przede wszystkim oddaj mi pistolet. Oboje idziecie ze mną.

— Zakładnicy? — zimno zaśmiał się Strathmore. — Greg, wymyśl coś lepszego. Nim dojdziesz na parking, musisz minąć kilkunastu uzbrojonych strażników.

— Nie jestem taki głupi — prychnął Hale. — Jedziemy twoją windą. Susan jedzie ze mną! Ty zostajesz!

— Przykro mi to mówić — odrzekł Strathmore — ale winda nie działa, nie ma prądu.

— Gówno prawda! — krzyknął Hale. — Winda jest zasilana z głównego budynku! Oglądałem schemat instalacji elektrycznej.

— Już próbowaliśmy — wtrąciła Susan, starając się pomóc. — Winda nie działa.

— To niewiarygodne, jak macie oboje nasrane w głowach — warknął Hale. — Jeśli winda nie działa, to wyłączę TRANS-LATOR i przywrócę zasilanie!

— Winda działa na hasło — oznajmiła Susan.

— Wielka sprawa — zaśmiał się Hale. — Jestem pewny, że komandor zechce podzielić się z nami tajemnicą. Nieprawdaż, komandorze?

— Wykluczone — syknął Strathmore.

— Słuchaj, stary — Hale miał tego dość — oto propozycja. Wypuścisz mnie i Susan windą. Odjadę stąd samochodem i za kilka godzin ona będzie wolna.

Strathmore wyczuł, że stawka znowu wzrosła. Wciągnął w to Susan i teraz musiał ją jakoś uratować.

— A co z moimi planami w sprawie Cyfrowej Twierdzy? — powiedział głosem twardym jak kamień.

— Możesz zrobić swoją tylną furtkę — zaśmiał się Hale. — Ja nie powiem ani słowa. — W tym momencie w jego głosie pojawił się złowieszczy ton. — Jeśli jednak kiedyś zauważę, że ktoś mnie śledzi, natychmiast wszystko ujawnię. Powiem dziennikarzom, że Cyfrowa Twierdza jest spreparowana, i to będzie koniec całej tej pieprzonej organizacji!

Strathmore rozważał propozycję Hale'a. Była jasna i prosta. Susan będzie żyć, a Cyfrowa Twierdza zostanie wyposażona w tylną furtkę. Jeśli nie będzie ścigał Hale'a, istnienie tylnej furtki pozostanie tajemnicą. Komandor zakładał, że Hale nie potrafi trzymać języka za zębami, ale Cyfrowa Twierdza byłaby jego jedyną polisą na życie — być może okazałby się dostatecznie inteligentny, by zamknąć gębę na kłódkę. Niezależnie od tego, co się stanie, Strathmore wiedział, że zawsze może go wyeliminować.

— Zdecyduj się, stary — naglił kpiąco Hale. — Wychodzimy, czy nie? — spytał, zaciskając mocniej ręce na szyi Susan.

Strathmore zdawał sobie sprawę, że jeśli teraz sięgnie po telefon i wezwie ochronę, Susan będzie żyła. Gotów byłby założyć się o własną głowę, że Hale jej nie zabije. Jasno widział, jak potoczyłyby się wówczas zdarzenia. Telefoniczne wezwanie ochrony byłoby dla Hale'a kompletnym zaskoczeniem. Wpadłby w panikę i w obliczu armii ochroniarzy nie byłby zdolny do działania. Po takim pacie zdecydowałby się na kapitulację. Jeśli jednak wezwę ochronę, myślał Strathmore, mój plan legnie w gruzach.

Hale znów zacisnął palce. Susan jęknęła z bólu.

— No i co będzie?! — krzyknął. — Mam ją zabić?

Strathmore w dalszym ciągu rozważał możliwe warianty. Jeśli pozwoli Hale'owi opuścić Krypto z Susan jako zakładniczką, nie będzie miał żadnych gwarancji. Hale może odjechać, a potem zatrzymać się gdzieś w lesie. Będzie miał broń... Strathmore poczuł skurcz w brzuchu. Nie mógł przewidzieć, co się stanie, zanim Hale wypuści Susan... jeśli w ogóle to zrobi. Muszę wezwać ochronę, doszedł do wniosku. Czy jest jakieś inne wyjście? Wyobraził sobie, jak Hale zeznaje w sądzie i opowiada wszystko o Cyfrowej Twierdzy. *Mój plan będzie martwy. Musi być jakieś inne rozwiązanie.*

— Decyduj się! — zawołał Hale, ciągnąc Susan w kierunku schodów.

Komandor go nie słuchał. Jeśli uratowanie Susan wymaga zrezygnowania z Cyfrowej Twierdzy, to trudno — nic nie było warte jej życia. Życie Susan to za wysoka cena za realizację planu. Trevor Strathmore nie zamierzał jej zapłacić.

Hale wykręcił rękę Susan do tyłu i zmusił ją do pochylenia głowy.

— To twoja ostatnia szansa, stary! Daj mi pistolet!

Strathmore gorączkowo szukał jakiegoś innego rozwiązania. Zawsze są jakieś inne możliwości! Wreszcie przerwał milczenie. Mówił spokojnie, niemal ze smutkiem.

— Nie, Greg. Przykro mi, ale nie mogę pozwolić ci uciec.

— Co?! — wykrztusił Hale. Najwyraźniej był to dla niego szok.

— Wzywam ochronę.

— Komandorze! — z trudem krzyknęła Susan. — Nie!

— Jeśli wezwiesz ochronę, ona umrze! — Hale wzmocnił chwyt.

— Blefujesz, Greg! — Strathmore odpiął od paska telefon komórkowy i włączył go.

— Nigdy się na to nie odważysz! — krzyknął Hale. — Wszystko opowiem! Zniszczę twój plan! Brakuje ci tylko paru godzin, by spełnić swe marzenia! Będziesz kontrolował wszystkie przekazy danych na świecie! Bez TRANSLATORA. Bez żadnych ograniczeń. Po prostu swobodny dostęp do informacji. Taka okazja zdarza się raz w życiu! Nie zrezygnujesz z niej!

— Zaraz się przekonasz — odrzekł Strathmore stalowym głosem.

— Ale... co z Susan? — wyjąkał Hale. — Jeśli zadzwonisz, ona umrze.

— Jestem gotowy podjąć to ryzyko — zdecydowanie odpowiedział Strathmore.

— Gówno prawda! Na jej widok masz większą erekcję niż na myśl o Cyfrowej Twierdzy! Znam cię! Nie zaryzykujesz!

Susan chciała zaprotestować, ale Strathmore ją wyprzedził.

— Młody człowieku! Nie znasz mnie. Moja praca polega na podejmowaniu ryzyka. Chciałeś ostrej gry, to teraz pogramy! — Zaczął naciskać guziki telefonu. — Źle mnie oceniłeś, szczeniaku! Nie pozwolę, by ktokolwiek zagroził życiu moich pracowników i odszedł wolny! — Podniósł telefon i warknął do mikrofonu — Centrala? Proszę z ochroną!

— Zabiję ją! Przysięgam!

— Niczego takiego nie zrobisz! — oświadczył komandor. — Jeśli ją zabijesz, tylko pogorszysz swoją sytuację! — Strathmore przerwał i przycisnął telefon do ucha: — Ochrona? Tu komandor Trevor Strathmore. W Krypto doszło do pojmania zakładnika!

Proszę przysłać zespół antyterrorystyczny! Tak, teraz, do cholery! Nie działają również generatory. Proszę skierować do Krypto prąd ze wszelkich dostępnych źródeł zewnętrznych. Chcę, aby za pięć minut działały wszystkie systemy! Greg Hale zabił jednego z młodszych pracowników Sys-Sec i wziął zakładniczkę, głównego kryptografa. W razie konieczności możecie użyć gazu łzawiącego, nawet jeśli my również będziemy narażeni na jego działanie. Jeżeli Hale się nie podda, snajperzy mają go zastrzelić. Biorę na siebie całą odpowiedzialność. To rozkaz!

Hale stał jak skamieniały. Nie mógł uwierzyć w to, co usłyszał. Rozluźnił chwyt.

Strathmore wyłączył telefon i zaczepił go za pasek.

— Twoje posunięcie, Greg.

Rozdział 81

Becker stał obok automatu telefonicznego na lotnisku. Miał załzawione oczy. Paliła go twarz i dostał mdłości, ale mimo to był w doskonałym nastroju. Wreszcie koniec tego szaleństwa. Naprawdę. Mógł już wracać do domu. Na palcu miał to, czego tak długo szukał. Podniósł rękę i mrużąc oczy, przyjrzał się złotemu pierścionkowi. Nie mógł skupić wzroku na tyle, by odczytać napis, ale miał wrażenie, że nie jest to tekst angielski. Pierwszy znak to Q, O lub zero. Becker z trudem odczytał kilka innych. Wydawało mu się, że nie składają się na żadną sensowną całość. *I to ma być sprawa bezpieczeństwa narodowego?*

Wszedł do budki telefonicznej, żeby zadzwonić do Strathmore'a. Nim skończył wybierać międzynarodowy prefiks, usłyszał nagrany komunikat: *„Todos los circuitos están ocupados. Wszystkie linie są zajęte. Proszę odłożyć słuchawkę i ponownie spróbować później"*. Skrzywił się i odłożył telefon. Zapomniał, że próba uzyskania międzynarodowego połączenia w Hiszpanii przypomina grę w ruletkę. Sukces zależy od szczęścia. Musiał zadzwonić ponownie za kilka minut.

Z trudem ignorował palenie pieprzu pod powiekami. Megan powiedziała mu, by nie tarł oczu, bo będzie jeszcze gorzej. David nie był w stanie tego sobie wyobrazić. Niecierpliwie zadzwonił jeszcze raz. Znowu wszystkie linie zajęte. Nie mógł już dłużej wytrzymać — paliły go oczy i chciał konieczne przemyć je zimną wodą. Strathmore będzie musiał poczekać kilka minut. Becker niemal na oślep ruszył przed siebie.

Przed toaletą dla mężczyzn wciąż stał wózek sprzątacza. Becker skierował się ku drzwiom z napisem *DAMAS*. Miał wrażenie, że dochodzą z niej jakieś odgłosy.

— *¿Hola?* — zapukał.

Cisza.

Pewnie Megan, pomyślał. Miała pięć godzin do startu następnego samolotu do Stanów i powiedziała Beckerowi, że spróbuje zmyć napis z przedramienia.

— Megan? — krzyknął David i zapukał jeszcze raz. Nie doczekał się odpowiedzi. Pchnął drzwi. — Halo? — Wszedł do środka. Nie dostrzegł nikogo. Wzruszył ramionami i podszedł do umywalki.

W dalszym ciągu była brudna, ale z kranu płynęła zimna woda. Becker przepłukał oczy. Czuł, jak zaciskają się pory skóry. Ból wyraźnie się zmniejszył, a mgła się uniosła. Spojrzał na swoje odbicie w lustrze. Wyglądał tak, jakby płakał od tygodnia.

Wytarł twarz rękawem i nagle doznał olśnienia. Napięcie sprawiło, że zapomniał, gdzie się znajduje. Przecież był na lotnisku! Gdzieś na płycie lotniska lub w jednym z trzech prywatnych hangarów czekał learjet 60, żeby zabrać go do domu. Pilot powiedział wyraźnie: „Mam rozkaz czekać tutaj, aż będzie pan wracał".

Trudno w to uwierzyć, pomyślał Becker. Po tych wszystkich burzliwych zdarzeniach wrócił do punktu wyjścia. Na co czekam? — zaśmiał się. Z pewnością pilot może zawiadomić Strathmore'a przez radio!

Jeszcze raz spojrzał w lustro i poprawił krawat. Już miał iść do wyjścia, gdy dostrzegł w lustrze coś, co zwróciło jego uwagę. Odwrócił się. Spod częściowo otwartych drzwi kabiny wystawała torba podróżna Megan.

— Megan?! — zawołał. Nie odpowiedziała. — Megan?

Podszedł do kabiny i mocno zapukał. Cisza. Powoli otworzył drzwi.

Na widok Megan z trudem powstrzymał krzyk zgrozy. Dziewczyna siedziała na sedesie, ze wzrokiem wbitym w sufit. Z otworu po pocisku w samym środku czoła spływała krew.

— Jezu... — jęknął.

— *Está muerta* — za jego plecami rozległ się niemal nieludzki głos. — Nie żyje.

To był jakiś koszmar. Becker szybko się odwrócił i wyszedł z kabiny.

— *¿Señor Becker?* — Znowu ten sam głos.

Oszołomiony Becker przyjrzał się mężczyźnie, który wszedł do toalety. Miał wrażenie, że już go widział.

— *Soy Hulohot* — przedstawił się morderca. — Nazywam się Hulohot. — Mówił, zniekształcając słowa, tak jakby jego głos wydobywał się gdzieś z brzucha. Wyciągnął rękę. — *El anillo.* Pierścień.

Becker gapił się na niego i stał nieruchomo.

Mężczyzna sięgnął do kieszeni i wyciągnął pistolet. Podniósł go i wycelował w głowę Beckera.

— *El anillo.*

Becker zachował się tak, jak mu nakazała nagle obudzona czujność. Nigdy wcześniej nie przeżył czegoś podobnego. Jakby na polecenie instynktu przetrwania wszystkie mięśnie jego ciała gwałtownie się napięły i wyskoczył na ukos w górę. Hulohot strzelił, ale Becker był w powietrzu. Wylądował na Megan. Pocisk uderzył w ścianę i posypały się odłamki glazury.

— *¡Mierda!* — zaklął Hulohot.

Jakimś cudem Becker zrobił unik. Zabójca zbliżył się do kabiny.

Becker szybko się podniósł. Słyszał kroki i głośny oddech. Morderca zarepetował broń.

— *Adiós* — szepnął Hulohot i skoczył jak pantera.

Padł strzał, a w powietrzu mignęło coś czerwonego. Jakiś przedmiot zmaterializował się w powietrzu i uderzył w pierś mordercy, który niechcący pociągnął za spust odrobinę za wcześnie. To była torba podróżna Megan.

Becker wyskoczył z kabiny jak pocisk. Uderzył ramieniem w pierś Hulohota i przygniótł go do umywalki. Rozległ się głośny trzask. Lustro rozprysnęło się na kawałki. Pistolet upadł na posadzkę. Obaj runęli na podłogę. Becker jednym ruchem uwolnił się od przeciwnika i poderwał na nogi, po czym pognał do drzwi. Hulohot podniósł pistolet, obrócił i wystrzelił. Kula trafiła w drzwi toalety.

Rozległa hala wydała się Beckerowi pustynią nie do przebycia. Biegł szybciej niż kiedykolwiek w życiu.

Gdy wpadł w obrotowe drzwi, usłyszał za plecami kolejny strzał. Tym razem pocisk rozbił szybę drzwi. Posypała się kaskada odłamków. Becker naparł ramieniem i drzwi się obróciły. Po chwili wyskoczył na chodnik.

Przed wejściem stała taksówka.

— ¡Déjame entrar! — krzyknął, szarpiąc za zamknięte drzwi. — Proszę mnie wpuścić!

Kierowca odmówił — czekał na pasażera, mężczyznę w drucianych okularach. Becker obejrzał się. Hulohot biegł przez halę z pistoletem w dłoni. Becker spojrzał na niewielką vespę.

Jestem już martwy, pomyślał.

Hulohot przedostał się przez obrotowe drzwi, i zobaczył, jak Becker na próżno kopie starter. Uśmiechnął się i uniósł pistolet.

Ssanie! Becker manipulował przy dźwigniach pod bakiem. Jeszcze raz kopnął starter. Silnik zakasłał i zgasł.

— El anillo. Pierścień. — Morderca był już blisko.

Becker uniósł głowę. Widział lufę pistoletu. Ponownie kopnął starter.

Hulohot strzelił, ale znowu spudłował, bo mały motocykl nagle gwałtownie ruszył naprzód. Becker z trudem utrzymał równowagę, zjeżdżając z krawężnika. Okrążył budynek i wjechał na pas startowy.

Rozwścieczony Hulohot podbiegł do taksówki. Po kilku sekundach oszołomiony kierowca leżał na chodniku i patrzył, jak jego samochód znika w chmurze kurzu.

Rozdział 82

Greg Hale był zszokowany decyzją Strathmore'a. Stopniowo docierały do niego wszystkie jej konsekwencje. Poczuł, że ogarnia go panika. Zaraz tu będzie ochrona! Susan spróbowała niepostrzeżenie wysunąć się z jego objęć. Hale oprzytomniał i chwycił ją w pasie.

— Puść mnie! — krzyknęła. Jej głos odbił się echem w kopule Krypto.

Hale gorączkowo myślał. Telefon komandora całkowicie go zaskoczył. Strathmore zadzwonił po ochronę! Zrezygnował z Cyfrowej Twierdzy!

A przecież ten program to dla NSA niezwykła okazja. Zainstalowanie w nim tylnej furtki było szansą, która zdarza się raz w życiu. Dlatego Hale całkowicie odrzucał możliwość rezygnacji z Cyfrowej Twierdzy.

Pod wpływem paniki wyobraźnia zaczęła płatać mu figle. Miał wrażenie, że wszędzie widzi lufę pistoletu komandora. Obracał się dookoła, przyciskając do siebie Susan, aby komandor nie mógł strzelić. Ciągnął ją na oślep ku schodom. Już za pięć minut zapalą się światła, otworzą drzwi i do sali wpadną antyterroryści.

— Boli mnie! — wykrztusiła Susan. Z trudem łapała oddech.

Hale szarpał ją we wszystkie strony, kręcąc desperackie piruety.

Zastanawiał się, czy nie lepiej ją puścić i pobiec do windy Strathmore'a, ale to byłoby samobójstwo. Nie znał hasła. Poza tym gdyby znalazł się poza budynkiem NSA bez zakładniczki, nie miałby przed sobą długiego życia. Nawet swoim lotusem nie zdołałby uciec przed helikopterami agencji. Tylko Susan może powstrzymać Strathmore'a przed zdmuchnięciem mnie z drogi! — doszedł do wniosku.

— Chodź ze mną — spróbował ją przekonać, jednocześnie ciągnąc ku schodom. — Przysięgam, że nie zrobię ci krzywdy!

Susan jednak stawiała opór i w tym momencie Hale zdał sobie sprawę, że czekają go jeszcze dodatkowe problemy. Gdyby w jakiś sposób dostał się do windy komandora i zmusił Susan, by poszła z nim, bez wątpienia musiałby walczyć z nią przez całą drogę. Wiedział, że winda zatrzymuje się tylko w jednym miejscu, na poziomie „podziemnej autostrady" — prawdziwego labiryntu tuneli, którymi poruszali się w tajemnicy władcy NSA. Hale nie miał ochoty zabłądzić w podziemiach z oporną zakładniczką na dokładkę. To była śmiertelna pułapka. Nawet gdyby jakoś się wydostał, nie miał żadnej broni. W jaki sposób zmusiłby Susan do przejścia na parking? Jak miałby prowadzić samochód?

Przypomniał sobie nauki wykładowcy strategii z czasów służby w piechocie morskiej:

Jeśli używasz siły, masz do czynienia z przeciwnikiem. Jeśli przekonasz go, by myślał tak jak ty, będzie twoim sprzymierzeńcem.

— Susan — powiedział. — Strathmore jest mordercą! Tutaj grozi ci niebezpieczeństwo!

Susan jakby nie słyszała jego słów. Hale zdawał sobie sprawę, że to absurdalna próba: Strathmore nigdy nie zrobiłby jej krzywdy i Susan doskonale to wiedziała.

Wytężał wzrok w ciemnościach, zastanawiając się, gdzie ukrył się komandor, który nagle całkowicie zamilkł, co dodatkowo niepokoiło Hale'a. Czuł, że ma mało czasu. W każdej chwili do sali mogli wbiec antyterroryści.

Poczuł przypływ energii. Chwycił Susan w pasie i pociągnął po schodach w górę. Susan zaparła się obcasami o stopień. Na próżno. Bez trudu przełamał jej opór.

Ostrożnie wycofywał się po schodach, ciągnąc za sobą Susan. Łatwiej byłoby pchać ją przodem, ale górny podest był oświetlony przez monitory w gabinecie Strathmore'a. Gdyby szła pierwsza, komandor mógłby z łatwością strzelić mu w plecy. Teraz Susan stanowiła jego tarczę, osłaniała go przed strzałem z dołu, z głównej sali Krypto.

Mniej więcej po pokonaniu jednej trzeciej schodów miał wrażenie, że na dole ktoś się poruszył. *Strathmore podjął akcję!*

— Lepiej nie próbuj! — krzyknął. — W ten sposób ona zginie.

Czekał. W Krypto panowała cisza. Uważnie nasłuchiwał. Nic. Kompletna cisza. A może mu się zdawało? To nie miało znaczenia. Strathmore z pewnością nie zaryzykuje strzału, gdy między nimi jest Susan.

Gdy jednak Hale znów ruszył, stało się coś, czego nie przewidział. Na górnym podeście rozległo się ciche tupnięcie. Hale zatrzymał się. Poczuł przypływ adrenaliny. Czy Strathmore prześlizgnął się na górę? Instynkt podpowiadał mu, że komandor jest na dole. Nagle znów usłyszał tupnięcie, tym razem zupełnie wyraźne. Ktoś był na górnym podeście!

Hale z przerażeniem stwierdził, że popełnił błąd. *Strathmore jest na górze, za mną! W każdej chwili może strzelić mi w plecy!* Natychmiast schował się za Susan i zaczęli schodzić.

Po chwili był na dole. Spojrzał w kierunku podestu.

— Z drogi, komandorze! Z drogi lub skręcę...

W tym momencie rozległ się świst i Hale otrzymał potężny cios kolbą pistoletu w głowę. Zwalił się na podłogę.

Susan wyrwała się z jego rąk. Nie miała pojęcia, co się dzieje. Strathmore chwycił ją i objął ramionami. Cała drżała.

— Cicho... — powiedział łagodnie. — To ja. Wszystko w porządku.

— Komandorze? — wyjąkała zdezorientowana. — Myślałam... myślałam, że jest pan na górze... Słyszałam...

— Spokojnie — szepnął Strathmore. — Słyszałaś uderzenie mojego buta o podest.

Susan śmiała się przez łzy. Komandor uratował jej życie. Stojąc w ciemnościach, poczuła ogromną ulgę, ale równocześnie czuła się winna. Gdyby nie dopuściła do tego, by Hale ją chwycił i wykorzystał przeciw Strathmore'owi, komandor nie musiałby wzywać ochrony. Zdawała sobie sprawę, że Strathmore zapłacił wysoką cenę, żeby ją uratować.

— Przepraszam — powiedziała.

— Za co?

— Pańskie plany... co do Cyfrowej Twierdzy. Teraz już nic z tego nie będzie.

— Bynajmniej — pokręcił głową Strathmore.

— Jak to? A co z ochroną? Będą tu lada chwila. Nie mamy dość czasu, żeby...

— Ochrona wcale tu nie przyjdzie, Susan. Mamy mnóstwo czasu.

Już nic nie rozumiała. Ochrona nie przyjdzie?

— Przecież pan zadzwonił...

— Stara sztuczka — zaśmiał się Strathmore. — Tylko udawałem, że dzwonię.

Rozdział 83

Vespa była bez wątpienia najmniejszym pojazdem, jaki kiedykolwiek pędził po płycie lotniska w Sewilli. Gdy osiągnęła prędkość osiemdziesięciu kilometrów na godzinę, jej silnik wył jak piła mechaniczna, a nie jak motocykl. Niestety vespa miała zbyt małą moc, by ulecieć w powietrze.

Becker zobaczył w bocznym lusterku, że na ciemny pas startowy wjeżdża taksówka. Miał czterysta metrów przewagi, ale samochód szybko się zbliżał. Spojrzał przed siebie. Na tle nocnego nieba, po przeciwnej stronie lotniska, w odległości około ośmiuset metrów widział zarysy hangarów. Przez chwilę zastanawiał się, czy na takim dystansie taksówka może go dogonić. Susan z pewnością potrzebowałaby tylko dwóch sekund, żeby wykonać niezbędne obliczenia. Becker jeszcze nigdy nie bał się tak jak w tej chwili.

Pochylił się do przodu i przekręcił do końca rączkę gazu. To był kres możliwości vespy. Becker ocenił, że taksówka jedzie z prędkością stu pięćdziesięciu kilometrów na godzinę, dwa razy szybciej niż on. Wbił wzrok w trzy hangary. Ten środkowy. Tam stoi learjet. Usłyszał odgłos strzału.

Pocisk trafił w płytę lotniska kilka metrów za nim. Becker obejrzał się. Zabójca wychylał się przez okno i celował. Becker gwałtownie skręcił. Pocisk trafił w boczne lusterko, które rozsypało się na małe kawałki. Uderzenie szarpnęło kierownicą. Becker położył się na płask na motocyklu. *Boże, ratuj, bo nie dam rady!*

Vespa wjechała na jaśniejszą część pasa startowego przed hangarem. Taksówka była już blisko, a światła reflektorów rzucały niesamowite cienie na betonową płytę. Znów rozległ się huk strzału. Tym razem pocisk odbił się od ramy motocykla. Becker powstrzymał się przed zrobieniem uniku. *Muszę dotrzeć do hangaru!* Zastanawiał się, czy pilot learjeta zorientował się już, co się dzieje. Czy ma broń? Czy otworzy w porę drzwi kabiny? Gdy jednak Becker podjechał do oświetlonego hangaru, stwierdził, że te pytania nie mają znaczenia. Nigdzie nie było widać learjeta. Zmrużył łzawiące oczy i modlił się, by to była tylko halucynacja. Niestety. Hangar był pusty. *Boże! Gdzie jest samolot?!*

Gdy oba pojazdy wjechały pełnym gazem do pustego hangaru, Becker rozpaczliwie szukał jakiejś drogi ucieczki. Nie widział żadnej. W tylnej ścianie hangaru, zrobionej z blachy falistej, nie było ani drzwi, ani okien. Taksówka pędziła tuż obok niego. Kątem oka zauważył, że Hulohot podnosi pistolet.

Odruchowo nacisnął hamulce, co prawie w ogóle nie wpłynęło na prędkość vespy. Posadzka w hangarze była pokryta olejem. Motocykl natychmiast wpadł w poślizg.

Kilka metrów od niego rozległ się ogłuszający pisk. Łyse opony taksówki nie zapewniały dostatecznej przyczepności na śliskiej powierzchni. Samochód zawirował w odległości zaledwie kilkudziesięciu centymetrów od vespy. Czuć było swąd palonej gumy, a spod kół wydobywał się dym.

Kierowcy przestali panować nad swoimi pojazdami, które pędziły na spotkanie ze ścianą hangaru. Becker rozpaczliwie naciskał hamulec, ale na próżno — czuł się tak, jakby jechał po lodzie. Szybko zbliżał się do potężnej ściany. Obok niego bezwładnie wirowała taksówka. Becker spojrzał na ścianę i skurczył się w sobie, oczekując na uderzenie.

Rozległ się rozdzierający uszy zgrzyt metalu. Becker nie czuł jednak najmniejszego bólu. Znalazł się na dworze, wciąż siedział na vespie i jechał po łące. Jakimś cudem ściana hangaru uniosła się przed nim. Taksówka jechała w niewielkiej odległości od motocykla, a na jej masce i przedniej szybie leżał ogromny arkusz blachy falistej.

Becker dodał gazu i zniknął w ciemnościach.

Rozdział 84

Jabba skończył lutować i westchnął z zadowoleniem. Wyłączył lutownicę, odłożył latarkę i przez chwilę leżał bez ruchu w ciemnym wnętrzu komputera. Był zmęczony, bolał go kark. Wszelkie operacje wewnątrz komputerów zawsze były trudne z powodu ciasnoty, a dla człowieka o jego rozmiarach szczególnie uciążliwe.

A ciągle budują coraz mniejsze, westchnął.

Zamknął oczy i przez chwilę rozkoszował się zasłużonym odpoczynkiem, ale nagle ktoś szarpnął go za but.

— Jabba! Wyłaź stamtąd! — rozległ się kobiecy głos.

Midge mnie znalazła, pomyślał.

— Wyłaź, i to natychmiast!

Jabba niechętnie wypełzł na zewnątrz.

— Na litość boską, Midge, przecież już ci powiedziałem... — zaczął, ale zaraz urwał. To nie była Midge. — Soshi? — spojrzał w górę i bardzo się zdziwił.

Soshi Kuta przypominała kroplę rtęci. Ważyła zaledwie czterdzieści parę kilogramów. Była prawą ręką Jabby; skończyła elektronikę na MIT i odznaczała się wybitną inteligencją. Często pracowała z nim do późnych godzin wieczornych i była jedynym członkiem całego zespołu, który nie bał się szefa. Rzuciła mu ostre spojrzenie.

— Do cholery, dlaczego nie odebrałeś telefonu i nie zareagowałeś na moje wezwanie?

— Twoje wezwanie? — powtórzył Jabba. — Myślałem, że to...

— Nie ma znaczenia. Coś dziwnego dzieje się z głównym bankiem danych.

Jabba spojrzał najpierw na zegarek.

— Dziwnego? — zaczął się niepokoić. — Możesz mówić nieco konkretniej?

Dwie minuty później Jabba pędził już korytarzem w kierunku banku danych.

Rozdział 85

Greg Hale leżał skulony na podłodze w Węźle nr 3. Strath-more i Susan przywlekli go tutaj z Krypto i związali dwunasto-żyłowym kablem od drukarek laserowych.

Susan nie mogła przestać myśleć o niezwykłym manewrze komandora. Udał, że dzwoni! Obezwładnił Hale'a, uratował Susan i znalazł czas na zmodyfikowanie Cyfrowej Twierdzy. Spojrzała z niechęcią na związanego kryptografa. Hale ciężko oddychał. Strathmore siedział na sofie, trzymając pistolet na kolanach. Susan zmusiła się do skupienia uwagi na terminalu i poszukiwaniach losowego łańcucha znaków.

To już była czwarta próba. Również nie dała żadnego wyniku.

— Nie mamy szczęścia — westchnęła. — Chyba będziemy musieli poczekać, aż David znajdzie kopię klucza.

— Jeśli Davidowi nie uda się znaleźć pierścienia lub jeśli klucz wpadnie w niewłaściwe ręce... — odrzekł Strathmore, rzucając jej krytyczne spojrzenie.

Strathmore nie musiał kończyć zdania. Susan rozumiała. Dopóki nie zastąpią programu Cyfrowej Twierdzy na stronie internetowej Tankada nową wersją z tylną furtką, dopóty klucz będzie zagrażał całemu planowi.

— Gdy już wymienimy pliki — dodał Strathmore — nic mnie nie obchodzi, ile będzie krążyć kluczy. Im więcej, tym weselej. — Nakazał gestem, by kontynuowała poszukiwania. — Na razie ścigamy się z czasem.

Susan otworzyła usta, by przyznać mu rację, ale jej słowa utonęły w nagłym ryku syreny. Ciszą Krypto wstrząsnęło wycie syren w podziemiach. Susan i Stathmore spojrzeli po sobie. Oboje byli zaskoczeni.

— A to co ma znaczyć?! — krzyknęła Susan w przerwie między kolejnymi dźwiękami.

— TRANSLATOR! — odkrzyknął Strathmore. Wydawał się zaniepokojony. — Przegrzewa się! Być może Hale miał rację, że generatory awaryjne nie zapewniają energii na pompowanie dostatecznej ilości freonu.

— Dlaczego zatem komputer nie wyłączył się automatycznie? Strathmore zastanawiał się przez chwilę.

— To pewnie jakieś zwarcie!

W głównej sali i w Węźle zapaliły się pulsujące, pomarańczowe światła alarmowe. W ich świetle Susan zobaczyła zaniepokojoną twarz komandora.

— Lepiej niech pan wyłączy komputer! — zawołała.

Strathmore kiwnął głową. Nikt nie mógł przewidzieć, co stałoby się, gdyby doszło do zapłonu trzech milionów przegrzanych krzemowych procesorów. Musiał pójść do swojego gabinetu i wyłączyć TRANSLATOR, nim ktoś na zewnątrz zauważy kryzys i postanowi przysłać na pomoc oddział specjalny.

Spojrzał na nieprzytomnego Hale'a. Położył pistolet na stoliku przy monitorze terminalu, tak aby Susan miała go w zasięgu ręki.

— Zaraz wracam! — spróbował przekrzyczeć wycie syren. Gdy znikał w dziurze w ścianie Węzła nr 3, odwrócił się jeszcze w jej stronę. — Znajdź ten klucz!

Susan przejrzała wyniki kolejnych nieudanych prób znalezienia klucza. Miała nadzieję, że Strathmore zaraz wyłączy komputer. Hałas i pulsujące światła w Krypto sprawiały, że czuła się tak, jakby obok startowała rakieta.

Hale zaczął się poruszać. Reagował grymasem na każdy dźwięk syreny. Susan sama się zdziwiła, gdy instynktownie chwyciła pistolet. Kiedy Hale otworzył oczy, zobaczył stojącą nad nim Susan Fletcher z pistoletem wymierzonym w jego krocze.

— Gdzie jest klucz? — spytała od razu.

— Co się stało? — Hale najwyraźniej był zupełnie zdezorientowany.

— Spieprzyłeś wszystko, to się stało. Gdzie jest klucz? Spróbował się poruszyć, ale po chwili zdał sobie sprawę, że jest związany. Na jego twarzy pojawił się wyraz paniki.

— Rozwiąż mnie!

— Muszę mieć klucz! — powtórzyła Susan.

— Nie mam klucza! Rozwiąż mnie! — Usiłował się podnieść, ale mógł tylko potoczyć się po podłodze.

— To ty jesteś North Dakota i Ensei Tankado dał ci kopię klucza! — krzyknęła Susan między kolejnymi sygnałami syreny. — Muszę go mieć, i to zaraz!

— Zwariowałaś! — sapnął Hale. — Nie jestem North Dakotą! — Hale daremnie próbował uwolnić się od więzów.

— Nie kłam — gniewnie odrzekła Susan. — Skąd zatem wzięła się cała korespondencja North Dakoty na twoim koncie?

— Już ci powiedziałem! — przekonywał ją Hale. Syreny wciąż wyły. — Przeglądałem konto Strathmore'a! Listy elektroniczne na moim koncie to kopie listów z konta Strathmore'a! To COMINT przechwytywał na jego polecenie listy Tankada!

— Gówno prawda! Nigdy nie udałoby ci się dobrać do konta Strathmore'a!

— Nic nie rozumiesz! — krzyknął Hale. — Już wcześniej ktoś założył urządzenia do podsłuchu i podglądu. — Hale mówił w krótkich przerwach między kolejnymi sygnałami syren. — To pewnie dyrektor Fontaine! Ja tylko wykorzystałem okazję! Musisz mi uwierzyć. W ten sposób poznałem plany zmodyfikowania Cyfrowej Twierdzy! Przejrzałem scenariusz, jaki opracował za pomocą BrainStorm!

Scenariusze BrainStorm? Susan zaczęła się zastanawiać. Strathmore z pewnością opracował swój plan za pomocą tego programu. Jeśli ktoś miał dostęp do konta komandora, mógł z łatwością poznać jego tajemnice...

— Modyfikowanie Cyfrowej Twierdzy to szaleństwo! — ciągnął Hale. — Sama doskonale wiesz, co by to oznaczało. NSA miałaby dostęp do wszystkiego! — Ryk syren zagłuszał jego słowa, ale Hale zachowywał się jak opętany. — Może twoim zdaniem jesteśmy gotowi wziąć na siebie taką odpowiedzialność? Czy ktokolwiek może to zrobić? To cholerna krótkowzroczność! Pewnie uważasz, że nasz rząd działa zgodnie z najlepszym interesem obywateli. Wspaniale. Co jednak się stanie, jeśli w przyszłości jakiś rząd nie będzie brał pod uwagę interesów obywateli? Też będzie mógł korzystać z tej techniki! Technika pozostanie już na zawsze! Susan ledwo go słyszała. W Krypto panował ogłuszający hałas.

Hale próbował się uwolnić. Patrzył Susan w oczy i wciąż krzyczał.

— Do diabła, jak obywatele mają się bronić przed państwem policyjnym, jeśli facet na górze będzie miał dostęp do wszystkich kanałów łączności? Jak mają zaplanować bunt?

Słyszała to wiele razy. EFF często odwoływała się do argumentu o przyszłym rządzie.

— Trzeba powstrzymać Strathmore'a! — wrzasnął Hale. — Popizysiągłem sobie, że ja to zrobię! Tym właśnie zajmowałem się tu w Krypto całymi dniami. Przeglądałem jego konto, czekałem, aż podejmie działanie, by wykryć moment, w którym zamieni programy. Potrzebowałem dowodu, że to on napisał tylną furtkę. Dlatego skopiowałem jego wszystkie listy elektroniczne na moje konto. Dowodzą, że od dawna obserwował rozwój Cyfrowej Twierdzy. Zamierzałem o wszystkim opowiedzieć dziennikarzom.

Susan poczuła przyśpieszone bicie serca. Czy dobrze go zrozumiała? To zabrzmiało niespodziewanie autentycznie. Pasowało do Grega Hale'a. Czy to możliwe? Jeśli Hale dowiedział się o planie zainstalowania tylnej furtki w Cyfrowej Twierdzy, mógł czekać, aż cały świat będzie używał tego algorytmu, a potem rozgłosić sensacyjną wiadomość i na dokładkę miałby dowody!

Wyobraziła sobie nagłówki w gazetach: KRYPTOGRAF GREG HALE UJAWNIA TAJNY AMERYKAŃSKI PLAN KONTROLI NAD WSZYSTKIMI INFORMACJAMI.

Czy to powtórka ze Skipjacka? Ponowne ujawnienie planów NSA sprawiłoby, że Greg Hale zdobyłby sławę, o jakiej nie mógł śnić nawet w najśmielszych marzeniach. To pogrążyłoby NSA na dobre. Nagle zaczęła się zastanawiać, czy przypadkiem Hale nie mówi prawdy. Nie! — ucięła swoje myśli. Oczywiście, że nie!

— Przerwałem program TRACER, bo myślałem, że to mnie szukasz! — przekonywał ją Hale. — Sądziłem, że podejrzewasz, iż ktoś miał dostęp do konta Strathmore'a. Nie chciałem, żebyś znalazła przeciek i przypisała go mnie!

To możliwe, ale mało prawdopodobne, pomyślała.

— Dlaczego zatem zabiłeś Chartrukiana? — rzuciła ostrym tonem.

— Wcale go nie zabiłem! — wrzasnął Hale. — Strathmore go zepchnął z pomostu! Widziałem to z dołu! Chartrukian chciał wezwać Sys-Sec. To zrujnowałoby plan Strathmore'a! *Hale jest dobry. Ma odpowiedź na wszystko.*

— Rozwiąż mnie! — prosił Hale. — Nie zrobiłem nic złego!

— Nie zrobiłeś nic złego?! — wykrzyknęła Susan. Zastanawiała się, dlaczego Strathmore jeszcze nie wrócił. — Razem z Tankadem chciałeś zrobić z NSA zakładnika. W każdym razie dopóki go nie oszukałeś. Powiedz mi — zażądała — czy Tankado naprawdę zmarł na serce, czy jakiś twój kumpel go zamordował?

— Jesteś zaślepiona! — krzyknął Hale. — Czy nie potrafisz dostrzec, że nie brałem w tym udziału? Rozwiąż mnie! Za chwilę będą tu ochroniarze!

— Nie będzie żadnych ochroniarzy — parsknęła Susan.

— Co takiego? — Hale zbladł.

— Strathmore udawał, że dzwoni — wyjaśniła.

Otworzył szeroko oczy. Przez chwilę leżał nieruchomo, jak sparaliżowany, po czym zaczął się gwałtownie szarpać.

— Strathmore mnie zabije! To pewne! Za dużo wiem!

— Spokojnie, Greg.

— Jestem niewinny! — Syreny niemal zagłuszyły jego krzyk.

— Kłamiesz! Mam dowód! — Susan okrążyła pierścień terminali i zatrzymała się przy swoim. — Wspomniałeś o TRACERZE. Wysłałam go po raz drugi! Może sprawdzimy, czy jest już odpowiedź?

Migająca ikona na ekranie sygnalizowała, że TRACER rzeczywiście przesłał wynik poszukiwań. Susan chwyciła mysz i otworzyła okienko. Wynik przypieczętuje los Hale'a, pomyślała. *Hale to North Dakota.* Kliknęła na instrukcję OTWÓRZ ODPOWIEDŹ. *Hale to...*

Susan przerwała wewnętrzny dialog. Stała zupełnie oszoło-

316

miona wynikiem poszukiwań. To musi być jakiś błąd, uznała. Odpowiedź była zupełnie nieprawdopodobna. Oparła się o stolik i przeczytała ponownie. Taki sam wynik otrzymał Strathmorc, gdy sam wysłał program. Susan sądziła, że Strathmore popełnił jakiś błąd, ale nie miała wątpliwości, że sama skonfigurowała program poprawnie.

Mimo to informacja na ekranie monitora wydawała się jej niewiarygodna:

NDAKOTA=ET@DOSHISHA.EDU

— ET? — szepnęła ze zdumieniem. — Ensei Tankado to North Dakota?

To było niewyobrażalne. Jeśli wynik poszukiwań był poprawny, to Ensei Tankado i North Dakota byli jedną i tą samą osobą. Susan nie mogła uporządkować myśli. Dodatkowo przeszkadzało jej wycie syren. Dlaczego Strathmore jeszcze nie wyłączył tego cholernego ryku?!

— Jaka jest odpowiedź? Powiedz mi! — Hale przekręcił się na bok, aby mógł widzieć Susan.

Ona jednak odizolowała się mentalnie od jego krzyków i otaczającego ją chaosu. *Ensei Tankado to North Dakota...*

Przestawiała w myślach elementy układanki, tak aby pasowały do siebie. Jeśli Ensei Tankado to North Dakota, to wysyłał listy elektroniczne do samego siebie... a zatem nie istnieje żaden North Dakota. Tankado wymyślił swego partnera i wszystkich oszukał.

North Dakota to duch, pomyślała. Zasłona dymna i lustro.

To był błyskotliwy manewr. Najwyraźniej Strathmore obserwował tę partię tenisa tylko z jednej strony. Skoro piłka wracała, to uznał, że po drugiej stronie siatki stoi ktoś, kto ją odbija. W rzeczywistości Tankado grał ze ścianą. W listach pisanych do siebie wychwalał zalety Cyfrowej Twierdzy. Wysyłał listy na anonimowy adres, a po kilku godzinach dostawał je z powrotem.

Teraz wszystko stało się oczywiste. Tankado chciał, żeby Strathmore czytał jego listy... chciał, żeby przechwytywał pocztę elektroniczną. W ten sposób Ensei Tankado stworzył sobie zabezpieczenie bez konieczności przekazywania komukolwiek kopii klucza. Oczywiście, żeby to wszystko wydawało się wiarygodne, musiał użyć anonimowego adresu... wszystko musiało wyglądać dostatecznie tajnie, aby nie wzbudziło podejrzeń. North Dakota nie istniał. To był teatr jednego aktora.

Teatr jednego aktora.

Susan pomyślała z przerażeniem, że Tankado mógł wykorzystać udawaną korespondencję do tego, by przekonać Strathmore'a do czegokolwiek.

Przypomniała sobie swoją pierwszą reakcję na wiadomość o szyfrze, którego nie można złamać. Gotowa była przysiąc, że to niemożliwe. To mogło mieć groźne konsekwencje... Susan poczuła skurcz w brzuchu. Czy mieli jakikolwiek dowód, że Tankado naprawdę stworzył Cyfrową Twierdzę? Jedynie jego przechwałki w listach elektronicznych. No i oczywiście to, że TRANSLATOR nie odszyfrował pliku. Komputer liczył coś już od ponad dwudziestu godzin, tak jakby wykonywał nieskończoną pętlę. Susan wiedziała jednak, że istnieją jeszcze inne programy, które mogłyby mieć taki skutek. Programy, które można napisać bez porównania łatwiej niż całkowicie bezpieczny algorytm szyfrowania.

Wirusy.

Poczuła ciarki na plecach.

Jak wirus mógł się dostać do TRANSLATORA?

Miała wrażenie, że słyszy głos Phila Chartrukiana: *Strathmore ominął filtry Gauntlet!*

Niczym pod wpływem objawienia Susan wszystko zrozumiała. Strathmore ściągnął plik rzekomo zawierający Cyfrową Twierdzę i chciał go przesłać do odszyfrowania. Gauntlet zablokował plik, ponieważ zawierał niebezpieczne łańcuchy mutacyjne. To normalnie zaniepokoiłoby Strathmore'a, ale przecież przeczytał list Tankada: *Rozwiązniem są łańcuchy mutacyjne!* Był zatem przekonany, że Cyfrowa Twierdza nie stanowi zagrożenia i postanowił ominąć „ścieżkę zdrowia".

— Nie istnieje żadna Cyfrowa Twierdza — wykrztusiła Susan. Niemal zaniemówiła. Syreny dalej wyły. Powoli oparła się o terminal, bo zrobiło jej się słabo. Tankado postanowił nabrać głupców... a NSA ochoczo chwyciła przynętę.

Z góry doszedł do nich długi, niespokojny krzyk. To Strathmore.

Rozdział 86

Gdy Susan wpadła do gabinetu komandora, z trudem łapała oddech. Strathmore siedział zgarbiony przy swoim biurku, z opuszczoną głową. Jego spocona łysina błyszczała w świetle monitora. Syreny na dole wciąż wyły.

— Komandorze? — Susan podbiegła do biurka.

Strathmore nawet nie drgnął.

— Komandorze! Musimy natychmiast wyłączyć TRANS-LATOR! Złapaliśmy...

— Wykończył nas — powiedział Strathmore, nie podnosząc głowy. — Tankado nas wykiwał...

Ton jego głosu świadczył, że wszystko zrozumiał. Cała wrzawa, jaką zrobił Tankado wokół całkowicie bezpiecznego szyfru, sprzedaż klucza na aukcji, to wszystko było przedstawienie. Tankado sprowokował NSA do przechwytywania jego poczty elektronicznej, wmówił agencji, że ma partnera, i w końcu nakłonił do wprowadzenia do komputera bardzo groźnego pliku.

— Łańcuchy mutacyjne... — zaczął Strathmore, ale urwał.

— Wiem.

— Plik, który wprowadziłem do komputera.... — komandor powoli podniósł głowę. — To był....

Susan starała się zachować spokój. Wszystkie pionki biorące udział w grze zmieniły pozycję. Nigdy nie istniał żaden całkowicie bezpieczny algorytm, nigdy nie istniała Cyfrowa Twierdza. Plik, który Tankado umieścił na swojej stronie internetowej,

319

był zaszyfrowanym wirusem. Do zaszyfrowania programu prawdopodobnie użył jakiegoś powszechnie dostępnego, komercjalnego algorytmu, na tyle silnego, by nikt poza NSA nie mógł go złamać — dzięki temu innym nic nie groziło. TRANSLATOR odczytał plik i uwolnił wirusa.

— Łańcuchy mutacyjne — wykrztusił komandor. — Tankado napisał, że stanowią część algorytmu. — Odchylił się do tyłu.

Susan dobrze rozumiała jego cierpienie. Komandor dał się całkowicie nabrać. Tankado ani przez chwilę nie zamierzał sprzedawać swego algorytmu. Algorytm po prostu nie istniał. Cała historia była tylko fortelem. Cyfrowa Twierdza była zjawą, farsą, przynętą stworzoną po to, by złapać NSA na haczyk. Strathmore robił dokładnie to, czego życzył sobie Tankado, który manipulował nim jak marionetką.

— To ja ominąłem filtry Gauntlet — jęknął Strathmore.

— Nie wiedział pan.

— Powinienem był wiedzieć! — komandor walnął pięścią w blat biurka. — Na litość boską, wystarczyło spojrzeć na jego pseudonim. NDAKOTA! Przyjrzyj się mu!

— O co panu chodzi?

— On się z nas nabija! To pieprzony anagram!

Susan zdziwiła się. NDAKOTA to anagram? Zaczęła przestawiać w myślach litery. *Ndakota... Kadotan... Oktadan... Tandoka...* W tym momencie ugięły się pod nią kolana. Strathmore miał rację, to było jasne jak słońce. Jak mogli tego nie zauważyć? Wybór pseudonimu North Dakota nie miał być aluzją do nazwy amerykańskiego stanu — Tankado po prostu posypał im ranę solą. Przesłał NSA ostrzeżenie, wyraźną wskazówkę, że NDAKOTA to on. Z NDAKOTA można łatwo ułożyć TANKADO, ale najlepsi kryptoanalitycy świata tego nie zauważyli, dokładnie tak jak Ensei zaplanował.

— Tankado szydzi z nas! — powiedział Strathmore.

— Musi pan wyłączyć TRANSLATOR — przypomniała Susan.

Strathmore gapił się w ścianę.

— Komandorze! Niech pan wyłączy komputer! Bóg wie, co się teraz dzieje w systemie!

— Próbowałem — szepnął Strathmore. Susan jeszcze nie słyszała, by mówił tak słabym głosem.
— Co to znaczy? O czym pan mówi?
Strathmore obrócił monitor w jej stronę. Ekran ściemniał, był teraz brunatny. W okienku dialogowym widać było trzy próby wyłączenia TRANSLATORA. Po każdej komendzie pojawiała się taka sama odpowiedź:

WYŁĄCZENIE KOMPUTERA JEST NIEMOŻLIWE
WYŁĄCZENIE KOMPUTERA JEST NIEMOŻLIWE
WYŁĄCZENIE KOMPUTERA JEST NIEMOŻLIWE

Susan poczuła, że robi się jej zimno. Wyłączenie komputera jest niemożliwe? Dlaczego? Susan podejrzewała, że zna już odpowiedź. A więc to tak miała wyglądać zemsta Tankada? Japończyk postanowił zniszczyć TRANSLATOR! Ensei Tankado przez wiele lat pragnął, by cały świat dowiedział się o istnieniu TRANSLATORA, ale nikt mu nie wierzył. Wobec tego postanowił zniszczyć wielką bestię. Walczył na śmierć i życie o to, w co wierzył — o prawo jednostki do prywatności.
Syreny na dole znów zawyły.
— Musimy wyłączyć zasilanie — zażądała Susan. — Natychmiast!
Susan miała nadzieję, że jeśli się pospieszą, zdołają uratować wielki komputer z równolegle działającymi procesorami. Każdy komputer — od zwykłego peceta do komputerów NASA, sterujących lotami satelitów — jest wyposażony w przycisk, pozwalający na wyłączenie maszyny w alarmowej sytuacji. Ta niezbyt elegancka, ale skuteczna metoda jest określana jako „wyciągnięcie wtyczki".
Wyłączając zasilanie w Krypto, mogli wymusić zatrzymanie TRANSLATORA. Później musieliby jeszcze usunąć wirusa, ale w tym celu wystarczyłoby sformatować twarde dyski. Sformatowanie dysków oznaczałoby jednak utratę zapisanych na nich danych, programów, wszystkiego. W typowych przypadkach formatowanie dysku oznacza utratę tysięcy plików, stanowiących niekiedy wynik wielu lat pracy. TRANSLATOR był jednak inny — sformatowanie jego dysków pociągnęłoby za

sobą stosunkowo niewielkie straty. Komputery o architekturze równoległej są przeznaczone do przetwarzania danych, a nie ich zapamiętywania. Na dyskach TRANSLATORA nie było żadnych wyników. Po złamaniu szyfru TRANSLATOR wysyłał plik do głównego banku danych NSA, aby...

Zamarła. Nagle zdała sobie sprawę, co się stało. Przycisnęła dłoń do ust, by zdusić okrzyk.

— Główny bank danych!

Strathmore wpatrywał się w ciemności nieruchomym wzrokiem. Jego głos brzmiał tak, jakby przemawiała jakaś bezcielesna zjawa.

— Tak, Susan. Główny bank danych...

Kiwnęła głową. Tankado wykorzystał TRANSLATOR, żeby wprowadzić wirusa do głównego banku danych.

Strathmore z wysiłkiem uniósł rękę i wskazał jej monitor. Susan spojrzała na ekran. Pod okienkiem dialogowym przeczytała dwie linijki:

POINFORMUJCIE ŚWIAT O TRANSLATORZE
TYLKO PRAWDA MOŻE WAS URATOWAĆ

Znowu zrobiło jej się zimno. W banku danych były przechowywane największe tajemnice państwowe: protokoły łączności wojskowej, szyfry wywiadu elektronicznego, dane personalne agentów wywiadu, plany techniczne najnowszych broni, dokumenty, traktaty handlowe — listę można byłoby ciągnąć jeszcze długo.

— Tankado nie ważyłby się na coś takiego! — uznała. — Co za pomysł, niszczyć tajne archiwum państwa! — Nie mogła uwierzyć, że Ensei Tankado ośmieliłby się zaatakować bazę danych NSA. Spojrzała na napis.

TYLKO PRAWDA MOŻE WAS URATOWAĆ

— Prawda? — zdziwiła się. — Prawda o czym?

— O TRANSLATORZE — wyjaśnił jej Strathmore. Z trudem oddychał. — Chce, żeby świat poznał prawdę o TRANSLATORZE.

Susan kiwnęła głową. To wszystko świetnie do siebie pasowało. Tankado postanowił zmusić NSA do ujawnienia prawdy o TRANSLATORZE. To był zwykły szantaż. Albo agencja poinformuje wszystkich o TRANSLATORZE, albo straci bank danych. Susan wpatrywała się ze zdumieniem w ekran. Dopiero teraz zauważyła groźnie migającą linijkę:

WPROWADŹ KLUCZ

Patrząc na pulsujące słowa, zrozumiała cały plan — wirus, klucz, pierścień, pomysł szantażu. Klucz nie miał służyć do otwarcia algorytmu, lecz stanowił lekarstwo na wirusa, *antidotum*. Wprowadzenie klucza spowodowałoby zatrzymanie wirusa. Susan wiele czytała o wirusach tego rodzaju — śmiertelnie groźnych programach, zawierających wbudowaną metodę ratunku, której użycie wymagało znajomości tajnego klucza. Tankado nie zamierzał niszczyć banku danych NSA — po prostu chciał, by agencja ujawniła istnienie TRANSLATORA! W tym momencie przekazałby nam klucz i moglibyśmy zatrzymać wirusa!

Susan nie miała już wątpliwości, że w jednym wypadku zdarzenia nie potoczyły się zgodnie z planem Tankada. Ensei nie uwzględnił możliwości, że może umrzeć. Zamierzał teraz siedzieć w jakimś barze w Hiszpanii i słuchać relacji CNN z konferencji prasowej o ściśle tajnym amerykańskim komputerze do łamania szyfrów. Po wysłuchaniu relacji chciał zadzwonić do Strathmore'a, przekazać mu klucz i natychmiast uratować bank danych. Z pewnością później zdrowo by się uśmiał, po czym zniknął z horyzontu jako nieznany światu bohater EFF.

— Musimy zdobyć pierścień! — Susan uderzyła ręką w stół. — To jedyny klucz, jaki istnieje! — Nie było żadnego North Dakoty, żadnej drugiej kopii klucza. Nawet gdyby teraz NSA spełniła warunek i ujawniła istnienie TRANSLATORA, Tankado nie mógłby już uratować banku danych.

Strathmore milczał.

Sytuacja była poważniejsza, niż Susan wcześniej przypuszczała. Najbardziej zdumiewające było dla niej to, że Tankado dopuścił, by sprawy zaszły tak daleko. Oczywiście doskonale wiedział, co się stanie, jeśli NSA nie dostanie w porę pierścienia, a jednak w ostatnich sekundach życia oddał go obcym ludziom. Świadomie starał się, by NSA nie zdobyła pierścienia. Czego jednak właściwie można było oczekiwać? — zreflektowała się. — Że Tankado przekaże pierścień, skoro sądził, że to NSA go zamordowała?

Mimo to nie mogła uwierzyć, że Tankado dopuściłby do czegoś takiego. Był pacyfistą. Nie chciał niczego niszczyć, a tylko zwalczyć zło. Chodziło mu o TRANSLATOR. O prawo każdej osoby do własnych sekretów. O ujawnienie, że NSA podsłuchuje. Zniszczenie banku danych NSA było natomiast aktem agresywnym. Susan nie mogła sobie wyobrazić, żeby Tankado zrobił coś takiego.

Dźwięk syren sprowadził ją na powrót do rzeczywistości. Spojrzała na załamanego komandora. Wiedziała, o czym myśli. Nie tylko plany wykorzystania Cyfrowej Twierdzy spaliły na panewce, ale na dokładkę wskutek jego lekkomyślności NSA stanęła na skraju przepaści: to mogło się zmienić w najgorszą katastrofę w historii amerykańskiego wywiadu.

— Komandorze, to nie jest pana wina — przekonywała go, przekrzykując syreny. — Gdyby Tankado nie umarł, moglibyśmy negocjować, mielibyśmy różne możliwości!

Komandor Strathmore nie słyszał, co ona mówi. Jego życie było skończone. Przez trzydzieści lat służył swemu krajowi. To miał być jego triumf, jego *pièce de résistance* — tylna furtka w programie stanowiącym światowy standard szyfrowania. Zamiast tego wpuścił wirusa do głównego banku danych Narodowej Agencji Bezpieczeństwa. Teraz nie było żadnego innego sposobu na zatrzymanie wirusa jak tylko wyłączenie prądu, co musiało spowodować utratę miliardów bajtów danych, których odzyskanie będzie niemożliwe. Tylko pierścień mógł uratować sytuację, ale jeśli David do tej pory nie zdołał go odzyskać, to prawdopodobnie...

— Muszę wyłączyć TRANSLATOR! — Susan przejęła inicjatywę. — Zejdę na dół i wyłączę prąd.

— Ja to zrobię — wymamrotał Strathmore. Zwrócił się twarzą do niej. Był załamany. Wstał, ale gdy próbował wyjść zza biurka, potknął się o krzesło.

— Nie — Susan gestem kazała mu usiąść. — Ja pójdę — powiedziała tonem wykluczającym sprzeciw.

— Dobrze — Strathmore schował twarz w dłoniach. — Bezpiecznik jest na dolnym poziomie. Obok pomp freonu.

Susan odwróciła się i ruszyła ku drzwiom. W połowie drogi spojrzała jeszcze raz na Strathmore'a.

— Komandorze! — krzyknęła. — Gra jeszcze nie jest skończona. Jeszcze nie przegraliśmy. Jeśli David znajdzie w porę pierścień, uratujemy bank danych.

Strathmore nic nie odpowiedział.

— Niech pan zadzwoni do banku danych — dodała Susan. — Trzeba ich ostrzec! Jest pan zastępcą dyrektora NSA. Musi pan przetrwać!

Strathmore uniósł głowę. Poruszał się jak na zwolnionym filmie. Kiwnął głową tak, jakby to była najważniejsza decyzja jego życia.

Susan z determinacją ruszyła w ciemności.

Rozdział 87

Vespa podskakiwała po pasie dla wolno poruszających się pojazdów na Carretera de Huelva. Zbliżał się świt, ale na autostradzie był spory ruch — młodzi mieszkańcy Sewilli wracali z całonocnej zabawy na plaży. W pewnej chwili wyprzedził go jadący na sygnale mikrobus nabity nastolatkami. Becker miał wrażenie, że znajduje się na autostradzie wesołego miasteczka.

Czterysta metrów za nim jechała poobijana taksówka, krzesząc kaskadę iskier. Gdy nagle gwałtownie przyśpieszyła, uderzyła z boku w peugota 504, zmuszając go do zjazdu na trawę między pasmami autostrady.

Becker minął drogowskaz SEWILLA — CENTRUM 2 KM. Gdyby udało mu się dotrzeć do śródmieścia, miałby większe szanse ucieczki. Licznik wskazywał sześćdziesiąt kilometrów na godzinę. *Dwie minuty do zjazdu.* Becker wiedział, że nie ma tyle czasu. Taksówka była coraz bliżej. Spojrzał na światła centrum i zaczął się modlić, by dotarł tam żywy.

Przejechał połowę drogi do zjazdu z autostrady, kiedy usłyszał za sobą zgrzyt metalu. Rozpłaszczył się na motocyklu i jeszcze mocniej obrócił dźwignię gazu. Rozległ się stłumiony huk strzału i w pobliżu przeleciał pocisk. Becker zaczął jechać slalomem. Niewiele mu to pomogło. Gdy taksówka zbliżyła się do niego na kilka długości samochodu, do zjazdu miał jeszcze trzysta metrów. Zdawał sobie sprawę, że w ciągu sekund albo zostanie zastrzelony, albo rozjechany. Rozejrzał się dookoła.

Po obu stronach autostrady wznosiły się strome skarpy żwiru. Huknął kolejny strzał. Podjął decyzję. Pochylił się i gwałtownie skręcił w prawo. Opony ostro zapiszczały, posypały się iskry. Wjechał na skarpę. Z trudem utrzymywał równowagę. Spod kół vespy trysnęła fontanna piachu, motocykl ledwo ciągnął pod górę. W pewnej chwili wjechał na nieutwardzoną ziemię i koła gwałtownie zawirowały. Mały silnik patetycznie dyszał. Becker żywił nadzieję, że nie zgaśnie. Nie miał odwagi się obejrzeć. Był pewny, że taksówka już się zatrzymała i za chwilę posypią się kule.

Nikt nie strzelał.

Wjechał na szczyt skarpy. Z tego miejsca dobrze widział centrum. Światła miasta przypominały rozgwieżdżone niebo. Przejechał przez krzaki, przeciął krawężnik i wjechał na jezdnię. Miał wrażenie, że vespa porusza się szybciej. Pędził Avenue Luis Montoto. Po lewej minął stadion piłki nożnej i znalazł się na otwartej przestrzeni.

W tym momencie ponownie usłyszał dobrze już znany zgrzyt metalu o beton. Sto metrów przed nim po rampie zjazdowej pędziła taksówka. Kierowca przeciął trawnik, wjechał na Avenue Luis Montoto i przyśpieszył, jadąc w jego stronę.

Becker wiedział, że powinien się bać, ale nic nie odczuwał strachu. Z zimną krwią skręcił w prawo w Menendez Pelayo i dodał gazu. Przejechał przez skwer na brukowaną kocimi łbami Mateus Gago — wąską, jednokierunkową uliczkę prowadzącą do bramy miejskiej Barrio Santa Cruz.

Jeszcze kawałek, pomyślał.

Taksówka jechała za nim. Była coraz bliżej. Przejeżdżając przez wąską bramę, kierowca zawadził bocznym lusterkiem o filar. Beckerowi wydawało się, że wygrał. Santa Cruz to najstarsza dzielnica Sewilli. Nie ma tu tradycyjnych ulic, tylko labirynt wąskich przejść jeszcze z czasów rzymskich. Można tam chodzić pieszo lub poruszać się na motorowerze. Kiedyś błądził wśród wąskich zaułków przez kilka godzin.

Przyśpieszył. Zbliżał się już do końca Mateus Gago. Przed nim wznosiła się niczym góra jedenastowieczna gotycka katedra. Tuż obok, na tle jaśniejącego nieba, widział wysoką, stusześciometrową dzwonnicę Giralda. To było już Santa Cruz. Tu znajdowała się druga pod względem wielkości katolicka katedra świata, tu mieszkały najstarsze, najbardziej pobożne, katolickie rody Sewilli.

Przeciął kamienny plac. Hulohot jeszcze raz strzelił, ale było za późno. Becker zniknął na swym motocyklu w wąskim przejściu Callita de la Virgen.

Rozdział 88

Reflektor vespy rzucał ostre cienie na ściany wąskich przejść. Becker z trudem przerzucał biegi. Z rykiem silnika przejeżdżał koło bielonych budynków, urządzając mieszkańcom Santa Cruz wczesną pobudkę, i to w niedzielę. Od ucieczki z lotniska nie minęło jeszcze pół godziny. W dalszym ciągu uciekał. W głowic kotłowały mu się niezliczone pytania. Kto próbuje mnie zabić? Dlaczego ten pierścień jest taki ważny? Gdzie jest samolot NSA? Przypomniał sobie widok zamordowanej Megan w kabinie toalety i znowu zebrało mu się na mdłości.

Becker zamierzał przeciąć *barrio* i wyjechać po drugiej stronie, ale Santa Cruz to prawdziwy labirynt, z niezliczonymi ślepymi uliczkami. David szybko stracił orientację. Starał się odnaleźć drogę, kierując się wieżą dzwonnicy, ale w ciasnych przejściach między wysokimi ścianami domów mógł zobaczyć nad głową tylko wąski pasek jaśniejącego nieba.

Zastanawiał się, gdzie może być mężczyzna w drucianych okularach; nie miał złudzeń, że morderca zrezygnował. Teraz prawdopodobnie szukał go pieszo. David musiał uważać, pokonując na motocyklu ostre zakręty. Ryk silnika rozchodził się we wszystkie strony. Becker zdawał sobie sprawę, że w nocnej ciszy w Santa Cruz nie jest trudno go wytropić. Miał tylko przewagę szybkości. Musiał jak najprędzej dotrzeć na drugą stronę dzielnicy!

Po długiej serii zakrętów Becker wjechał na skrzyżowanie

trzech ulic, oznaczone Esquina de los Roses. Wiedział, że błądzi — był tu już przedtem. Zatrzymał się, by zastanowić się, co dalej. W tym momencie silnik zakasłał i zgasł. Wskaźnik paliwa pokazywał *VACÍO*. Jakby na sygnał, w alejce po lewej stronie pojawił się jakiś cień.

Umysł ludzki to najszybszy komputer świata. W ułamku sekundy Becker zarejestrował kształt okularów, porównał go z zapamiętanym, ocenił zagrożenie i podjął decyzję. Rzucił bezużyteczny motocykl na ziemię i ruszył sprintem.

Na nieszczęście dla niego, Hulohot stał teraz na ulicy, a nie siedział w podskakującej taksówce. Spokojnie uniósł pistolet i strzelił.

Pocisk trafił Beckera w bok dokładnie w chwili, gdy skręcał w poprzeczną uliczkę, by uciec z pola rażenia. Zrobił jeszcze kilka kroków, nim poczuł ból podobny do naciągnięcia mięśnia. Później czuł tylko ciepłe łaskotanie. Gdy zobaczył krew, wiedział, co się stało. Nie myślał jednak o bólu, lecz o tym, by jak najszybciej biec przez labirynt uliczek.

Hulohot podążał za swą ofiarą. Miał ochotę strzelić Beckerowi w głowę, ale był profesjonalistą i brał pod uwagę prawdopodobieństwo. W przypadku poruszającego się celu strzał w korpus daje największe szanse trafienia. To się opłaciło. Becker poruszył się w ostatniej chwili i Hulohot, zamiast spudłować, co stałoby się, gdyby celował w głowę, trafił go w bok. Zabójca wiedział, że pocisk tylko drasnął Beckera i nie mógł spowodować poważnej rany, ale spełnił swoje zadanie. Został nawiązany kontakt. Ofiara poczuła muśnięcie śmierci. Rozpoczynała się zupełnie nowa gra.

Becker biegł na oślep. Skręcał co chwila w lewo lub w prawo. Unikał długich, prostych odcinków. Wciąż słyszał za plecami kroki mordercy. Miał pustkę w głowie. Przestał myśleć, gdzie jest, kto go goni — obudził się w nim instynkt walki o przetrwanie, narastający strach powodował przypływ energii.

Kolejny pocisk roztrzaskał glazurę na ścianie za jego plecami.

Odłamki płytki uderzyły go w głowę. Becker skręcił w lewo. Słyszał, jak woła o pomoc, ale wokół panowała śmiertelna cisza, którą przerywały tylko odgłosy kroków i głośne oddechy. Czuł już pieczenie w boku. Obawiał się, że pozostawia za sobą ślady krwi na bielonych ścianach budynków. Gorączkowo szukał otwartych drzwi, uchylonej bramy, jakiegoś wyjścia z kanionu wąskiej uliczki. Na próżno. Uliczka stopniowo się zwężała.

— *Socorro!* — spróbował krzyknąć, ale ledwo szeptał. — Pomocy!

Ściany domów po obu stronach uliczki zbliżały się do siebie. Becker na próżno rozglądał się za skrzyżowaniem. Łuk zakrętu. Zamknięte drzwi. Coraz węziej. Zamknięte bramy. Słyszał zbliżające się kroki. Prosty odcinek. Nieoczekiwanie uliczka zaczęła prowadzić stromo pod górę. Becker czuł, że jego nogi słabną. Zwalniał.

Koniec.

Podobnie jak autostrada, na której budowę nagle zabrakło pieniędzy, uliczka po prostu się skończyła na wysokim murze. Stała pod nim drewniana ławka, i to wszystko. Żadnej możliwości ucieczki. Becker spojrzał na trzypiętrowe budynki po obu stronach, po czym zawrócił. Zdążył zrobić tylko parę kroków i stanął.

W miejscu, gdzie zaczynało się podejście, pojawił mężczyzna. Z determinacją zbliżał się do Beckera. Promienie porannego słońca odbijały się od pistoletu.

Becker cofnął się w stronę muru. Nieoczekiwanie miał wrażenie, że jego umysł i zmysły działają z wyjątkową jasnością. Bolała go rana. Dotknął jej i uniósł palce. Były zakrwawione. Zauważył plamę krwi na pierścionku Ensei Tankada. Zakręciło mu się w głowie. Przyglądał się przez chwilę obrączce z wyrytym napisem. Zapomniał o pierścionku. Zapomniał, po co przyjechał do Sewilli. Spoglądał to na zbliżającego się mężczyznę, to na pierścień. Czy z tego powodu zginęła Megan? Czy z tego powodu on również zginie?

Jego prześladowca szedł stromą uliczką pod górę. Becker widział dookoła ściany domów. Za plecami miał mur. Dzieliło ich jeszcze kilka bram i drzwi, ale było za późno, by wołać pomocy.

Przycisnął plecy do muru. Czuł wszystkie kamyki pod stopami i każdą nierówność. Pomyślał o przeszłości, o swoim dzieciństwie, rodzicach... o Susan.

Boże.... Susan.

Po raz pierwszy od czasów dzieciństwa zaczął się modlić. Nie prosił o wybawienie od śmierci, bo nie wierzył w cuda. Zamiast tego modlił się o to, by kobieta, którą zostawiał, znalazła w sobie dość siły, aby wierzyć, że ją kochał. Zamknął oczy. Nie myślał o wykładach, radzie wydziału i nauce, o tym, co stanowiło dziewięćdziesiąt procent jego życia. Myślał tylko o Susan. To były proste wspomnienia: jak uczył ją używać pałeczek, jak żeglowali na Cape Cod. *Kocham cię*, pomyślał. *Zawsze będę cię kochał.*

Becker czuł się tak, jakby nagle odrzucił wszystko, co w jego życiu było sztuczne, przesadne, udawane. Stał nagi przed Bogiem. *Jestem człowiekiem*, pomyślał. *Człowiekiem bez wosku*, dodał z ironią. Stał z zamkniętymi oczami, nie patrząc, jak zbliża się do niego mężczyzna w drucianych okularach. Gdzieś blisko odezwał się dzwon. Becker czekał w ciemnościach na dźwięk, który zakończy jego życie.

Rozdział 89

Poranne słońce dopiero zaczęło oświetlać dachy Sewilli, a jego promienie z trudem docierały w głąb uliczek. Dzwony Giraldy wzywały wiernych na poranną mszę. Najwyraźniej wszyscy czekali na ten sygnał, gdyż nagle w całym *barrio* zaczęły się otwierać drzwi. Z domów wychodziły liczne rodziny. Uliczki Santa Cruz przypominały teraz tętnice, którymi płynęła życiodajna krew — mieszkańcy dzielnicy. Wszyscy śpieszyli do serca *barrio*, miejsca, które łączyło wszystkich — do ich Boga, ich świątyni, ich katedry.

Becker miał wrażenie, że w jego umyśle bije dzwon. *Czy już zginąłem?* Niemal niechętnie otworzył oczy. Pierwsze promienie słońca zmusiły go do przymknięcia powiek. Teraz już wiedział, gdzie trafił. Uważnie przyjrzał się uliczce, ale nigdzie nie widział mężczyzny w drucianych okularach. Pojawiły się natomiast liczne hiszpańskie rodziny. Wszyscy byli elegancko ubrani, rozmawiali, żartowali i zgodnie szli do kościoła.

Hulohot stał w dolnej części ulicy, ukryty przed wzrokiem Beckera, i przeklinał. Ogarnęła go frustracja. Gdy pierwsza rodzina zasłoniła mu ofiarę, Hulohot był pewny, że zaraz sobie pójdzie. A jednak w miarę jak rozlegało się echo kolejnych uderzeń w dzwony, z domów wychodziło coraz więcej ludzi. Pojawiło się drugie małżeństwo z dziećmi. Przywitało się z pierwszym, wymieniając obowiązkowy potrójny pocałunek.

Zaczęli rozmawiać i żartować. Po chwili dołączyła do nich kolejna grupa. Hulohot nie mógł już dostrzec Beckera. Wściekły, zaczął się przeciskać przez tłum. Musiał go znaleźć! Zmierzał w górę uliczki, starając się przebić przez otaczające go marynarki, krawaty, czarne suknie, koronkowe czarne chusty. Nikt nie zwracał na niego uwagi. Ubrani na czarno ludzie szli razem, jak na procesji, uniemożliwiając mu przejście. Hulohot przeciskał się wśród nich z pistoletem w dłoni. Gdy dotarł do końca ślepego zaułka, wydał stłumiony, nieludzki okrzyk. David Becker znikł.

Becker wmieszał się w tłum. Idź tam, gdzie wszyscy, myślał. Oni wiedzą, co robią. Na skrzyżowaniu skręcił w prawo, w szerszą ulicę. Ze wszystkich drzwi i bram wylewali się ludzie. Słychać było coraz głośniejsze bicie dzwonów.

Wciąż dokuczało mu pieczenie rany, ale krwawienie ustało. Czuł to. Starał się wyprzedzać idących obok ludzi. Gdzieś z tyłu wciąż ścigał go mężczyzna z pistoletem i na pewno się zbliżał.

Becker przechodził z jednej grupy ludzi do drugiej. Zgarbił się i pochylił głowę. Domyślał się, że zbliżają się do celu. Tłum gęstniał, choć ulica była coraz szersza. Teraz nie płynęli już dopływem, lecz głównym nurtem. Nagle zobaczył przed sobą katedrę i dzwonnicę.

Echo dzwonów odbijało się wielokrotnie od budynków otaczających plac. Becker był niemal ogłuszony. Ubrani na czarno ludzie zmierzali do otwartych szeroko drzwi katedry. Becker próbował wydostać się z tłumu, aby pójść w kierunku Mateus Gago, ale to było niewykonalne. Wszyscy szli ramię w ramię. Hiszpanie zawsze mieli osobliwe poglądy na temat bliskich kontaktów. Becker utkwił między dwiema otyłymi kobietami. Obie szły z zamkniętymi oczami, dając się nieść rzece ludzi. Mamrotały modlitwy i przesuwały palcami paciorki różańca.

Tuż przed wejściem do kamiennej katedry Becker raz jeszcze spróbował wydostać się z ludzkiej rzeki, tym razem kierując się w lewo. Prąd był zbyt silny. Religijne uniesienie, przepychanka, mamrotane modlitwy. Na próżno usiłował przeciwstawić się tłumowi. To było niemożliwe, podobnie jak płynięcie pod prąd górskiej rzeki. Zrezygnował. Był tuż przy wielkich drzwiach katedry. Miał wrażenie, że wbrew woli bierze udział w jakiejś uroczystej procesji. Nagle zorientował się, że jest już w kościele.

Rozdział 90

Syreny alarmowe w Krypto ciągle wyły. Strathmore nie potrafił powiedzieć, ile czasu minęło, od kiedy Susan wyszła. Siedział samotnie w ciemnościach i słyszał szum komputera. W uszach brzmiały mu słowa Susan: *Musi pan przetrwać... Musi pan przetrwać...*

Tak, pomyślał. Przetrwałem, ale życie bez honoru nie ma dla mnie znaczenia. Wolę umrzeć, niż żyć w hańbie.

Z pewnością czekała go publiczna hańba. Zataił ważne informacje przed dyrektorem. Wpuścił wirusa do najlepiej zabezpieczonego komputera w całym kraju. Nie ulegało wątpliwości, że musi ponieść konsekwencje swoich działań. Kierował się patriotycznymi motywami, ale nic nie zdarzyło się tak, jak zaplanował. Był odpowiedzialny za oszustwa i śmierć kilku osób. Musiał oczekiwać oskarżenia, sądu, publicznego oburzenia. Przez tak wiele lat służył ojczyźnie wiernie, uczciwie i z honorem. Nie mógł dopuścić, by tak wyglądał koniec jego służby.

Muszę przetrwać, pomyślał.

Jesteś kłamcą, odpowiedział sam sobie.

Tak było. Rzeczywiście był kłamcą. Oszukał wiele osób, między innymi Susan Fletcher. Nie powiedział jej o różnych rzeczach, których teraz bardzo się wstydził. Przez wiele lat Susan była jego marzeniem, urzeczywistnioną fantazją. Śnił o niej, w nocy powtarzał jej imię. Nie mógł nic na to poradzić. Susan była najpiękniejszą i najinteligentniejszą kobietą, jaką potrafił sobie wyobrazić. Jego żona wykazywała dużą cierpliwość, ale gdy w końcu poznała Susan, straciła nadzieję. Bev Strathmore nie miała pretensji do męża o jego uczucia. Starała się znosić ból tak długo, ale w końcu zabrakło jej sił. Powiedziała mężowi, że ich małżeństwo dobiegło kresu — nie zamierzała spędzić reszty życia w cieniu innej kobiety.

Ryk syren przerwał te rozmyślania. Strathmore oprzytomniał. Zaczął spokojnie analizować wszystkie możliwe warianty. Rozum dyktował mu to, co podpowiadało serce. Miał przed sobą tylko jedną drogę, tylko jedno rozwiązanie.

Strathmore spojrzał na klawiaturę i zaczął pisać. Nawet nie patrzył na ekran, pisał spokojnymi, pewnymi ruchami palców.

Drodzy przyjaciele, postanowiłem odebrać sobie życie...

W ten sposób nikt nie będzie się dziwił. Nie będzie żadnych pytań, żadnych oskarżeń. Wyjaśni wszystkim, co się stało. Już wiele osób zginęło... ale musiała zginąć jeszcze jedna.

Rozdział 91

W katedrze jest zawsze noc, a ciepło dnia zmienia się w wilgotny chłód. Grube granitowe ściany nie przepuszczają ulicznego hałasu. Świece, niezależnie od liczby, nie są w stanie rozproszyć ciemności. Wszędzie poruszają się mroczne cienie. Witraże filtrują brzydotę zewnętrznego świata i przepuszczają tylko czerwone i niebieskie promienie.

Katedra w Sewilli, podobnie jak wszystkie wielkie katedry europejskie, jest zbudowana na planie krzyża. Ołtarz znajduje się tuż za skrzyżowaniem ramion i jest zwrócony w kierunku nawy głównej, gdzie stoją drewniane stalle, zajmujące aż sto metrów, od ołtarza do podstawy krzyża. Po obu stronach ołtarza, w nawie poprzecznej, znajdują się kaplice, grobowce, konfesjonały i dodatkowe ławki.

Becker siedział w połowie nawy głównej. Nad jego głową, w ogromnej, pustej przestrzeni dyndała na postrzępionej linie srebrna kadzielnica wielkości lodówki, zakreślając w powietrzu ogromny łuk. Wokół unosił się zapach kadzidła. Bicie dzwonów wywoływało drżenie kamiennych murów. Becker spuścił wzrok na pozłacaną ścianę poniżej ołtarza. Miał za co dziękować Bogu. Oddychał. Żył. To był cud.

Gdy ksiądz przygotowywał się do rozpoczęcia mszy, Becker sprawdził ranę. Na koszuli widniała czerwona plama, ale krwawienie ustało. To było tylko draśnięcie. Wepchnął koszulę w spodnie i uniósł głowę, żeby się rozejrzeć. Kościelny właśnie zamykał drzwi katedry. Becker wiedział, że jeśli morderca go śledził, to teraz znalazł się w pułapce. W sewilskiej katedrze są tylko jedne otwarte drzwi; to rozwiązanie wywodzi się z czasów, kiedy kościół był również miejscem schronienia w razie ataku Maurów. Obrońcy barykadowali tylko jedne drzwi. Dziś ma inną zaletę — łatwiej dopilnować, by wszyscy turyści zwiedzający katedrę kupili bilet.

Siedmiometrowe ozdobne drzwi zatrzasnęły się. Becker został zamknięty w domu bożym. Zmrużył powieki i osunął się jak najniżej. W całym tłumie on jeden nie był ubrany na czarno. Chór zaczął śpiewać.

Wzdłuż nawy bocznej powoli przesuwał się jakiś mężczyzna, starając się trzymać w cieniu. Wślizgnął się do środka w ostatniej chwili, tuż przed zamknięciem drzwi. Uśmiechnął się do siebie. Polowanie stawało się coraz bardziej interesujące. *Becker jest tutaj... Czuję to.* Metodycznie sprawdzał rząd po rzędzie. Zerknął na kiwającą się kadzielnicę. Wspaniałe miejsce na śmierć, pomyślał Hulohot. Mam nadzieję, że nie zaniżę poziomu.

Becker ukląkł na zimnej posadzce i pochylił głowę, tak aby nie było go widać. Siedzący obok mężczyzna zmierzył go surowym spojrzeniem — takie zachowanie w kościele było niedopuszczalne.

— *Enfermo* — przeprosił Becker. — Źle się czuję.

Musiał się ukryć. Zauważył już w bocznej nawie sylwetkę mężczyzny w drucianych okularach. *To on! Jest tutaj!*

Becker był w środku ogromnego tłumu, ale mimo to obawiał się, że jest łatwym celem. Jego kurtka koloru khaki w powodzi czarnych ubrań była niczym latarnia sygnałowa. Zastanawiał się przez chwilę, czy jej nie zdjąć, ale pod spodem miał białą koszulę — to tylko pogorszyłoby sytuację. Skulił się więc jeszcze bardziej.

— Turysta — skrzywił się siedzący obok starszy mężczyzna z oszpeconą bliznami po ospie twarzą. — *¿Llamo un médico?* Czy mam wezwać lekarza? — spytał sarkastycznym tonem.

— *No, gracias* — Becker spojrzał na starego. — *Estoy bien.*
— *¡Pues siéntate!* To proszę usiąść! — zgromił go tamten.
Wokół rozległy się syki. Stary ugryzł się w język i spojrzał przed siebie.

Becker zamknął oczy. Skulony zastanawiał się, jak długo potrwa nabożeństwo. Jako protestant zawsze sądził, że katolicka msza trwa bardzo długo. Miał nadzieję, że tak jest naprawdę. Gdy ludzie zaczną wychodzić, będzie musiał wstać, by ich przepuścić. W kurtce khaki będzie widoczny z daleka.

W tym momencie nie miał żadnego wyboru, po prostu klęczał na zimnej posadzce. Stary przestał wreszcie zwracać na niego uwagę. Wszyscy stali i śpiewali hymn. Becker klęczał. Zaczęły mu cierpnąć nogi. Nie było miejsca, by mógł je rozprostować. Cierpliwości, pomyślał. Cierpliwości. Zamknął oczy i wziął głęboki oddech.

Zaledwie kilka minut później ktoś potrącił go nogą. Becker otworzył oczy. Facet ze śladami ospy stał obok i niecierpliwie czekał na przejście.

Becker wpadł w panikę. *Już chce wyjść? Będę musiał wstać!* Ruchem ręki pokazał mężczyźnie, żeby przeszedł nad nim. Stary z trudem panował nad gniewem. Odsunął na bok połę czarnego płaszcza i wskazał na rząd ludzi czekających na wolną drogę. Becker spojrzał w lewo — kobiety, która tam siedziała, już nie było. Ławka na lewo od niego była pusta.

Przecież msza nie mogła się skończyć! To niemożliwe! Przed chwilą się zaczęła!

Nagle zobaczył ministranta i dwa szeregi ludzi w środkowym przejściu, powoli przesuwających się w stronę ołtarza.

Komunia. Ci cholerni Hiszpanie zaczynają od komunii!

Rozdział 92

Susan zeszła na dół po drabinie. Wokół korpusu TRANS-LATORA unosiły się kłęby pary, która skraplała się na metalowych pomostach. Niewiele brakowało, a upadłaby. Jej pantofle nie zapewniały odpowiedniego tarcia. Zastanawiała się, ile jeszcze czasu przetrwa TRANSLATOR. Co jakiś czas odzywały się syreny alarmowe. Co dwie sekundy migotały lampy sygnalizacyjne. Trzy poziomy niżej dygotały pracujące pełną mocą generatory awaryjne. Susan wiedziała, że gdzieś tam na dole, w mglistych ciemnościach, znajduje się główny bezpiecznik. Czuła, że zostało jej już niewiele czasu.

Strathmore stał, trzymając w ręce berrettę. Raz jeszcze przeczytał list. Położył go na podłodze. Nie miał wątpliwości, że to, co zamierzał zrobić, było tchórzliwym postępkiem. Muszę przetrwać, postanowił. Raz jeszcze pomyślał o wirusie w głównym banku danych, o Davidzie Beckerze w Hiszpanii, o planach zainstalowania tylnej furtki w Cyfrowej Twierdzy. Dużo kłamał. Odpowiada za wiele spraw. To był jedyny sposób, by uniknąć oskarżeń... uniknąć hańby. Starannie wymierzył. Zamknął oczy i nacisnął spust.

Susan zdążyła pokonać zaledwie sześć ciągów schodów, gdy usłyszała stłumiony odgłos wystrzału. Huk nie był głośny,

341

a szum generatorów go niemal całkowicie zagłuszył. Do tej pory słyszała strzały jedynie na filmach, ale nie miała wątpliwości, że to był strzał.

Zatrzymała się w miejscu. W uszach miała wciąż ten sam odgłos. Była przerażona i obawiała się najgorszego. Przypomniała sobie marzenia komandora o triumfie, jakim byłoby zainstalowanie tylnej furtki w Cyfrowej Twierdzy. Marzenia skończyły się na wprowadzeniu wirusa do głównego banku danych. Dodała do tego nieudane małżeństwo i dziwne skinięcie głową na zakończenie ich rozmowy. Zawróciła na podeście i chwyciła poręcz. *Komandorze! Nie!*

Przez chwilę tkwiła nieruchomo. W głowie miała zupełną pustkę. Echo strzału wyparło z jej świadomości otaczający ją chaos. Rozsądek podpowiadał, że powinna iść dalej, ale nogi odmówiły posłuszeństwa. *Komandor!* Susan ruszyła po schodach na górę, całkowicie zapominając o wszystkim, co działo się wokół niej.

Biegła niemal na oślep, ślizgając się na mokrych stopniach. W podziemiu było tak wilgotno, jakby padał deszcz. Gdy dotarła do drabiny i zaczęła się wspinać, czuła, że unosi ją do góry gęsty kłąb pary. Ciśnienie niemal wyrzuciło ją z szybu do głównej sali Krypto. Potoczyła się po podłodze i z ulgą zaczerpnęła świeżego powietrza. Jej biała bluzka była zupełnie mokra i lepiła się do skóry.

W Krypto było ciemno. Susan przez moment stała w miejscu, starając się odzyskać orientację. W uszach wciąż miała odgłos wystrzału. Z szybu wydobyły się kłęby pary, niczym z wulkanu na chwilę przed wybuchem.

Przeklinała swoją głupotę. Dlaczego zostawiła Strathmore'owi pistolet? Tak chyba było, prawda? A może zostawiła berrettę w Węźle nr 3? Gdy jej oczy dostosowały się do ciemności, zobaczyła wielką dziurę w ścianie Węzła. W słabym świetle dostrzegła rękę Hale'a. Nie był związany jak mumia i nie leżał na boku. Trzymał rękę wysoko nad głową i przewrócił się na wznak. Czyżby się uwolnił? W ogóle się nie ruszał, leżał jak martwy.

Susan spojrzała w stronę gabinetu Strathmore'a, wysoko nad główną salą.

— Komandorze?

Cisza.

Ostrożnie zbliżyła się do Węzła nr 3. Hale trzymał coś w ręce. Światło monitorów odbijało się od gładkiej powierzchni. Susan zrobiła kilka kroków w jego kierunku... jeszcze kilka... Nagle rozpoznała przedmiot: to była berretta.

Z trudem złapała oddech. Przesunęła wzrok na twarz Hale'a, tak jak wskazywała jego ręka. To był groteskowy widok. Głowa Hale'a była do połowy zalana krwią. Na wykładzinie dostrzegła wielką ciemną plamę.

O Boże! Susan zrobiła dwa nieporadne kroki do tyłu. To nie komandor strzelił, lecz Hale!

Zbliżyła się do ciała. Poruszała się jak w transie. Najwyraźniej Hale zdołał się uwolnić. Kable od drukarki leżały na podłodze obok niego. Musiałam zostawić pistolet na sofie, pomyślała. W niebieskawym świetle monitora krew wypływająca z dziury w czaszce wydawała się niemal czarna.

Obok ciała Hale'a na podłodze leżała kartka papieru. Susan podeszła z wahaniem i podniosła ją. To był list.

Drodzy przyjaciele, postanowiłem odebrać sobie życie, by ukarać się za popełnione grzechy...

Susan nie mogła w to uwierzyć. Ze zdumieniem czytała list samobójcy. To było zupełnie nieprawdopodobne, całkowicie sprzeczne z charakterem Hale'a. Miała w ręku prawdziwą listę grzechów. Hale przyznał się do wszystkiego — wiedział, że NDAKOTA nie istnieje, wynajął zawodowego mordercę, by zabił Ensei Tankada, zepchnął Chartrukiana z pomostu, zamierzał sprzedać Cyfrową Twierdzę.

Doszła do końca listu. Nie była przygotowana na to, co przeczytała. Ostatnie słowa były dla niej prawdziwym ciosem.

Przede wszystkim, jest mi bardzo przykro z powodu Davida Beckera. Proszę o wybaczenie — oślepiła mnie ambicja.

Gdy Susan stała, drżąc nad ciałem Hale'a, usłyszała zbliżające się kroki. Ktoś biegł w jej stronę. Odwróciła się. Poruszała się jak na filmie w zwolnionym tempie.

W dziurze w szklanej ścianie Węzła pojawił się Strathmore; był blady i z trudem łapał oddech. Na widok ciała Hale'a stanął jak wryty. To musiał być dla niego wielki wstrząs.

— Boże! — westchnął. — Co się stało?

Rozdział 93

Komunia.
Hulohot natychmiast zauważył Beckera. Trudno było nie dostrzec kurtki khaki, zwłaszcza z niewielką plamą krwi z boku. Kurtka przesuwała się środkowym przejściem, otoczona czarnym morzem. *Nie może zauważyć, że tu jestem.* Hulohot uśmiechnął się. *Becker już nie żyje.*
Dotknął niewielkich przycisków na opuszkach palców. Miał ochotę jak najszybciej przekazać swemu amerykańskiemu partnerowi dobrą nowinę. *Już niedługo,* pomyślał. *Za chwilę.*
Niczym drapieżne zwierzę, które podchodzi ofiarę pod wiatr, Hulohot cofnął się ku drzwiom kościoła, po czym zaczął się zbliżać do Beckera, idąc między rzędami. Nie miał ochoty śledzić go w tłumie przed kościołem po zakończeniu mszy. Tak się szczęśliwie złożyło, że jego ofiara znalazła się w pułapce. Hulohot musiał po prostu wyeliminować go po cichu. Jego tłumik, najlepszy jaki można kupić, ograniczał huk wystrzału do cichego kaszlnięcia. Zadanie było łatwe.
Zbliżając się do kurtki khaki, Hulohot nie zdawał sobie sprawy, że jego zachowanie wywołuje szmer wśród oczekujących. Wierni mogli zrozumieć, że komuś pilno otrzymać boże błogosławieństwo, ale mimo to obowiązywały pewne reguły: dwa szeregi, ludzie stoją pojedynczo, nikt się nie przepycha.
Hulohot szybko zbliżał się do swej ofiary. Wymacał pistolet w kieszeni marynarki. Wreszcie nadeszła ta chwila. Dotychczas

Beckerowi sprzyjało szczęście; Hulohot nie miał ochoty znowu kusić losu.

Od kurtki khaki dzieliło go już tylko dziesięć osób. Becker szedł zwrócony twarzą do ołtarza, z opuszczoną głową. Hulohot powtórzył w myślach cały scenariusz: dwa strzały w plecy, od dołu, bez wyciągania broni z kieszeni. Becker opadnie na posadzkę. On podtrzyma go i ułoży na ławce, tak jakby był bliskim przyjacielem. Później szybko wycofa się w kierunku drzwi, pod pozorem wezwania pomocy. W ogólnym zamieszaniu zniknie, nim ktokolwiek zorientuje się, co się stało naprawdę.

Jeszcze pięć osób. Cztery. Trzy.

Hulohot wycelował, nie wyjmując pistoletu z kieszeni. Zamierzał strzelić z biodra w plecy Beckera, na skos do góry. W ten sposób pocisk powinien uszkodzić kręgosłup lub przebić płuco, nim dotrze do serca. Jeśli nawet nie trafi w serce, Becker i tak umrze. Przebicie płuca zapewne nie byłoby śmiertelnie groźną raną w bardziej zaawansowanych medycznie krajach, ale w Hiszpanii musiało skończyć się śmiercią.

Dwie osoby... jedna. Hulohot miał już przed sobą kurtkę khaki. Niczym tancerz wykonujący wyćwiczoną figurę, położył rękę na ramieniu Beckera i wystrzelił. Rozległy się dwa ciche sapnięcia.

Ofiara Hulohota zwaliła się na posadzkę. Zabójca podtrzymał padającego pod pachy. Płynnym ruchem posadził go w ławce, nim na plecach pojawiły się plamy krwi. Ludzie znajdujący się najbliżej odwrócili się, żeby zobaczyć, co się stało. Hulohot nie zwracał na nich uwagi — za chwilę miał zniknąć.

Szybko pomacał palce zamordowanego w poszukiwaniu pierścienia. Nic z tego. Jeszcze raz. Znowu nic. Hulohot z wściekłością obrócił ciało i doznał wstrząsu. To nie był David Becker.

Rafael de la Maza, bankier z Sewilli, zmarł niemal natychmiast. W lewej ręce wciąż trzymał pięćdziesiąt tysięcy peset, które jakiś dziwny Amerykanin zapłacił mu za tanią czarną kurtkę.

Rozdział 94

Midge Milken stała wściekła obok automatu z wodą przy wejściu do sali konferencyjnej. *Do diabła, co Fontaine sobie myśli?* Zgniotła papierowy kubek i rzuciła go do kosza na śmieci. *W Krypto coś się dzieje! Czuję to!* Midge uznała, że jest tylko jeden sposób, by udowodnić, że ma rację. Musi sama pójść do Krypto, a w razie potrzeby wezwie Jabbę. Obróciła się na pięcie i ruszyła w kierunku drzwi.

— Dokąd idziesz? — niewiadomo skąd pojawił się Brinkerhoff i zagrodził jej drogę.

— Do domu — skłamała.

Brinkerhoff nie pozwolił jej przejść.

— Otrzymałeś polecenie od Fontaine'a. Masz mnie zatrzymać, tak? — Midge zmierzyła go ostrym wzrokiem.

Brinkerhoff spojrzał gdzieś w bok.

— Chad, zrozum, w Krypto dzieje się coś złego. To poważna sprawa. Nie wiem, dlaczego Fontaine udaje głupca, ale TRANSLATOR jest zagrożony. Tu coś śmierdzi!

— Midge — powiedział Brinkerhoff uspokajającym tonem. Minął ją i podszedł do zasłoniętego firankami okna. — Niech się tym zajmuje dyrektor.

— Czy masz pojęcie, co stanie się z TRANSLATOREM, jeśli dojdzie do awarii systemu chłodzącego? — gniewnie spytała Midge.

— Pewnie już przywrócili zasilanie — wzruszył ramionami Brinkerhoff. Odsunął firankę i wyjrzał przez okno.

— Wciąż ciemno? — spytała.

Milczał. Stał jak zaklęty. Nikt nie potrafiłby wyobrazić sobie tego, co działo się w Krypto. Całą kopułę wypełniały wirujące światła, migające lampy alarmowe, kłęby pary. Brinkerhoff z przerażenia nie mógł się ruszyć, tylko uderzał czołem o szybę. Wreszcie wybiegł w panice z pokoju.

— Dyrektorze! Dyrektorze!

Rozdział 95

Krew Chrystusa... naczynie zbawienia...
Wokół bezwładnego ciała w stallach skupiło się sporo ludzi.
Ponad nimi spokojnie krążyła kadzielnica. Hulohot przeciskał
się pośpiesznie w kierunku ołtarza i rozglądał się po całej
katedrze. *Musi tu być!*
Trzydzieści rzędów dalej, przy ołtarzu, kolejne osoby uroczyście przyjmowały komunię. Ojciec Gustaphes Herrera, trzymając w dłoni kielich, spojrzał z zaciekawieniem w stronę
nawy głównej, gdzie najwyraźniej coś się stało. Nic czuł niepokoju; zdarzało się niekiedy, że pod wpływem religijnego wzru-
szenia starsi ludzie mdleli. Zazwyczaj wystarczało wynieść ich
na świeże powietrze, by odzyskali przytomność.
Hulohot gorączko poszukiwał Beckera. Nigdzie go nie mógł
dostrzec. Przed ołtarzem klęczało około stu osób, oczekując na
komunię. Hulohot zastanawiał się, czy jest wśród nich również
Becker. Gotów był strzelić nawet z odległości pięćdziesięciu
metrów i podbiec do ciała.

El cuerpo de Jesús, el pan del cielo.
Młody ksiądz, który udzielił Beckerowi komunii, spojrzał na
niego z dezaprobatą. Mógł zrozumieć, że ten człowiek pragnie
jak najszybciej przyjąć eucharystię, ale to nie mogło usprawied-
liwić przepychania się w kolejce.
Becker skłonił głowę i wziął do ust opłatek. Ludzie dookoła

349

już przełykali wino żegnali się i wstawali. *Powoli!* Beckerowi nie śpieszyło się z odejściem od ołtarza. Gdy jednak na komunię czekało dwa tysiące wiernych, a było tylko ośmiu księży, to z pewnością nie wypadało trwać w zadumie nad łykiem wina.

Hulohot dostrzegł spodnie khaki, niepasujące do czarnej kurtki, w chwili gdy ksiądz z kielichem stał już przy sąsiedzie Beckera. „*Estás ya muerto* — syknął. — Już nie żyjesz". Zbliżył się do ołtarza. Pora na subtelności minęła. Hulohot chciał strzelić dwa razy w plecy, zabrać pierścień i uciec. Największy postój taksówek w Sewilli znajdował się o jedną przecznicę od placu, przy Mateus Gago. Sięgnął po pistolet.

Adiós, señor Becker...

La sangre de Cristo, la copa de la salvación.

Gdy ojciec Herrera pochylił w jego stronę ręcznie polerowany srebrny kielich, Becker poczuł w nosie mocny zapach czerwonego wina. Trochę za wcześnie na alkohol, pomyślał, pochylając głowę. Kielich znalazł się na poziomie jego oczu. W zakrzywionej powierzchni mignął mu niewyraźny obraz szybko zbliżającej się postaci.

Becker zauważył metaliczny błysk — to światło z witraży odbiło się od wyciągniętego pistoletu. Instynktownie, bez udziału świadomości, rzucił się naprzód jak sprinter wyskakujący z bloków. Ksiądz upadł na plecy i z przerażeniem patrzył, jak kielich zatacza łuk w powietrzu, a czerwone wino rozpryskuje się na białym marmurze. Księża i ministranci rozproszyli się na boki, gdy Becker przeskoczył nad balustradą. Tłumik osłabił huk strzału. Becker wylądował na płask, a pocisk uderzył w marmurową posadzkę tuż za nim. Chwilę później zbiegł po granitowych stopniach do wąskiego przejścia dla księży, które pozwalało im ukazać się wysoko na ołtarzu, tak jakby uniosła ich tam łaska boża.

U podnóża schodów Becker potknął się i stracił równowagę. Przejechał kilka metrów po wyślizganych kamieniach. Gdy wylądował na boku, poczuł w brzuchu ukłucie bólu. Chwilę później wybiegł przez zasłonięte kotarą drzwi i trafił na drewniane schody. Zbiegł w dół.

Przezwyciężając ból, Becker popędził przez szatnię. Było ciemno. Słyszał krzyki od strony ołtarza i głośne kroki. Zauważył kolejne drzwi. Teraz znalazł się w pomieszczeniu, ozdobionym orientalnymi kobiercami i mahoniową boazerią. Na przeciwległej ścianie wisiał krucyfiks naturalnej wielkości. Becker zatrzymał się. Nie miał dokąd uciekać. Słyszał kroki szybko zbliżającego się Hulohota. Spojrzał na krucyfiks i przeklął swój pech.

— Niech to diabli! — krzyknął.

Nagle po lewej stronie rozległ się brzęk tłuczonego szkła. David odwrócił się. Jakiś człowiek w czerwonych szatach patrzył na niego z otwartymi ustami, całkowicie zaskoczony. Niczym kot przyłapany z kanarkiem, duchowny wytarł usta i starał się ukryć rozbitą butelkę wina mszalnego, która leżała na podłodze u jego stóp.

— ¡Salida! — krzyknął Becker. — ¡Salida! Proszę mnie wypuścić.

Kardynał Guerra zareagował zupełnie instynktownie. Jakiś demon nawiedził jego święte pokoje i domagał się wypuszczenia z domu bożego. Guerra gotów był spełnić jego życzenie, i to natychmiast. Demon pojawił się w zupełnie nieodpowiednim momencie.

Kardynał wskazał na kotarę po lewej stronie, za którą były ukryte drzwi. Kazał je przebić przed trzema laty; prowadziły prosto na dziedziniec. Miał już dość wychodzenia z kościoła frontowymi drzwiami, tak jak zwykli grzesznicy.

Rozdział 96

Susan siedziała na sofie w Węźle nr 3, cała mokra i drżąca. Strathmore narzucił jej na ramiona marynarkę. Ciało Hale'a leżało w odległości zaledwie kilku metrów. Syreny wciąż wyły. Korpus TRANSLATORA głośno trzasnął, jak pękający lód na zamarzniętym stawie.

— Idę na dół wyłączyć zasilanie — powiedział Strathmore, kładąc dłoń na jej ramieniu. Chciał ją uspokoić. — Zaraz wracam.

Susan patrzyła na niego nieobecnym wzrokiem. Nie był już takim katatonikiem jak dziesięć minut wcześniej. Wrócił komandor Trevor Strathmore — logiczny, opanowany, sprawnie robiący wszystko, co potrzeba, by wykonać zadanie.

Nie mogła przestać myśleć o ostatnich słowach pożegnalnego listu Grega Hale'a. *Przede wszystkim, jest mi bardzo przykro z powodu Davida Beckera. Proszę o wybaczenie — oślepiła mnie ambicja.*

Oto potwierdziły się jej najgorsze koszmary. David był w niebezpieczeństwie... lub jeszcze gorzej. Może już było za późno. *Jest mi bardzo przykro z powodu Davida Beckera.*

Susan wpatrywała się w list. Hale nawet go nie podpisał, tylko wystukał na dole imię i nazwisko: *Greg Hale.* Wyznał grzechy, nacisnął PRINT, po czym strzelił sobie w łeb. Przysięgał, że nie pójdzie ponownie do więzienia, i dotrzymał słowa — zamiast tego wybrał śmierć.

— David... — załkała. — David.

W tej samej chwili, trzy metry pod podłogą Krypto, komandor Strathmore zszedł z drabiny na pierwszy podest. To był koszmarny dzień, jedno fiasko następowało po drugim. Komandor wypełniał patriotyczną misję, ale całkowicie utracił kontrolę nad wydarzeniami, które zmusiły go do podejmowania niemożliwych decyzji i popełniania okropnych czynów — sam nigdy nie podejrzewał, że był do nich zdolny.

To było rozwiązanie! Jedyne rozwiązanie!

Musiał myśleć o swych obowiązkach, kraju i honorze. Strathmore sądził, że ma jeszcze czas, żeby wyłączyć TRANSLATOR i uratować najcenniejszy bank danych w całym kraju. Tak, pomyślał, jeszcze mam czas.

Rozejrzał się dookoła. To był kataklizm. Z pryszniców przeciwpożarowych lała się woda. TRANSLATOR jęczał. Syreny wyły. Wirujące światła wyglądały jak helikoptery latające w gęstej mgle. Komandor miał jednak przed oczami twarz Grega Hale'a — młody kryptograf patrzył na niego błagalnym wzrokiem. Potem padł strzał. Śmierć Hale'a była konieczna dla kraju i honoru. NSA nie mogła sobie pozwolić na jeszcze jeden skandal. Strathmore potrzebował kozła ofiarnego. Poza tym Hale w każdej chwili mógł spowodować jakąś katastrofę.

Rozmyślania komandora przerwał dzwonek telefonu komórkowego, prawie całkowicie zagłuszony rykiem syren i sykiem pary. Strathmore oderwał go od paska i przyłożył do ucha, nawet się nie zatrzymując.

— Słucham.

— Gdzie jest mój klucz? — usłyszał dobrze znany głos.

— Kto mówi? — krzyknął Strathmore.

— Numataka! — odpowiedział gniewny głos. — Obiecał mi pan klucz!

Strathmore szedł dalej. Milczał.

— Chcę dostać Cyfrową Twierdzę! — wysyczał Japończyk.

— Cyfrowa Twierdza nie istnieje! — odrzekł Strathmore, przekrzykując hałas.

— Co takiego?

— Nie istnieje żaden całkowicie bezpieczny algorytm!

— Oczywiście, że istnieje! Widziałem go w Internecie! Moi ludzie już od kilku dni próbują go otworzyć!

— To zaszyfrowany wirus, głupcze! Masz cholerne szczęście, że nie udało ci się go odszyfrować!

— Ale...

— Umowa jest nieważna! — krzyknął Strathmore. — Nie jestem North Dakotą. Nie ma żadnego North Dakoty. Lepiej zapomnij, że kiedykolwiek o nim mówiłem! — Strathmore przerwał połączenie, wyłączył dzwonek i przyczepił telefon do paska. Nie chciał, by ktokolwiek mu przerywał.

Dwadzieścia tysięcy kilometrów od Waszyngtonu Tokugen Numataka stał oszołomiony przy oknie swego gabinetu. Z ust zwisało mu cygaro Umami. Właśnie dowiedział się, że nic nie wyjdzie z największego interesu jego życia.

Strathmore schodził coraz niżej. *Umowa jest nieważna!* Numatech Corp. nie otrzyma całkowicie bezpiecznego algorytmu... a NSA nie będzie miała tylnej furtki.

Długo planował, jak urzeczywistnić swoje marzenia. Starannie wybrał Numatech. To była bardzo bogata korporacja, która mogła z powodzeniem wygrać aukcję i kupić klucz. Nie wywołałoby to niczyjego zdziwienia. Trudno było również wyobrazić sobie korporację mniej skłonną do spiskowania ze Stanami Zjednoczonymi. Tokugen Numataka reprezentował przedwojenną Japonię — raczej śmierć niż hańba. Nienawidził Amerykanów. Nienawidził ich jedzenia, ich obyczajów, a przede wszystkim ich dominacji na rynku programów komputerowych.

To był śmiały plan — zainstalować tylną furtkę w programie będącym światowym standardem szyfrowania. Strathmore gorąco pragnął podzielić się swymi marzeniami z Susan i spełnić je wspólnie, ale wiedział, że to jest wykluczone. Nawet jeśli śmierć Ensei Tankada miałaby ocalić tysiące ludzi, Susan nigdy by się na to nie zgodziła: była pacyfistką. Ja też jestem pacyfistą, pomyślał Strathmore. Po prostu nie mogę sobie pozwolić na tego rodzaju działalność.

Komandor bez żadnego wahania podjął decyzję o tym, kto zabije Tankada. Ensei przebywał w Hiszpanii, a to był naturalny teren działania Hulohota. Czterdziestodwuletni najemny morderca z Portugalii był jego ulubionym profesjonalistą. Hulohot pracował dla NSA już od wielu lat. Urodzony i wychowany w Lizbonie, wykonywał zlecenia agencji w całej Europie. Nigdy się nie zdarzyło, by ktoś powiązał te zabójstwa z Fort Meade. Był tylko jeden kłopot: Hulohot był głuchy, co wykluczało kontakty telefoniczne. Ostatnio Strathmore załatwił dla niego najnowszą zabawkę NSA, komputer Monocle. Sam kupił sobie SkyPager i nastroił go na tę samą częstość. W ten sposób mógł w każdej chwili skontaktować się z Hulohotem, a co więcej, nikt nie był w stanie ich podsłuchiwać.

Pierwszy list elektroniczny wysłany przez Strathmore'a do Hulohota, nie pozostawiał miejsca na żadne nieporozumienia; zresztą, rozmawiali o tym już wcześniej. Hulohot miał zabić Ensei Tankada i zdobyć klucz.

Strathmore nigdy nie pytał, jak Hulohot dokonuje swoich cudów, ale i tym razem mu się to udało. Ensei Tankado zginął, a wszyscy byli przekonani, że zmarł na serce. To był podręcznikowy przykład wykonania zadania — z jednym zastrzeżeniem. Hulohot źle wybrał miejsce akcji. Najwyraźniej chciał, by Tankado zmarł w miejscu publicznym, tak aby to wyglądało naturalnie. Niestety przechodnie pojawili się tam zbyt wcześnie. Hulohot musiał zniknąć, nim zdążył przeszukać zwłoki i znaleźć klucz. Gdy zamieszanie się skończyło, ciało trafiło do kostnicy.

Komandor był wściekły. Hulohot po raz pierwszy sknocił robotę, i to w wyjątkowo nieodpowiedniej chwili. Zdobycie klucza miało zasadnicze znaczenie, ale Strathmore wiedział, że nie ma sensu wysyłać głuchego mordercy do kostnicy w Sewilli. Musiał znaleźć inne rozwiązanie. Przyszedł mu do głowy nowy plan. Nagle dostrzegł możliwość upieczenia dwóch pieczeni przy jednym ogniu — mógł jednocześnie urzeczywistnić dwa marzenia, a nie tylko jedno. Tego ranka o 6.30 zadzwonił do Davida Beckera.

Rozdział 97

Fontaine wpadł biegiem do sali konferencyjnej. Brinkerhoff i Midge gnali tuż za nim.

— Proszę spojrzeć! — wykrztusiła Midge, wskazując gorączkowymi gestami na okno.

Dyrektor rzucił okiem na światła i dymy w kopule Krypto. Otworzył szeroko oczy. To z pewnością nie było częścią planu.

— To jakaś pieprzona dyskoteka! — wykrzyknął Brinkerhoff.

Fontaine patrzył na kopułę i starał się zrozumieć, co się stało. Od uruchomienia TRANSLATORA nigdy jeszcze nie zdarzyło się coś takiego. Komputer się przegrzał, pomyślał. Nie mógł zrozumieć, dlaczego Strathmore jeszcze go nie wyłączył. Fontaine błyskawicznie podjął decyzję.

Chwycił za telefon i wybrał numer Krypto. Słuchawka zapiszczała tak, jakby telefon był zepsuty.

— Niech to diabli! — zaklął Fontaine. Spróbował zadzwonić na prywatny telefon komórkowy Strathmore'a. Tym razem rozległ się dzwonek, ale komandor nie odebrał.

Telefon zadzwonił sześć razy.

Brinkerhoff i Midge patrzyli, jak Fontaine krąży wokół telefonu na taką odległość, na jaką pozwalał mu kabel. Wyglądał jak tygrys na łańcuchu. Po minucie był czerwony z wściekłości.

— Niewiarygodne! — krzyknął, rzucając słuchawkę. — Krypto zaraz wybuchnie, a Strathmore nawet nie odbiera telefonu!

Rozdział 98

Hulohot wybiegł z pokoju kardynała Guerry na oślepiające poranne słońce. Zasłonił oczy dłonią i zaklął. Stał na niewielkim patio otoczonym z czterech stron wysokim murem, zachodnią ścianą dzwonnicy i płotem z kutego żelaza. Brama była otwarta. Za nią rozciągał się plac. Był pusty. Po przeciwnej stronie placu widać było kamienice Santa Cruz. Becker z całą pewnością nie zdążyłby tam dobiec. Hulohot zawrócił na patio. *On tu jest. Musi być!*

Patio, Jardín de los Naranjos, było znane z powodu dwudziestu pomarańczowych drzewek. Było miejscem narodzin angielskiej marmolady. W XVIII wieku pewien angielski handlarz kupił od kościoła trzy tuziny buszli pomarańcz i zawiózł je do Londynu. Na miejscu przekonał się, że owoce są strasznie gorzkie. Spróbował zrobić ze skórek dżem, ale musiał dodać dużo cukru, by produkt nadawał się do jedzenia. W ten sposób wymyślił pomarańczową marmoladę.

Hulohot wszedł między drzewa, z pistoletem gotowym do strzału. Drzewa były stare i liście zaczynały się na znacznej wysokości. Nikt nie zdołałby sięgnąć nawet do najniższych gałęzi, a cienkie pnie nie dawały szans na ukrycie się. Hulohot szybko nabrał pewności, że na patio nikogo nie ma. Spojrzał w górę, na dzwonnicę.

Wejście na spiralne schody dzwonnicy było zagrodzone liną, przy której stała drewniana tabliczka. Lina zwisała bez ruchu. Hulohot zerknął na wieżę o wysokości stu czterdziestu metrów

357

i od razu zdał sobie sprawę, że to absurdalny pomysł. Becker z całą pewnością nie był taki głupi. Jedyne schody prowadziły na górę, do niewielkiego kamiennego pokoju. Przez wąskie szczeliny można było podziwiać widoki, ale to była pułapka bez żadnej możliwości ucieczki.

David Becker pokonał ostatnie stopnie stromych schodów i rozejrzał się po ciasnym pomieszczeniu. Z trudem łapał oddech. Znalazł się w pokoju widokowym o wąskich oknach i bez wyjścia.

Tego ranka los był dla niego wyjątkowo nieprzychylny. Gdy wybiegał z katedry na otwarty plac, jego kurtka zaczepiła się o klamkę. Nagłe szarpnięcie zatrzymało go i zmusiło do skrętu w lewo. Balansując ciałem wypadł na oślepiające słońce. Kiedy chwycił równowagę, zobaczył przed sobą schody i bez namysłu ruszył w ich kierunku. Przeskoczył przez linę i zaczął się wspinać. Gdy zdał sobie sprawę, dokąd idzie, było już za późno. Teraz stał w zamkniętym pomieszczeniu i ciężko dyszał. Bolała go rana. Przez szczeliny w ścianach wpadały do środka ostre promienie słońca. Człowiek w drucianych okularach stał na patio, odwrócony plecami do dzwonnicy, i rozglądał się dookoła. Becker przysunął się do szczeliny, żeby lepiej widzieć. Idź na plac, namawiał w myślach mordercę.

Cień Giraldy kładł się na placu jak gigantyczna, ścięta sekwoja. Hulohot przyjrzał mu się uważnie. Na samym końcu widać było trzy jasne prostokąty — to światło przedostawało się przez szczeliny widokowe i padało na kocie łby na placu. W jednym z prostokątów pojawił się nagle cień człowieka. Hulohot nawet nie spojrzał na wieżę, tylko natychmiast zrobił w tył zwrot i pobiegł ku schodom.

Rozdział 99

Fontaine uderzał pięścią w dłoń. Krążył po pokoju konferencyjnym i patrzył na wirujące światła w kopule Krypto. *Wyłącz komputer! Do cholery, wyłącz komputer!*

W drzwiach pojawiła się Midge. Powiewała świeżym wydrukiem.

— Dyrektorze! Strathmore nie może wyłączyć TRANSLATORA!

— Co takiego? — chórem wykrzyknęli Fontaine i Brinkerhoff.

— Już próbował, proszę pana! — Midge podniosła wydruk. — Cztery razy! TRANSLATOR wykonuje jakąś nieskończoną pętlę.

— Chryste! — jęknął dyrektor. Odwrócił się i znów wyjrzał przez okno.

Rozległ się ostry dzwonek telefonu.

— To na pewno komandor! — dyrektor podniósł ramiona. — Najwyższa pora!

Brinkerhoff szybko podniósł słuchawkę.

— Biuro dyrektora.

Fontaine wyciągnął rękę po telefon, ale Brinkerhoff spojrzał na Midge. Wydawał się zakłopotany.

— Midge, to Jabba. Chce z tobą rozmawiać.

Dyrektor spojrzał na Midge, która już szła przez pokój. Sama włączyła głośnik.

— Słucham.

— Midge, jestem w głównym banku danych — rozległ się

359

metaliczny głos Jabby. — Dzieje się tu coś dziwnego. Zastanawiałem się, czy...

— Do cholery, Jabba! — Midge straciła zimną krew. — Przecież to właśnie usiłowałam ci powiedzieć!

— To może być drobiazg — zastrzegł się Jabba — ale...

— Przestań pleść! To nie jest drobiazg! Cokolwiek się tam dzieje, to bardzo, bardzo poważna sprawa! Moje dane nie są spieprzone, nigdy nie były i nie będą. — Midge chciała już odłożyć słuchawkę, ale uniosła ją znowu. — Hej, Jabba? Żeby nie było żadnych niespodzianek... to Strathmore ominął filtry Gauntlet.

Rozdział 100

Hulohot wbiegał na schody, przeskakując po trzy stopnie naraz. Spiralna klatka schodowa tonęła w mroku — jedynym źródłem światła były niewielkie okienka bez szyb co sto osiemdziesiąt stopni. *David Becker jest w pułapce! Zaraz zginie!* Hulohot zataczał kolejne koła. W ręce trzymał pistolet. Żelazne świeczniki na podestach byłyby niezłą bronią, gdyby Becker chciał walczyć. Hulohot pomyślał, że musi uważać, by dostrzec go w porę. Jego pistolet miał znacznie większy zasięg niż metrowy świecznik.

Poruszał się szybko, ale uważnie. Schody były strome; zdarzyło się tu już kilka wypadków, w których zginęli turyści. To nie była Ameryka — żadnych znaków ostrzegawczych, poręczy, zastrzeżeń o wykluczeniu odpowiedzialności. To była Hiszpania. Jeśli ktoś jest tak głupi, żeby spaść ze schodów, to jego wina, niezależnie od tego, kto je zbudował.

Hulohot zatrzymał się na chwilę przy oknie i wyjrzał. Stał po północnej stronie, w połowie wysokości.

Po chwili zobaczył już wejście do pokoju widokowego. Na pozostałym odcinku schodów nie było nikogo. David Becker widocznie zrezygnował z walki. Hulohot pomyślał, że być może Becker nie zauważył, jak wchodzi do wieży. To oznaczało, że Hulohot zyskał dodatkową przewagę, jaką daje zaskoczenie, choć wcale jej nie potrzebował. Miał wszystkie atuty w ręku. Sprzyjał mu nawet rozkład wewnętrzny wieży — schody łączyły się z platformą widokową w południowo-wschodnim rogu —

Hulohot mógł strzelić w dowolnym kierunku, nie obawiając się, że Becker stoi za jego plecami. Na dokładkę, wynurzy się z cienia na oświetloną platformę. To egzekucja, uśmiechnął się do siebie.

Zmierzył wzrokiem odległość do wejścia. Siedem stopni. Raz jeszcze przećwiczył w myślach kolejne ruchy. Jeśli podejdzie od prawej strony, będzie mógł sprawdzić, czy Becker nie stoi w lewym rogu, jeszcze przed wyjściem na platformę. Jeśli tak, strzeli od razu. Jeśli nie, przesunie się na lewo, twarzą w kierunku prawego rogu — to jedyne miejsce, gdzie Becker mógłby jeszcze stać. Hulohot znów się uśmiechnął.

PODMIOT DAVID BECKER — WYELIMINOWANY

Nadeszła pora działania. Sprawdził pistolet.

Wbiegł szybko po schodach. Już widział platformę. Lewy róg był pusty. Zgodnie z planem, Hulohot przesunął się w lewo i wpadł na platformę, zwrócony twarzą w prawo. Strzelił w róg. Pocisk odbił się od muru. Niewiele brakowało, a Hulohot zostałby trafiony rykoszetem. Gwałtownie się odwrócił i wydał z siebie stłumiony okrzyk wściekłości. W pokoju nie było nikogo. David Becker gdzieś zniknął.

Trzy ciągi schodów niżej David Becker wisiał na zewnątrz, trzymając się parapetu, na wysokości stu metrów nad Jardin de los Naranjos. Wyglądał tak, jakby postanowił ćwiczyć podciąganie na krawędzi okna. Gdy Hulohot pędził na górę, David zszedł niżej i wyszedł przez okno. Zdążył zniknąć w samą porę. Morderca przebiegł obok okna w takim pośpiechu, że nie zauważył jego zbielałych palców na parapecie.

Wisząc za oknem, Becker dziękował Bogu, że w ramach codziennego treningu ćwiczył również na siłowni, by wzmocnić serw. Niestety mimo silnych ramion miał kłopoty z podciągnięciem się na parapet. Paliły go bicepsy i czuł potworny ból w boku, tak jakby rozdzierał sobie ranę. Szorstki kamień nie zapewniał dobrego chwytu, przeciwnie, boleśnie ranił palce, zupełnie jak szkło.

Becker wiedział, że ma tylko kilka sekund, nim zabójca zawróci. Zbiegając z góry, z pewnością zauważy jego palce na parapecie.

Zacisnął powieki i raz jeszcze spróbował się podciągnąć. Wiedział, że tylko cud może go uratować. Spojrzał w dół, między dyndającymi nogami. Lot z wysokości stu metrów, wprost na pomarańczowe drzewka, musiał zakończyć się śmiercią. Rana bolała go coraz mocniej. Słyszał już kroki zbiegającego w dół mordercy. Znów zamknął oczy. Teraz albo nigdy. Zacisnął zęby i podciągnął się.

Przesuwając się w górę, David skaleczył się o ostrą krawędź kamiennego parapetu, ale nie puścił. Udało mu się chwycić za wewnętrzną krawędź okna. Podciągnął się wyżej. Miał wrażenie, że jego ciało jest z ołowiu, tak jakby ktoś ciągnął go za nogi w dół. Podparł się łokciami. Teraz był doskonale widoczny — jego głowa wystawała z okna, niczym głowa skazańca na gilotynie. Wierzgając nogami, podciągnął się jeszcze wyżej. Teraz już cały tułów wisiał z okna po stronie schodów. David słyszał wyraźnie odgłosy kroków. Oparł się rękami o ścianę i odepchnął się. Wyleciał z okna i ciężko runął na kamienne schody.

Hulohot usłyszał odgłos upadku. Skoczył naprzód z pistoletem w ręce. Nagle zobaczył okno i zrozumiał. *To tak!* Przesunął się ku zewnętrznej ścianie i wycelował w dół schodów. Zdążył jeszcze zobaczyć nogi Beckera, który już znikał za zakrętem. Sfrustrowany Hulohot mimo to strzelił. Pocisk odbił się od muru.

Popędził za swoją ofiarą. Cały czas trzymał się blisko ściany zewnętrznej, by mieć jak najszersze pole widzenia. Gdy pokonywał kolejne zakręty, miał wrażenie, że od Beckera dzieli go jedynie pół okrążenia. Becker biegł przy ścianie wewnętrznej, ścinał zakręty i przeskakiwał po kilka stopni naraz. Mimo to Hulohot stale się zbliżał. To sprowadzało się do jednego strzału. Nawet jeśli Becker zdoła zbiec na dół, nie będzie miał dokąd uciekać. Na otwartym patio Hulohot z łatwością trafiłby go w plecy. Byli coraz niżej.

Hulohot zmienił taktykę — teraz biegł przy wewnętrznej ścianie. Czuł, że zmniejsza odległość do ofiary. Ilekroć mijali okno, widział cień Beckera. Szybciej, szybciej. Hulohot miał wrażenie, że Becker jest tuż przed nim. Jednym okiem śledził jego cień, drugim patrzył na schody.

Nagle zauważył, że cień Beckera wyraźnie się zachwiał, wychylił w lewo, obrócił w powietrzu i ponownie znalazł się po prawej stronie. Chyba upadł! Hulohot przyśpieszył. *Mam go!* Skacząc na kolejne stopnie, Hulohot zdążył jeszcze zobaczyć błysk metalu. Zza zakrzywionej ściany wyłonił się metalowy pręt. To było jak pchnięcie szpadą, tyle że na wysokości kostek. Hulohot spróbował skręcić w prawo, ale było za późno. Zawadził stopą o pręt, a potem uderzył weń golenią. Rozchylił ramiona, usiłując złapać równowagę, ale tylko zamachał nimi w powietrzu. Nagle poczuł, że spada. Przeleciał nad skulonym na schodach Beckerem. David trzymał w rękach metalowy świecznik, którego drugi koniec wciąż tkwił między nogami Hulohota.

Hulohot najpierw uderzył o zewnętrzną ścianę, a później upadł. Wypuścił pistolet, który z trzaskiem spadł na kamienne schody. Hulohot potoczył się; zrobił pięć koziołków, nim wreszcie zatrzymał się na podeście. Jeszcze dwanaście stopni, a znalazłby się na patio.

Rozdział 101

David Becker nigdy nie miał w rękach broni, ale mimo to wziął pistolet Hulohota. Ciało mordercy leżało na schodach dzwonnicy. Becker przyłożył lufę do jego skroni i ostrożnie przyklęknął. Gotów był nacisnąć spust, dostrzegając nawet najmniejszy ruch. Hulohot się nie ruszył. Był martwy. Becker odłożył pistolet i ciężko opadł na schody. Po raz pierwszy od wielu lat miał ochotę płakać. Z trudem powstrzymał łzy. Będzie jeszcze czas na wzruszenie, teraz musiał wracać do domu. Chciał wstać, ale był zbyt zmęczony. Przez dłuższą chwilę siedział na kamiennych schodach i próbował złapać oddech.

Siedząc na stopniu, David przyglądał się z roztargnieniem mordercy. Oczy Hulohota stopniowo stawały się coraz bardziej szkliste. Jakimś cudem jego okulary przetrwały upadek. Były jakieś dziwne — z oprawki za uchem wychodził drut i biegł do niewielkiego urządzenia przymocowanego do paska — lecz Becker był zbyt zmęczony, by się tym zainteresować.

Zaczął zbierać myśli. Spojrzał na pierścionek na palcu. Miał wreszcie okazję, by przeczytać napis. Jak podejrzewał, to nie był tekst angielski. Przez moment patrzył na wygrawerowaną inskrypcję ze zmarszczonym czołem. *I to było warte tylu zabójstw?*

Gdy David wreszcie wyszedł z Giraldy na patio, poranne słońce świeciło mu prosto w oczy. Ból w boku zelżał, minęły kłopoty z widzeniem. Przez chwilę stał nieruchomo, ciesząc się słońcem i zapachem pomarańcz, po czym powoli ruszył przez patio w kierunku furtki.

Gdy oddalał się od dzwonnicy, w pobliżu z piskiem opon zatrzymała się furgonetka i wyskoczyli z niej dwaj młodzi mężczyźni ubrani w mundury. Podeszli do Davida, poruszając się ze sztywną precyzją dobrze wyregulowanych maszyn.

— David Becker? — zapytał jeden z nich.

— Kim pan jest? — Becker stanął w miejscu, zdumiony, że tamten zna jego nazwisko.

— Proszę pójść z nami. Natychmiast.

W tym spotkaniu było coś surrealistycznego. Becker poczuł nieokreślony niepokój. Instynktownie zaczął się cofać.

— Tędy, panie Becker — niższy mężczyzna zmierzył go lodowatym spojrzeniem. — Natychmiast.

Becker chciał uciekać, ale zdążył zrobić tylko krok. Jeden z mężczyzn wyciągnął jakąś broń. Rozległ się strzał.

Becker poczuł w piersiach palący ból. Zesztywniał i przewrócił się na chodnik. Sekundę później nic już nie czuł; ogarnęły go ciemności.

Rozdział 102

Strathmore dotarł na najniższy poziom i zszedł z rampy. Podłoga była pokryta dwucentymetrową warstwą wody. Ogromny komputer cały dygotał. Z kłębów pary spadały ogromne krople. Komandor spojrzał na główne generatory. Na wychodzących z nich przewodach wciąż leżało ciało Phila Chartrukiana. Cała scena robiła wrażenie perwersyjnego przedstawienia z okazji wigilii Wszystkich Świętych.

Strathmore'owi było przykro z powodu śmierci Chartrukiana, ale nie miał wątpliwości, że to była „uzasadniona ofiara". Phil Chartrukian nie dał mu wyboru. Gdy młody technik nadbiegł z krzykiem, że mają wirusa, Strathmore zatrzymał go na podeście i spróbował przemówić mu do rozsądku. Na próżno, Chartrukian nie słuchał żadnych racjonalnych argumentów. *To wirus! Dzwonię do Jabby!* Gdy spróbował przejść, komandor zablokował mu drogę. Zaczęli się przepychać. Podest był wąski, poręcz niska. Jak na ironię, pomyślał teraz Strathmore, Chartrukian miał rację, twierdząc cały czas, że to wirus.

Upadek Chartrukiana był okropny — krótki krzyk przerażenia i nagła cisza — ale jeszcze gorsza była kolejna scena, jaką zobaczył komandor. Greg Hale patrzył na niego z niższego poziomu z wyrazem największej zgrozy na twarzy. W tym momencie Strathmore już wiedział, że Hale będzie musiał umrzeć.

W TRANSLATORZE coś głośno trzasnęło. Strathmore wrócił myślami do stojącego przed nim zadania. Miał wyłączyć zasilanie. Bezpiecznik znajdował się po drugiej stronie pomp freonu, na lewo od ciała. Strathmore dobrze go widział. Wystarczyłoby, żeby przerzucił dźwignię, a w Krypto zostałby wyłączony prąd. Później, po kilku sekundach, mógłby uruchomić główne generatory i wszystkie systemy stopniowo wróciłyby do normalnego stanu: znów zaczęłyby działać drzwi, pompy dostarczałyby dostatecznej ilości freonu i TRANSLATOR byłby bezpieczny.

Strathmore zrobił dwa kroki w kierunku bezpiecznika, ale w tym momencie zdał sobie sprawę z jeszcze jednego problemu: ciało Chartrukiana wciąż leżało na przewodach. Gdyby teraz włączył generatory, nastąpiłoby od razu zwarcie. Najpierw musiał usunąć zwłoki.

Spojrzał na groteskowe szczątki i podszedł bliżej. Chwycił za nadgarstek. Ciało Chartrukiana przypominało w dotyku styropian. Usmażyło się. Nie pozostało w nim ani trochę wilgoci. Komandor zamknął oczy, zacisnął chwyt i pociągnął. Zwłoki przesunęły się o kilka centymetrów. Strathmore pociągnął jeszcze mocniej. Zwłoki znowu przemieściły się o trzy centymetry. Zaparł się nogami o poręcz i pociągnął z całych sił. Nagle poleciał do tyłu i przewrócił się, uderzając plecami o betonowy fundament. Wstając z wody, wpatrywał się ze zgrozą w przedmiot, który trzymał w ręce. To było przedramię Chartrukiana. Urwało się w łokciu.

Susan czekała na górze. Siedziała jak sparaliżowana na sofie w Węźle nr 3. Ciało Hale'a leżało u jej stóp. Nie mogła zrozumieć, co zajmuje komandorowi tyle czasu. Mijały kolejne minuty. Starała się nie myśleć o Davidzie, ale nie mogła się powstrzymać. Każde ryknięcie syren przypominało jej słowa Hale'a: *Bardzo mi przykro z powodu Davida Beckera*. Susan miała wrażenie, że zaraz zwariuje.

Już miała pobiec do głównej sali, gdy wreszcie Strathmore całkowicie wyłączył zasilanie.

W Krypto natychmiast zapadła grobowa cisza. Syreny umilkły, monitory w Węźle nr 3 zgasły. Ciało Grega zniknęło w ciemnościach. Susan instynktownie podkuliła nogi pod siebie i otuliła się marynarką Strathmore'a.

Ciemności.

Cisza.

Jeszcze nigdy w Krypto nie było tak cicho i spokojnie. Normalnie zawsze słychać było szum generatorów. Teraz rozlegały się tylko odgłosy wielkiej bestii, wracającej do normalnego stanu. Z komputera wciąż wydobywały się trzaski i syki, ale procesory powoli stygły.

Susan zamknęła oczy i zaczęła się modlić za Davida. Chciała jedynie, by Bóg chronił mężczyznę, którego kochała.

Nie była religijna i nigdy nie oczekiwała odpowiedzi na swoje modły. Teraz jednak poczuła po chwili jakieś wibracje. Przycisnęła ramiona do piersi. Nagle zrozumiała. Przyczyną wibracji nie była ręka Boga; ich źródło znajdowało się w kieszeni marynarki komandora. Strathmore wyłączył dzwonek, ale zostawił sygnalizację drganiami. Najwyraźniej SkyPager odebrał jakąś wiadomość dla komandora.

Sześć pięter niżej Strathmore stał przy bezpieczniku. W podziemiach było teraz ciemno jak w najgłębszej jaskini. Strathmore przez chwilę z przyjemnością nurzał się w ciemnościach. Z góry kapały krople wody. Wyobraził sobie, że to burza o północy. Odchylił głowę do tyłu i czekał, aż ciepłe krople zmyją jego winę. *Przetrwałem.* Ukląkł i zmył z rąk resztki ciała Chartrukiana.

Jego marzenia o Cyfrowej Twierdzy spełzły na niczym. Strathmore pogodził się z tym. Teraz liczyła się tylko Susan. Po raz pierwszy od wielu lat komandor pomyślał, że w życiu konieczne jest coś jeszcze poza ojczyzną i honorem. *Poświęciłem najlepsze lata życia ojczyźnie i honorowi. A co z miłością?* Zbyt długo żył bez miłości. *I po co?* By teraz patrzeć, jak jakiś młody profesor kradnie jego marzenia? Strathmore wychowywał Susan. Chronił ją. Zasłużył na nią. Teraz wreszcie będzie jego. Nie mając do kogo się zwrócić, poszuka schronienia w ramionach Strathmore'a. Przyjdzie do niego bezradna, zraniona, a z czasem on przekona ją, że miłość leczy wszystkie rany.

Honor. Ojczyzna. Miłość. Z tych trzech powodów David Becker musiał zginąć.

Rozdział 103

Komandor wyłonił się z szybu jak Łazarz z grobu. Mimo mokrego ubrania poruszał się lekko i energicznie. Poszedł do Węzła nr 3 — do Susan. To była jego przyszłość. W Krypto znów było jasno. Freon przepływał przez układ chłodzący dymiącego TRANSLATORA niczym natleniona krew. Strathmore wiedział, że minie kilka minut, nim gaz chłodzący dotrze do dolnej części komputera i zapobiegnie zapłonowi procesorów, ale nie wątpił, że sytuacja została w porę opanowana. Cieszył się ze zwycięstwa i nawet nie podejrzewał, że było już za późno.

Przetrwałem, pomyślał znowu. Ignorując dziurę w ścianie Węzła, podszedł do elektronicznych drzwi. Otworzyły się przed nim z cichym sykiem.

Susan stała pośrodku Węzła, mokra i potargana. Wciąż miała na sobie jego marynarkę. Wyglądała jak studentka pierwszego roku, którą złapał deszcz. Strathmore poczuł się jak starszy student, który pożyczył jej sweter. Po raz pierwszy od wielu lat miał wrażenie, że jest młody. Jego marzenia miały się spełnić.

Gdy jednak zbliżył się do Susan, wydawało mu się, że patrzy na obcą kobietę. Spoglądała na niego lodowatymi oczami. Nie było w nich nawet śladu zwykłej łagodności. Susan Fletcher stała sztywno jak kamienna rzeźba, tylko oczy miała pełne łez.

— Susan?

Po jej drżącym policzku spłynęła kolejna łza.

— Co się stało? — spytał komandor.

Kałuża krwi Hale'a rozlała się szeroko; wyglądała jak wielka, tłusta plama. Strathmore spojrzał na zwłoki, a potem na Susan. *Czy mogła poznać prawdę?* To było niemożliwe. Przecież zadbał o wszystkie szczegóły.

— Susan? — zbliżył się do niej o krok. — Co się stało?

Nie drgnęła.

— Niepokoisz się o Davida?

Jej górna warga lekko zadrżała.

Strathmore zrobił jeszcze krok ku niej. Chciał ją objąć, ale się zawahał. Wzmianka o Davidzie najwyraźniej spowodowała przerwanie jakiejś tamy. W pierwszej chwili to było tylko drżenie, lekki dygot, ale zaraz wstrząsnęły nią dreszcze. Susan otworzyła usta, żeby coś powiedzieć, ale nie mogła opanować drżenia warg. Milczała.

Nawet na chwilę nie spuszczając zimnego spojrzenia z komandora, sięgnęła do kieszeni jego marynarki i wyjęła jakiś przedmiot. Wyciągnęła rękę i podała go Strathmore'owi.

Komandor niemal oczekiwał widoku berretty wycelowanej w jego brzuch, ale pistolet leżał na podłodze, w ręce Hale'a. Susan trzymała w dłoni jakiś niewielki aparat. Strathmore przyjrzał mu się uważnie i po chwili wszystko zrozumiał.

Wpatrywał się w swój SkyPager. Miał wrażenie, że rzeczywistość gdzieś znikła, a czas się zatrzymał. Słyszał bicie swojego serca. Mężczyzna, który w przeszłości tyle razy zwyciężał w starciach z potężnymi przeciwnikami, teraz przegrał. Zgubiła go miłość i własna głupota. Powodowany zwykłą rycerskością, dał Susan swoją marynarkę i zapomniał wyjąć z kieszeni SkyPager.

Teraz to on skamieniał. Susan drżała. Upuściła SkyPager na podłogę. Aparat upadł u stóp komandora. Na jej twarzy malowało się zdumienie i ból z powodu zdrady. Strathmore pomyślał, że nigdy nie zapomni tego widoku. Susan minęła go i wybiegła z Węzła nr 3.

Komandor jej nie zatrzymał. Powoli pochylił się i podniósł SkyPager. Nie było żadnych nowych wiadomości — Susan wszystkie przeczytała. Strathmore z rozpaczą przejrzał listę:

PODMIOT ENSEI TANKADO — WYELIMINOWANY
PODMIOT PIERRE CLOUCHARDE — WYELIMINOWANY
PODMIOT HANS HUBER — WYELIMINOWANY
PODMIOT ROCÍO EVA GRANADA — WYELIMINOWANY

To nie był koniec listy. Wpatrywał się w nią ze zgrozą. *Wyjaśnię to! Ona zrozumie! Honor! Ojczyzna!* Na końcu listy zobaczył jednak wiadomość, której dotychczas nie znał. Wiedział, że tego nigdy nie zdoła wyjaśnić. Z drżeniem przeczytał ją raz jeszcze:

PODMIOT DAVID BECKER — WYELIMINOWANY

Komandor zwiesił głowę. Jego marzenia runęły.

Rozdział 104

Susan wybiegła z Węzła nr 3.

PODMIOT DAVID BECKER — WYELIMINOWANY

Poruszając się jak we śnie, dotarła do głównych drzwi. W głowie słyszała słowa Grega Hale'a: *Susan, Strathmore mnie zabije! Susan, komandor jest w tobie zakochany!* Stanęła przed ogromnymi drzwiami obrotowymi i gwałtownymi ruchami wystukała kod. Ani drgnęły. Spróbowała jeszcze raz, ale ogromny blok stali pozostał nieruchomy. Susan stłumiła gniewny krzyk — widocznie przerwa w zasilaniu spowodowała wykasowanie kodu. Wciąż była w pułapce.

Nagle, bez ostrzeżenia, ktoś objął ją od tyłu, chwytając jej odrętwiałe ciało. To dotknięcie było znajome, ale budziło odrazę. Nie było w nim brutalności Grega Hale'a, lecz desperacja, stalowa determinacja.

Odwróciła się. Jeszcze nigdy nie widziała Strathmore'a w takim stanie. Był przerażony i wstrząśnięty.

— Susan — zaczął błagać, trzymając ją za ramiona. — Wszystko ci wyjaśnię.

Spróbowała się wyrwać, ale komandor mocno ją trzymał. Chciała krzyczeć, ale straciła głos. Chciała uciec, ale Strathmore jej nie puścił.

— Kocham cię — szepnął. — Zawsze cię kochałem.

Susan poczuła mdłości.

— Zostań ze mną.

Przed oczami Susan zawirowały ponure obrazy. Jasnozielone oczy Davida, zamykające się na zawsze. Leżące w kałuży krwi ciało Grega Hale'a. Spalone zwłoki Phila Chartrukiana na generatorze.

— Ból minie — szepnął komandor. — Znowu będziesz kochać.

Nie słyszała ani słowa.

— Zostań ze mną — prosił. — Uleczę twoje rany.

Ponownie spróbowała się wyrwać. Na darmo.

— Zrobiłem to dla nas. Jesteśmy dla siebie stworzeni. Susan, kocham cię. — Strathmore mówił tak, jakby od dziesięciu lat czekał na okazję, by to powiedzieć. — Kocham cię! Kocham cię!

W tym momencie z odległego o trzydzieści metrów TRANS-LATORA wydobył się dziki, ostry syk, tak jakby komputer chciał zanegować nędzne wyznania komandora. To był zupełnie nowy dźwięk — jakieś odległe, groźne syczenie, wydobywające się niczym żmija z dna silosu. Najwyraźniej freon nie dotarł na czas do układu chłodzącego.

Komandor puścił Susan i podbiegł do komputera zbudowanego kosztem dwóch miliardów dolarów. Miał oczy szeroko otwarte z przerażenia.

— Nie! — krzyknął i chwycił się za głowę. — Nie!

Sześciopiętrowa bestia zaczęła dygotać. Strathmore zrobił jeszcze krok w kierunku korpusu, po czym opadł na kolana, jak grzesznik przed gniewnym Bogiem. Na próżno. Na samym dnie silosu nastąpił właśnie zapłon procesorów z tytanu i strontu.

Rozdział 105

Ognista kula rozchodząca się w układzie trzech milionów kości krzemowych wytwarza niezwykły dźwięk. Pożar w lesie, wycie trąby powietrznej, wybuch gejzeru — wszystko zamknięte w rezonującej obudowie. To był oddech diabła, wydobywający się z zamkniętej jaskini, szukający drogi ucieczki. Strathmore klęczał jak zahipnotyzowany przez potworny narastający huk. Najdroższy komputer świata właśnie zmieniał się w ośmiopiętrowe piekło.

Strathmore odwrócił się ku Susan. Poruszał się jak na zwolnionym filmie. Susan stała jak sparaliżowana obok głównych drzwi Krypto. Strathmore wpatrzył się w jej twarz ze śladami łez. W świetle jarzeniówek wydawała się dziwnie promienna. Ona jest aniołem, pomyślał. Szukał w jej oczach nieba, ale znajdował tylko śmierć. To była śmierć zaufania. Miłość i honor odeszły w nicość. Marzenia, które przez tyle lat skłaniały go do działania, były już martwe. Nigdy nie będzie miał Susan Fletcher. Nigdy. To poczucie pustki całkowicie go obezwładniło.

Susan przyglądała się TRANSLATOROWI. Wiedziała, że wewnątrz ceramicznego korpusu unosi się ku nim ognista kula. Czuła, że ogień wznosi się coraz szybciej. Już za chwilę kopuła Krypto przeistoczy się w płonące piekło.

Rozsądek kazał jej uciekać, ale myśl o martwym Davidzie przygważdżała ją. Nie była w stanie oderwać się od podłogi.

Wydawało się jej, że słyszy jego głos nakazujący, by się ratowała, ale nie miała dokąd biec. Krypto zmieniło się w zamknięty grobowiec. To nie miało znaczenia, myśl o śmierci nie budziła w niej lęku. Śmierć zakończy cierpienie. Będzie z Davidem.

Podłoga Krypto zaczęła dygotać, tak jakby z głębi chciał się wydostać jakiś rozgniewany morski potwór. Głos Davida uparcie ją wzywał: *Uciekaj, Susan, uciekaj!*

Zobaczyła zbliżającego się Strathmore'a. Jego szare zimne oczy były jak martwe. Patriota, który w jej myślach był bohaterem, zginął jako morderca. Nagle poczuła, że znów ją obejmuje. Pocałował ją w policzek.

— Przebacz mi — błagał.

Susan chciała się wyrwać, ale Strathmore nie pozwolił jej na to.

TRANSLATOR dygotał jak rakieta przed startem. Podłoga drżała coraz mocniej.

— Obejmij mnie, Susan — poprosił komandor. — Potrzebuję cię.

Poczuła przypływ furii. Znowu usłyszała głos Davida: *Kocham cię. Uciekaj!* Gwałtownym ruchem wyrwała się z objęć Strathmore'a. Była ogłuszona hukiem dochodzącym z komputera. Pożar dotarł do szczytu silosu. TRANSLATOR jęczał i trzeszczał w szwach.

Susan miała wrażenie, że kieruje nią głos Davida. Przebiegła sprintem przez salę Krypto i zaczęła się wspinać do gabinetu komandora. Z TRANSLATORA wydobył się huk eksplozji.

Pożar ogarnął już wszystkie krzemowe kości. Ceramiczna obudowa nie wytrzymała gwałtownego wzrostu temperatury i ciśnienia. Górna pokrywa pękła, a okruchy powłoki wyleciały na dziesięć metrów w górę. Bogate w tlen powietrze w Krypto wypełniło pustkę w silosie.

Susan zdążyła wbiec na górny podest. Chwyciła się poręczy. W tym momencie podmuch eksplozji zakołysał nią. Zdążyła jeszcze zobaczyć, jak zastępca dyrektora do spraw operacyjnych patrzy na nią, stojąc obok TRANSLATORA. Wokół niego szalał pożar, ale w jego oczach był dziwny spokój. Rozchylił usta i wyszeptał swoje ostatnie słowo: „Susan".

Powiew powietrza podsycił pożar. W oślepiającym błysku światła komandor Trevor Strathmore przeszedł z tego świata do legendy.

Fala uderzeniowa rzuciła Susan pięć metrów w głąb gabinetu Strathmore'a. Zapamiętała tylko ogarniające ją gorąco.

Rozdział 106

W oknie sali konferencyjnej, wysoko nad kopułą Krypto pojawiły się trzy twarze. Wybuch wstrząsnął całym kompleksem NSA. Leland Fontaine, Chad Brinkerhoff i Midge Milken wpatrywali się w milczeniu w płonącą kopułę. Wszyscy wstrzymali oddech.

Pożar ogarnął całą kopułę. Dach z poliwęglanu jeszcze się trzymał, ale pod jego przezroczystą skorupą szalał ogień. Czarny dym wirował pod dachem.

Nikt się nie odzywał. To widowisko było na swój sposób wspaniałe.

Kiedy wreszcie Fontaine przerwał milczenie, mówił cicho, lecz bez wahania.

— Midge, wezwij ekipę... natychmiast.

Po drugiej stronie korytarza w gabinecie dyrektora zadzwonił telefon.

To był Jabba.

Rozdział 107

Susan nie miała pojęcia, jak długo leżała nieprzytomna. W końcu ocknęła się. Czuła bolesne palenie w gardle. Zupełnie zdezorientowana rozejrzała się dookoła. Siedziała na podłodze za biurkiem Strathmore'a. Jedynym źródłem światła w pokoju była pomarańczowa lampka na ścianie. W powietrzu czuć było smród palącego się plastiku. Z gabinetu komandora pozostała tylko zniszczona skorupa. Zasłony płonęły, ściany z pleksiglasu topiły się i dymiły.

Po chwili przypomniała sobie, co się stało.

David.

Zerwała się na nogi. Ogarnęła ją panika. Przy każdym oddechu czuła palenie w gardle. Pokuśtykała do drzwi w poszukiwaniu drogi ucieczki. Gdy zrobiła krok przez próg, jej noga zawisła w powietrzu. W ostatniej chwili chwyciła futrynę. Podest i schody gdzieś znikły. Piętnaście metrów niżej widać było poskręcane, parujące metalowe belki i dźwigary. Susan z przerażeniem przyjrzała się głównej sali Krypto. To było morze ognia. Stopione resztki trzech milionów krzemowych kości wypływały z silosu jak lawa. Gęsty, ostry dym unosił się do góry. Susan znała ten zapach. Dym płonącego krzemu. Śmiertelna trucizna.

Cofnęła się w głąb zdewastowanego gabinetu Strathmore'a. Kręciło się jej w głowie, czuła, że słabnie. Paliło ją gardło. Całe wnętrze kopuły wypełniało jaskrawe światło. Krypto umierało. Ja też, pomyślała.

Przez chwilę zastanawiała się nad jedyną możliwą drogą ucieczki — prywatną windą Strathmore'a. Ta możliwość była czysto iluzoryczna — układy elektroniczne z pewnością nie przetrwały wybuchu.

Gdy jednak Susan przedzierała się przez kłęby czarnego dymu, przypomniała sobie słowa Hale'a: *Winda jest zasilana z głównego budynku! Oglądałem schemat instalacji elektrycznej.* Wiedziała, że to prawda. Przypomniała sobie również, że cały szyb jest otoczony grubą warstwą żelbetu.

Wokół niej wirowały smugi dymu. Ruszyła w kierunku windy. Nim dotarła do niej, zauważyła, że guzik służący do wzywania windy jest ciemny. Kilka razy nacisnęła, ale to nic nie dało. Opadła na kolana i zabębniła pięściami w drzwi.

Niemal natychmiast przestała. Za drzwiami coś zawarczało. Zaskoczona uniosła wzrok. To brzmiało tak, jakby winda była na miejscu. Raz jeszcze nacisnęła guzik. Znowu ten sam warkot.

Nagle Susan zrozumiała, co się dzieje.

Guzik działał, ale był pokryty grubą warstwą sadzy. Gdy przetarła go palcami, zobaczyła światełko.

Zasilanie działa!

Poczuła przypływ nadziei. Raz jeszcze uderzyła w przycisk. Za każdym razem uruchamiała jakiś mechanizm, ale drzwi się nie otwierały. Słyszała szum wentylatora w wagoniku. *Winda jest tutaj! Dlaczego te przeklęte drzwi nie chcą się otworzyć?*

Mimo dymu Susan zauważyła jeszcze jeden panel z guziczkami oznaczonymi literami od A do Z. Dopiero teraz przypomniała sobie, że do otwarcia windy koniecznie jest hasło. Ogarnęła ją rozpacz.

Przez stopione ramy okienne gabinetu do środka dostawało się coraz więcej dymu. Susan znowu uderzyła pięścią w drzwi, lecz to nie pomogło. *Hasło! Strathmore nie zdradził jej hasła!* Dym z płonącego krzemu stale gęstniał. Susan zaczęła się krztusić. Opadła na podłogę koło windy. Czuła się pokonana. Od wentylatora dzielił ją zaledwie metr. Leżała oszołomiona, łapiąc z trudem oddech.

Zamknęła oczy, ale znów usłyszała głos Davida. *Uciekaj,*

Susan! Otwórz drzwi! Uciekaj! Otworzyła oczy w nadziei, że zobaczy jego twarz, zielone oczy i pogodny uśmiech. Zamiast tego ujrzała litery od A do Z. *Hasło...* Susan wpatrywała się w przyciski. Z trudem rozróżniała litery. Diodowy wyświetlacz poniżej miał pięć pól. *Hasło ma mieć pięć znaków,* pomyślała.

Bez trudu obliczyła prawdopodobieństwo: dwadzieścia sześć do piątej potęgi, czyli jedenaście milionów osiemset osiemdziesiąt jeden tysięcy trzysta siedemdziesiąt sześć. Nawet gdyby sprawdzała je w tempie jedna kombinacja na sekundę, potrwałoby to dziewiętnaście tygodni...

Leżąc na podłodze poniżej panelu, nagle znów usłyszała rozpaczliwy głos komandora. Wołał ją. *Kocham cię, Susan! Zawsze cię kochałem. Susan! Susan! Susan*

Wiedziała, że Strathmore nie żyje, a jednak słyszała ten głos. Komandor wciąż powtarzał jej imię.

Nagle doznała olśnienia. Już wiedziała.

Uniosła się i drżącą ręką nacisnęła pięć guzików:

S... U... S... A... N

Drzwi natychmiast się otworzyły.

Rozdział 108

Winda Strathmore'a szybko zjeżdżała w dół. Susan chciwie wciągała w płuca świeże powietrze. Wciąż była oszołomiona. Gdy winda zwolniła, na wszelki wypadek oparła się o ścianę. Chwilę później rozległ się lekki zgrzyt mechanizmu i wagonik ruszył znowu, tym razem poziomo. Susan czuła, jak przyśpiesza. Jechała w kierunku głównego budynku NSA. Wreszcie winda się zatrzymała i drzwi same się otworzyły.

Susan wyszła do ciemnego betonowego korytarza. Zakasłała. Znalazła się w jakimś tunelu, niskim i wąskim. Zauważyła na podłodze podwójną żółtą linię, która ginęła gdzieś w ciemnościach.

Podziemna autostrada...

Ruszyła tunelem, opierając się ręką o ścianę. Drzwi windy znów się zamknęły. Po raz kolejny otoczyły ją ciemności.

Cisza.

Nie słyszała żadnych dźwięków poza szumem, który wydawał się wzmagać.

Nagle jakby zaczęło się przejaśniać. Ciemności przerzedziły się, było już tylko szaro. Widziała ściany tunelu. Wtem zza rogu wypadł mały pojazd. Światło reflektorów zupełnie ją oślepiło. Susan stanęła pod ścianą i zasłoniła oczy ręką. Poczuła powiew powietrza i pojazd przejechał obok niej.

Chwilę później usłyszała pisk opon. Szum znów zaczął się zbliżać. Tym razem pojazd jechał tyłem. Kierowca gwałtownie zahamował tuż przy niej.

— Pani Fletcher! — wykrzyknął ze zdumieniem.
Susan przypatrywała się mężczyźnie siedzącemu w elektrycznym wózku golfowym. Miała wrażenie, że już go gdzieś widziała.
— Chryste — westchnął. — Nic pani nie jest? Myśleliśmy już, że pani nie żyje.
Susan patrzyła na niego zupełnie zaskoczona.
— Chad Brinkerhoff — przedstawił się, przyglądając się wstrząśniętej Susan. — Osobisty asystent dyrektora.
— TRANSLATOR — z trudem wyjąkała Susan.
— Wiemy — kiwnął głową Brinkerhoff. — Proszę wsiadać.

Snop światła reflektora padał na betonową ścianę.
— W głównym banku danych jest wirus! — wykrzyknął Brinkerhoff.
— Wiem — Susan usłyszała własny szept.
— Potrzebujemy pani pomocy.
— Strathmore... — Susan z trudem powstrzymywała łzy. — On...
— Wiemy — przerwał jej Brinkerhoff. — To on ominął filtry Gauntlet.
— Tak... i... — słowa uwięzły jej w gardle. On zabił Davida!
— Już prawie jesteśmy na miejscu. — Brinkerhoff położył dłoń na jej ramieniu. — Proszę się trzymać.

Szybki wózek Kensington objechał róg i zatrzymał się z poślizgiem przy wejściu do ciemnego korytarza, odchodzącego w bok od tunelu i oświetlonego słabymi czerwonymi żarówkami.
— Chodźmy — powiedział Brinkerhoff i pomógł jej wysiąść.
Poprowadził ją przez korytarz. Szła za nim jak we mgle. Nagle korytarz zaczął stromo opadać. Chwyciła się poręczy i szła za Chadem. Zrobiło się chłodniej. Wciąż szli w dół.
W pewnym momencie korytarz się zwęził. Usłyszeli za plecami tupnięcia butów. Ktoś szedł szybkim, zdecydowanym krokiem. Stuk obcasów stawał się coraz głośniejszy. Brinkerhoff i Susan zatrzymali się i odwrócili.

Zbliżał się do nich potężnie zbudowany Murzyn. Susan nigdy go jeszcze nie widziała. Stanął obok i zmierzył ją przenikliwym spojrzeniem.

— Kto to? — zapytał.

— Susan Fletcher — odpowiedział Brinkerhoff.

Potężny mężczyzna uniósł brwi. Nawet ubrudzona sadzą i mokra, Susan zrobiła na nim wrażenie.

— A komandor? — spytał.

Brinkerhoff potrząsnął głową.

Mężczyzna milczał. Patrzył przez chwilę gdzieś w bok, po czym znów zwrócił się do Susan.

— Leland Fontaine — przedstawił się, podając jej rękę. — Cieszę się, że nic się pani nie stało.

Susan patrzyła na niego zupełnie zaskoczona. Wiedziała, że wcześniej lub później pozna dyrektora, ale nie tak wyobrażała sobie to spotkanie.

— Chodźmy, pani Fletcher — powiedział Fontaine i wskazał jej drogę. — Potrzebujemy wszelkiej możliwej pomocy.

W czerwonym świetle przy końcu tunelu Susan dostrzegła stalową ścianę, zagradzającą im drogę. Fontaine podszedł do elektronicznego panelu i wpisał kod, po czym przyłożył prawą dłoń do niewielkiej szybki. Błysnął flesz. Po chwili potężne drzwi przesunęły się w lewo.

W NSA było tylko jedno pomieszczenie stanowiące jeszcze większą świętość niż Krypto. Susan wyczuła, że właśnie do niego wchodzi.

Rozdział 109

Ośrodek sterowania w głównym banku danych NSA wyglądał jak pomniejszona sala kontroli lotów NASA. Przed umieszczonym na przeciwległej ścianie ekranem wideo o wymiarach dziesięć na trzynaście metrów stało kilkanaście komputerów. Na ekranie błyskawicznie pojawiały się i znikały jakieś wykresy i liczby, tak jakby ktoś szybko skanował kanały. Kilku techników biegało od komputera do komputera, ciągnąc za sobą długie taśmy wydruków i wykrzykując polecenia. W pomieszczeniu panował całkowity chaos.

Susan rozejrzała się po ośrodku sterowania. Mgliście pamiętała, że jego budowa wymagała usunięcia dwustu pięćdziesięciu ton ziemi. Znajdował się na głębokości siedemdziesięciu jeden metrów pod ziemią, co zabezpieczało go przed bombami atomowymi i impulsami elektromagnetycznymi.

Na podium w środku pomieszczenia stał komputer, przy którym siedział Jabba. Wykrzykiwał komendy jak król do swych poddanych. Na ekranie za nim widać było napis, który Susan już dobrze znała. Tym razem nie musiała wpatrywać się w monitor — ekran był wielkości billboardu:

TYLKO PRAWDA MOŻE WAS URATOWAĆ
WPROWADŹ KLUCZ

Susan miała wrażenie, że to jakiś surrealistyczny koszmar. W ślad za Fontaine'em podeszła do podium. Wszystko wydawało się jej niewyraźne, jakby rozmazane.

Jabba zauważył ich.

— Zbudowałem filtry Gauntlet nie bez powodu! — ryknął jak wściekły byk.

— „Ścieżka zdrowia" już nie istnieje — spokojnie odrzekł Fontaine.

— Żadna nowina, dyrektorze — prychnął Jabba. — Fala uderzeniowa rzuciła mną o ścianę. Gdzie jest Strathmore?

— Komandor Strathmore nie żyje.

— Pieprzona, poetycka sprawiedliwość.

— Uspokój się, Jabba — polecił Fontaine. — Co się dzieje? Jak groźny jest ten wirus?

Jabba przez dłuższą chwilę wpatrywał się w dyrektora, a potem nieoczekiwanie wybuchnął śmiechem.

— Wirus? — jego rechot rozległ się w całym ośrodku sterowania. — Myślicie, że to wirus?

Fontaine panował nad sobą. Bezczelność Jabby przekraczała wszelkie granice, ale Fontaine wiedział, że to ani czas, ani miejsce, by go poskromić. Tutaj Jabba był ważniejszy od Boga. Problemy komputerowe miały to do siebie, że wymuszały zmianę normalnej hierarchii służbowej.

— Zatem to nie jest wirus? — ucieszył się Brinkerhoff.

Jabba spojrzał na niego z politowaniem i niechęcią.

— Wirusy mają łańcuchy replikacyjne, chłopcze. Ten nie ma.

Susan przysłuchiwała się rozmowie, ale nie mogła się skupić.

— A więc co się dzieje? — spytał Fontaine. — Ja też myślałem, że to wirus.

Jabba wziął głęboki oddech.

— Wirusy — powiedział cicho, wycierając pot z czoła — się rozmnażają. Tworzą klony. Są próżne i głupie. To cyfrowe egomaniaki. Produkują potomstwo szybciej niż króliki. Na tym polega ich słabość... można je tak skrzyżować, żeby wyginęły, o ile ktoś wie, jak to zrobić. Niestety ten program nie ma ego, nie odczuwa potrzeby kopiowania. Jest skupiony na stojącym przed nim zadaniu. Gdy je wykona, prawdopodobnie popełni cyfrowe samobójstwo. — Jabba pełnym szacunku gestem wskazał na ekran. — Panie i panowie, pozwólcie, że państwu przedstawię, oto kamikaze komputerowych najeźdźców... robak.

— Robak? — jęknął Brinkerhoff. Wydawało mu się, że to banalny termin jak na określenie perfidnego wroga.

— Robak — gniewnie potwierdził Jabba. — Żadnych złożonych struktur, tylko instynkt... je, sra i pełza. To wszystko. Prostota. Śmiertelnie groźna prostota. Wykonuje to, do czego został zaprogramowany, po czym się ulatnia.

— A ten do czego został zaprogramowany? — spytał Fontaine, patrząc na Jabbę ostrym wzrokiem.

— Nie mam pojęcia — odrzekł Jabba. — Na razie tylko rozchodzi się po banku danych i przyczepia do wszelkich plików z tajnymi danymi. Później mogą się stać różne rzeczy. Może wykasować wszystkie pliki, może tylko wydrukować uśmiechnięte buźki na pewnych dokumentach z Białego Domu.

— Czy możesz go powstrzymać? — spokojnie i rzeczowo spytał Fontaine.

Jabba ciężko westchnął i spojrzał na ekran.

— Nie wiem. To zależy, jak perfidny jest jego twórca. — Wskazał na wiadomość na ekranie. — Może ktoś mi powie, co to, do cholery, znaczy?

TYLKO PRAWDA MOŻE WAS URATOWAĆ
WPROWADŹ KLUCZ _____

Na próżno czekał na odpowiedź.

— Moim zdaniem ktoś nam wchodzi w drogę, dyrektorze. Szantaż. Jeśli się na tym znam, jest to żądanie okupu.

— To... Ensei Tankado — szepnęła Susan. Jej głos brzmiał pusto i głucho.

— Tankado?! — Jabba spojrzał na nią szeroko otwartymi oczami.

— Chciał, żebyśmy ujawnili prawdę... — Susan kiwnęła głową. — O TRANSLATORZE... ale to kosztowało go...

— Ujawnić prawdę? — przerwał zdumiony Brinkerhoff. — Tankado chce, byśmy ujawnili, że mamy TRANSLATOR? Powiedziałbym, że na to już trochę za późno.

Susan chciała coś dodać, ale Jabba był szybszy.

— Wygląda na to, że Tankado ma *kill-code* — powiedział, patrząc na ekran.

387

Wszyscy spojrzeli na szefa bezpieczeństwa systemów.

— *Kill-code?* — spytał Brinkerhoff.

— Tak — kiwnął głową Jabba. — Hasło lub klucz, który zatrzymuje robaka. Mówiąc prosto, jeśli ujawnimy prawdę, Tankado da nam ten klucz. Wprowadzimy go do komputera i uratujemy bank danych. Oto cyfrowy szantaż.

— Ile mamy czasu? — spytał Fontaine z kamiennym spokojem.

— Jakąś godzinę — odpowiedział Jabba. — Dość czasu, by zwołać konferencję prasową i wszystko wyśpiewać.

— Propozycje — zażądał dyrektor. — Co proponujesz, byśmy zrobili?

— Propozycje?! — wykrzyknął z niedowierzaniem Jabba. — Żąda pan propozycji? Dam panu propozycję. Proszę przestać pieprzyć, to należy zrobić.

— Spokojnie — ostrzegł go Fontaine.

— Dyrektorze — powiedział z naciskiem Jabba. — W tej chwili to Ensei Tankado kontroluje nasz bank danych. Trzeba mu dać, co tylko zażąda. Jeśli chce, żeby świat dowiedział się o TRANSLATORZE, to musi pan wezwać CNN i spuścić gacie. Zresztą z TRANSLATORA została tylko wielka dziura w ziemi, więc co to pana obchodzi?

Zapadła cisza. Wydawało się, że Fontaine zastanawia się, co zrobić. Susan próbowała coś powiedzieć, ale Jabba ją przekrzyczał.

— Na co pan czeka, dyrektorze?! Proszę zadzwonić do Tankada! Proszę mu powiedzieć, że będziemy współpracować! Musimy mieć klucz, bo inaczej cały ten bank szlag trafi!

Nikt się nie ruszył.

— Czy wy wszyscy zwariowaliście?! — wrzasnął Jabba. — Zadzwońcie do Tankada! Powiedzcie mu, że się poddajemy! Muszę mieć klucz! Teraz! — Jabba wyciągnął telefon komórkowy. — Dajcie mi numer! Sam zadzwonię to tego małego chuja.

— Nie fatyguj się — szepnęła Susan. — Tankado nie żyje.

Jabbę na chwilę zatkało. To było jak cios w brzuch. Natychmiast zdał sobie sprawę ze wszystkich konsekwencji. Wyglądał tak, jakby uszło z niego powietrze.

— Nie żyje? Ale... to znaczy... nie jesteśmy w stanie...

— To znaczy, że musimy przyjąć nowy plan — stwierdził rzeczowo Fontaine.

— Jabba! Jabba! — krzyknął ktoś w głębi pokoju.

To była Soshi Kuta, jego prawa ręka i główny technik. Podbiegła do podium, ciągnąc za sobą długi wydruk. Wydawała się przerażona.

— Jabba! Wiem już, jak jest zaprogramowany ten robak! — Soshi wcisnęła mu wydruk. — Wyizolowaliśmy instrukcje robaka. Spójrz na program! Tylko zobacz, co on ma zrobić!

Główny specjalista do spraw bezpieczeństwa systemu patrzył przez chwilę na wydruk, po czym ciężko oparł się o poręcz.

— Chryste — jęknął. — Tankado... ty skurwysynu.

Rozdział 110

Wciąż wpatrywał się w wydruk, który podała mu Soshi. Był blady. Po chwili wytarł rękawem pot z czoła.

— Dyrektorze, nie mamy wyboru. Musimy wyłączyć zasilanie banku danych.

— Wykluczone — odrzekł Fontaine. — To miałoby katastrofalne konsekwencje.

Jabba wiedział, że dyrektor ma rację. Bank danych był połączony ze światem trzema tysiącami linii ISDN. Każdego dnia dowódcy wojskowi łączyli się z bankiem, by obejrzeć najnowsze zdjęcia satelitarne ruchów przeciwnika. Inżynierowie Lockheeda pobierali dokumentację techniczną nowych broni. Agenci odbierali rozkazy dotyczące ich zadań. Bank danych NSA był podstawą niezliczonych operacji rządowych Stanów Zjednoczonych. Po zamknięciu banku NSA bez ostrzeżenia wszyscy zostaliby odcięci od informacji wywiadu.

— Zdaję sobie z tego sprawę — powiedział — ale nie mamy wyboru.

— Proszę to wyjaśnić — polecił Fontaine. Rzucił szybkie spojrzenie na stojącą obok Susan. Wydawała się nieobecna.

Jabba wziął głęboki oddech i znów wytarł czoło. Wyraz jego twarzy jasno zapowiadał, że nowina nie będzie przyjemna.

— Ten robak — zaczął — nie niszczy wszystkiego na swej drodze. Działa selektywnie. Inaczej mówiąc, to robak o określonym smaku.

Brinkerhoff chciał coś wtrącić, ale Fontaine uciszył go gestem.

— Destruktywne aplikacje na ogół niszczą bank danych do czysta — ciągnął Jabba. — Ten robak jest bardziej wyrafinowany. Kasuje tylko te pliki, które spełniają określone warunki.
— Czy to znaczy, że nie zaatakuje całego banku danych? — spytał Brinkerhoff. — To chyba dobrze, prawda?
— Nie! — wybuchnął Jabba. — Bardzo źle! Kurewsko źle!
— Uspokój się — poradził mu Fontaine. — Jakie pliki wyszukuje ten robak? Dane wojskowe? Informacje o tajnych operacjach?

Jabba pokręcił głową. Spojrzał na Susan. Wciąż sprawiała wrażenie błądzącej myślami zupełnie gdzieś indziej. Zwrócił się do dyrektora.

— Proszę pana, jak pan wie, każdy, kto chce podłączyć się do banku danych z zewnątrz, musi przejść przez kilka bramek kontrolnych.

Fontaine kiwnął głową. System hierarchicznego dostępu do banku danych był znakomicie opracowany. Można było korzystać z niego za pomocą Internetu. W zależności od otrzymanych uprawnień użytkownicy mogli czerpać informacje z określonych zbiorów.

— Jesteśmy podłączeni do globalnej sieci — mówił dalej Jabba — dlatego hakerzy, obce rządy i rekiny z EFF stale krążą wokół banku i usiłują się włamać.

— Tak — wtrącił Fontaine — ale przez dwadzieścia cztery godziny na dobę nasze filtry bezpieczeństwa uniemożliwiają włamanie. O co ci chodzi?

Jabba znów spojrzał na wydruk.

— To proste. Tankado nie zaatakował naszych danych. — Jabba odkaszlnął. — Atakuje nasze filtry bezpieczeństwa.

Wiadomość wstrząsnęła dyrektorem. Najwyraźniej od razu zrozumiał, co to oznacza — robak atakował wszystkie zabezpieczenia, które gwarantowały tajność danych zgromadzonych w banku. Gdy filtry zostaną zniszczone, każdy będzie miał dostęp do wszystkich informacji zmagazynowanych w bazie danych.

— Musimy wyłączyć bank danych — ciągnął Jabba. — Mniej więcej za godzinę każdy trzecioklasista z modemem będzie miał najwyższą klauzulę dostępu do rządowych tajemnic.

Fontaine przez dłuższą chwilę milczał.

Jabba niecierpliwie czekał. Wreszcie miał dość.

— Soshi! — krzyknął. — VR! Szybko!

Jabba często korzystał z VR. W kręgach komputerowych ten skrót oznacza na ogół *virtual reality*, czyli wirtualną rzeczywistość, ale w NSA to znaczy *visual representation* — prezentacja wizualna. W świecie techników i polityków dysponujących ograniczoną wiedzą techniczną prezentacja wizualna stanowiła często jedyną metodę przedstawienia argumentów, żeby dotarły do adresatów. Zwykły wykres był na ogół bardziej przekonujący i zrozumiały niż tabela danych. Jabba wiedział, że graficzny obraz kryzysu ułatwi mu wykazać całą grozę sytuacji.

— Gotowe! — krzyknęła Soshi z głębi pokoju.

Na ścianie przed nimi pojawił się komputerowy diagram. Susan spojrzała na wykres z roztargnieniem; nie poddała się gorączkowej atmosferze. Wszyscy patrzyli na ekran.

Diagram przypominał tarczę strzelecką. Czerwone kółko w samym środku miało napis DANE. Było otoczone pięcioma pierścieniami różniącymi się kolorem i szerokością. Zewnętrzny był blady, niemal przezroczysty.

— Mamy pięciostopniowy system obrony — wyjaśnił Jabba. — Pierwszy stopień to komputerowy bastion, później dwa zestawy filtrów pakietów FTP i X-eleven, blokadę tuneli i okno autoryzacji PEM zgodne z projektem Truffle. Zewnętrzny pierścień przedstawia bastion. Praktycznie już nie istnieje. Za godzinę ten sam los spotka pozostałe stopnie. W tym momencie wszyscy będą mieli dostęp do danych. Każdy bajt danych w banku znajdzie się w domenie publicznej.

Fontaine uważnie przyjrzał się wykresowi. Jego oczy gorzały.

— Ten robak może otworzyć nasz bank danych dla całego świata? — jęknął Brinkerhoff.

— To dla Tankada dziecinna igraszka — rzucił Jabba. — Naszym zabezpieczeniem był Gauntlet. Strathmore go rozwalił.

— To akt wojny — szepnął Fontaine. W jego głosie słychać był napięcie.

— Nie przypuszczam, by Tankado chciał do tego doprowadzić — pokręcił głową Jabba. — Pewnie sądził, że będzie na miejscu, by w porę interweniować.

Fontaine uniósł głowę. Właśnie w tym momencie pierwszy krąg zniknął całkowicie.

— Bastion padł! — krzyknął technik z głębi pokoju. — Drugi stopień jest odsłonięty!

— Musimy zacząć wyłączać zasilanie — nalegał Jabba. — Z diagramu wynika, że pozostało nam jakieś czterdzieści pięć minut. Wyłączenie banku nie jest proste.

Tak było rzeczywiście. Bank danych został tak skonstruowany, by mieć pewność, że nigdy nie utraci zasilania — ani przypadkowo, ani wskutek ataku. Głęboko pod ziemią w stalowych kanistrach znajdowały się liczne urządzenia zabezpieczające i rezerwowe, zapewniające ciągłość zasilania i łączności. Oprócz lokalnych generatorów bank był podłączony do kilku publicznych sieci energetycznych. Wyłączenie banku wymagało skomplikowanego protokołu i licznych potwierdzeń — to była znacznie bardziej złożona operacja niż odpalenie rakiety z głowicą atomową z okrętu podwodnego.

— Jeśli się pośpieszymy — dodał Jabba — to zdążymy. Wyłączanie banku trwa jakieś trzydzieści minut.

Fontaine wciąż patrzył na ekran i najwyraźniej zastanawiał się, co zrobić.

— Dyrektorze! — eksplodował Jabba. — Gdy padną zapory ogniowe, każdy człowiek na tej planecie z komputerem i modemem będzie miał najwyższą klauzulę dostępu! Chodzi o najważniejsze dane. Sprawozdania z tajnych operacji! Zagranicznych agentów! Nazwy i adresy wszystkich osób objętych federalnym programem ochrony świadków koronnych! Kody odpalenia rakiet! Wszystko! Musimy wyłączyć bank danych! I to już!

— Musi być jakieś inne wyjście — odparł Fontaine. Okrzyki Jabby nie zrobiły na nim widocznego wrażenia.

— Tak — prychnął Jabba. — Wystarczy znać klucz zatrzymujący robaka! Tak się jednak składa, że jedyny facet, który go znał, już nie żyje!

— A może brutalny atak? — rzucił Brinkerhoff. — Czy nie możemy odgadnąć klucza?

— Na litość boską! — Jabba uniósł ramiona. — Kill-code nie różni się od klucza szyfrującego. To losowa sekwencja

393

znaków. Nie można go odgadnąć. Jeśli myślisz, że w ciągu czterdziestu pięciu minut możesz sprawdzić sześćset bilionów kombinacji, to proszę bardzo!

— Klucz jest w Hiszpanii — wtrąciła cicho Susan. Wszyscy stojący na podium spojrzeli na nią. Odezwała się po raz pierwszy od dłuższego czasu.

— W chwili śmierci Tankado oddał klucz — wyjaśniła ze znużeniem. Miała zaczerwienione oczy.

Nikt nie zrozumiał, co chciała powiedzieć.

— Klucz... — dodała, ale znów przerwała. Cała drżała. — Komandor Strathmore posłał kogoś, by odzyskał klucz.

— No i co? — spytał Jabba. — Czy ten człowiek go znalazł?

— Tak — wykrztusiła Susan. Na próżno usiłowała powstrzymać łzy. — Myślę, że tak.

Rozdział 111

Nagle w ośrodku sterowania rozległ się krzyk, od którego mogły popękać bębenki w uszach.

— Rekiny! — krzyczała Soshi.

Jabba szybko spojrzał na ekran. Na zewnątrz koncentrycznych kręgów pojawiły się dwie cienkie linie. Wyglądały jak plemniki usiłujące dostać się do niechętnej komórki jajowej.

— Wyczuły krew w wodzie, proszę państwa. — Jabba zwrócił się do dyrektora. — Konieczna jest decyzja. Albo zaczniemy wyłączać teraz, albo nie zdążymy. Gdy tylko ci dwaj zorientują się, że padł komputerowy bastion zewnętrzny, wydadzą okrzyk wojenny.

Fontaine nie odpowiedział. Był pogrążony w myślach. Wiadomość o kluczu w Hiszpanii wydawała się bardzo obiecująca. Jeszcze raz spojrzał na Susan Fletcher. Wyglądała tak, jakby zamknęła się we własnym świecie. Siedziała na fotelu z twarzą ukrytą w dłoniach. Fontaine nie wiedział, co spowodowało taką reakcję, ale nie miał czasu się tym zająć.

— Proszę o decyzję! — naciskał Jabba. — Teraz!

— W porządku — odrzekł Fontaine, podnosząc głowę. — Masz decyzję. Nie wyłączamy banku danych. Jeszcze poczekamy.

— Co takiego? — Jabbie opadła szczęka. — Ależ to jest...

— Hazard — przerwał mu dyrektor. — Może wygramy. — Wziął telefon komórkowy Jabby i nacisnął kilka guzików. — Midge — powiedział. — Tu Leland Fontaine. Słuchaj uważnie...

Rozdział 112

— Lepiej niech się pan zastanowi, co pan robi, dyrektorze — syknął Jabba. — Za chwilę nie będziemy już mieli czasu, żeby wyłączyć bank danych.

Fontaine milczał.

W tym momencie, jakby na sygnał, do ośrodka sterowania wbiegła Midge. Z trudem łapiąc oddech, weszła na podium.

— Dyrektorze! Centrala już łączy!

Fontaine zwrócił się w stronę ekranu na przedniej ścianie. Piętnaście sekund później ekran ożył.

Początkowo obraz był zaśnieżony i niewyraźny, ale stopniowo ostrość się poprawiała. System cyfrowej transmisji QuickTime pozwalał na przesłanie tylko pięciu obrazów na sekundę. Na ekranie pojawili się dwaj mężczyźni. Jeden był bladym, krótko ostrzyżonym brunetem, drugi, blondyn, sprawiał wrażenie typowego Amerykanina. Siedzieli przed kamerą jak dwaj spikerzy telewizyjni, oczekujący na początek programu.

— Do diabła, a to co takiego? — spytał Jabba.

— Siedź cicho! — rozkazał Fontaine.

Dwaj mężczyźni najwyraźniej znajdowali się w jakiejś furgonetce. Wszędzie widać było kable i urządzenia elektroniczne. Po sekundzie włączyła się fonia. Słychać było jakieś hałasy.

— Odbieramy sygnały radiowe — zameldował ktoś. — Za pięć sekund będzie połączenie dwukierunkowe.

— Co to za ludzie? — spytał niechętnie Brinkerhoff.

— Oczy w niebie — odpowiedział Fontaine, patrząc na

mężczyzn, których wysłał do Hiszpanii. To był konieczny środek ostrożności. Fontaine zaaprobował niemal wszystkie elementy planu Strathmore'a... pożałowania godną konieczność wyeliminowania Tankada, modyfikację Cyfrowej Twierdzy... to wszystko wydawało mu się w porządku. Jego niepokój wzbudziła tylko jedna sprawa: Strathmore chciał wykorzystać Hulohota. Hulohot był wytrawnym profesjonalistą, ale najemnikiem. Czy można mu było zaufać? Czy nie zechce przejąć klucza? Fontaine wolał go pilnować, dlatego poczynił odpowiednie kroki.

Rozdział 113

— Wykluczone! — krzyknął do kamery krótko ostrzyżony brunet. — Mamy swoje rozkazy! Mamy meldować dyrektorowi Lelandowi Fontaine'owi, i tylko jemu!

— Pan nie wie, kim jestem, prawda? — Fontaine był nieco rozbawiony.

— To chyba nie ma znaczenia! — zapalczywie rzucił blondyn.

— Pozwolą panowie, że wyjaśnię — odrzekł Fontaine. — Chciałbym od razu coś wytłumaczyć.

Kilka sekund później dwaj mężczyźni, zaczerwienieni, całkowicie zmienili front.

— D... dyrektorze — wyjąkał blondyn. — Nazywam się Coliander, jestem agentem. A to agent Smith.

— Doskonale — powiedział Fontaine. — Teraz meldujcie.

Susan Fletcher siedziała z tyłu i usiłowała przełamać dławiące ją poczucie kompletnej samotności. Zamknęła oczy. Słyszała dzwonienie w uszach. Płakała. Była cała odrętwiała. Prawie do niej nie docierało, co się dzieje w ośrodku sterowania.

Zebrani na podium niecierpliwie słuchali relacji agenta Smitha.

— Zgodnie z rozkazami, dyrektorze — zaczął — od dwóch dni jesteśmy w Sewilli. Początkowo śledziliśmy Ensei Tankada.

— Proszę opowiedzieć, jak został zabity — przynaglił go Fontaine.

— Obserwowaliśmy zdarzenie z furgonetki, z odległości czterdziestu pięciu metrów. Samo morderstwo poszło gładko. Hulohot okazał się profesjonalistą. Później jednak jego plan zawiódł. Pojawili się jacyś ludzie i nie zdobył poszukiwanego przedmiotu.

Fontaine kiwnął głową. Agenci powiadomili go, gdy był jeszcze w Ameryce Południowej, że są pewne kłopoty. Właśnie dlatego postanowił przerwać podróż i szybko wrócić.

— Zgodnie z pana rozkazami zajęliśmy się Hulohotem — głos zabrał Coliander. — On nawet nie próbował dostać się do kostnicy. Zamiast tego zaczął śledzić jakiegoś innego faceta. Wyglądał na cywila. W marynarce i krawacie.

— Cywil? — zastanowił się Fontaine. To wyglądało na zagranie Strathmore'a... chciał widocznie ograniczyć zaangażowanie NSA.

— Przestają działać filtry FTP! — krzyknął jeden z techników.

— Potrzebujemy tego przedmiotu — oświadczył Fontaine. — Gdzie jest teraz Hulohot?

— Hm... — Smith spojrzał za siebie. — Mamy go tutaj, proszę pana.

— Gdzie? — ucieszył się Fontaine. To była najlepsza wiadomość, jaką usłyszał tego dnia.

Smith wziął do ręki kamerę i poprawił ustawienie obiektywu. Po chwili na ekranie pojawił się obraz dwóch mężczyzn siedzących na podłodze i opartych bezwładnie o tylne drzwiczki. Ten z lewej był wysoki i miał na nosie okulary w drucianej oprawie; drugi wydawał się młodszy, miał długie, ciemne włosy i zakrwawioną koszulę.

— Hulohot to ten z lewej — powiedział Smith.

— Nie żyje? — spytał dyrektor.

— Tak, proszę pana.

Fontaine wiedział, że nie pora na wyjaśnienia. Rzucił okiem na diagram przedstawiający słabnące osłony banku danych.

— Panie Smith — powiedział powoli i wyraźnie. — Poszukiwany przedmiot. Potrzebuję go, i to teraz.

— Panie dyrektorze — wyjaśnił Smith z wyraźnym zażenowaniem. — Nie mamy pojęcia, co to za przedmiot. Musimy wiedzieć, czego szukać.

Rozdział 114

— No to szukajcie! — polecił Fontaine po udzieleniu niezbędnych wyjaśnień.

Dyrektor przyglądał się z niepokojem, jak dwaj agenci przeszukują obu mężczyzn, aby zdobyć losową listę cyfr i liter.

— Boże, nie mogą znaleźć — jęknął Jabba. — Koniec z nami!

— Straciliśmy filtry FTP! — krzyknął technik. — Trzecia osłona została zdjęta!

Na ekranie pojawił się agent Smith. Rozłożył bezradnie ręce.

— Proszę pana, nie ma tu klucza. Przeszukaliśmy obu. Kieszenie, ubrania, portfele. Nic nie znaleźliśmy. Hulohot używał komputera Monocle. Sprawdziliśmy, ale najwyraźniej nie przesyłał niczego, co wyglądałoby na losowy ciąg znaków... tylko nazwiska zabitych.

— Niech to diabli! — zaklął Fontaine. Nagle przestał panować nad nerwami. — Musi gdzieś być! Szukajcie dalej!

Jabba najwyraźniej uznał, że to wystarczy. Fontaine zaryzykował i przegrał. Teraz on przejął inicjatywę. Zszedł z podium i zaczął wykrzykiwać polecenia programistom.

— Otworzyć pomocnicze programy! Zaczynamy wyłączać! Szybko!

— Nie zdążymy! — odkrzyknęła Soshi. — Potrzebujemy pół godziny! Nim skończymy, będzie za późno!

Jabba otworzył usta, żeby odpowiedzieć, ale przerwał mu głośny, pełen bólu krzyk z głębi pokoju.

Wszyscy spojrzeli w tamtą stronę. Susan Fletcher wstała z fotela. Wyglądała niczym zjawa. Była blada jak ściana, a wzrok wbiła w obraz Davida Beckera, zakrwawionego i leżącego nieruchomo na podłodze furgonetki.

— Zabiliście go! — krzyczała. — Zabiliście go! — Potykając się, ruszyła w stronę ekranu z wyciągniętymi ramionami. — David...

Wszyscy patrzyli na nią, nic nie rozumiejąc. Nie spuszczała oczu z Davida.

— David... — jęczała. — Och, David... jak oni mogli...

— Czy pani go zna? — spytał Fontaine. On również nie rozumiał, co się dzieje.

Susan zachwiała się, mijając podium. Zatrzymała się półtora metra od ogromnego ekranu. Półprzytomna i zrozpaczona, cały czas powtarzała imię ukochanego mężczyzny.

Rozdział 115

David Becker miał w głowie absolutną pustkę. Jestem martwy, pomyślał. A jednak słyszał jakiś dźwięk. Odległy głos...

— David.

Czuł, jak pod ramionami coś go pali. Miał wrażenie, że zamiast krwi w jego żyłach jest ogień. *Moje ciało nie należy do mnie.* Mimo to znów usłyszał ten głos. Był cichy, odległy, ale był częścią jego. Słyszał jeszcze inne głosy — obce, nieważne. Jakieś krzyki. Starał się nie zwracać na nie uwagi. Liczył się tylko jeden głos. Przybliżał się i oddalał.

— David... tak mi przykro...

Pojawiło się jakieś światełko. Początkowo słabe — kompletne ciemności zmieniły się w szarówkę. Jaśniało. Becker spróbował się poruszyć. Poczuł ból. Spróbował coś powiedzieć. Cisza. Ten głos wciąż go nawoływał.

Ktoś zbliżył się i podniósł go. Becker zwrócił się w stronę, z której płynął głos. A może ktoś go przeniósł? Znów usłyszał wołanie. Spojrzał półprzytomnym wzrokiem na oświetlony obraz. Na niewielkim ekranie zobaczył jakąś kobietę. Patrzyła na niego z innego świata. *Czy obserwuje, jak umieram?*

— David...

Głos wydawał mu się znajomy. Ta kobieta była aniołem. Przyszła po niego.

— David, kocham cię — odezwał się anioł.

I nagle ją poznał.

Susan chciała się rzucić na ekran. Na przemian śmiała się i płakała. Nie panowała nad uczuciami. Szybko wytarła łzy.

— David, myślałam... myślałam, że...

Agent Smith posadził Beckera na fotelu przed monitorem.

— Jest jeszcze oszołomiony, proszę pani. Za chwilę odzyska świadomość.

— Ale... — wyjąkała Susan. — Widziałam wiadomość, że on...

— My również — kiwnął głową Smith. — Hulohot trochę się pośpieszył z jej wysłaniem.

— A krew...

— Powierzchowna rana — wyjaśnił agent. — Założyliśmy opatrunek z gazy.

Susan nie wiedziała, co powiedzieć.

— Poczęstowaliśmy go nowym J dwadzieścia trzy, elektrycznym paralizatorem o długotrwałym działaniu. Pewnie zdrowo go zabolało, ale w ten sposób zdjęliśmy go z ulicy — dodał Coliander.

— Proszę się nie martwić — zapewnił ją Smith. — Nic mu nie będzie.

David Becker wpatrywał się w stojący przed nim monitor telewizyjny. Był zdezorientowany, kręciło mu się w głowie. Na ekranie widział jakieś pomieszczenie, w którym chaotycznie kręcili się ludzie. Wśród nich była Susan. Stała i patrzyła na niego.

— David! Dzięki Bogu! — to śmiała się, to płakała. — Już myślałam, że cię straciłam!

Pomasował palcami skronie. Przysunął się do monitora i wziął do ręki mikrofon.

— Susan?

Spojrzała na niego z zachwytem. Twarz Davida, o dobrze jej znanych ostrych rysach, wypełniała teraz całą ścianę. Jego głos słychać było w całym ośrodku sterowania.

— Susan, chcę cię o coś zapytać. — Głos Beckera był tak dźwięczny i silny, że wszyscy przerwali swoje zajęcia i spojrzeli na ekran.

— Susan Fletcher — zagrzmiał David — czy wyjdziesz za mnie?

W całym pokoju zapadła cisza. Ktoś upuścił na podłogę notatnik i kilka ołówków. Nikt się nawet nie ruszył, by je podnieść. Słychać było tylko szum wentylatorów i równy oddech Beckera, który trzymał mikrofon tuż przy ustach.

— D... David — wyjąkała Susan, nie zwracając uwagi na trzydzieści siedem osób, które jak zaklęte czekały na jej odpowiedź. — Już mnie o to pytałeś, pamiętasz? Pięć miesięcy temu. Powiedziałam tak.

— Wiem — uśmiechnął się David. — Tym razem... — wyciągnął dłoń do kamery, tak aby widać było złoty pierścionek na serdecznym palcu... — tym razem mam pierścionek.

Rozdział 116

— Proszę dyktować, panie Becker — polecił Fontaine.

— Tak — dodał Jabba. Siedział spocony przy terminalu, z rękami nad klawiaturą. — Proszę podyktować nam tę błogosławioną inskrypcję!

Susan stała obok niego. Nogi się pod nią uginały, ale promieniała radością. Wszyscy obecni przerwali swoje zajęcia i patrzyli na twarz Beckera, wypełniającą cały ekran. Profesor obracał pierścionek w palcach i przyglądał się wygrawerowanej inskrypcji.

— Proszę uważnie dyktować! — upomniał go Jabba. — Jeden błąd i wszystko będzie spieprzone!

Fontaine obrzucił go gniewnym spojrzeniem. Jako dyrektor NSA dobrze wiedział, jak należy postępować w krytycznych sytuacjach. Zwiększanie napięcia nigdy nie było rzeczą rozsądną.

— Proszę się nie niepokoić, panie Becker — powiedział uspokajająco. — Jeśli popełnimy błąd, zawsze możemy spróbować wprowadzić klucz jeszcze raz.

— Zła rada, panie Becker — prychnął Jabba. — Proszę to podyktować poprawnie za pierwszym razem. Takie programy zwykle karzą za błędy, żeby nie dopuścić do wielokrotnych prób. Jeden błąd zapewne spowoduje, że robak przyśpieszy działanie. Drugi uniemożliwi zatrzymanie robaka. To będzie koniec gry. Zobaczymy *game over*.

Fontaine zmarszczył czoło.

— Panie Becker? Pomyliłem się. Proszę uważnie czytać i dyktować. Bardzo uważnie.

David kiwnął głową i przyjrzał się inskrypcji, poczym zaczął spokojnie dyktować kolejne litery.

— Q, U, I, S, spacja, C...

Jabba i Susan jednocześnie podnieśli głowy, jak na komendę.

— Spacja? — zdziwił się Jabba i przerwał pisanie. — Tam jest *spacja?*

Becker wzruszył ramionami i jeszcze raz sprawdził.

— Tak. I to niejedna.

— O co chodzi? — spytał Fontaine. — Na co czekamy?

— Proszę pana — odezwała się Susan, wyraźnie zdziwiona. — To jest... po prostu...

— Zgadzam się — przyłączył się Jabba. — To bardzo dziwne. W kluczach nigdy nie ma spacji.

— Co chcecie przez to powiedzieć? — Brinkerhoff nerwowo przełknął ślinę.

— Jabba sugeruje — wyjaśniła Susan — że to zapewne nie jest klucz.

— Oczywiście, że to klucz! — krzyknął Brinkerhoff. — Cóż innego może to być? Dlaczego Tankado chciał oddać pierścień? Do cholery, kto graweruje losową sekwencję liter na pierścieniu?

Fontaine uciszył go ostrym spojrzeniem.

— Hej, słuchajcie! — odezwał się Becker. Wyraźnie wahał się, czy powinien się wtrącać. — Wciąż mówicie o losowej sekwencji znaków. Myślę, że powinienem wam powiedzieć... to wcale nie są przypadkowo wybrane litery.

— Co takiego?! — krzyknęli razem wszyscy stojący na podium.

— Przykro mi, ale to z pewnością są dobrze określone słowa — ciągnął Becker. Był zakłopotany. — Przyznaję, że odstępy są bardzo małe i na pierwszy rzut oka ciąg wydaje się przypadkowy, ale wystarczy się dokładnie przyjrzeć, by stwierdzić, że to łacińska sentencja.

— Robisz mnie w konia! — Jabba otworzył usta ze zdumienia.

— Nie — pokręcił głową Becker. — Inskrypcja brzmi *Quis custodiet ipsos custodes*. To znaczy w przybliżeniu...

— Kto ma pilnować tych, co pilnują?! — przerwała mu Susan, kończąc zdanie.

— Susan, nie wiedziałem, że znasz łacinę — zdziwił się Becker.

— To z *Satyr* Juwenala! — wykrzyknęła. — Kto ma pilnować tych, co pilnują? Kto ma pilnować NSA, podczas gdy NSA stoi na straży świata? To było ulubione powiedzenie Tankada!

— No więc — włączyła się Midge — czy to jest klucz, czy nie?

— Na pewno tak — stwierdził Brinkerhoff.

Fontaine milczał. Analizował otrzymane informacje.

— Nie wiem, czy to jest klucz — oświadczył Jabba. — Wydaje mi się bardzo mało prawdopodobne, by Tankado użył klucza niemającego losowego charakteru.

— Omińcie tylko spacje — wykrzyknął Brinkerhoff. — To na pewno ten przeklęty klucz!

— Jakie jest pani zdanie, pani Fletcher? — Fontaine zwrócił się do Susan.

Zastanowiła się przez chwilę, co odpowiedzieć. Nie potrafiłaby wyjaśnić, o co dokładnie jej chodzi, ale miała poważne wątpliwości. Znała Tankada dostatecznie dobrze, by wiedzieć, że zawsze przykładał ogromną wagę do prostoty. Jego programy były krystalicznie jasne i nie dopuszczały żadnych dowolności. Konieczność usunięcia spacji była bardzo dziwna. To szczegół, ale jednak takie rozwiązanie z pewnością było dalekie od ideału absolutnej czystości. Susan nie spodziewała się czegoś takiego w programie będącym ukoronowaniem całego życia Ensei Tankada.

— To nie wygląda dobrze — powiedziała w końcu. — Moim zdaniem to nie jest klucz.

Fontaine wziął głęboki oddech. Wpatrywał się w oczy Susan.

— Pani Fletcher, jeśli to nie jest klucz, to dlaczego Ensei Tankado chciał go oddać? Jeśli wiedział, że to my skazaliśmy go na śmierć... czy nie sądzi pani, że chciałby nas ukarać, a taką karą byłoby zniknięcie pierścienia?

— Panie dyrektorze? — ktoś wtrącił się do rozmowy.

Wszyscy spojrzeli na ekran. To był agent Coliander w Sewilli. Pochylił się nad ramieniem Beckera i mówił do mikrofonu.

— Bez względu na znaczenie tej informacji, chciałbym powiedzieć, że nie jestem wcale pewien, czy Tankado zdawał sobie sprawę, że to było morderstwo.

— Przepraszam? — zdziwił się Fontaine.

— Hulohot był zawodowcem, panie dyrektorze. Widzieliśmy, jak go zabił, byliśmy w odległości zaledwie pięćdziesięciu metrów. Wszystkie poszlaki wskazują, że Tankado nie wiedział, co się stało.

— Poszlaki? — wykrzyknął Brinkerhoff. — Jakie poszlaki? Tankado oddał pierścień obcym ludziom. Czy to nie jest wystarczający dowód?

— Panie Smith — przerwał mu Fontaine. — Dlaczego pan sądzi, że Ensei Tankado nie zdawał sobie sprawy, iż padł ofiarą zabójcy?

Smith odkaszlnął.

— Hulohot zabił go za pomocą NPT — wyjaśnił. — To nieinwazyjny pocisk traumatyczny. Twarda kula z gumy, która uderza w pierś i odbija się. Broń cicha i bardzo czysta. Tankado poczuł zapewne tylko gwałtowne ukłucie bólu w klatce piersiowej, po czym nastąpiło zatrzymanie akcji serca.

— Pocisk traumatyczny — mruknął Becker. — To wyjaśnia sińce na jego piersi.

— Wydaje się bardzo wątpliwe — dodał Smith — by Tankado skojarzył ból z działaniem mordercy.

— A jednak oddał swój pierścień — przypomniał Fontaine.

— Owszem, panie dyrektorze. Ale ani przez chwilę nie szukał zabójcy. Ofiara zawsze rozgląda się za mordercą. To instynktowna reakcja.

— Twierdzi pan, że Tankado nie szukał wzrokiem Hulohota? — zdziwił się Fontaine.

— Nie, proszę pana. Sfilmowaliśmy całą scenę. Jeśli chce pan zobaczyć,...

— Filtr X-eleven już pada! — krzyknął technik. — Robak pokonał połowę drogi!

— Dajcie spokój z filmem! — zawołał Brinkerhoff. — Wpiszcie ten cholerny klucz i skończmy z tym!

Jabba ciężko westchnął. Na odmianę teraz on był zupełnie spokojny.

— Dyrektorze, jeśli wprowadzimy błędny kod...

— Tak — przerwała mu Susan. — Jeśli Tankado nie podejrzewał, że został zabity, to musimy odpowiedzieć na parę pytań.

— Ile mamy czasu? — spytał Fontaine.

Jabba spojrzał na ekran.

— Jakieś dwadzieścia minut. Radzę mądrze je wykorzystać.

Fontaine zastanawiał się przez chwilę.

— W porządku — westchnął. — Pokażcie film.

Rozdział 117

— Przekazujemy wideo za dziesięć sekund — poinformował agent Smith. — Pomijamy co drugą klatkę i fonię. Postaramy się, by tempo było zbliżone do rzeczywistego. Wszyscy na podium w milczeniu wpatrywali się w ekran. Jabba wystukał kilka instrukcji i zmienił wygląd ekranu. Komunikat Tankada znalazł się teraz po lewej stronie.

TYLKO PRAWDA MOŻE WAS URATOWAĆ

Po prawej stronie widać było wnętrze furgonetki. Becker i dwaj agenci pochylali się nad kamerą. W środku pojawił się rozmyty obraz. Znikł w szumie, ale po chwili ukazał się czarno-biały widok parku.

— Przesyłamy — zapowiedział Smith.

Nagranie przypominało stary film. Obraz był sztywny i zmieniał się skokowo — to był skutek pomijania klatek w celu zmniejszenia ilości przesyłanych informacji i zwiększenia szybkości transmisji.

Na ekranie pojawił się ogromny plac, ograniczony z jednej strony półkolistą fasadą — to było sewilskie Ayuntamiento. Na pierwszym planie widać było drzewa. Park był pusty.

— Filtry X-eleven nie działają! — wrzasnął technik. — Ten robak jest głodny!

Smith zaczął komentować film. Mówił ze spokojem wytrawnego agenta.

— Film został nagrany z furgonetki, z odległości jakichś pięćdziesięciu metrów od miejsca zabójstwa. Tankado nadchodzi z prawej. Hulohot jest między drzewami po lewej.

— Mamy mało czasu — upomniał go Fontaine. — Przejdźmy do sedna.

Coliander nacisnął kilka guzików i szybkość projekcji wyraźnie wzrosła.

Wszyscy na podium przyglądali się z niecierpliwym oczekiwaniem. Na ekranie pojawił się ich były kolega, Ensei Tankado. Wskutek przyśpieszenia projekcji cała scena robiła komiczne wrażenie. Tankado poruszał się skokami po placu, najwyraźniej podziwiając przy tym widoki. Osłonił dłonią oczy i przyglądał się ratuszowi.

— Teraz — ostrzegł wszystkich Smith. — Hulohot to profesjonalista. To jego pierwszy strzał.

Smith miał rację. Za drzewami po lewej stronie ukazał się błysk światła. Chwilę później Tankado przycisnął rękę do piersi. Zachwiał się na nogach. Widać go było na zbliżeniu — obraz chwilami był nieostry.

— Jak państwo widzą, natychmiast doszło do zatrzymania akcji serca — chłodno komentował Smith kolejne sceny.

Susan zrobiło się słabo. Tankado przyciskał zniekształcone dłonie do piersi, a na jego twarzy malował się strach.

— Proszę zwrócić uwagę — dodał Smith — że Tankado patrzy w dół, na siebie. Ani przez chwilę nie rozglądał się dookoła.

— Czy to ważne? — wtrącił Jabba. To było równocześnie pytanie i stwierdzenie.

— Bardzo ważne — odrzekł Smith. — Gdyby Tankado podejrzewał, że ktoś go chciał zabić, instynktownie rozejrzałby się dookoła. Jak widać, nie zrobił tego.

Tankado upadł na kolana, wciąż przyciskając ręce do piersi. Ani razu nie podniósł wzroku. Ensei Tankado sądził, że jest sam i umiera nagle.

— To dziwne — powiedział Smith. — Pociski traumatyczne zwykle nie zabijają tak szybko. Czasami, gdy ofiara jest duża, ma szansę na przeżycie.

— Był chory na serce — krótko stwierdził Fontaine.

— Zatem zabójca świetnie wybrał broń — zauważył Smith, unosząc przy tym nieco brwi.

Susan obserwowała, jak Tankado przewraca się z kolan na bok, a później na plecy. Leżał, patrząc w niebo i przyciskając ręce do klatki piersiowej. Nagle operator obrócił kamerę. Zamiast Ensei na ekranie pojawił się mężczyzna w okularach w drucianej oprawie, z dużą teczką. Gdy zbliżał się do alei i konającej ofiary, wystukiwał coś palcami na urządzeniu przymocowanym do paska.

— Wysyła wiadomość przez Monocle — wyjaśnił Smith. Spojrzał na Beckera i uśmiechnął się. — Wygląda na to, że Hulohot miał brzydki zwyczaj meldowania o sukcesie, nim jeszcze ofiara wydała ostatnie tchnienie.

Coliander zwiększył tempo projekcji. Hulohot zbliżył się do ofiary, ale nagle z pobliskiego dziedzińca wybiegł jakiś starszy mężczyzna i ukląkł koło Tankada. Hulohot zatrzymał się. Chwilę później z dziedzińca wyszło jeszcze dwoje ludzi — gruby mężczyzna i rudowłosa kobieta. Oni również podeszli do Tankada.

— Pechowy wybór miejsca akcji — skomentował Smith. — Zapewne sądził, że nikt się nie zajmie ofiarą.

Hulohot przyglądał się przez moment, co się dzieje, po czym wrócił między drzewa, jakby chciał tam poczekać.

— Teraz Tankado oddaje pierścień — zapowiedział Smith. — Za pierwszym razem nie zwróciliśmy na to uwagi.

Susan przyglądała się ponurej scenie na ekranie. Ensei z trudem oddychał. Najwyraźniej usiłował coś powiedzieć klęczącym wokół samarytanom. Zrozpaczony, wyprostował lewą rękę, niemal uderzając przy tym starszego mężczyznę w twarz. Trzymał kaleką dłoń przed jego oczami. Na zbliżeniu widać było trzy zdeformowane palce. Na jednym z nich był złoty pierścień. Ostro błyszczał w hiszpańskim słońcu. Tankado znów wyciągnął rękę do góry. Starszy mężczyzna wyraźnie się cofnął. Tankado zwrócił się do kobiety. Trzymał trzy zniekształcone palce tuż przed jej twarzą. Wydawało się, że błaga, by go zrozumiała. Promienie słońca odbiły się od pierścienia. Kobieta spojrzała gdzieś w bok. Tankado już się dusił i nie mógł wykrztusić ani słowa, ale spojrzał na otyłego mężczyznę i spróbował jeszcze raz.

Starszy mężczyzna nagle wstał i gdzieś pobiegł — zapewne po pomoc. Tankado wyraźnie słabł, ale wciąż trzymał pierścień przed oczami grubasa. Ten chwycił go za przegub. Tankado popatrzył na swoje palce, na pierścień, po czym spojrzał w oczy tamtego. To była jego ostatnia prośba. Skinął jeszcze niemal niezauważalnie głową, tak jakby chciał powiedzieć *tak*. Chwilę później znieruchomiał.

— Jezu — jęknął Jabba.

Nagle operator skierował kamerę na drzewa, gdzie ukrył się Hulohot. Już go tam nie było. Pojawił się policyjny motocykl, pędzący wzdłuż Avenida Firelli. Kamera wróciła do leżącego na trotuarze Ensei Tankada. Klęcząca obok kobieta najwyraźniej usłyszała policyjną syrenę. Nerwowo rozejrzała się dookoła i pociągnęła za ramię otyłego kompana. Oboje pośpiesznie odeszli.

Na ostatnim zbliżeniu widać było Tankada z rękami na piersiach. Pierścień zniknł.

Rozdział 118

— To jasny dowód — oświadczył zdecydowanie Fontaine. — Tankado chciał się pozbyć pierścienia. Zależało mu na tym, żebyśmy go nie znaleźli.

— Dyrektorze, to bez sensu — sprzeciwiła się Susan. — Jeśli Tankado nie zdawał sobie sprawy, że został zamordowany, to dlaczego miałoby mu zależeć na ukryciu klucza?

— Też tak sądzę — powiedział Jabba. — Ten szczeniak był buntownikiem, ale miał sumienie. Zmuszenie nas do ujawnienia istnienia TRANSLATORA to coś zupełnie innego niż otwarcie dostępu do tajnego banku danych.

— Uważacie, że Tankado chciał zatrzymać tego robaka? — spytał Fontaine z jawnym niedowierzaniem. — Sądzicie, że w chwili śmierci myślał o biednej NSA?

— Blokada tuneli słabnie — zameldował technik. — Za piętnaście minut będziemy całkowicie bezbronni.

— Powiem wam coś — oświadczył dyrektor. — Za piętnaście minut wszystkie kraje Trzeciego Świata na tej planecie dowiedzą się, jak zbudować międzykontynentalną rakietę balistyczną. Jeśli ktoś w tym pokoju sądzi, że zna bardziej prawdopodobną postać klucza, czekam, żeby się zgłosił. — Fontaine na chwilę zamilkł. Nikt się nie odezwał. Dyrektor spojrzał na Jabbę. — Tankado chciał się pozbyć tego pierścienia z jakiegoś powodu, Jabba. Nie wiemy, czy miał nadzieję, że grubas zniknie wraz z pierścieniem, czy też liczył, że pobiegnie do telefonu i zadzwoni do nas. To nie ma znaczenia. Podjąłem decyzję. Proszę wypróbować tę inskrypcję. Natychmiast.

Jabba wziął głęboki oddech. Fontaine miał rację — nie było lepszego wyjścia. Nie mieli już wiele czasu.

— Okej, spróbujmy — powiedział i usiadł przy klawiaturze. — Panie Becker? Proszę dyktować. Tylko powoli i wyraźnie.

David Becker odczytał inskrypcję, a Jabba stukał w klawisze. Gdy skończyli, sprawdzili dwukrotnie pisownię i usunęli spacje. Na środku ekranu, w górnej części, pojawiły się litery

QUISCUSTODIETIPSOSCUSTODES

— To mi się nie podoba — mruknęła Susan. — Żadnej elegancji.

Jabba chwilę się wahał. Zawiesił dłoń nad klawiszem ENTER.

— Dalej — przynaglił go Fontaine.

Jabba nacisnął klawisz. Już po chwili wszyscy wiedzieli, że to był błąd.

Rozdział 119

— Przyśpieszył! — zawołała Soshi z głębi pokoju. — Błędny klucz!

Wszyscy wpatrywali się w ekran w kompletnej ciszy. Pojawił się na nim komunikat:

NIEWŁAŚCIWE DANE. POLE NUMERYCZNE

— Niech to szlag! — zaklął Jabba. — Tylko cyfry! Szukamy jakiejś liczby! Ten pierścień to jedno wielkie gówno!

— Robak zwiększył szybkość dwukrotnie! — krzyknęła Soshi. — Karna runda!

Na środkowym ekranie, poniżej wiadomości o błędzie, na diagramie zabezpieczeń widać było przerażający obraz. Trzecia zapora ogniowa już nie istniała. Kilkanaście czarnych linii przedstawiających hakerów zbliżało się nieubłaganie do środka diagramu. Z każdą chwilą pojawiały się nowe.

— Coraz ich więcej! — ostrzegła Soshi.

— Liczne próby podłączenia się z obcych państw — dorzucił jeden z techników. — Wszyscy już wiedzą!

Susan odwróciła oczy od obrazu rozpadających się zapór ogniowych i spojrzała na boczny ekran, gdzie w kółko pokazywała się scena śmierci Tankada. Za każdym razem widać było dokładnie to samo — Tankado przyciskał ręce do piersi, przewracał się i z wyrazem rozpaczy na twarzy podsuwał swój pierścień zaskoczonym turystom. To bez sensu, pomyślała. Jeśli nie sądził, że to my go zabiliśmy... Susan nie mogła tego zrozumieć. Było już za późno. *Coś przegapiliśmy.* W ciągu kilku minut liczba hakerów atakujących bank danych podwoiła się. Od tej chwili rosła już wykładniczo. Hakerzy, jak hieny, stanowią jedną wielką rodzinę i zawsze chętnie rozpowszechniają wiadomość o nowej ofierze.

Leland Fontaine miał już dość.

— Wyłączcie bank — polecił. — Wyłączcie to cholerstwo.

Jabba spojrzał na niego jak kapitan tonącego okrętu.

— Za późno, panie dyrektorze. Toniemy.

Rozdział 120

Szef działu bezpieczeństwa systemów stał nieruchomo, trzymając ręce nad głową, w pozie tragicznego niedowierzania. Polecił wyłączyć zasilanie, ale wiedział, że spóźnią się o dobre dwadzieścia minut. Przez ten czas rekiny wyposażone w wydajne modemy zdążą wykraść zdumiewająco dużo tajnych danych. Soshi przerwała mu rozmyślania o koszmarze. Podbiegła do podium z nowym wydrukiem.

— Znalazłam coś! — krzyknęła z podnieceniem. — Sierotki w kodzie źródłowym! Grupy liter! W całym programie!

— Szukamy cyfr, do cholery! — Jabba nie podzielał jej podniecenia. — Litery są nieważne! Klucz to jakaś liczba!

— Ale znaleźliśmy sierotki! Tankado był za dobry, żeby zostawiać sierotki, zwłaszcza tak wiele!

Określenie „sierotki" oznacza linie, które do niczego nie służą i do niczego się nie odnoszą. Zwykle są usuwane w końcowej fazie eliminacji błędów i kompilacji programu.

Jabba wziął od niej wydruk i przyjrzał się wskazanym miejscom.

Fontaine stał w milczeniu.

Susan zajrzała Jabbie przez ramię.

— Zostaliśmy zaatakowani przez wersję beta robaka? — spytała sceptycznie.

— Niezależnie od tego, jaka to wersja — odparł Jabba — i tak daje nam w dupę.

— Nie wierzę — powiedziała Susan. — Tankado był per-

418

fekcjonistą. Sam o tym wiesz. Wykluczone, by w jego programie
były jakieś pluskwy.
— Jest ich mnóstwo! — wykrzyknęła Soshi. Wyrwała Jabbie
wydruk i podała go Susan. — Tylko spójrz!
Susan kiwnęła głową. Po mniej więcej dwudziestu linijkach
normalnych instrukcji pojawiły się trzy grupy czteroliterowe.
Susan przyjrzała się im uważnie.

PFEE
SESN
RETM

— Grupy czterech liter — mruknęła z zaciekawieniem. —
To z pewnością nie jest część programu.
— Daj sobie spokój — warknął Jabba. — Chwytasz się
brzytwy.
— Nie sądzę — odrzekła. — W wielu algorytmach szyf-
rujących stosuje się grupy liter. To może być jakiś szyfr.
— Na pewno — skrzywił się Jabba. — To wiadomość „Ha,
ha. Zajebię was". — Spojrzał na diagram na ekranie. — Za
jakieś dziewięć minut.
Susan zignorowała go. Zwróciła się do Soshi.
— Ile jest takich sierotek?
Soshi wzruszyła ramionami. Zajęła terminal Jabby i szybko
wyszukała wszystkie grupy. Gdy skończyła, odsunęła się na
bok. Na ekranie ściennym pojawiły się następujące grupy liter:

PFEE SESN RETM PFHA IRWE OOIG MEEN NRMA
ENET SHAS DCNS IIAA IEER BRNK FBLE LODI

— Wygląda znajomo — zauważyła Susan. W całym ośrodku
tylko ona się uśmiechnęła. — Bloki po cztery litery. Tak jak
w przypadku Enigmy.
Dyrektor pokiwał głową. Nazistowska Enigma to najsłyn-
niejsza maszyna szyfrująca w całej historii kryptografii. Ona
również generowała bloki liczące cztery litery.
— Wspaniale — jęknął Fontaine. — Nie ma pani przypadkiem pod ręką takiej maszyny?

— Nie o to chodzi! — krzyknęła Susan. Nagle ożywiła się. To była jej specjalność. — Istotne jest to, że to szyfr. Tankado zostawił nam wskazówkę! Rzucił nam wyzwanie. Chodzi o to, czy znajdziemy w porę klucz! Zostawia wskazówki, ale ukrywa je!

— Absurd — prychnął Jabba. — Tankado zostawił nam tylko jedną możliwość. Mieliśmy ujawnić istnienie TRANS-LATORA. To był jego cel. Spieprzyliśmy sprawę.

— Muszę się z tym zgodzić — powiedział Fontaine. — Bardzo wątpię, czy Tankado gotów byłby zaryzykować, zostawiając w programie informacje o kluczu.

Susan kiwnęła głową, ale przypomniała sobie, że Tankado już raz dał im wskazówkę w postaci pseudonimu NDAKOTA. Patrzyła na litery i zastanawiała się, czy to znowu jakaś gra.

— Blokada tuneli do połowy zniszczona — zameldował technik.

Czarne linie na diagramie sięgnęły głębiej w dwie osłony, jakie jeszcze pozostały.

Dotychczas David Becker siedział w milczeniu i tylko przyglądał się dramatycznym wydarzeniom.

— Susan? — odważył się wtrącić. — Mam pewien pomysł. Ten tekst składa się z szesnastu grup po cztery litery, prawda?

— Na litość boską — mruknął Jabba pod nosem. — Teraz wszyscy chcą się bawić?

— Tak. Szesnaście — odpowiedziała Davidowi, ignorując komentarz Jabby.

— Usuń spacje — powiedział Becker zdecydowanym tonem.

— David — odrzekła Susan nieco zakłopotana. — Chyba nie rozumiesz. Grupy po cztery, to...

— Usuń spacje — nalegał David.

Susan zawahała się, ale w końcu kiwnęła głową w stronę Soshi, która szybko wykonała polecenie. Tekst nie stał się wcale jaśniejszy.

PFEESESNRETMPFHAIRWEOOIGMEENNRMAENETSHASDCNSIIAAIEERBRNKFBLELODI

— Dość tego! — wybuchnął Jabba. — Koniec zabawy! Prędkość robaka wzrosła dwukrotnie. Zostało nam osiem minut. Szukamy liczby, nie zaś tajemniczych sekwencji liter!

— Cztery razy szesnaście — spokojnie powiedział David. — Policz to, Susan.

Spojrzała na obraz Davida na ekranie. Policz? Przecież on nie ma pojęcia o matematyce! Wiedziała, że David ma fotograficzną pamięć do koniugacji i deklinacji, ale arytmetyka nie była jego silną stroną.

— Tabliczka mnożenia — dodał Becker.

Tabliczka mnożenia, zastanowiła się Susan. O czym on mówi?

— Cztery razy szesnaście — powtórzył profesor. — W czwartej klasie musiałem wykuć tabliczkę mnożenia.

Susan wyobraziła sobie szkolną tabliczkę mnożenia. Cztery razy szesnaście.

— Sześćdziesiąt cztery — powiedziała. — I co z tego?

David pochylił się do kamery. Jego twarz wypełniła cały ekran.

— Sześćdziesiąt cztery litery...

Susan kiwnęła głową.

— Tak, ale... — dodała i zaniemówiła.

— Sześćdziesiąt cztery litery — powtórzył David.

— Boże! — wykrzyknęła Susan. — David, jesteś genialny!

Rozdział 121

— Zostało siedem minut! — zameldował technik.

— Przepisz to w ośmiu linijkach po osiem liter — zwróciła się Susan do Soshi. Ogarnęło ją podniecenie.

Soshi zabrała się do pracy. Fontaine przyglądał się temu w milczeniu. Do całkowitego zniszczenia osłon zostało niewiele czasu.

— Sześćdziesiąt cztery litery! — Susan przejęła inicjatywę. — To liczba kwadratowa!

— Liczba kwadratowa? — spytał Jabba. — To co z tego?

Po dziesięciu sekundach Soshi zmieniła pozornie przypadkowe ustawienie liter na ekranie. Teraz tworzyły osiem ośmioliterowych rzędów. Jabba przyjrzał się im i uniósł ręce w geście rozpaczy. Obraz nie stał się bardziej zrozumiały.

```
P  F  E  E  S  E  S  N
R  E  T  M  P  F  H  A
I  R  W  E  O  O  I  G
M  E  E  N  N  R  M  A
E  N  E  T  S  H  A  S
D  C  N  S  I  I  A  A
I  E  E  R  B  R  N  K
F  B  L  E  L  O  D  I
```

— Jasne jak słońce — skrzywił się ironicznie.

— Pani Fletcher, mogłaby to pani wyjaśnić — zażądał Fontaine. Wszyscy spojrzeli na Susan.

Susan przyjrzała się kwadratowi. Po chwili kiwnęła głową i uśmiechnęła się szeroko.

— David, niech mnie diabli! — wykrzyknęła.

Zgromadzeni na podium wymienili zdziwione spojrzenia. David puścił oko do obrazu Susan na ekranie.

Sześćdziesiąt cztery litery. Juliusz Cezar raz jeszcze.

O czym wy mówicie? — Midge wciąż nie rozumiała.

— Kwadrat Cezara — uśmiechnęła się Susan. — Czytajcie od góry do dołu. Tankado przesyła nam wiadomość.

Rozdział 122

— Sześć minut — zameldował technik.
— Soshi, przepisz to od góry do dołu, po kolei wszystkie kolumny, a nie rzędy! — poleciła Susan.
Dziewczyna błyskawicznie uderzała w klawisze.
— Juliusz Cezar tak szyfrował swoje listy! — wyjaśniła Susan. — Liczba liter była zawsze równa kwadratowi pewnej liczby!
— Gotowe! — krzyknęła Soshi.
Wszyscy spojrzeli na pojedynczą linię tekstu na ekranie.
— To w dalszym ciągu jakieś śmieci — prychnął Jabba. — Tylko popatrzcie. Całkowicie przypadkowy ciąg... — słowa uwięzły mu w gardle, a oczy powiększyły się do rozmiarów spodków. — Och, Boże...
Fontaine również odczytał tekst. Uniósł brwi. To zrobiło na nim wrażenie.
— O cholera! — wykrzyknęli razem Brinkerhoff i Midge.
Sześćdziesiąt cztery litery tworzyły teraz napis:

PRIMEDIFFERENCEBETWEENELEMENTS
RESPONSIBLEFORHIROSHIMAANDNAGASAKI

— Wstaw spacje — poleciła Susan. — Mamy zagadkę do rozwiązania.

Rozdział 123

— Blokada tuneli zaraz padnie! — zawołał technik, podbiegając do podium. Miał twarz szarą jak popiół. Jabba spojrzał na diagram na ekranie. Atakujących hakerów dzielił już tylko włos od piątej i ostatniej zapory ogniowej. Za chwilę bank danych stanie otworem.

Susan starała się nie zwracać uwagi na otaczający ją chaos. Wielokrotnie czytała dziwną wiadomość Tankada.

PRIME DIFFERENCE BETWEEN ELEMENTS
RESPONSIBLE FOR HIROSHIMA AND NAGASAKI

— To nawet nie jest pytanie! — krzyknął Brinkerhoff. — Jak można zatem udzielić odpowiedzi?

— Szukamy liczby — przypomniał Jabba. — Kluczem jest jakaś liczba.

— Proszę o ciszę — spokojnie powiedział Fontaine. — Pani Fletcher, dzięki pani doszliśmy do tego punktu. Chciałbym usłyszeć pani opinię.

— Klucz ma postać liczby — odrzekła Susan. — Przypuszczam, że jest to wskazówka pozwalająca odgadnąć właściwą liczbę. Tankado wspomina o Hirosimie * i Nagasaki, dwóch miastach, na które zostały zrzucone bomby atomowe. Być może klucz związany jest z liczbą ofiar, oceną zniszczeń... — Na

---

* Hiroshima (ang.) — Hirosima.

chwilę przerwała i jeszcze raz przeczytała wiadomość. — Przy-puszczam, że duże znaczenie ma słowo *difference*, różnica. Główna różnica między Hirosimą i Nagasaki. Najwyraźniej Tankado uważał, że te dwa zdarzenia różniły się pod jakimś względem. Wyraz twarzy Fontaine'a nie uległ zmianie, ale dyrektor stracił nadzieję. Wydawało się, że należy teraz przeanalizować tło polityczne obu ataków, porównać ich przebieg i wynik i wydestylować magiczną liczbę... to wszystko w ciągu pięciu minut, jakie im pozostały.

Rozdział 124

— Rozpoczął się atak na ostatnią osłonę!

Na diagramie widać było, jak stopniowo blednie kółko oznaczające program autoryzacji PEM. Czarne linie tłoczyły się przy samej granicy i stopniowo wdzierały się w głąb. Hakerzy z całego świata rzucili się do ataku. Ich liczba podwajała się co minuta. Jeszcze trochę, a wszyscy dysponujący pecetem — szpiedzy, terroryści, radykałowie — uzyskają dostęp do wszelkich tajemnic rządu Stanów Zjednoczonych.

Podczas gdy technicy robili, co mogli, by wyłączyć zasilanie, zgromadzeni na środkowym podium starali się zrozumieć wiadomość. Nawet David i dwaj agenci w Hiszpanii przyłączyli się do tych prób.

PRIME DIFFERENCE BETWEEN ELEMENTS
RESPONSIBLE FOR HIROSHIMA AND NAGASAKI

— Elementy odpowiedzialne za Hirosimę i Nagasaki — głośno myślała Soshi. — Pearl Harbor? Hirohito odmówił zgody...

— Szukamy liczby — powtórzył Jabba — nie zaś teorii politycznych. Mówimy o matematyce, a nie historii!

Soshi zamilkła.

— Może chodzi o ciężar bomb? — zaproponował Brinkerhoff. — Liczbę ofiar? Ocenę zniszczeń?

— Liczba musi być dokładnie określona — zauważyła Susan. — Oceny zniszczeń zależą od źródeł. — Jeszcze raz przeczytała wiadomość. — Elementy odpowiedzialne...

David Becker, który słuchał jej z odległości pięciu tysięcy kilometrów, otworzył szeroko oczy.

— *Elements!* — wykrzyknął. — Mówimy o matematyce, a nie historii!

Wszyscy spojrzeli na ekran.

— Ensei Tankado bawi się w kalambury — wyrzucił z siebie Becker. — Słowo *elements* ma wiele znaczeń!

— Proszę jaśniej, panie Becker — prychnął Fontaine.

— Tankado mówi o elementach chemicznych, nie zaś politycznych!

Wszyscy patrzyli na niego tak, jakby niczego nie rozumieli.

— Elementy chemiczne! — powtórzył. — Układ okresowy! Pierwiastki chemiczne! Czy nikt z was nie widział filmu *Fat Man and Little Boy*, o Programie Manhattan? Użyto dwóch różnych bomb. Wykorzystano w nich różne materiały atomowe, różne pierwiastki!

— Tak! — przyklasnęła Soshi. — On ma rację! Czytałam o tym! W dwóch bombach użyto różnych materiałów rozszczepialnych. W jednej uranu, a w drugiej plutonu! To dwa różne pierwiastki!

W pokoju rozszedł się szmer głosów.

— Uran i pluton! — wrzasnął Jabba. Nagle poczuł przypływ nadziei. — Chodzi o różnicę między tymi pierwiastkami! — Jabba zwrócił się do swej drużyny. — Różnica między uranem i plutonem! Kto wie, czym się różnią?

Nikt się nie odezwał.

— Co z wami! — wrzeszczał dalej. — Czy nie skończyliście studiów? Nikt nie wie? Muszę znać różnicę między plutonem i uranem!

Wszyscy milczeli.

— Potrzebuję połączenia z siecią — Susan zwróciła się do Soshi. — Jest tu jakaś dobra wyszukiwarka?

— Netscape — kiwnęła głową Soshi. — Najlepsza.

— Chodźmy — Susan chwyciła ją za rękę. — Idziemy surfować.

Rozdział 125

— Ile mamy czasu? — zapytał Jabba.

Nikt mu nie odpowiedział. Technicy jak zaklęci wpatrywali się w ekran. Ostatnia osłona topniała w oczach.

Susan i Soshi przeglądały wyniki poszukiwań.

— Outlaw Labs? Laboratorium wyjęte spod prawa? — spytała Susan. — Co to za ludzie?

— Mam otworzyć? — Soshi tylko wzruszyła ramionami.

— Otwieraj — powiedziała Susan. — Sześćset czterdzieści odniesień do uranu, plutonu i bomb atomowych. Wygląda obiecująco.

Soshi otworzyła stronę. Najpierw pojawiło się ostrzeżenie.

Informacje zawarte na tej stronie są opublikowane wyłącznie w celach naukowych. Każdy, kto spróbuje zbudować jedno z opisanych tu urządzeń, naraża się na napromieniowanie lub może spowodować samoczynny wybuch.

— Samoczynny wybuch? — westchnęła Soshi. — Chryste.

— Przeszukaj dokument — przynaglił ją Fontaine. — Zobaczmy, co tu mamy.

Soshi zaczęła przerzucać strony. Minęła recepturę na azotan mocznika, środek wybuchowy dziesięć razy potężniejszy od dynamitu. Została tak sformułowana, jakby to był przepis na ciasteczka.

— Pluton i uran — powtórzył Jabba. — Skoncentrujmy się na tym.

— Zacznij od początku — poleciła Susan. — Ten dokument jest za duży. Znajdź spis treści.

Soshi wróciła na pierwszą stronę. Po chwili znalazła spis.

I. Elementy bomby atomowej
   a. Wysokościomierz
   b. Detonator ciśnieniowy
   c. Zapalniki
   d. Ładunki wybuchowe
   e. Reflektor neutronów
   f. Uran i pluton
   g. Ołowiana osłona
   h. Bezpieczniki
II. Reakcje rozszczepiania i syntezy
   a. Bomba rozszczepieniowa (atomowa) i termojądrowa (wodorowa)
   b. 235 U, 238 U i pluton
III. Historia bomb atomowych
   a. Rozwój (Program Manhattan)
   b. Wybuch
      1. Hirosima
      2. Nagasaki
      3. Produkty uboczne wybuchu
      4. Strefy rażenia

— Część druga! — krzyknęła Susan. — Uran i pluton! Szybko!

Wszyscy czekali, aż Soshi znajdzie właściwą stronę.

— Już! — powiedziała. — Chwileczkę! — Szybko przejrzała dane. — Podają mnóstwo informacji. Cała tabela. Skąd mamy wiedzieć, o jaką różnicę chodzi? Niektóre są naturalne, inne sztuczne. Pluton został odkryty przez...

— Chodzi o liczbę — przypomniał Jabba. — Szukaj liczby!

Susan znów spojrzała na wskazówkę Tankada. *Różnica między pierwiastkami... różnica między... szukamy liczby...*

— Moment! — krzyknęła. — Słowo *difference* też ma kilka

znaczeń. Szukamy liczby, a zatem mówimy o arytmetyce. To jeszcze jedna zagadka słowna. *Difference*, różnica, oznacza tu wynik odejmowania!

— Tak! — wykrzyknął David. — Może te pierwiastki różnią się liczbą protonów lub czymś takim? Trzeba je odjąć...

— On ma rację! — zgodził się Jabba. Spojrzał na Soshi. — Masz w tej tabeli jakieś dane liczbowe? Liczbę protonów? Czasy rozpadu? Cokolwiek, co moglibyśmy odejmować?

— Jeszcze trzy minuty! — krzyknął technik.

— Może masy krytyczne? — zaproponowała Soshi. — Według tej tabeli masa krytyczna plutonu wynosi trzydzieści pięć i dwie dziesiąte funta.

— Tak! — ucieszył się Jabba. — Sprawdź uran! Jaka jest masa krytyczna uranu?

— Hm... sto dziesięć funtów.

— Sto dziesięć? — Jabba sprawiał wrażenie odzyskującego nadzieję. — Ile jest sto dziesięć minus trzydzieści pięć i dwie dziesiąte?

— Siedemdziesiąt cztery i osiem dziesiątych — parsknęła Susan. — Nie sądzę jednak...

— Z drogi! — rozkazał Jabba, przepychając się do klawiatury. — To na pewno jest klucz! Różnica krytycznych mas! Siedemdziesiąt cztery i osiem dziesiątych!

— Czekaj! — powiedziała Susan, zaglądając przez ramię Soshi do tabeli na ekranie. — Jest więcej możliwości. Masy atomowe. Liczba neutronów. Metody wydobycia... — przejrzała szybko tabelę. — Uran rozpada się na krypton i bar, pluton inaczej. Uran ma dziewięćdziesiąt dwa protony i sto czterdzieści sześć neutronów, ale...

— Szukamy najbardziej oczywistej różnicy — wtrąciła Midge. — Tankado napisał *primary difference*, chodziło mu o główną różnicę między pierwiastkami.

— Chryste! — wykrzyknął Jabba. — Skąd mamy wiedzieć, co jego zdaniem było główną różnicą?

— Chwileczkę, Tankado napisał *prime*, nie *primary*! — przerwał im David.

— *Prime!* — wykrzyknęła Susan. To było jak uderzenie

między oczy. — *Prime!* Pierwsza! — odwróciła się do Jabby. — Kluczem jest liczba pierwsza! Tylko pomyśl! Na pewno! Jabba natychmiast przyznał jej rację. Ensei Tankado w ciągu całej swojej kariery korzystał z liczb pierwszych. Liczby pierwsze są podstawą wszystkich komputerowych algorytmów szyfrujących. Liczba pierwsza to taka liczba, która dzieli się bez reszty tylko przez jeden i przez samą siebie. Liczby pierwsze są często wykorzystywane w programach szyfrujących, ponieważ komputery nie mogą ich odgadnąć, stosując typowe metody rozkładu na czynniki.

— Tak! — włączyła się Soshi. — Liczby pierwsze mają duże znaczenie w japońskiej kulturze! Na przykład w *haiku*. Trzy wersy liczące pięć, siedem i pięć sylab. Wszystko to liczby pierwsze. W świątyniach w Kioto...

— Dość! — przerwał jej Jabba. — Jeśli nawet kluczem jest liczba pierwsza, to co z tego! Jest nieskończenie wiele możliwości!

Susan wiedziała, że Jabba ma rację. Ponieważ liczb jest nieskończenie wiele, zawsze można znaleźć jeszcze większą liczbę pierwszą niż już znana. Jest w przybliżeniu siedemdziesiąt tysięcy liczb pierwszych mniejszych od miliona. Wszystko zależało od tego, jak dużą liczbę pierwszą wybrał Tankado. Im większa, tym trudniej zgadnąć.

— Na pewno jest ogromna! — jęknął Jabba. — Z pewnością Tankado wybrał jakąś monstrualną liczbę.

— Zostały dwie minuty! — z tyłu pokoju nadeszło kolejne ostrzeżenie.

Jabba spojrzał na diagram VR. Czuł się pokonany. Ostatnia osłona zaczęła się rozpadać. Wokół biegali technicy.

Wewnętrzny głos podpowiadał Susan, że są już blisko rozwiązania zagadki.

— Damy sobie radę! — oświadczyła. — Mogę się założyć, że ze wszystkich różnic między plutonem i uranem tylko jedną wyraża liczba pierwsza! To ostatnia wskazówka! Szukamy liczby pierwszej!

Jabba spojrzał na tabelę na monitorze i podniósł ręce w geście kapitulacji.

— Tutaj są setki pozycji! Nie zdążymy ich wszystkich sprawdzić!

— Większość nie zawiera danych liczbowych! — zachęciła go Susan. — Możemy je zignorować. Uran to pierwiastek naturalny, pluton sztuczny. Bomba uranowa wykorzystuje mechanizm armatni, plutonową implozję. To nie są liczby, zatem nie mają znaczenia!

— Szukajcie! — polecił Fontaine. Pierścień przedstawiający ostatnią osłonę na diagramie był już tak cienki jak skorupka jaja.

— Dobra, zaczynamy — Jabba otarł pot z czoła. — Ja zaczynam od góry, Susan w środku, pozostali sprawdzają resztę. Szukamy liczby pierwszej.

Po paru sekundach stało się jasne, że nie zdążą. W tabeli pojawiały się wielkie liczby, często różniące się jednostkami.

— To jabłka i pomarańcze — rzucił Jabba. — Porównujemy promieniowanie gamma z impulsem fal elektromagnetycznych. Rozszczepialne i nierozszczepialne. Liczby i procenty. To jeden wielki chaos!

— Musimy pomyśleć — upierała się Susan. — Na pewno o to chodzi. Jest jakaś różnica między plutonem i uranem, różnica, której nie dostrzegamy! To coś prostego!

— Hej... słuchajcie! — powiedziała Soshi. Otworzyła drugie okienko i przeglądała resztę dokumentu Outlaw Labs.

— Co takiego? — spytał Fontaine. — Znalazłaś coś?

— Hm, tak — Soshi wydawała się zakłopotana. — Powiedziałam wam, że bomba zrzucona na Nagasaki była zrobiona z plutonu, prawda?

— Tak — odpowiedzieli chórem.

— No... — Soshi wzięła głęboki oddech. — Wygląda na to, że się pomyliłam.

— Co?! — wrzasnął Jabba. — Szukaliśmy nie tego, co trzeba?

Soshi wskazała ręką na ekran. Wszyscy zbili się wokół monitora.

...panuje rozpowszechnione, lecz błędne przekonanie, że na Nagasaki zrzucono bombę plutonową. W rzeczywistości była to bomba z uranu, podobna do swej siostry zrzuconej na Hirosimę.

— Ależ... — Susan z trudem złapała powietrze. — Jeśli w obu bombach wykorzystano ten sam pierwiastek, uran, to jak mamy znaleźć różnicę między nimi?

— Może Tankado się pomylił? — zasugerował Fontaine. — Może nie wiedział, że to były takie same bomby?

— Nie — westchnęła Susan. — Był kaleką z powodu tych bomb. Wiedział o nich wszystko.

Rozdział 126

— Jedna minuta!

Jabba spojrzał na diagram VR.

— Autoryzacja PEM szybko pada! To ostatnia linia obrony. Tłum czeka u drzwi.

— Skup się! — warknął Fontaine.

Soshi głośno czytała dokument z sieci.

...W bombie zrzuconej na Nagasaki nie użyto plutonu; wykorzystano sztucznie wyprodukowany, bogaty w neutrony izotop uranu, 238 U.

— Cholera! — zaklął Brinkerhoff. — Obie bomby były zbudowane z uranu. Pierwiastki odpowiedzialne za Hirosimę i Nagasaki to w obu wypadkach uran. Nie ma żadnej różnicy!

— Jesteśmy skończeni! — jęknęła Midge.

— Chwileczkę! — powiedziała Susan. — Przeczytaj to jeszcze raz! Sam koniec!

— ...sztucznie wyprodukowany, bogaty w neutrony izotop uranu, 238 U — powtórzyła Soshi.

— Dwieście trzydzieści osiem?! — zawołała Susan. — Czy przed chwilą nie przeczytaliśmy, że w bombie zrzuconej na Hirosimę użyto innego izotopu uranu?

Wszyscy wymienili spojrzenia. Nikt nie pamiętał. Soshi pośpieszenie wróciła do tabeli.

435

— Tak! Tu piszą, że w Hirosimie zastosowano inny izotop uranu!

— Ten sam pierwiastek, ale różne odmiany! — zdumiała się Midge.

— Obie bomby były z uranu? — Jabba przepchał się do terminalu. — Jabłka i jabłka! Cudownie!

— Czym różnią się te izotopy? — spytał Fontaine. — To z pewnością coś podstawowego!

Soshi przeglądała dokument.

— Czekajcie... szukam... okej...

— Czterdzieści pięć sekund! — zawołał ktoś.

— Mam! — wykrzyknęła Soshi.

— Czytaj! — Jabba był cały mokry od potu. — Czym się różnią? Musi być jakaś różnica!

— Tak! Patrz! — Soshi wskazała na monitor.

Wszyscy przeczytali:

...w dwóch bombach użyto różnych materiałów rozszczepialnych... o dokładnie takich samych cechach chemicznych. Izotopów nie można rozdzielić metodami chemicznymi. Poza niewielką różnicą mas atomowych są identyczne.

— Masa atomowa! — z podnieceniem wykrzyknął Jabba. — Tak jest! Różnią się tylko masą! To klucz! Dawaj ich masy! Musimy je odjąć!

— Zaraz! — Soshi szukała danych. — Już mam! Tak!

Na ekranie pojawił się tekst:

...różnica jest bardzo mała...
...do rozdzielenia zastosowano metodę dyfuzji gazowej...
...$10,0324498 \times 10^{134}$ w porównaniu z $19,39484 \times 10^{23}$**

— Mamy! — krzyknął Jabba.

— Trzydzieści sekund!

— Szybko. Odejmuj je! — szepnął Fontaine.

Jabba chwycił kalkulator i zaczął naciskać guziki.

— Co oznaczają te gwiazdki? — spytała Susan. — Tam jest jakiś przypis!

Jabba ją zignorował. Gorączkowo liczył.

— Uważaj! — upomniała go Soshi. — Musimy mieć dokładny wynik!

— Gwiazdki! — powtórzyła Susan. — Sprawdź przypis.

Soshi przejechała na dół strony.

Susan przeczytała przypis i zbladła.

— Och... Boże...

— Co takiego? — uniósł głowę Jabba.

Wszyscy spojrzeli na ekran i razem westchnęli w poczuciu klęski. Na dole strony znajdowała się notka wydrukowana małymi literami:

**Błąd 12%. Różne laboratoria podają inne dane.

Rozdział 127

Na podium zapadła cisza. To było tak, jakby obserwowali zaćmienie lub wybuch wulkanu — niewiarygodny ciąg zdarzeń, nad którymi nie mieli żadnej kontroli. Wydawało się, że czas niemal się zatrzymał.

— Przegrywamy! — krzyknął jakiś technik. — Połączenia zewnętrzne! Na wszystkich liniach!

Z lewej strony ekranu widać było wnętrze furgonetki w Sewilli. David, Smith i Coliander gapili się w kamerę. Na diagramie VR z ostatniej zapory ogniowej pozostała już tylko kreska. Otaczała ją gęsta masa czarnych linii — to niezliczeni hakerzy czekający na połączenie z bankiem danych. Z prawej wciąż kręcił się w kółko film przedstawiający ostatnie chwile Tankada. Wyraz desperacji na twarzy, palce wyciągnięte do góry, błyszczący pierścień.

Susan spojrzała na obraz po prawej stronie. W oczach Tankada dostrzegła żal. On wcale nie chciał, by sprawy zaszły tak daleko, pomyślała. Chciał nas uratować. A jednak Tankado wciąż wyciągał palce, podsuwając pierścień otaczającym go ludziom. Chciał coś powiedzieć, ale nie był w stanie, dlatego tylko uporczywie wyciągał palce.

Becker zastanawiał się nad tym, co usłyszał.

— Jakie to izotopy? Co oni powiedzieli? — mamrotał do siebie. — 238 U i U ile? — Ciężko westchnął. To nie miało znaczenia. Był filologiem, a nie fizykiem.

— Rozpoczęła się autoryzacja połączeń zewnętrznych!

— Boże! — ryknął sfrustrowany Jabba. — Czym różnią się te pieprzone izotopy?! Do cholery, nikt nie wie? — Cisza. Zgromadzeni w ośrodku informatycy i programiści patrzyli bezradnie na ekran. Jabba uniósł ręce do góry. — Gdy potrzeba jakiegoś pierdolonego fizyka jądrowego, to nigdy go nie ma!

Susan patrzyła na klip przesłany przez QuickTime i myślała, że to już koniec. Wciąż oglądała powtarzaną scenę śmierci Tankada. Próbował coś powiedzieć, krztusił się, wyciągał zdeformowaną rękę... chciał coś przekazać. Chciał uratować bank danych, pomyślała. Nigdy się nie dowiemy jak.

— Towarzystwo u drzwi!

— No to koniec! — Jabba gapił się w ekran.

Na środkowym ekranie ostatnia zapora ogniowa już niemal całkowicie znikła. Jądro wykresu otaczała czarna, zbita, pulsująca masa linii. Midge odwróciła głowę. Fontaine stał nieruchomo i patrzył przed siebie. Brinkerhoff wyglądał tak, jakby chciał wymiotować.

— Dziesięć sekund!

Susan nie odrywała oczu od obrazu Tankada. Rozpacz. Żal. Jego wyciągnięta ręka, błyszczący pierścień, wykrzywione palce na tle twarzy obcych ludzi. Mówi im coś. Co to jest?

Z lewej strony widać było zamyśloną twarz Davida.

— Różnica... — mamrotał do siebie. — Różnica między 238 U i 235 U. To musi być coś prostego...

Technik zaczął odliczać:

— Pięć! Cztery! Trzy!

To słowo dotarło do Hiszpanii po upływie jednej dziesiątej sekundy. Trzy... trzy...

David Becker miał wrażenie, że znów został porażony elektrycznym paralizatorem. Jego świat nagle się zatrzymał. *Trzy... trzy... trzy... to 238 minus 235! Różnica to trzy!* Sięgnął po mikrofon...

W tym samym momencie Susan raz jeszcze spojrzała na wyciągniętą rękę Tankada. Nagle, zamiast patrzyć na błyszczący pierścień, spojrzała na jego palce. Trzy palce! Nie chodziło wcale o pierścień. Tankado nie mówił, lecz pokazywał. Zdradzał

439

swój sekret, ujawnił klucz, błagał, by ktoś go zrozumiał... modlił się, by NSA poznała w porę jego tajemnicę.

— Trzy — szepnęła do siebie ze zdumieniem.

— Trzy! — wrzasnął David w Hiszpanii.

W ośrodku panował taki chaos, że nikt nie zwrócił na to uwagi.

— Osłona padła! — krzyknął technik.

Diagram VR zaczął gwałtownie migotać. Powódź zalała jądro. Rozległo się wycie syren.

— Transmisja danych na zewnątrz!

— Połączenia na wszystkich sektorach!

Susan poruszała się jak we śnie. Odwróciła się do klawiatury Jabby. W tym momencie spojrzała na twarz narzeczonego. David znów krzyczał:

— Trzy! Różnica między dwieście trzydzieści osiem i dwieście trzydzieści pięć to trzy.

Tym razem wszyscy unieśli głowy.

— Trzy! — wrzasnęła Susan, przekrzykując kakofonię syren i wołań techników. Wskazała na ekran. Wszyscy spojrzeli na trzy palce Tankada, którymi rozpaczliwie machał w powietrzu.

— Boże! — Jabba niemal skamieniał. Nagle zrozumiał, że biedny kaleka cały czas usiłował im podpowiedzieć.

— Trzy to liczba pierwsza! — zawołała Soshi. — Liczba pierwsza!

— Czy to może być takie proste? — Fontaine był oszołomiony.

— Kolejna transmisja danych! — poinformował technik. — To szybko idzie!

Wszyscy stojący na podium rzucili się jednocześnie do klawiatury. Wyciągnęli ręce. Susan była najszybsza. Błyskawicznie nacisnęła 3. Teraz wszyscy spojrzeli na ekran na ścianie. Ponad obrazem chaosu pojawił się prosty komunikat:

WPROWADŹ KLUCZ? 3

— Tak! — krzyknął Fontaine. — Teraz!

Susan wstrzymała oddech i nacisnęła ENTER. Rozległ się pojedynczy pisk.

Zamarli.

Minęły trzy nieskończenie długie sekundy. Nic się nie stało. Syreny wciąż wyły. Pięć sekund. Sześć.

— Transmisja danych!

— Bez zmian!

Nagle Midge podskoczyła i gorączkowo wskazała ręką na ekran.

— Patrzcie!

Na ekranie pojawił się nowy komunikat.

KLUCZ ZWERYFIKOWANY

— Ładujcie zapory ogniowe! — rozkazał Jabba.

Soshi wyprzedziła go o krok. Już wprowadziła odpowiednie polecenie.

— Transmisja przerwana! — krzyknął technik.

— Połączenia przecięte!

Na diagramie VR na ekranie ponownie pojawiła się pierwsza zapora ogniowa. Czarne linie sięgające do jądra zostały natychmiast przecięte.

— Komputer przywraca zabezpieczenia! — Jabba niemal się rozpłakał.

Jeszcze przez chwilę nie wierzyli w sukces, tak jakby w każdej sekundzie wszystko mogło znów runąć. Na ekranie pojawił się obraz drugiej zapory ogniowej... później trzeciej. Jeszcze moment i bank danych był znów bezpieczny.

W ośrodku sterowania nastąpił wybuch. Pandemonium. Programiści obejmowali się i rzucali wydruki w powietrze. Syreny ucichły. Brinkerhoff przytulił się do Midge. Soshi się rozpłakała.

— Jabba, ile danych przeciekło? — spytał Fontaine.

— Niewiele — odpowiedział, patrząc na ekran. — Nie dostali żadnego kompletnego zbioru.

Fontaine kiwnął głową. Wykrzywił usta w ironicznym uśmiechu. Poszukał wzrokiem Susan Fletcher, ale ona już była w przedniej części pokoju, przy ekranie, który wypełniała twarz Davida.

— David?

— Hej, skarbie — uśmiechnął się do niej.

441

— Wracaj do domu — powiedziała. — Wracaj do domu od razu.

— Spotkamy się w Stone Manor?

— Zgoda — kiwnęła głową. Z trudem wstrzymała łzy.

— Agencie Smith? — zawołał Fontaine.

— Słucham, proszę pana? — za plecami Beckera pojawiła się twarz Smitha.

— Pan Becker ma umówione spotkanie. Czy mógłby pan dopilnować, by jak najszybciej znalazł się w domu?

— Nasz odrzutowiec jest w Maladze — kiwnął głową Smith. Poklepał Beckera po ramieniu. — Czeka pana luksusowa podróż, profesorze. Leciał pan kiedyś learjetem sześćdziesiąt?

— Od wczoraj ani razu — roześmiał się Becker.

Rozdział 128

Gdy Susan się obudziła, słońce było już wysoko na niebie. Słoneczne promienie wpadały do środka przez koronkowe firanki i rozpraszały się na puchowej pościeli. Wyciągnęła ramię, by objąć Davida. *Czy śnię?* Leżała nieruchomo, wyczerpana, wciąż oszołomiona przeżyciami tej nocy.

— David? — jęknęła.

Nie odpowiedział. Susan otworzyła oczy. Materac po drugiej stronie łóżka był zimny. David znikł.

Śnię, pomyślała. Usiadła. Rozejrzała się po pokoju urządzonym w wiktoriańskim stylu. Wszędzie koronki i antyki. To był najlepszy pokój w Stone Manor. Na parkiecie leżała jej torba podróżna, a na krześle obok łóżka wisiała bielizna.

Czy David naprawdę przyjechał? Pamiętała dotyk jego ciała, gdy budził ją delikatnymi pocałunkami. A może to się jej tylko śniło? Spojrzała na nocny stolik. Pusta butelka po szampanie, dwa kieliszki i list...

Przetarła oczy, otuliła się puchową kołdrą i przeczytała krótką notatkę:

> *Najdroższa Susan,*
> *Kocham cię.*
> *Bez wosku, David.*

Uśmiechnęła się i przycisnęła list do piersi. David był tutaj. *Bez wosku...* jeszcze jeden szyfr, który musiała złamać.

Coś się poruszyło w rogu pokoju. Susan spojrzała w tamtą stronę. Na grubym dywanie siedział David w płaszczu kąpielowym, grzał się na słońcu i patrzył na nią. Wyciągnęła do niego ramiona, przywołując do siebie.

— Bez wosku? — powiedziała, przymilnie zarzucając mu ręce na szyję.

— Bez wosku — uśmiechnął się David.

Susan pocałowała go w usta.

— Powiedz mi, co to znaczy.

— Wykluczone — zaśmiał się w odpowiedzi. — W małżeństwie potrzebne są sekrety, tak jest ciekawiej.

— Jeśli będzie ciekawiej niż ostatniej nocy, to chyba już nigdy nie wstanę.

Wziął ją w ramiona. Czuł się tak, jakby znalazł się w stanie nieważkości. Wczoraj otarł się o śmierć, a teraz był tutaj i nigdy nie czuł się bardziej pełen życia.

Susan leżała z głową na piersi Davida i słuchała bicia jego serca. Nie mogła uwierzyć, że jeszcze niedawno myślała, że umarł.

— David... — westchnęła, spoglądając na list. — Wyjaśnij mi to „bez wosku". Wiesz, że nienawidzę szyfrów, których nie potrafię złamać.

David milczał.

— Powiedz mi, bo inaczej już nigdy nie będziesz mnie miał.

— Kłamiesz.

— Powiedz mi! — Susan walnęła go poduszką. — Ale już!

David nie zamierzał niczego wyjaśnić. Ta tajemnica była zbyt słodka. Jej źródło kryło się w przeszłości. W czasie renesansu hiszpańscy rzeźbiarze, którzy popełnili jakiś błąd, kując posąg w drogim marmurze, często łatali dziury za pomocą *cera*, czyli wosku. O bezbłędnie wykonanej rzeźbie, która nie wymagała takich poprawek, mówiono *sin cera*, czyli „rzeźba bez wosku". Później tego wyrażenia używano na określenie wszystkiego, co jest prawdziwe lub rzetelne. Angielskie słowo *sincere* wywodziło się od hiszpańskiego *sin cera*, dosłownie „bez wosku". Kod Davida nie skrywał żadnej wielkiej tajemnicy — po prostu podpisywał swoje listy *sincerely*. Podejrzewał jednak, że to wyjaśnienie nie ubawiłoby Susan.

— Zapewne się ucieszysz z wiadomości — spróbował zmienić temat — że podczas lotu zadzwoniłem do rektora.
— Powiedz mi, że zrezygnowałeś ze stanowiska dziekana. — Susan spojrzała na niego z nadzieją.
— Tak — kiwnął głową. — Od następnego semestru wracam do sali wykładowej.
— To odpowiednie miejsce dla ciebie — westchnęła z ulgą.
— Aha — kiwnął głową. — Hiszpania przypomniała mi, co się naprawdę liczy.
— Znowu będziesz łamał serca studentek? — pocałowała go w policzek. — No, przynajmniej będziesz miał czas pomóc mi w redagowaniu książki.
— Piszesz książkę?
— Tak. Postanowiłam ją wydać.
— Wydać? — podejrzliwie spytał David. — Co chcesz wydać?
— Mam pewne pomysły na temat protokołów filtrowania i residuów kwadratowych.
— To na pewno będzie bestseller — jęknął w odpowiedzi.
— Jeszcze się zdziwisz — zaśmiała się Susan.
David sięgnął do kieszeni płaszcza kąpielowego i wyjął jakiś mały przedmiot.
— Zamknij oczy. Mam coś dla ciebie.
— Pozwól mi zgadnąć — powiedziała z zamkniętymi oczami. — Na pewno wulgarny, złoty pierścionek z inskrypcją po łacinie.
— Nie — zaśmiał się David. — Poprosiłem Fontaine'a, by oddał go spadkobiercom Tankada. — Chwycił jej dłoń i wsunął coś na palec.
— Kłamca — zaśmiała się Susan. — Wiedziałam, że...
Urwała. To nie był pierścionek Ensei Tankada, lecz pojedynczy diament w platynowej oprawie.
Wydała stłumiony okrzyk zdumienia.
— Czy wyjdziesz za mnie? — David spojrzał jej w oczy.
Wstrzymała oddech. Patrzyła to na niego, to na pierścionek.
Nagle zachciało się jej płakać.
Och, David... nie wiem, co powiedzieć.
...iedz tak.

445

Odwróciła się i milczała. David chwilę czekał.

— Susan Fletcher, kocham cię. Wyjdź za mnie.

Uniosła głowę i spojrzała na niego. Miała oczy pełne łez.

— Przykro mi, David... — szepnęła. — Ja... nie mogę.

Osłupiał. Szukał w jej oczach dobrze znanego figlarnego błysku. Na próżno.

— Susan... — wyjąkał. — Nie rozumiem.

— Nie mogę — powtórzyła. — Nie mogę wyjść za ciebie za mąż. — Odwróciła się. Jej ramiona dygotały. Zakryła twarz dłońmi.

— Ależ Susan — David był kompletnie zaskoczony. — Myślałem... — Dotknął jej drżących ramion i odwrócił ją do siebie. Teraz zrozumiał. Susan wcale nie płakała, tylko śmiała się histerycznie.

— Nie wyjdę za ciebie! — zaśmiała się i znów uderzyła go poduszką. — Najpierw musisz mi wyjaśnić, co to znaczy „bez wosku"! Doprowadzasz mnie do szaleństwa!

Epilog

Często powiada się, że w chwili śmierci wszystko staje się jasne. Tokugen Numataka wiedział już, że to prawda. Gdy stał nad trumną w komorze celnej w Osace, czuł tak wyraźną gorycz, jak jeszcze nigdy w życiu. Według jego religii życie zatacza kręgi i wszystko się ze sobą łączy, ale Numataka nigdy nie miał czasu o tym myśleć.

Celnik podał mu kopertę z dokumentami adopcyjnymi i metryką.

— Jest pan jedynym żyjącym krewnym tego mężczyzny — powiedział. — Mieliśmy dużo kłopotów ze znalezieniem pana.

Numataka wrócił myślami do burzliwej nocy trzydzieści dwa lata temu, do szpitalnego oddziału, kiedy to postanowił porzucić kalekie dziecko i umierającą żonę. Zrobił to w imię *menboku* — honoru. Nic z tego nie zostało.

Wśród dokumentów był również złoty pierścionek. Numataka nie zrozumiał wygrawerowanej inskrypcji, ale to nie miało znaczenia. Żadne słowa nie miały już dla niego znaczenia. Dawno temu wyrzekł się swego jedynego syna. Teraz okrutne zrządzenie losu znów ich połączyło.

128-10-93-85-10-128-98-112-6-6-25-126-39-1-68-78